趙　季
葉言材　輯校
劉　暢

日本漢詩話集成

四

中華書局

詩學解蔽

三繩桂林

《詩學解蔽》一卷，三縄桂林（一七四四——一八〇八）撰。據文化二年乙丑（一八〇五）江户大傳馬町二丁目大和田安兵衛刊本校。

按：三縄桂林（みなわけいりん MINAWA KEIRIN），江户時代中後期江户（今屬東京都）人。名維直（惟直），字縄卿，世稱「準藏」，號桂林、蒲山。師事安達清河（あだちせいか ADACHI SEIKA，一七二六——一七九二，江户中期漢詩人，名修，字文仲。下野［今屬栃木縣下野市］人，師事服部南郭），善詩。寛保四年生，文化五年一月二十八日殁，享年六十五歲。

其著作有：《桂林詩集》六卷、《桂林遺稿》三卷、《詩學解蔽》一卷等。

余少時聞清儒之論曰「漢文、晋字、唐詩、宋理學」，非虚言也。蓋班馬之文、建安之什，辯而不華、質而不俚，則固也歷代無敵閒然。自子淵氏作頌漸闢駢語，六朝之士纖靡不振。昌黎一呼，宇内一新，歐蘇首誘勉學，下流之勢降爲語録。建安之末沈謝輩出，遂栁對偶，而李杜之秀拔，後世矜式焉。中晚作家各擅其美，或爲元白，或爲西崑，爲寒瘦，猶晋字龍跳鳳卧，爲率更之鐵畫銀鈎，魯公之蠶頭燕尾。宋元之降怒南路也，顧拙者不足，巧者有餘。豈非物之汙隆自然之符耶？余所交惟繩子温卿，患髦士不謦其所由，而猥以嘉萬諸公令，與世之拘文牽俗隨時取説者同趨，而共笑之也。夫詩之爲教，關係大矣。余之不敏，不能教誨子弟而道之温柔敦厚，姑記所聞弁于其卷。

盤行言書。

詩學解蔽

桂林繩惟直著　門人藤篤校

詩無古今，而有古今者辭也。作詩者，主情而求於辭，辭得而情達；讀詩者，不以辭害情，情得而辭通。夫然後今之詩猶古之詩也。今猶古，而後所謂温柔敦厚之教者，可以施於萬世之詩矣。雖然，漢魏之質過於文，或乏婉曲之致；六朝之華浮於實，終少沉著之趣。若其格高調麗，辭婉旨遠，而可接響於風雅者，唯唐詩爲然。故善爲唐詩，而後《三百篇》之旨可得而明也，温柔敦厚之道可得而言也。我邦享元之際，赤羽諸公彬彬輩起，渢渢之音可以承開天嘉隆之後也。先民既没，作者漸乏，於是妄立奇僻之説，詆毁先賢以成其高者，往往而出。迺有唱晚唐者，有祖宋元者，有學袁鍾者，有擬清人者，皆拾得昔人所棄以爲珍。題死鼠以璞，以要價於一時而已。後進之士喜之，屬而和者纍纍載路。一主其意，唯奇是求，至夫高古雄渾之致，一唱三嘆之音，則茫乎不知其爲何物也，然后温柔敦厚之教不可得而言，而《三百篇》之旨不可得而明焉。可不嘆乎？要之，唱者蔽於好名，和者蔽於求易。嗚呼！唱者不可諫，和者猶可追，余故著斯編，以解蒙士之蔽，雖得罪於世之君子，亦所不辭也。

詩以情爲本。情發於言，言成文，可興可怨，可諷可諭。言者無罪，聽者以誡。文辭之妙，至於詩而極矣。若達意而已，則下之諷上，不如周昌之期期；而上之化下，無及律令之速也。詩之主意，昉於季唐，而極於宋。今之詩人，不問氣格，不論風調，唯意是視。故讀唐詩，而不能知其高古雄渾之致，徒安於宋元卑近易窺。遂薄棄唐詩，以爲膚淺無味。唐詩既已無味乎，漢魏六朝有何深味？《三百篇》有何深味？夫二南雅頌之所不及，而宋人獨能之，何其言之妄也。蓋其志欲拗戾先賢，而强自成家而已。夫詩之妙，在於含蓄，言盡而韻有餘，是謂一唱三嘆，是味之深者也。如宋詩，則意極纖巧，入於刻薄，叩之無響，何遺味之有？今之詩人喜其奇僻放縱之語，而謂妙在是矣，何異於捨太牢之珍，獨甘糟糠，而曰「美味在是」哉？

詩自有詩家語。尚風調故也。今之詩人，自經史百家，下至小説傳奇之書，苟有新奇之語，輙采而入於詩。若有邦俗平常之語，而更出於彼方之書者，則奉以爲至貨，用之唯恐後於人焉。語且不擇，何暇於論風調哉？且其視人之詩也，句中有奇字，則謂之佳，否則擯以軟弱。殊不知詩之骨力不在用字之奇也。夫詩貴混合，譬如用兵，必也士馬調練，部伍整齊，而後有龍蛇之勢也。若以不教民戰，雖有賁育，亦匹夫之勇耳，其敗可立而竢焉。

又有一種俗詩，以意造語，不問來歷，作爲杜撰無稽之言，自以爲奇矣。若不得奇字，則故爲顛倒之語，自以爲新矣。苟新且奇，安問其佗。且曰：「我和人也，自當用和語。」於是卯花山吹亦入於詩，千鳥初鵑亦入於詩。夫詩，華人之語也。修其辭者，學華人所爲也。若必欲爲和語，則自有國風三十一言在焉，何以詩爲？

又有最俗者，謂「詩者言志而已，所見輙賦，何更求高妙之語哉」？卑俚猥褻，無所擇焉。鯉魚之鱠，鰻鱺之炙，陳於詞筵；猪牙之舟，泛於文海；四手之輿，馳於藝圃；至糞艇載花，歸葛西而極矣。風雅之道，墜於滑稽者流之手，不亦傷乎？

邦俗有俳諧者，原出於國風，變爲一種俗體，固非士君子之所宜爲也。近世其徒頗知讀書，其詞雖未至雅馴，然稍遠於猥褻矣。猶有爲猥褻之言者，則賤棄之，唾而不顧。夫俳諧者，閭巷之語也。而其徒僅知讀書，則亦能知卑俚之爲害也。詩人則不然，務爲卑俚猥褻之語，以求膾炙於俗子之口焉。范箕生所謂「市人不買非詩」者，今之詩人有焉。賤劣之心，曾俳諧者流之弗如也。嚴儀卿云「學詩以識爲主」，今之詩家盍小省焉。

我邦地名，多難入於詩者，以漢字譯和語故也。詩人擇其雅馴者而用之，其不雅者，易以他字，而不失本訓，則亦可矣。今觀《六國史》《萬葉集》等所載地名，有字不同者，非名之異也，譯之不同也。當時記者非一，譯亦隨殊。或舊用雅字，而今更俚者，土俗所隨便而改，宜從其雅者也。若其復名者，截用其一字，華人亦有之。至以「青」「白」等自字冠之，則雖似失實，要亦文之也。世之詩人輒云：「地名自有定稱，不得妄改。」山川邑里，一從俗間所用，而不問雅與俚。可謂陋矣。雖彼邦地名，豈無不雅者？而詩人不用，損風調故也。非唯彼詩，我和歌亦然。如真土山角田川，於和語則爲雅馴；如麴町八町堀，豈可入於和歌乎？又詩有用古名者，如北京稱燕，山東稱齊，和歌則攝津稱浪花，關東稱吾嬬之類是也。又地名以音呼者，和歌必以訓，皆文其言也。假使今之詩人作和歌，則將必從世俗所稱乎？非特地名，如人署名亦然，其二字姓三字姓者，或裁用一字，亦仿華人而已。而世儒謂「姓氏者所以别其族也，不宜妄裁焉」，夫别氏族者，則有版籍譜牒在焉，何必責之於文辭之間乎？且人徒謂「此特近世好事者所爲而已」，殊不知往時如都良香、高元度輩，皆爲奉使彼邦而改其姓，豈徒美其稱哉？亦以華國也。今假使無航海之事，而茍學文辭之道者，仿之不亦可乎？若《古今集序》稱野宰相、在納言，古人雅馴可以見已。若必欲不仿華人，則我人固無字矣，固無號矣。而世之搢紳先生，必字曰某、號曰某者，豈版籍譜牒之所須哉？今必欲隨其俗而安其俚，拘儒哉！何足與語文辭乎？

世之詩人謂爲唐詩者爲陳腐爲摸擬，物子不云乎？萬古新奇，悉在陳腐中。天不能舍鶯花而别爲春，今夫桃李之爲花，或紅或白，倩粲可喜，細視其形，則團團五葩耳，何刻畫雕鏤之巧之有？是其所以美者，在自然生色而不在形也。若謂之陳腐，而更種奇木異卉，而曰「春在是」，則可以欺人乎？又譬之庖人調味，若肉若蔬，用尋常所有，而新味可喜者，調理之巧也。假使豹胎鼉臛，極山海之珍，而拙庖調之，無所下箸矣。學唐爲摸擬，誠然。譬如學書者，必積臨摸之功，而後其位置筆意，始爲己有也。若始不依古帖，信手作字，而曰「吾能爲不摸擬」，則可以爲善書乎？非特書而已，凡學無非摸擬者。如七十子之拱而尚右，可以見矣。今之人生於唐宋元明數百千家之後，而必欲爲不陳腐不摸擬者，其不免鄙俚杜撰之語也宜矣。

宋詩學晚唐而變者也，元詩學宋者也，袁鍾又學宋元者也，猶之唐詩之餘流，非别成一體也。故中郎之去法，亦言人心自有唐，是不能斥唐而别有所祖述也。今之詩人或妄謂「唐不足學矣」，夫近體之詩，造於唐也，爲近體而惡唐，何以異於涉河而惡水乎？

世之詩人，或以唐詩萬世近體之祖，終不可毁，故欲獨歸罪於李王，以抑世之爲唐者。輒言「今之學唐詩者，徒爲李王所誑，而其所以爲唐，不過甘七子糟粕而已，得唐詩之意者，莫若於宋焉」。則何不直學唐，而獨學宋人爲？且我爲唐者，主唐而兼取七子；彼爲宋詩者，捨唐而下取袁鍾：庸詎知非爲袁鍾所誑，而甘其糟粕哉？

世之詩人或云，唐詩實美矣高矣，不可企及，故且爲宋詩之易爲者耳。何其自畫之甚也？豈謂畫虎不成，不若始畫狗乎？畫狗不成，吾不知其終類何焉。志之卑下，亦可憫哉。

又有一派可笑者，曰：「我邦古者貴白氏之詩，今亦宜學白氏而復古也。」殊不知靈龜、天平之際，晁卿諸公奉使唐土，詩亦承盛時之風，渢渢之音延及數朝。於後元白之集漸行，朝野傚之，詩風遂變。故白氏之行於我者，我詩之衰也。今不知復之盛古，而欲復之衰古，何其所見之陋也？

甚矣人之趨時好也。逮近年宋詩之行，舊爲唐詩者亦爲之化誘，又羞其以陳腐見擯，於是乎陳良之徒倍其師，下喬木而入於幽谷，變爲鴂舌之語者有焉。或稱吾學晚唐，中立而遠於兩毁者有焉；或名爲學唐，而稍稍雜以奇僻之語，以防膚淺之誚者有焉；或云吾能爲雄渾壯麗之言，而恐驚時俗，故姑爲纖微之語，不欲爲異耳，計亦黠也；或云今之爲唐詩者，徒甘赤羽之餘瀝也，非能爲唐也。其論則高矣，試視其詩，則全然晚季之風調；原其志意，均是阿俗之徒而已。

今人所最喜者，清人之詩也。其詩大抵淵源宋人，加以纖微委曲之語。我人見之，以爲詩之精妙在於斯矣。且謂遠學古唐，不如近師清人也。甚者讀小説傳奇所載，采其語，傚其裁，以爲是真華人之詩也。夫小説傳奇者，猶此方國字書，彼邦之人，女兒臧獲亦能讀焉，則其詩亦奚知非我所謂俳諧發句者之比乎？今之詩人，不能學彼之雅而學彼之俗，而自以爲吾能爲華人之所爲，遂至於以讀舶來小説雜話狐媚鬼妖種種猥褻之册子，爲學問最上乘焉，雖好之僻，蓋亦見之陋者也。

乾隆之初，沈德潛著《明詩別裁》，其序云「宋詩近腐，元詩近纖，明詩其復古也」。其評詩人云：「公安兄弟，意嬌王李之弊，而入於俳諧。又一變而之竟陵，詩道不復振。」其選唯載袁一律，鍾則不收一篇。清人亦有卓見如此者。

辭無彼我，而有彼我者音也。音失之口，故異。辭涉之筆，故同。詩之工拙，格之高下，在辭而不在音。夫既在辭，我焉不可得而爲彼之所爲乎？彼稱雄渾悲壯者，我亦知其雄渾悲壯；彼稱沈著痛快者，我亦知其沉著痛快：我焉不可得而爲彼之所爲乎？而世之僅知象胥家之言者輒曰：「我邦之人，不通華音，故雖詩工，有不入華人之詠者。華人則五尺童子亦能協音律，以自然之音故也。」斯言最誤人矣。夫詩論聲律，本便於諷詠也。古人唯論平仄，而不論四聲，但《謝山人詩話》論四聲抑揚而已。若彼人自然而然，則固當無平仄之法。且華人之音，亦有雅俗之別：俗音則臧獲所言，猶我邦平常談話也；雅音則學而後知之，猶我邦和歌和文之語也。雅音殊密，雖彼人或亦誤之，故有翻切之法，有韻學之書，豈五尺童子所不學而能乎？且歌者永言也，四聲皆可引其聲而長短合節焉，猶今人唱笙笛之譜也。則何詩不可爲詠乎？向者余友草循仲在崎，使清人歌其詩，與歌彼詩無以異云。若既有平仄之法，而猶且有難爲詠者，則古體之無拘聲律，何用得爲詠乎？若曰別有便於歌詠之法，則平仄之式，不知何爲而設也。且盛唐諸公之作，至奇拔之語，則往往有不拘聲律者，如積水不可極、草木歲月暮是也。可見聲律之失猶無害於其工，何況有別便於諷詠之論乎？

凡學者之患，在於求易，在於好奇，詩最甚矣。時師爲之示以易且奇者，則喜以爲得所歸焉，終身猖狂，不辨正路。滄浪所謂「下劣詩魔充滿肺腑之間」，忽聞識者之言，以爲迂遠而闊於事情矣，終無改勵之心。是勿他矣，皆由立志之不高，與入門之不正也。

物子曰：「此方之人，以和訓讀書，雖中華書，必顛倒其上下，以從和語。故唯得其意，不得其語。其於唐詩也，茫不見趣；於宋詩也，愈覺有味。」斯言實中於今世詩人膏肓矣。故意之巧者，俗士所喜也；語之巧者，作者所難也。捨己所難，而爲人所喜，宜乎其徒之多也。凡其走奇流僻，入俳陷俚，職此之由。

余幼而讀唐詩，徒以爲平淡易爲而已。既而讀宋詩，頗覺近於人意，以爲巧妙自在，莫如宋焉。後讀嚴、胡諸家之論，斯之未能信也。雖然，既已有定論，遂決意學唐詩。日夜剽竊摸擬，稍如有得焉，既而漸知其有含蓄之妙，又知其氣格之高，風調之美，有漸臺、未央之壯麗，《咸池》《雲門》之節奏，顧視宋詩，則劍首一吷，索然無響，遂棄不復省焉。今之喜宋詩者，何以異於余幼時之見乎？

詩尚格，情次之，意爲下。盛唐主格，所以美也；中唐主情，所以不及盛時也；晚唐主意，所以衰也。而且不失風雅餘音者，有所祖述也。至宋蘇黄，主己意者也，終失温厚和平之旨，而與禪偈同歸矣。今之學宋詩者，學其主己意者也，猶且曰「是自有格」。夫詩之格，猶人之品：其容儀敦重，言語不苟，格之高者也；走趨便辟，辯給捷利，格之下者也。今之爲宋詩者，論其品格，則俳優之流已。

畫工圖宫室，高樓大厦，廂廊相屬，連甍凌雲，飛棟吐虹，儼然壯矣。茅屋柴門，依山臨水，仄徑斷橋，卉木陰映，邃然幽矣。若極其纖巧，圖及溷厠，則觀者必以爲穢矣。詩之極纖巧者，亦畫溷厠之類耳，此言出於先賢之論，余亦云。

古之所謂立言不休者，待知己於後也。今人作詩，急於賈譽，故阿時俗之好，趨奇僻之塗，唱之唯恐和者之不衆焉。昔人云「不與草木同朽」，是大丈夫不屑一世之言，志之高者也。趨時好，要時譽，志之卑者也。假令盲俗之可欺，獨不愧於千載之識者乎？

在津紀事

賴春水

《在津紀事》二卷，賴春水(一七四六—一八一六)撰。據日本國立國會圖書館藏刻本校。卷下無關詩話，僅録卷上。

按：賴春水(らいしゅんすい RAI SHUNSUI)江户時代儒者。安藝(今屬廣島縣)竹原人，名惟完、惟寬，字伯栗、千秋，世稱「彌太郎」，號春水、霞崖、拙巢、和亭、青山莊。賴享翁(惟清)之子，賴山陽之父。最初師從竹原人鹽谷風洲，二十一歲時遊學於大阪，加入片山北海等人詩社「混沌社」，由此其才華開始爲外界所知曉。遂於大阪新天滿町開設私塾授業，與尾藤二洲、古賀精里、中井竹山、西山拙齋、菅茶山等人交游往來，致其學識增長。及讀程朱洛閩之書，喜不勝收，拋棄舊學，與尾藤二洲、古賀精里講究朱子學。安永八年(一七七九)迎娶大阪儒醫飯岡義齋之次女靜子，靜子之妹乃尾藤二洲之妻，因此二人關係爲世間所知。天明元年(一七八一)任廣島藩儒員，翌年營建藩校學問所，於香洲南濱東堂講授古學，於西堂講授朱子學，對朱子學所統治之藩學作出貢獻。天明五年(一七八五)，發表其名著《學統辨》，斥責異學，認爲朱子學作爲古代聖賢之學，應以之統一藩學。後於江户任職期間，經尾藤二洲、古賀精里推薦任昌平黌之講習。文化十三年二月十九日殁，享年七十一歲。

其著作有：《學統辨》(《耕獵録》)一卷、《在津紀事》二卷、《在江紀事》一卷、《師友誌》一卷、《藝備孝義傳》三十五卷、《小學題辭》一卷、《學館規條》一卷、《鑒古録》一卷、《一誌通惠》、《天野屋利兵衛傳》一卷、《石柱礎》(《いしづゑ》)一卷、《引翼編》一卷、同餘編一卷、《養草》、《佩文齋書畫譜略》三卷、《十旬花月帖》三册、《浪華一番信》一卷、《東遊負劍録》一卷、《藤衣》、《芳山遊草》一卷、《已亥歸覲詩草》、《太乙帖》一卷、《霞關掌録》一卷、《霞崖野樵集》三卷、《春水日記》三十五卷、《春水詩草》三卷、《春水軒雜纂詩草》五卷、《春水軒纂文鈔》一卷、《春水遺稿》十二卷、《竹原文集》十二卷、《竹原小録》等。

惟完歸宦本府已三十年矣，追懷津上遊寓時多少興致，有不可忘者。時又話及，兒輩自旁録之，作《在津紀事》。文化庚午十月識。

在津紀事　上

北海片翁初在阿波橋北，陶齋趙翁在鹽坊。余師事二翁，二翁則朋友待之，有愧於心，承奉惟謹。

混沌詩社每月既望，諸子會集，分題探韻各賦。詩成，取几上一紙書之，不別立稿。蓋腹稿已熟也，故無有臨書躊躇，無有故紙狼藉。

北海作詩文，雖長篇大作未嘗立稿，腹稿不熟則不下筆。混沌一社，人無巧拙，皆傚之。詩社會集，相師友請益，互定推敲，皆暗誦舉之，亦北海家法。

混沌社鳥宗成世章、田章子明、合離麗王、篠應道安道、左鳳子岳、清履玄道、福尚脩承明、富維章有明、萱來章君譽、木孔恭世肅、岡元鳳公翼、葛張子琴、隱岐秀明子遠、平九齡壽王、西村直孟清、河子龍伯潜、岡田豹君章、井阪廣正雲卿、小山儀伯鳳，皆浪華人。余以羈旅周旋其間，鳥翁齡垂耳順，北海、子明次之，其餘皆不下三四十。余時二十許，小山儀少余二歲，玄道、有明早死，少所唱酬。

一社雖不無親疏，或結伴出遊，於月於花，東西相携，如無虚日。而人各有事，故少有舉社相會者，但余與子琴必往。余自移居江户港，亦不得輒往，子琴則如故。

社友相會，交際甚昵。浪華之俗，酒饌極豐。拈韻賦詩於杯盤交錯之間，各言爾志。如北海、崧岳性不嗜酒，詩成輒先衆而去。鳴門恕齋善飲，子琴小飲善於賞會，故一時都下之集無子琴不樂。

社友詩會或務談論，或沈吟，難一二字。或過醉，或有事，故不成篇而去者亦多。獨子琴莫不笑謔，莫不詩成，或至累二三篇，而其字句極巧緻。又過數日，改前詩數字，請正同社。蓋子琴於宴會，不以爲樂，而以爲學也。

子琴賦詩，人未嘗見其撿韻書。就詢字音平側，則莫不響應。

都下雅集，坐客後先詩成，杯盤亦狼藉。北海一閲如不歷意，數日後乃舉前會詩數句或全篇評論之，極詳。

社友雖小詩短文，必相示請正，而後就北海取斷。北海有詩文，輒亦必謀之諸子。雖以年少如余，亦謀及焉，毫無自滿之色。

北海書堂會業，書課數葉，北海初開卷，不復翻閲。諸子議論蜂起，北海斷之明晰，暗記其註釋，一不失也。

尾藤志尹，初自豫州來寓北海。侍坐，偶舉南郭文二三句議之，北海吹煙不答。志尹問不止，北海曰：「勿以爲也。議此不如吹煙。」

北海善書及横笛，龎王、安道善書，公翼嗜物産學，子琴善笙及觱篥，篆刻爲妙手。

鳴門學務該博，詩文亦一種氣格渾成。

鳴門家園曰愛日，樹石位置，自有別趣。有十花詠，其名品也。闢小齋，齋前有芭蕉數莖，緑陰滿窗，夏日無畏景。

恕齋會友，割烹極巧，蓋夫妻躬自調理。若温酒煎茶之候亦有家法，聞其父白駒亦如此。白駒多著述，富藏書。恕齋學信程朱，與父異趨，以向、歆自處。若伊洛之書，皆恕齋所購得云。然其學有所不純，余嘗以雜霸目之，恕齋有恨色。余曰：「非獨其説，以其行事。」恕齋笑而不辨。

恕齋豪宕，不拘小節，但有臨池之癖，常摸古帖爲業。如《國朝法帖》全部臨寫數十卷，表背裝釘，夫妻手自理之。

恕齋好客，常留酌賦詩。一日謂衆曰：「時序晴雨之詞已覺可厭，請分詠國史何如？」皆曰：「善。」余與子琴最不諳本朝史乘，一題到手，每詢之諸友而後始能搆詞。如子琴《詠左馬頭義朝》「文公駢脇還逢害，智伯頭顱誰乞憐」，鳴門《詠小松内府》「捕蛇朝下還城舞，卻藥身終報國心」，一坐嗟賞。爾後社會輒以此爲課體，限七律，至數十首，裒然爲册。

福承明早死，諸友會九島禪院，賦詩弔之。時余賦五言排律十六韻，有「橋老山無梓，鳳飛臺有凰」一聯，人傳誦以爲得實。爾後弔亡友用十六韻成例，社友相戲以十六韻爲凶體。

伯鳳嗜學，好讀奇僻迂怪之書，素有記性。自《博物》《夷堅》，近世志怪之籍無不暗記，社友目爲怪物。時年二十餘，善病。

余一日過恕齋，恕齋方與公翼會讀《南史》。公翼朗然讀下，略不滯澀。後過子琴稱之，子琴云：「公翼幼善讀唐本，人稱以爲神童也。」

公翼爲人温藉，而家法嚴正。以嗜物産，庭有小圃，雜植藥品。

子岳才雋，善詩善書，本京人。或云家舊豪富，破産爲醫，故交遊際，時露富漢氣。習醫亦有卓識，非凡工也。

安道豪爽，與人言無所回避。肥後藪教授、肥前松枝某皆稱其豪。善書，又善騎馬，不遜武人。

君章本阿波邸小吏，多伎能，嗜詩及書。書學張瑞圖，篆刻丹青皆巧。又善射善劍，善箏及觱篥。邸舍至狹隘，而書畫硯席及武器位置極趣。後從其父歸國，擢爲教授。

壽王爲明石邸司，竹山常稱其詩隱然有蜕翁遺韻。其書甚拙，後學陶齋，俄然一變，視初如二手。

崧岳鳥宗成刻其《垂葭詩》，抄出其稿本，博謀及余，有「夕陽欲上階」句。余云：「『欲』字作『斜』爲是。」崧岳不答。後崧岳以示子琴，子琴亦云：「千秋所言似有理也。」崧岳哂曰：「公等未足知之。」後子琴過余，語之一笑。今而思之，「欲」字似勝。崧岳兒視余輩，余輩亦或狎之，崧岳恬然，笑歡終夕，實長者也。

崧岳初遊京，學醫於香川太中，且及東涯之門，時爲我輩語東涯看書甚速而强記絶人。一日會業，一後生出其文稿請正，東涯一瞥了，乃示坐客，各傳覽之。東涯從而暗誦其文曰：「某字可削，某字當作某，某下當加某字。」其閲他書速而能詳，蓋皆類此云。

余訪福五岳于京師，池大雅在坐，云：「將與主人遊高野，寫其山水也。」五岳命酒，半醺，不理行裝。大雅不飲酒，數數促裝，五岳乃言：「倒樽而止。」仍勸余輩，交酹不已。大雅援筆賦詩云：「樂聖福先生，倒樽曰爲度。倒樽又倒樽，倒樽終無度。」五岳堂扁「樂聖」，故云。

安道、子琴之師曰兄臧，字臧宗，號樂郊，隱君子也。其學師菅小善，旁治兵學，余不及見之。其墓在北郊妙德寺，題曰「樂郊兄先生墓」，高芙蓉之隸也。松山邸司堤寛傳其兵學，堤早死，其傳泯焉。臧宗寡婦薙髪曰秋月，在北郊。

子琴御風樓在玉江橋北畔，西南豁達，宜月宜雪。余雪朝必訪子琴，子琴已開軒捲箔，手自温酒，待余歡賞。移時浪華地暖，積雪易消，故賞不下辰牌。遇雪而狂者，惟余與子琴而已。

夏夜炎蒸不寐，夜半乘月起行訪子琴，子琴未寐，聞余跫音即欣迎，開樓小酌。將歸，子琴必送到玉江橋，又共倚橋欄，聯吟而别。

子琴宅前漁艇往來，唤取買小鮮爲羹佐酒。

子琴，人目爲詩人，而其學該博，莫不究討，最熟《左氏》，治《素難》，問者服其精到。其人謙虚，不叩不言。

御風樓扁聯，皆京師老儒宫奇書。

中井積善子慶，號竹山，弟積德處叔，號履軒，名望已高。竹山因平九齡來我社，往來交熟。

竹山自號居士，履軒自號幽人，皆爲處士之稱。履軒不外交，實幽人也。俱務實踐，學主程朱，時或出入。

竹山論詩可聽，著《詩律兆》。履軒詩用古韻，其一家言也。

竹山諳鍊經史，一時無比。健啖豪飲，亦無匹敵。

北海素朴，不脩邊幅，洒洒落落，人無貴賤，交無生熟，皆恬然遇之。以其嗜點茶，都下豪富之家舉茶會，以得招致爲榮，北海則不自知也。履軒曰：「北海可納交也。而渠顯者也，吾爲幽人，所以不交。」但其不自知幽顯爲可重耳。

履軒以隱居放言自處，獨與志尹交。志尹末疾，行不過二三十步，故少交遊。其人從容，忘懷幽顯。履軒要之爲幽人。

雨日，幽人招余與志尹小酌。余識志尹不能往，因過志尹。志尹欣然，將反招幽人。頃焉，幽人拉一力至，曰：「相迎愧泥濘，騎馬到階除。」志尹乃騎其背。幽人爲之馭，相與往會，極驩而歸，歸復如之。

履軒著《通語》，文辭雄拔，議論簡明。竹山云：「栗山潛鋒《保健大記》、物徂徠《紀事》，共有可議者。家弟爲之一一論述，遂成一書。」

《通語》，實快編也。志尹雅通國史，其行文之間，多因志尹論定。

某年臘月念九天滿鄉失火，延燒數百户。開歲，客來拜年者，語莫不及災。赤松子方名邦，以春菴行來，直論《中庸》某章義曰：「今者過北海論之，吾未服也。」指天畫地，談論風生，一語不及災。

江田楨夫名世恭，稱八郎右衛門以國學名，博通本朝典故，和漢書籍無不經目，尤善鑒定古名迹，其家藏數百種，交道極廣，而未嘗與宴會。飲食斷腥，家無妻妾，真奇士也。

楨夫所藏書籍無不朱批，和書謄本一一校讐，極其精到，人以爲奇珍。楨夫許借於人，毫無悋色。

楨夫性謙虚，獨以和歌自許，曰：「非敢謂能巧也。吾學於似雲得其正路，凡和歌不得正路，假饒極巧，與俳歌奚擇？」余嘗見小澤廬菴京人，人推爲和歌宗匠，語及楨夫，曰：「吾聞其博洽，不聞其善和歌也。」余乃舉一首《曩同遊但馬先歸》，留别之什也。廬菴驚曰：「居然正風也。」

浪華深見氏與高天漪同宗，亦名家也。其祖西土人，來寓長崎，稱久兵衛，號一覽居士。又航海而西，請黄檗祖隱元，其時謁費隱鼓山，皆時高僧，各贈詩，一稱《與一覽居士》，一《似日本高久兵》。其家衰替不振，費隱詩不知其所在，鼓山詩歸篠安道家。久兵衛夫妻肖像二幅，隱元、木菴爲贊，其裝爲其妻衣被，古色可觀。趙翁與之有舊，嘗寓其家，因記其事甚詳。

深見家剪刀、熨斗、提火爐皆唐山製，蓋其祖携來物云。

古林氏，浪華名醫，其母八十壽宴，余亦見招。窗軒之間，陳設有趣，有紀藩南龍公畫鷹巨幅，祖見宜進藥有效，手寫以賜云。又有黄檗開祖隱元、木菴、獨立輩諸衲詩卷，亦謝其治隱元病也。京所司板倉侯手簡一幅，爲隱元請治之書也。正廳東偏有祠堂，扁「見宜堂」，隱元書。大厦廣除，庭有古連翹樹高數丈，亦名種也。古林氏主人世襲稱見宜，是時見宜幼弱，藤岡道築幹其家，家道再興，余弟千齡師之。

古林立菴，見宜之族也。常講《素難》，津津不已，人以爲迂緩，余與志尹皆交善焉。志尹塾生久病，百方無效。一日過立菴，談及病生，立菴曰：「每訪先生，吾見其言貌，蓋風邪未除，已不足憂也。」其説引據五行，冗長可厭。翌日來診曰：「果如吾所測。」乃與藥，五七日而愈。志尹謂余曰：「彼《素難》之學，亦不可廢也。」

河内一屋村有北山元章，亦名醫。喜交文士。每歲初夏招我社，江北海、林東溟、龍草廬輩自京來會，吟詠揮灑，雜以笙竽。元章徒弟日盛，家道年隆。一歲拉余輩偕登金剛山一宿，歸路上千劍破，過觀心寺，鳴門作之記，附以群詠，題曰《那羅延窟草》。那羅延窟，金剛山別名。一行二十餘人，今不知其卷存否。

元章嘗導訪北村氏稱六右衛門，泉之豪農也，西距界府二三里曰踞尾村，歲收一萬餘石，堂室庭除皆有古風。待客極厚，同遊者北海、鳴門、子琴、彤壁，其餘一兩人不記。

竹田尚水以醫仕伯太侯，住泉府中，家亦富。余與鳴門、子琴、彤壁賞楓于牛瀧。尚水識之，走价要其歸路。乃往，一見如舊，供給至厚。尚水善詩，終夜唱和，出其二子見之，皆幼，後托余從學。長者先歸，少者曰省吾，好性理之學，幾乎有成。余適歸國，亡幾省吾病死，余爲銘其墓。

志尹弟閶叔孝章，稱熊宗才學克肖乃兄。余歸省及佗適，數日之行，輒請閶叔代教督生徒。没年二十二。從余遊者，夭折可惜，閶叔、省吾二人爲最。

平賀翁在京罹病，予東門人問之，不審，乃自理裝，拉二宮東昌備後吉和人，初爲僧，後還俗，善醫，嘗與翁同遊長崎問病，侍執湯藥十八九日。翁稍就安，乃辭歸浪華。後數年，翁納繼室，嘗謂之曰：「自吾寓京，唯有一事不可忘。吾得篤疾也，賴某自大阪來，曰：『先生安之。僕來在此。』吾心乃大安。」繼室爲余語之。

西川義之稱龍之進，後爲江府徒士。長崎人，寓平賀塾，一晤，相歡益昵。暫還長崎，復往江户，過余，留數日，爲余請海賈書余堂扁爲贈。余不喜，因出唐貨蠻布代之，亦不喜，惟擇其水筆廿枝許取之。其堂扁雖余不欲得，以有余姓字，委而去。

森田士德善書，其人率直，愛敬趙翁最厚。好古書畫，不吝財貨，但不欲多蓄，務擇其極佳者。其或同手重複者必舍其一，其佗器玩亦然。

京僧携書畫數軸來售，有僧愚中書吾藝佛通寺開祖，士德出數十金購之。後聞佛通寺無開祖書跡，曰：「在我爲玩具，在彼爲什寶。」因改其裝寄之，所謂古金襴也。闔山大喜。士德愛其書，摹拓頒與同人。愚中亦嘗入唐者，其書有一種古氣。

《秋萩帖》爲道風書和歌十餘首，帖首有「秋萩」二字，故得此名。其真在新清水寺，余欲觀之，與士德謀，恐主僧拒之，索其所識書柬爲介，尚恐其弗肯。一日袖其書，與士德赴之寺下酒樓曰浮瀨，就命午飯。店主母問吾輩所以來，乃告其實。主母率然曰：「妾請先往語之。」頃焉，歸報曰：「可也。」乃往，遂得縱觀。真八百年來物，古色蒼然，而其絹青黄可辨，奇矣。是日一老嫗爲介，亦益奇矣。但展覽之間，女奴數輩在傍，雜沓戲慢不解事，可厭。士德云：「古人有東山携妓事，恐亦如此。」因共一笑。

美日和景，士德輒催余俱過城東南廢寺閑院而歸。

山口剛齋性豪邁，少好任俠，且脩禪教。後折節受業於吾岳翁，又與久米順利交。講究道學，益極精微。又脩越後兵法，亦抵蘊奥，對人談兵，如躬歷軍陣者。蓋浪華人所罕見也。家貧，數遷後不得復僦舍坊市，遂寓上町一牙兵宅地。

剛齋考究火伎，而貧莫能試之。且都下令嚴，不得私演其伎。土佐人谷萬六得授其法，在國試之，服其精妙云。

剛齋音吐骨骼宛然一武弁，而風流閒雅，善詩文，和歌和文亦皆可誦。性不飲酒，言談風生。時聞笑謔，如醉漢然。

剛齋著《兵録》，蓋兵書之要者也。又善鑒古甲胄，至戎裝之式，莫不諳練。

麻田剛立，豐後人，來寓浪華，本姓綾部氏。長於天學，雅有卓識。每曉上屋觀星象，非剛健者不能，不愧其名也。

岳玉淵名艮才穎無比，善書，摸二王多巧伎。愛石菖蒲，護養之方亦精。玉淵八月獲兔，命工爲筆，工不能治其毛。玉淵自取治之，口授筆工，始成。余亦試之，極佳，後多製出。其有巧思如此。

五岳善詩，後好作六言。畫人而詩書皆有趣，五岳之後，吾未之見也。

五岳五子，以泰、恒、嵩、衡、華爲名，而多夭。人或教之棄諸他家，他人舉而名之，乃能有育。後生一兒，棄之於其東鄰，東鄰即北海。北海舉之，與名曰「捨五郎」，今東岳是也。名和八郎者，工篆隸，多伎能。住北御堂，後墻壁皆彤，自稱「彤壁」。其人質素寡言，與北海交密。

月岡雪鼎以畫著，與楨夫爲鄰。隱子遠介楨夫求畫鶉，辭之曰：「往有需此者而辭之，時自謂『吾鶉不及光起，過十年當及』。今年既過焉，終不及之，所以辭也。」

圓山應舉，畫名一代。有人自京師來者多齎贈余，大有德色。余不甚喜，得輒與人，今不留一張。

余好古書畫，夏日入京，觀諸名刹所藏，冒暑奔走累三年。故在其時，祇園會亦不暇觀也，沈溺亦甚。

余謂晋唐之真不可睹也，得睹宋元斯可矣。茶博士所稱古僧伽書，按其時則宋元，其紙其墨或可以摸索米蘇黄蔡餘韻焉。故余在京阪見此等跡，必鈎摸玩之，於本邦古名人之跡亦然。

趙翁見余費精於鈎摹，輒曰：「無以爲已。存十一於千百，惟其神韻而已。臨摸争巧，不了事漢之伎耳。」

韓大年天壽，稱中川長四郎，伊勢人。嗜墨刻。有江户人官藏寓食韓氏，巧彫鐫。官藏來浪華，一再過余。

余在浪華，玩《論語集註》。伯潛多書，因借《朱子遺書》等參互校閲，著《私考》二十卷。後閲之不滿意，舉而火之。今而思之，枉費了許多日月矣。

趙翁書名甚高，好酒，豪宕不羈，遇北海、子琴如小兒。

趙翁不乘醉不書，而喜金絲裱裝。士德欲請其書，輒先招飲罄歡，伺其乘興，稍出挂軸數幅披之，皆空白，其裝金絲爛然。翁見之，欣然揮灑如掃，醉墨淋漓，愈出愈奇，直揭諸楣間。翁益欣然，士德退改其裝，使雅馴而藏之。

趙翁醉後潑墨作畫，極多高致，非畫家所及也。

趙翁音吐沈静，容貌温雅，而其自律律人多武人氣習，蓋少壯住江府有所薫陶也。然身不佩寸鐵，結髮如道士，蕭然一野人也。

趙翁在浪華，見奉行代官必與之抗禮，視其僚佐如奴隸然。

西山某莊樹竹幽深，亭臺各有位置。其茶室蓋千氏所規畫，四方取則，其徒之所艷稱也。主人就趙翁請命之名，翁直命曰「天心居」，主人敬謝而退。坐客以爲有意旨，請其説，則曰：「莊在天王、一心二寺之間，因得是稱也。」坐客哄然。

趙翁後徙界府，僧法林從學。翁有客，輒命具供給。力人八角喜八在其門塾。余《題枸杞園》詩有「魚蔬有課僧司膳，門户無扃俠守閽」一聯，園植枸杞，故名。

趙翁患腫累月，腰腳攣急不能起行，諸子弟憂之。士德勸其浴但馬温泉，力請乃得，遂爲具僕從以往，數旬果有驗。爾後惡酒尤甚，蓋酒毒爲虐也。病後不爲畫。

余嘗與趙翁觀楓高雄，而過華園信宿。出伏見上舟，同載者有京語有鄙語，相合甚驩。舟抵牧方，岸上有五六人呼舟而乘，皆惡少年，所謂虚無僧侶也。言貌粗豪，傍若無人。衆皆沮喪，不敢出一語。趙翁瞑目而坐，初如不經意，頃焉乃言：「汝等何譊聒乃爾！盍爲一弄，樂乃公也？」衆相目失色。少年皆曰：「丈人有命，敢不奉命？」乃取笛于槖，二人吹，二人歌，一人口爲絃，一人口爲提琴，翕然如樂作。其曲皆彼徒所秘，諸少年又咸妙手，衆又大忻，屬耳而聽。久之，日將暮，舟抵源八渡，諸少年理裝上岸而去，衆皆拜謝：「翁一鼎言，不啻其帖然。命奏其伎，使吾輩取娱樂。」

黄檗僧大成，住天王寺東浄壽院，詩書皆有一種風致，以其唐種也。趙翁亦以唐種，其與大成話皆用唐音。時大笑，余問翁何笑，曰：「吾謂禪師如此笨伯，得非飫大牢？」

僧蘭洲名浄芳，住九島院，善詩，有風趣。時招吾社酒茶吟詠，爲方外之遊。子琴尤親善蘭洲，常改竄其舊稿爲樂。

子琴未嘗閱本朝人詩文集。麗王好讀之，舉其疵瑕議之，亦一癖。

麗王常撿其家集，數數改竄，殆不留原稿。詩曰《小草》，文曰《遠志》。

僧大幻，及見蜕岩，曰：「翁嘗語余，其所作五律《晴雉鳴春野》一首，自謂幾乎唐矣。其他皆前後安排，補湊成篇，獨此詩自起句任口道出，乃爾渾成。」

界府益田睢軒高豐卿，字孟文，稱次兵衛。亦及見蜕岩，年少，不多記一二，傳説或可聽也。

睢軒遊長崎，再三善道高君秉、熊斐事。睢軒書與詩皆有趣，畫學之於熊氏，真率超凡，猶其人也。後余遇之江户一再。

睢軒事趙翁尤謹，枸杞園本其莊地，以與趙翁居之。梧栖河合逢原、敬亭田中謙，亦同事趙翁者。余未寓浪華也，嘗有事到界府，信宿驛亭，鄰人導余過睢軒聚星軒。時趙翁自浪華來寓焉，諸子亦來會。酒間，余賦詩呈翁，唱酬累篇。於是睢軒大悦，懇余留宿。趙翁已歸，余在聚星軒一月許。余識趙翁自睢軒始，時余年十九歲。

萱君譽家，有蜕岩復君譽父考澗俗牘，長四尺許，論詩極精，且勸其自改轍，勉勵諄諄。又言及荒木定堅，商山父也稱吉右衛門。君譽曰：「蜕翁、家父，年齒相如，足以見其矍鑠。此書蓋二老八十二三歲時也，猶且力學相勸若此，尤可敬重。」

荒木定堅，池田人，善詩，有《鷄肋集》。三子：兄爲商山；其弟住浪華，務講經義，早死；末弟善書，《鷄肋集》乃其所書，精緻可玩。

商山嗜詩，睥睨一世，鮮所許可，獨與子琴善。又能評隲本朝諸作家，論辨精確，編著《昭代詩紀》二十餘卷、《東雅》五六卷，皆非全書。

商山簡默寡言，性不飲酒，詩酒之會如向隅者，獨與子琴言，時出冷語且涉滑稽，滿坐一噱，而商山復默。衆愛之而不厭。

北海詩社，有一富兒時其會而來請曰：「敝族在南都者近開壽宴，諸公幸賜詩章，何榮如之？」乃治具，水陸駢陳。南都霙酒，世所珍賞，亦在焉。衆酣暢吟詠，商山詩先成，富兒拜謝惟謹。及傳觀，則平常會集之詩也。子琴叱曰：「盍爲壽章？」商山恬然曰：「吾不媚爲龜鶴之祝。」子琴颺言曰：「壽章不成，當吐霙酒。」商山曰：「恕之恕之。」一坐哄然，遂無一人爲壽詞。

世記赤穗四十六士之事，皆云其謀深密，其未舉事，無有一人知之。大阪中井、鳥山二家有所傳大異焉。中井世貫龍野，龍野士人井口某猪兵衛在江户邸，其傔請曰：「頃聞赤穗遺臣將襲吉良氏，期在某日，僕請奉郎君往觀。」期之夕，井口獨寐邸樓，比曉，聞舍外有聲，井口意是傔所言，闢窗而瞰，乃數十人穿防火裝爲隊而過。余聞此，信疑相半。後聞鳥崧岳話。崧岳，越前人，其僕文助者，在越前時爲國老本多氏丁夫，役於江户邸，在本所與吉良氏爲鄰。鄰邸之變，發卒警衛，文助亦乘鄣執燈至曉。時方月夜，望吉良氏門外觀者填塗，乃知中井家所傳信然，世之記者徒揣想爾。然當日事情如彼，而吉良氏未嘗覺知，亦可以見人心矣。

浪華有一翁者鹽屋伊兵衛，家傳天野屋利兵衛事狀。惜其泯滅，欲待其人以文之，乃托之獨嘯菴永富鳳。獨嘯菴托之平賀先生，平賀先生托之余，始立傳上梓。事詳先生跋。其略云：刻既成，千秋自浪華致書曰：「昨醫生松田元龍者引一商客來執謁請見，曰：『聞先生爲藝洲平賀君有所著，嘗托之平賀君者，僕即是也。』因曰：『自托之以來，無日不思之。既而自慰謂獨嘯所友，則其人必不背於約，苟留之天地間足矣。我得睹之與否，天也。今乃得布天下，以遂素願，非平賀君之信與先生義氣贊成之切，焉能至此？』」余得此報亦大喜，千秋之見猶余見之。其人稱鹽屋伊兵衛，在浪華緑橋畔，以賣糕餅爲業。安永丙申正月，平賀晋民識。

余著《利兵衛傳》，其名不詳。西村孟清，好善之人也。乃夤緣就其故里籍，得其名押，始詳其名「直之」。非孟清，則弗得也。

伊兵衛極賤極貧，而涉獵和漢之書，時來與余言，語氣慷慨，而其論以「六經吾心注腳」爲主。余爲辨王學之弊，乃自省悟，不復言也。浪華市井之人往往弄文墨，而其詩文多足誦讀，其他以風流好事名世者亦不少，如蒹葭木世肅者其選也。獨若伊兵衛博洽有識，我罕見之，京及江户市井之人則恐不能如浪華之文矣。

作詩質的

冢田大峰

《作詩質的》一卷，冢田大峰（一七四五—一八三二）撰。據文會堂《日本詩話叢書》本校。

按：冢田大峰（つかだ たいほう TSUKADA TAIHO），江户時代儒者。美濃水内郡長野村（今屬長野縣）人，名虎，字叔貔，世稱「多門」，號大峰、雄風。從其父冢田旭嶺受家學，赴江户於增上寺爲僧，後還俗志向儒學。不求定師，攻究古今書籍。最初崇奉朱子學，三十歲左右開始拒絶宋學，崇奉古學，遂成一家之學，於經義不許樹立流派。寬政二年（一七九〇）幕府「禁異學」致其强烈抨擊，與山本北山、龜田鵬齋、豐島豐洲、市川鶴鳴共爲官學之敵對大本營，被稱爲「五鬼」。天明五年（一七八五）於江户麴町（今屬東京都千代田區）開設家塾「雄風館」教授學生。於享和元年（一八〇一）赴尾張藩（今屬愛知縣）任儒臣，文化八年（一八一一）任藩學「明倫館」督學，掌握學政，重新制定讀書順序等，一改尾張藩之學風。延享四年生，天保三年三月二十一日殁，享年八十八歲。

其著作有：《冢注周易》八卷、《冢注毛詩》二十卷、《冢注詩經》五卷、《冢注孔子家語》十卷、《冢注尚書》六卷、《尚書補注》十三卷、《冢注六記》六卷、《冢注老子》二卷、《冢注孔叢子》十卷、《冢注禮記正文》四卷、《冢注春秋左氏傳正文》、《冢注孝經正文》一卷、《冢注毛詩正文》三卷、《冢注周易正文》二卷、《大學注》一册、《中庸注》一册、《冢注孟子・冢注孝經》一卷、《孝經和字訓》一卷、《國語增注》二十一卷、《左傳增注》三十卷、《晏子箋注》四卷、《管子箋注》六卷、《老子箋注》四卷、《老子道德經》二册、《莊子箋注》六卷、《戰國策略注》十一卷、《孟子斷》

二卷、《荀子斷》四卷、《論語群疑考》十卷、《論語講録》十卷、《大學國字解》一卷、《中庸國字解》一卷、《弟子職補解》一卷、《禮記贅説》四卷、《史漢補解》七卷、《聖道辨物》二卷、《聖道得門》一卷、《聖道合語》二卷、《爲政講義》一卷、《冢田氏國風草》二卷、《皇極和談》一卷、《滑川談》一卷、《歷史綱覽》、《學語》一卷、《入官第一義》一卷、《發字便覽》一卷、《唐宋類題》一卷、《用字格》一卷、《解愠》一卷、《正朔斷惑編》一卷、《作詩質的》一卷、《昇平日新録》十四卷、《見聞録》五册、《隨意録》八卷、同續編二卷、《江尾往還蹤》二卷、《明倫堂規則》一卷、《多門上疏》一卷、《大峰文集》六卷、同續篇五卷、同遺編一卷、《大峰詩集》四卷、同二編三編八册、同遺稿四册。

作詩質的序

家大人幼而好作詩，長而專務經學。歷年之間，唱闢里正風，以率後生。其著書之富，世之所與知也。而其所好之詩者，猶春秋不廢焉。其作之也，古人所謂三上以爲其所。且其餘力，漢魏以下元明以上，於其瑣言小説，亦善涉獵之。乃就其中舉作詩之要語，平生以諭門人小子者，秀每在膝下而聞之。然秀也不肖，不能悉記臆之，亦未得如其諭，居恒深耻之矣。大人性殊惡暑，今兹三伏之節，以爲避暑之事，乃書其嘗平生所諭門人小子之語，而爲一册子以賜之秀。秀雖自不能服膺之，然欲與同志之士俱能記臆之，亦欲以貽後生，乃命之剞劂氏。蓋作詩者，師表不正，則雖有佳趣巧意，失于廢其言。譬之如習射者，雖有良弓直矢，質的不張，則不能發其筈。故題之曰《作詩質的》云。

文政三年庚辰秋八月穀旦，家田秀。

作詩質的

大峰先生　述
男冢田秀　謹校

風雅之變，爲騷爲賦，乃至稱詩。而其成句，或短而至三言，或長而至九言，然五言七言斯爲後世之通用。而五言則祖李陵、蘇武，七言則祖柏梁臺。而後建安、正始之體，及六朝之體，其時世之變，而風裁格調雖或不同，都稱之古詩。至於李唐，乃王績、王勃、沈佺期、宋之問之輩研竅音韻，精練聲調，專主諷詠，而絶句與律，五言七言，其格調初定，斯謂之近體，然且有初盛中晚唐之異焉。趙宋以還則偏原於唐人，絶句與律以爲通體，而或有好初盛之風者焉，或有好中晚之風者焉，乃其所作之詩，各擬議於其所好焉耳。則非更可以目宋體、明體也。但從宋至明，其風調之異，則亦因其時俗之變也。而不知者，更以爲宋元體，以爲明體，可謂誤矣。小子欲作詩者，先知斯時世風體之變，而可與言詩也已。

今世作詩者，竹馬紙鳶之時，聞「二四不同，二六對等」之言，而徒務協平仄，綴五字七字，以四句爲絶，以八句爲律，而未覺其所以爲律爲絶句。雖知起承轉合之名，而未自得起承轉合之義。有中聯則謂律，無焉則謂絶耳。乃其所作之詩，意脈不屬，起結不整，首尾支離，而且風調卑屈，卒不成詩。然自以爲是矣，而不念修練焉。及其熟乎作句也，則奇字偉言以眩青衿子弟。斯之爲案，故雖終身好作詩，而使識者覽之，則未可以爲詩也。小子思之。

唐司空圖示《詩品》二十四則，曰雄渾、冲淡、纖穠、沈著、高古、典雅、洗煉、勁健、綺麗、自然、含蓄、豪放、精神、縝密、疎野、清奇、委曲、實境、悲慨、形容、超詣、飄逸、曠達、流動，此品則精則精，然恐失於煩碎，而作者或惑焉。其亦因作者氣禀，而且隨所題所感，乃其品自可以分也。宋嚴羽云：「詩之法有五：曰體製，曰格力，曰氣象，曰興趣，曰音節。詩之品有九：曰高，曰古，曰深，曰遠，曰長，曰雄渾，曰飄逸，曰悲壯，曰淒婉。其用工有三：曰起結，曰句法，曰字眼。」是亦可也。其用工之三，作者最宜服膺焉也。

詩者主諷詠。諷詠之調，古之詩者在五音宫商之協焉，近體之詩則在四聲之協焉。而我方作詩者，徒分字之平仄耳，而不得辨四聲。故雖巧作句，或聲調不協，將有不可以諷詠者。作者雖不能悉辨四聲，尤於入聲字不可以不用心也。

明劉孟熙云：「唐人詩一家自有一家聲調，高下疾徐，皆合律吕。吟而繹之，令人有聞韶忘味之意。宋人詩譬則村鼓島笛，雜亂無倫。」此孟熙之評，實知其可然也。蓋唐之盛也，則梨園伶人及娼妓之類，亦歌當時作家之詩，故專練其聲調。宋人素法效於唐，而雖陳其氣象，不主諷詠，好出新奇而工詞意。曩讀楊萬里詩話，其所以爲佳詩而摘舉焉者，唯奇字巧句，甚則詼諧滑稽，皆非古之所以爲詩也。然亦非概以爲然矣。宋人之詩，亦或有髣髴乎唐者，不可以不擇也。「渭城朝雨浥輕塵，客舍青青柳色新。勸君更盡一杯酒，西出陽關無故人」，此王維詩。以今時作者視之，則淡泊平易，且何新奇之有？不可敢以爲秀絶也。然唐人以來以爲絶調，或稱渭城曲，或稱陽關曲，乃爲三疊歌曲，相傳而不廢。斯詩之所以爲詩，亦可以知也。專尚其聲調爾。

人之作律，多先案中聯四句，而役於組織彫鏤，其意即盡於聯對，則起結四句窮於無趣向。乃更設傅會，首尾不相應，遂失聯對之勢，而不成詩者亦多有焉。故欲作律，則先案起結之趣向，質一二之句，而生前聯形容，後聯轉意，以易其句勢。七八二句，意生自後聯，而相照於一二之句，可以固結其意也。明李東陽云：「人但知律詩起結之難，而不知轉語之難。第五第七句尤宜著力。」是亦然矣，然未之盡也。今且思之，第五第六，後聯二句，宜同其力也，不可唯第五句也。第七第八二句，亦宜同其力。唯第七句著力，則不可固結也已。

五七言絶句，則平易起承之句，轉句轉意，以强其句勢，結句生自轉句，且相照於起承，可以結其意也。作者或多盡意於起承而窮於轉結，則爲虎頭狗尾耳。然且五言與七言，其體裁不同，五言則多含蓄，七言則多流動。其亦翫味唐詩，而可以知也。

少年輩或易絶句而難律，未能得絶句之體而强欲作律者，遂不能成詩也。先作絶句百數而熟乎其體，而後可習作律也。張蔚然曰：「五言古難于七言古，七言古難于絶，絶難于律。」李東陽曰：「李太白集七言律止二三首，孟浩然集止二首，孟東野集無一首。皆以名於天下，傳後世詩奚必以律爲哉？」此等之言實然矣哉。故少年輩不可以絶句以爲易也。

絶句實難於律矣。然亦因其人之稟性，而自有所長所短也。若李白長於絶句，斯可謂其天性也。是乃如李于鱗所評焉，蓋以不用意得之，而巧者反失矣。白之詩云「廬山西南五老峰，青天削出金芙蓉。九江秀色可攬結，吾將此地巢雲松」，此詩從首至「九江秀色」，則入看而出于口，自然之調，其不用意者也。「可攬結」三字，些用工夫。結句造意，巧而失勢者歟？其他五七言絶句，若于鱗之選所載焉，則最其秀逸者，作者宜以法效焉也。朱元晦詩云「我來萬里駕長風，絶壑層雲許蕩胸。濁酒三杯豪興發，朗吟飛下祝融峰」，此詩出於李白之豪放，而可謂首尾不失勢矣。

唐僧玄覽詩云「大海從魚躍，長空任鳥飛」，朱元晦嘗書此句，且跋之曰：「大丈夫處世不可無此氣象。」此句實見氣象，元晦固好此氣象，故其祝融峰之詩亦足見其氣象矣。

詩者，所以言志。而後世之作詩，雖多工設詞，非其實情，然亦足以觀其人心之曲直剛柔矣。然且唐代以詩爲選級，則亦繆戾矣。宣宗時令狐相進李遠，宣宗曰：「比聞李遠詩云『長日唯銷一局棋〔一〕』，豈可以臨郡哉？」如斯者可謂泥於詞矣。以詩觀人者，因其風調趣向，以可觀其氣質也。白樂天詩云「無事日月長，不羈天地闊」，孟郊詩云「出門即有礙，誰謂天地寬」，斯自知其曠與褊，其氣質可知也。李紳詩云「春種一粒粟，秋收萬顆子。四海無閒田，農夫猶餓死」，「鋤禾日當午，汗滴禾下土。誰知盤中飧，粒粒皆辛苦」，吕温云：「此人必爲卿相。」果如其言。斯亦所以觀其

〔一〕日：底本脱，據《全唐詩》卷五百十九補。

志焉。作者宜省戒也。且李白詩多豪放，杜甫詩多悲慨，亦其氣質不可誣焉耳。

古詩則《十九首》以下至於六朝，可以儀刑焉。近體則唐人其宗也。而唐詩之纂集雖多也，李于鱗之選最其醇粹也。則作者宜以爲準的焉。然厭常好奇，斯庸俗之態。而于鱗《唐詩選》者，幼童亦以爲常，則或厭之，更好新奇者，固不得詩之所以爲詩故也。明解縉云「漢魏質厚於文，六朝華浮於實。具文質之中、華實之宜，惟唐人爲然。故後之論詩，以唐爲尚。宋人以議論爲詩，元人粗豪不脫氈裘童酪之氣，雖欲追唐邁宋，去詩益遠矣。」此評亦可以鑒焉。

論作詩體裁者，非亦不多也。然後則南宋嚴滄浪《詩話》、元陳繹曾《詩譜》、明王敬美《藝圃擷餘》，前則梁鍾嶸《詩品》，是最其精密者也。作者不可以不覽也。

予之比少壯也，則作詩者，依嚴滄浪及明人之指揮，以辨宋之俗臭，而專學唐之風調，乃善詩者，世多有焉，而其集往往行于世矣。而近年聞之，或稱宋元體，而務出奇巧，俚諺諧謔以爲詩者，亦世多有焉。是流俗之所以使然也歟？夫宋元之於詩，以爲何是原焉耶？蘇東坡、黃山谷、陸放翁之徒，皆是學唐人以擬議之，加以其奇巧者耳。而今之作者，不學宋人之所學，而學宋人之新奇，斯猶不學柳下惠之所可，而學柳下惠之所爲也。又譬之如學畫者，欲學畫虎而殆爲如猫，欲學其如猫而當爲怪物。不思之甚也。

司馬温公曰：「《詩》云『牂羊墳首，三星在罶』，言不可久。古人爲詩費於意在言外，使人思而得之。近世詩人唯杜子美最得詩人之體。」又歐陽永叔好誦「竹徑通幽處，禪房花木深」之句，以爲不可及。此佗東坡、山谷、放翁之徒隨其所好，而宋人之所以慕唐人者，皆尚其興象風調爾。然及其自作也，則或陷於理窟，斯其時勢窮理之弊歟？黄山谷云：「學老杜詩，所謂『刻鵠而不成尚類鶩』也。學晚唐諸人詩，所謂『作法於涼，其弊猶貪；作法於貪，弊將若之何』？」又嚴滄浪云：「近代諸公乃作奇特解會，遂以文字爲詩，以才學爲詩，以議論爲詩。夫豈不工，終非古人之詩也。」斯宋人之詩其病可以知也。而近世輕淺作者，妄厭唐調，好擬宋人奇巧，是亦嚴羽所謂「野狐外道，蒙蔽其真識，不可救藥，終不悟」者。又所謂「有下劣詩魔入其肺腑之間，由立志之不高」者也。

昔年門人某，以當時唱宋風者之《新年》詩示予，問其可否。予覽之，其詞鄙拙，其意不屬，無興象，無聲調，竟不成詩，可顰蹙也。因戲擬其徒之所好，賦以示門生曰：「書生罷業祝新年，有酒有魚亦有錢。出谷遷喬彼其鳥，處貧辭寵是斯賢。黄唇强舐歐蘇粕，白鬢猶流李杜涎。豪放任春抛世務，利名兩遯醉中仙。」如斯則猶宋人之口氣，而有詩之形歟？然是不可以爲詩。非予之所好，小子戒勿喜如斯風體。

竊古人之詩，偷句勢上也，偷意趣次也，偷文詞其下也。唐人則偷之於六朝以上古人，往往有徵之者。又盛唐以下，則有偷之於初唐者。李白《蘇臺覽古》「只今惟有西江月，曾照吴王宫裏人」，全竊於衛萬《吴宫怨》，其《鳳皇臺》詩則擬崔顥《黄鶴樓》詩而敵之者也。沈佺期詩「南浮漲海人何處，北望衡陽雁幾群」，而韓翃詩「前臨漲海無人過，卻望衡陽少雁飛」，是全竊佺期之詩者，而其格調亦劣矣。王維詩「九天宫殿開閶闔，萬國衣冠拜冕旒」今《唐詩選》作「九天閶闔開宫殿」，而杜甫詩「閶闔開黄道，衣冠拜紫宸」，是全竊乎摩詰，而其風調不及焉。戴叔倫《除夜宿石頭》詩「旅館誰相問，寒燈獨可親」，此五律自高適《除夜》絶句想出焉。又《送友人東歸》詩「萬里楊柳色，出關逢故人」，此五律自王維「渭城朝雨」興發焉。盧綸「月照何年樹，花逢幾度人」，此一聯蓋得於張若虚「不知江月照何人」也。盛唐以下多有如斯者也。明七子七言聯句，多竊句勢於唐人律調。作者覽而可擇焉也。

唐人以詩爲專門，且善用故事。然讀書不精，則不免乎謬誤。宋之問詩「鎬飲周文樂，汾歌漢武才」，王維詩「欲笑周文歌燕鎬，還輕漢武樂横汾」，蓋斯摩詰傚乎之問，而與致謬也。《魚藻》之詩，美武王也，非文王都鎬也。又王維詩「衛青不敗由天幸，李廣無功爲數奇」，斯不敗由天幸則霍去病，非衛青也。高適詩「李廣從來先將士，衛青未肯學孫吴」，斯不學孫吴兵法則霍去病，非衛青也。如斯之誤，亦將不寡。故作者宜法效乎唐詩，然於其事迹，則不可以不自擇也。

「詩有别材，非關書也。詩有别趣，非關理也。然非讀書之多明理之至者，則不能作。」此嚴滄浪、李東陽之徒所與言焉。實其然也。然且今謂之，雖讀書多也，徒記古事耳，而不有志操者，詩無氣象，趣向鄙陋，華而不實，柔而不剛，譬猶畫工善寫花鳥，有其形有其色而無香無聲也。楊升菴曰：「杜子美云『讀書破萬卷，下筆如有神』，此子美自言其所得也。讀書雖不爲作詩設，然胸中有萬卷書，則筆下自無一點塵矣。」是亦然矣，然予有疑於杜甫。甫之詩有「孔丘盗跖俱塵埃」句，以是觀之，其於詩也雖名達也，其人則予不取也。若志于聖學之人，豈可忍以聖人與盗跖竝言乎哉？見其詩文，而可知其爲人也。則我黨之人，雖一言一句也，可不輕易也。

文詞之才，有敏有遲。於其作文，相如之遲，鄒陽之敏，其稟才之異，不可相誣也。於詩亦爾。李白之不用意，杜甫之苦吟，是亦其才不可相誣也。明都穆云：「世人作詩，以敏捷爲奇，以連篇累册爲富，非知詩者也。老杜云『語不驚人死不休』，蓋詩須苦吟，則語方妙。不特杜爲然也。賈閬仙云『兩句三年得，一吟雙淚流』，孟東野云『夜吟曉不休，苦吟鬼神愁』。」此都穆之言，非不是也。今世作詩者亦多欲敏捷，然不有其才，而初不得趣向。徒索搜文字，强疾作句，則終不成詩，故不可敢喜敏捷。若得其趣向，而首尾相應，乃成一篇詩。然不可以直以示人，熟吟誦之，可以錬其風調也。然亦不可必至苦心，唯伸其志情，而因其興象，乃欲以使人感焉耳。非敢可以文詞驚人也。故子美之苦吟，亦非敢所以可慕也。歐陽修云：「孟郊、賈島皆以詩窮至死，而平生尤自喜爲窮苦之句。」又李白戲杜甫云「借問别來太瘦生，總爲從前作詩苦」，此杜甫及賈島、孟郊之徒終身太苦於詩者，則亦非學者之所以敢美也。

蓋作詩者，素何由也？春秋風月之望，花鳥物候之看，山水煙波之觀，人世哀樂之會，觸乎其物，應乎其事，感於心胸，發於唇舌，乃假文詞以伸其志情，斯所謂詩者也。亦是學問之餘暇，游于藝之一端，而非可敢以言義理也，亦非可敢以費心力也。故我黨小子苟欲學作詩者，尚鑒于茲。而其興象風調，則可法乎唐人。而其役心力於詩，則不可傚乎唐人也。

餘話

楊升菴登眺山寺，見雨霽虹霓下飲澗水，得句云「濕虹下飲玉池水，斜日横分蒼嶺霞」，張愈光曰：「『斜』字猶未稱『濕』字。」後一年，升菴偶閲《莊子》，遂改「睨日」。愈光曰：「濕虹睨日，古今奇句。」此斜濕不相稱，睨濕以爲奇對者，作者所以宜用意也。且此一聯氣象，宋詩亦有如斯佳者也。

左太沖《詠史》詩云〔一〕「言論準宣尼，辭賦擬相如」，是豈以若相如者爲聖人之對，可也乎哉？文人之不崇德義，亦可以惡也。

稽康《幽憤詩》云「母兄鞠育，有慈無威。恃愛肆姐，不訓不師。爰及冠帶，憑寵自放」。予讀此詩，疑其爲人爲子爲弟者。舍己之懶惰而歸罪於母兄，可也乎？

東坡嘗戲謂佛印云：「讀古人詩云『時聞啄木鳥，疑是打門僧』，又云『鳥宿池邊樹，僧敲月下門』。古人必以鳥對僧，自有深意。」佛印云：「所以老僧今日常得對學士。」東坡無以應。斯嘲佛印，己反爲鳥。可笑也。

明初毗陵士人女，年十六能詩。其《破錢》詩云「半輪殘月掩塵埃，依稀猶有開元字。想得清

〔一〕沖：底本訛作「仲」，據《文選》二十一改。　史：底本訛作「居」，據《文選》卷二十一改。

光未破時，買盡人間不平事」，賦得好矣。白頭先生亦將不及。

唐貞元中，張生與崔氏女鶯鶯往來，後棄之。鶯鶯已委身於人，張生亦娶。適經其所，求見不得。鶯鶯知之，潛賦一章云「一從銷瘦減容光〔一〕，萬轉千回懶下牀。不爲旁人羞不起，爲郎憔悴卻羞郎」，此詩情態可愛。

岑參詩云「三殿花香入紫薇」，唐中書省謂之紫薇省，岑參時在中書省，故有此言。白居易詩「紫薇花對紫薇郎」，亦謂中書郎，今《唐詩選》作「紫微」，誤矣。

鶗鴂，或以爲子規，非也。儲光羲詩云「蟪蛄鳴空澤，鶗鴂傷秋草」，岑參《暮秋山行》詩云「鶗鴂昨夜鳴，蕙草色已陳」。《廣韻》，鶗鴂春分鳴，則衆芳生；秋分鳴，則衆芳歇。字又作鷤鴂。《卓氏藻林》以爲歲暮之候。

「雲淡風輕近午天，傍花隨柳過前川。時人不識吾心樂，將謂偷閑學少年」，此程伯淳之詩，可謂中唐風調也。所謂心樂，以他人謂之，唯當爲雅趣。作者之意，蓋亦將以爲使人思其樂何如歟？

「雲裏帝城雙鳳闕，雨中春樹萬人家」，高調清景，固有言外自然佳趣矣。僧萬庵《東叡山》詩竊之云「雲中宮殿諸天宅，雨外春煙五鳳樓」，斯只强擬似者，而諸天宅、五鳳樓皆虚設，非實景也。

〔一〕減：底本訛作「滅」，據《元氏長慶集補遺》卷六改。

「鷄聲茅店月，人跡板橋霜」，斯亦五言妙對。李東陽評之云：「人但知其能道羈愁野况於言意之表，不知二句中不用一二閒字，止提掇出物色字樣，音韻鏗鏘，意象具足，始爲難得。」

李德裕云：「禄山之亂，上皇將欲遷幸，乃登花蕚樓，四顧悽愴，令樂工歌《水調歌》曰『山川滿目淚沾衣，富貴榮華能幾時？不見只今汾水上，唯有年年秋雁飛』。上聞之，潸然出涕。顧侍御者曰：『誰爲此詞？』或對曰：『宰臣李嶠。』上曰：『真才子也。』不待曲終而去。」此詩實使人感泣矣。李于鱗何不載其《選》焉？

李白《清平調》「春風拂檻」，李濬《摭異記》作「春風拂曉」，此觀於露華濃，檻作曉爲是矣。且此時也，玄宗乘月夜之興也。

唐陳京《葆化録》云：「李頻與方處士干爲吟友，頻有《題四皓廟》詩，自言奇絶，云『東西南北人，高跡此相親。天下已歸漢，山中猶避秦。龍樓曾作客，鶴氅不爲臣。獨有千年後，青松廟木春』，示於干，干笑而言：『善則善已。然内有二字未穩。作字太粗而難换，爲字甚不當。干聞率土之濱莫非王臣，請改作稱字。』頻遂拜爲一字之師。」唐人之精鍊于詩，亦可以見也。

白行簡《三夢記》云：「元和四年，河南元微之爲監察御史，奉使劍外。踰旬，予與仲兄樂天、隴西李杓直同遊曲江，詣慈恩佛舍。偏歷僧院，淹留移時。同詣杓直修行里第，命酒對酌甚歡暢。兄停杯曰：『微之當達梁矣。』題一篇于壁，其詞曰『春來無計破春愁，醉折花枝作酒籌。忽憶故人天際去，計程今日到梁州』，實二十一日也。十許日，會梁州使適至，獲微之書一函，後寄《紀夢》詩一篇，其詞曰『夢君兄弟曲江頭，也入慈恩院裏遊。屬吏喚人排馬去，覺來身在古梁州』，日月與遊寺題詩率同。」斯白居易、元稹結交之感，可謂奇矣。起句《本事詩》作「花時同醉破春愁」，「覺來」作「忽驚」。然此行簡記當爲正。

唐寧王曼貴盛，寵妓數十人。宅左有賣餅者妻纖白明媚，王一見注目，厚遺其夫取之，寵惜逾等。環歲因問之：「汝復憶餅師否？」默然不對。王召餅師，使見之。其妻注視，雙淚垂頰，若不勝情。時王座客十餘人，皆當時文士，無不悽異。王命賦詩，王右丞維詩先成曰「莫以今時寵，寧忘昔日恩。看花滿眼淚，不共楚王言」，此摩詰詩，或以第一二句爲一句讀，非矣。今私疑「共」字當作「與」。

杜子美詩「縱飲久拚人共棄」，拚字，拚同，抃本字。《禮・少儀》云「掃席前曰拚」，《康熙字典》云「按《廣韻》『普官切，音潘』。今俗沿譌用爲拌棄之拌。」然則子美之詩，亦沿譌用之歟？

杜子美《遊何將軍山林》詩「雨抛金鎖甲，苔卧綠沈鎗」，宋周少隱《竹坡詩話》云：「言甲抛於雨，爲金所鎖。鎗卧於苔，爲綠所沈。有將軍不好武之意。」又薛氏以綠沈爲精鐵，周必大《二老堂詩話》云：「按，苻堅使熊邈造金銀細鎧，金爲綫以縲之。蔡琰詩云『金甲燿日光』，至今謂甲之精細者爲鎖子甲。」周紫芝工詩，而《詩話》百篇疎失如此，何耶？姚寬《西溪叢語》云：「《北史》，隋文帝嘗賜張奫綠沈甲，獸文貝裝。《武庫賦》云『綠沈之槍』。唐鄭槩聯句有『亭亭孤筍綠沈槍』之句。《續齊諧記》云『王敬伯夜見一女，命婢取酒，提一綠沈漆榼』。王羲之《筆經》『有以綠沈漆竹管見遺』。蕭子雲詩云『緑沈弓項縱，紫艾刀横拔』。恐緑沈如今以漆調雌黄之類，調緑漆之，其色深沈，故謂之緑沈。非精鐵也。」

杜子美詩「翻身向天仰射雲」，是唯當時輦前才人，仰射雲際飛鳥之謂耳。而《謝氏詩源》云：「更羸善射，每言能仰射入雲中。其妻不信，因以一囊繫箭頭令射之，及墜驗之，果有白雲在内，因名箭曰鎖雲。」以此爲仰射雲之由，附會亦太甚矣。子美感傷於曲江頭之作，豈用如斯工夫耶？承以「一箭正墜雙飛翼」，詩意自著耶？謝氏《詩源》出於《潛確類書》。

張繼《楓橋夜泊》詩，起句既曉天，而結句云夜半鐘聲，談者紛紛，未得的説。或云此地有夜半鍾，名無常鍾。又胡元瑞云：「詩流借景立言，惟在聲律之調，興象之合。區區事實，彼豈暇計？無論夜半是非。」此元瑞之説亦謾也。詩雖借景，夜半不聞鐘聲，而豈設言夜半鐘聲乎？葉夢得云：「歐陽公嘗病其夜半非打鍾時，蓋公未嘗至吴中。今吴中山寺，實以夜半打鐘。」今曰，諸説皆未得作者之興象也。蓋泊船中之時夜半，暗聞鐘聲，未知何處鍾也。既「月落烏啼霜滿天」之時，「江楓漁火」殘夜之景，相對眠未能醒之顔，乃舉頭而望姑蘇城外，寒山寺見，乃初知「夜半鐘聲到客船」，則彼寺之鍾也。此詩興趣，最可喜也。

宋戴衢詩云「坐落千門月，吟殘午夜燈」，午夜字奇也。古人有之否，我未之考。

玄宗《劍門山》詩，唐鄭棨《傳信記》云：「上幸蜀〔一〕，車駕次劍門，門左右巖壁峭絶。上謂侍臣曰：『劍門天險若此，自古及今敗亡相繼，豈非在德不在險耶？』因駐蹕題詩曰『閣劍横空峻，鑾輿出狩回』云云。」今《唐詩選》作「劍門横雲峻」，此素作「横雲」，後以下有「仙雲」，改爲「空」歟？「閣劍」當爲「劍閣」，《唐詩選》作「劍門」，蓋皆寫誤。

《山房隨筆》云：「直北某州，有道君題壁一詩曰『徹夜西風撼破扉，蕭條孤館一燈微。家山回首三千里，目斷天南無雁飛』。」此徽宗作，爲金所敗之時歟？詩則初唐風調，有餘感也。

宋陳郁《話腴》云：「太祖微時《日》詩云『欲出未出光辣撻，千山萬山如火發。須臾走向天上來，趕卻殘星趕卻月』。」此詩風調則非可尚，氣象則既有欲吞四海之兆。宋西郊《野叟詩話》亦記之云「太陽初出光赫赫，千山萬山如火發。一輪頃刻上天衢，逐退群星與殘月」。斯似後改焉者，而反失氣象矣。

鄭谷詩云「愛僧不愛紫衣僧」，此實然也。緇布衣之僧猶有雅趣，紫朱彩衣，則其態非可好。

李頎《題璿公山池》詩「清池皓月照禪心」，伊藤東涯云：「《唐詩選》註云：『皓月一作白月。』非也。若白月則無所本。」此説誤矣。本詩作「白月」爲是。唐人遊寺寄僧詩，多使白月字。此用佛氏黑月白月之事做詩料是也。然黑月白月以爲佛氏之事，則東涯未之得歟？天竺固望前爲白

〔一〕底本此處衍「回」，據《開天傳信記》删。

月，望後爲黑月也。

古樂府《陌上桑》詩云「日出東南隅，照彼秦氏樓」，而次言采桑事。日出東南隅，則仲冬之日。采桑，則春來三四月之節。古人亦有此杜撰，不思也夫。

都穆曰：「東坡詩云『無事此静坐，一日如兩日。若活七十年，便是百四十』。唐子西詩云『山静似太古，日長如小年』。坡以一日當兩日，子西直以日當年。」今云子西之詩則可謂詩矣，坡之詩則誹譃理窟，是今世所謂宋風者，而非所以爲詩也。

李白詩云「我醉欲眠卿且去，明朝有意抱琴來」，是全用淵明之言。淵明有客至者，設酒，先自醉，更語客：「我醉欲眠，卿且去。」白之於詩，如全用衛萬二句，於當世詩猶善訐之，况古人之詞乎？

予幼而初學作詩，先人語曰：「夜深童子喚不起，猛虎一聲山月高。詩調欲如是矣。」夙覺此句高調而記憶之，然未問其何人句。晚讀《琅邪代醉編》，是宋俞紫芝字秀老之句〔一〕，而王荆公尤賞之，見於《石林詩話》云。今之好宋風者不好如是佳調，而嗜宋人臭氣，皆不得詩之所以爲詩也。

詩文用其方言而不可解者，古今不鮮也。《詩》毛傳云：「蕨，鼈也。」東坡嶺南詩云「稻涼初吠蛤」，如此之類，使後人惑者也。齊魯俗謂蕨爲鼈，嶺南呼蝦蟆爲蛤云。

〔一〕俞：底本作「愈」，據《石林詩話》卷中改。

陸放翁云：「有神降於鄭洊家，吟詩曰『忽然湖上片雲飛，不覺舟中雨濕衣。折得蓮花渾忘卻，空將荷葉蓋頭歸』。」此詩晚唐興象，其以爲鬼神之吟者，寓言耳。蓋是放翁自作。

林和靖詩「疎影横斜水清淺，暗香浮動月黄昏」，宋人皆賞此詩。但「月黄昏」不審。孔天瑞《詩話》云：「月已西下，色黄而更昏。」蔣津《葦航紀談》引之云：「以此知黄昏夜深也。」今謂月黄昏，雖有後人説焉，於唐以上未得其徵，作者不可容易用之也。

杜子美詩「玉帳分弓射虜營」，又《送嚴公入朝》詩「空留玉帳術，愁殺錦城人」，又《送盧侍御》詩「但促銅壺箭，休添玉帳旂」。宋張淏《雲谷雜記》云：「王洙注云：『玉帳，兵書也。』後來增釋者不過曰《唐·藝文志》有《玉帳經》一卷而已。按顔之推賦云『守金城之湯池，轉絳宫之玉帳』，又袁卓賦云『或倚直使之遊宫，或居貴神之玉帳』，蓋玉帳乃兵家厭勝之方位，謂主將於其方置軍帳，則堅不可犯。」今謂此皆未審其據也。《抱朴子·外篇》云「在大乙玉帳之中，不可攻也」。後人謂將軍曰玉帳，蓋原乎此焉歟？

王維詩「白眼看他世上人」。我方讀之者，他字屬世上人。曩門人岩名伯庸云：「看他二字成語也。」予未直以爲然矣。後讀《甲乙剩言》者，明柳陳父詩云「看他何處不娱人」，然則「看他」二字以爲成語也。

駱賓王《靈隱寺》詩，唐孟棨《本事詩》以爲宋之問詩，曰：「宋考功以事貶黜，至江南遊靈隱寺。夜月極明，長廊吟行，且爲詩曰『鷲嶺鬱岧嶢，龍宫隱寂寥』。第二聯搜奇思，終不如意。有老僧點長明燈坐大禪牀，曰：『少年夜久不寐，而吟諷甚苦，何邪？』之問答曰：『弟子業詩，適欲題此寺，而興思不屬。』僧曰：『試吟上聯。』即吟之。僧再三吟諷，因曰：『何不云樓觀滄海日，門聽浙江潮〔一〕？』之問愕然，訝其遒麗。又續終篇曰『桂子月中落，天香雲外飄』云云，僧所贈句乃爲一篇之警策。遲明更訪之，則不復見矣。寺僧有知者曰：『此駱賓王也。賓王當敬業之敗，而亦落髮，遍遊名山，至靈隱寺，以周歲卒。』今曰，此詩唯以三四二句，何爲駱賓王作？太可疑也。今《唐詩選》「隱」作「鎖」，「聽」作「對」。

張祜《虢夫人》詩，《楊太真外傳》以爲杜甫詩。曰：「封大姨爲韓國夫人，三姨爲虢國夫人，八姨爲秦國夫人。同日拜命，皆月給錢十萬，爲脂粉之資。然虢國不施妝粉，自衒美艷，常素面朝天。當時杜甫詩云『虢國夫人承主恩，平明上馬入宮門。卻嫌脂粉涴顔色，淡拂娥眉朝至尊』。」得此傳而詩意初白也。今《唐詩選》「上」作「騎」，「涴」作「污」，「娥」作「蛾」，其以爲張祜詩者何也？

《太平廣記》載真娘者，吴國之佳人也，死葬吴宫之側。行客感其華麗，競爲詩題於墓樹。有舉子譚銖者，吴門之秀士也。因書一絶，後之來者睹其題處，稍息筆矣。詩曰：「武邱山下塚纍纍，松柏蕭條盡可悲。何事世人偏重色，真娘墓上獨題詩。」予謂詩則佳也，然意則未也。何者？凡特有名者，後人追感之以入乎詩焉，不獨重色。雖墳墓纍纍也，其與土木朽而無名者，非可復使行

〔一〕浙：底本訛作「淅」，據《本事詩》改。

客感焉。明楊循《别記》云：「采石江頭，李太白墓在焉。往來詩人題詠殆遍。有客書一絶云『采石江邊一抔土，李白詩名耀千古。來的去的寫兩行，魯般門前掉大斧』。」斯亦可以察焉。

韓退之詩「唤起窻全曙，催歸日未西。無心花裏鳥，更與盡情啼」。《全唐詩話》云：「乃二禽名也。唤起，偏鳴於春曉，江南謂之春唤。催歸，子規也。」

韓退之貶潮州刺史，《次藍關示姪孫湘》詩「一封朝奏九重天，夕貶潮陽路八千。欲爲聖明除弊事，豈將衰朽計殘年？雲横秦嶺家何在，雪擁藍關馬不前。知汝遠來應有意，好收吾骨瘴江邊」，此詩詞情格調與臻矣。使人感慨焉者也。于鱗何不選取焉？

宋惠洪《冷齋夜話》云：「白樂天每作詩，令一老嫗解之，問曰：『解否？』嫗曰解則録之，不解則易之。故唐末之詩近于鄙俚。」晚唐之下調，准而可知也。

我方作詩，創於大友、大津二皇子。大友皇子《侍宴》詩云「皇明光日月，帝德載天地。三才竝泰昌，萬國表臣義」，又《述懷》詩云「道德承天訓，鹽梅寄真宰。羞無監撫術，安能臨四海」。此二首，其志操可尚也。大津皇子《遊獵》詩云「朝擇三能士，暮開萬騎筵。喫臠俱豁矣，傾盞共陶然。月弓暉谷裏，雲旌張嶺前。曦光已隱山，壯士且留連」，此亦氣象可尚也。大友，天智帝之子。大津，天武帝之子。時當唐高宗世，而專學初唐者也。

嵯峨帝幸河陽館，題一聯句曰「開閣唯聞朝暮鼓，登樓遥望往來船」，以示小野篁曰：「此句如何？」篁少沈吟曰：「聖作實佳。但願『遥』見改『空』可也歟？」帝愕然曰：「此句卿素知之耶？」對曰：「不知。」帝曰：「是白居易之句也。本集作空，今朕换遥，以戲試卿耳。」此時白氏文集初傳于茲，而秘於御府，外人未得之見矣。篁之精於詩，非今人之所及也。

橘直幹《遊石山寺》詩云「蒼波路遠雲千里，白霧山深鳥一聲」。圓融帝時，僧奝然入宋，於詩人交會席以爲己句。「雲」爲「霞」，「鳥」爲「蟲」，以示彼詩人。其人曰：「佳句也。但霞爲雲，蟲爲鳥則愈佳也。」所謂詩人，不知爲誰乎？其宋人之於詩，其精鍊亦可知也。

弘仁帝幸齋院花宴，使文人賦春日山莊詩，各探韻。嵯峨帝第三皇女有智内親王探得「塘光行蒼」，即賦曰「寂寂幽莊迷樹裹，仙輿一降一池塘。棲林孤鳥識春澤，隱澗寒花見日光。泉聲近報新雷響，山色高晴舊雨行。從此更知恩顧渥，生涯何以答穹蒼」。皇女時年十七云。此詩風調趣向，文墨之士將不及焉。但惜「行」字誤韻。

村上帝時，源英明《夏日》詩「池冷水無三伏夏，松高風有一聲秋」，菅原文時在側曰：「宜以池爲水，水爲池。以松爲風，風爲松。」此菅博士之是正實得焉。水冷池無三伏夏，風高松有一聲秋，最爲佳句也。作者所以宜著意也。

龜山帝《達磨忌》御製「江浪激奔嵩雪寒，栖栖南北不亦閑。當時若得親相見，不在魏梁庸主間」。此御製實天子之氣象，恨如「寒」字何。

藤原周光《夏日遊林亭》詩「養性自然消俗慮，逃名何必卜山居。醉中取次雖飛盞，老後等閑未廢書。世路嶮難争謝遣，生涯蹇剥欲何如」，此詩八句四聯，皆今時作者所不及也。

民黑人《獨坐山中》詩「煙霧辭塵俗，山川壯我居。此時能莫賦，風月自輕余」，此一絶風趣最可好，我方中古縉紳之徒，其善詩者猶不可枚舉也。

甲侯信玄，少壯好作詩。其《新年》詩云「淑氣未融春尚遲，霜辛雪苦豈言詩。此情愧破春風笑，吟斷江南梅一枝」，《薔薇》詩云「滿院薔薇香露新，雨餘紅色別留春。風流謝傅今猶在，花似東山縹緲人」，又《便面有雁》詩云「水緑山青欲雨初，數行鴻雁度長虚。天涯高處要通信，定可蘇卿胡地書」。越侯謙信征能州時詩云「露下軍營秋氣清，數行鴻雁月三更。越山并得能州景，不管家鄉事遠征」。奥侯正宗《馬上少年過》詩云「二十年前少壯時，高名富貴亦私期。由來不識干戈事，唯把春風桃李巵」。斯皆佳調。我方戰國諸侯，其有如斯雅趣者亦猶不寡也。

《作詩質的》跋

春來數月，心神鬱結，陶然不伸。頃日家先生遥賜手書，以見示斯一册。乃西嚮拜跪，熟察其所指揮，體裁聲調，舉莫不典雅，正正堂堂，殆令人有雲霄之思。三復讀卒，胸襟初釋然。所謂不覺沉疴之去體者也歟？近世詩家或稱好宋元體，乃强設區區工夫，欲以摸其形容，新言奇辭，徒飾之務，彫鏤稍成，則意脈既喪。試置之齒牙，鄙俚酸薄，固不可玩味也。而偶有言唐詩者，反以譏嘲，譬之猶忘己之兔缺，而反嗤人之口輔也。若一向明鏡自鑒，寧不悔前日之非耶？此之一册，實近世詩家之明鏡，人人自鑒而可也。

文政四年辛巳夏五月，千葉要謹識。

詩燼

市河寬齋

《詩燼》一卷，市河寬齋（一七四九—一八二〇）撰。據日本國立國會圖書館藏市河三陽氏族贈排印本校。

按：市河寬齋（いちかわかんさい ICHIKAWA KANSAI），江户時代儒者，漢文詩人，上野甘樂郡（今屬群馬縣）人。名世寧，字子静，世稱「小左衛門」，號寬齋、半江、西野、江湖詩老。自幼受家學於其父市河蘭室（細井廣澤之弟子），後遊學江户入林祭酒正良之門，成爲昌平黌之學員長。居五年，因病辭任。其學乃宗朱子學。寬政三年（一七九一）應富山侯所聘任藩校教授，在職歷二十餘載。善詩，以宋詩（陸放翁）爲範，所創詩社取名「江湖詩社」，菊池五山、大窪詩佛、柏木如亭等皆出自其門。所著《全唐詩逸》收集了被《全唐詩》遺漏而傳于日本之唐詩百餘篇，並爲清鮑廷博《知不足齋叢書》所收録。寬延二年生，文政三年七月十日殁，享年七十二歲。

其著作有：《日本詩紀》五十三卷、《全唐詩逸》三卷、《漢魏六朝五家絶句選》五卷、《談唐詩選》一卷、《北里歌》一卷、《江湖詩人小傳稿》四卷、《江湖詩話》一卷、同補遺一卷、《三家妙絶》一卷、《詩家法語》一卷、《宋百家詩》七卷、《陸詩意註》七卷、《陸詩考實》三卷、《寬齋百絶》一卷、《寬齋遺稿》五卷、《寬齋餘稿》八册、《俗耳談》二卷、《林氏家譜略注》一卷。

詩燼目次

題首

趨於時好，學者通弊，何世不然。風氣一運，豪傑挺生，能知弊所在，破固救溺。二三同盟，從旁提挈，一世翕然宗之。豈料口血未乾，渝平無常，拙者爲政，逐影吠聲之徒，奇貨其業，啗名征利，封殖益固，無所不至。霸圖一敗，變爲時之好尚焉。苟不同其風者，唾篙棄擲，將波及古之作者哉。茫茫宇宙，爲此朘削。嗚呼！可不嘆哉。

唐五言古不可不學

「唐無五言古詩，而有其古詩，不取也。」此言一出，近時奉其教者皆曰漢魏。漢魏誰曰不然，畫虎而不成，姑置。有唐三百年，名匠大家精神所鍾，徒飽蠹魚而不顧，何冤？宋詩誤人則亡論，猶且博大家所不棄也。且濟南不取者，名也。故目之曰「其古詩」，豈欲盡廢其詩哉？高廷禮編《品彙》，不欲爲漢魏黜唐之古。如獻吉、元美盛唱漢魏，有時學唐體者，蓋其益以漢魏自漢魏，而唐亦一種格調爾。夫宇宙之大，何所不有？拘拘守株一家，偏貴漢魏，非阿所好，則亦高叟之爲哉，何足謂大家？

倣古之誤

滄溟倣漢魏，無一語不精。弇州猶評焉，其體不宜多作，多不足以盡變，而嫌於襲出。蓋倣古者取辭有限，體亦不廣。李王其病諸，況其不如者乎？何況倣滄溟者乎？其子其孫，漢魏容貌安在？猶且盜襲不已，徒焦思苦心，竟不能吐己一語，是豈人情哉。如此不如宋人以意爲詩遠矣。

同調

少陵不甚好陶詩，王孟推尊特至，好惡何與交誼？滄溟高華，弇州博大，至文章殊不相似，號稱同調久矣。此際學者，動輒好惡仇視，概爲枘鑿，大傷愷弟之氣象，是爲可惡耳。

詩之賦

或曰：「唐七言古詩乃唐之古，非古之古，而又詩之文者也。」是誠然。然可以論高岑已後，而初唐不與也。大低七古雖多分門類，舉其概略，初盛斬然，是爲甚已。然近時作者，意在見才，好事剩長，加以李王修辭之學，白首抄書，但視字句而不睹法，漫然混用初盛，譬之骨董肆，新故狼籍，雖如可觀，苦窳補綴，一無全物也。余嘗謂初唐七言古亦非古之古，而詩之賦者。

近時歌行之誤

六朝歌行，通章多用平韻轉，時或雜仄韻，僅僅十一。至初唐則平仄换韻，猶有平聲並押。高岑王李嚴禁並押，自餘時或並押，實百中一耳。獨怪近時蘐園諸子，似曾不省者。《南郭集》有平聲六七並押者，如平子和，未嘗顧四家之禁，何居？試尋其所由，豈據《滄溟集》一二有其體耶？殊不知滄溟所用六朝法，非唐也。弇州評曰「初甚工於辭，而微傷其氣」，蓋指其體要非本色也。

盛唐及明諸家集，歷歷可考已。

歌行韻法

近時歌行，韻法一定，絶不見變換者。如每句韻、二句換韻、促句體〔一〕，唐明準用，而亦曾不省之。豈謂無所取裁歟？故今考其所因依，以備韻法變化。

七言每句韻，始於柏梁，成於燕歌。太白《白紵歌》、子美《八仙歌》皆其遺風。王昌齡篇什不多傳，而《箜篌引》句句用韻，至五十餘句，實所罕見也。王維、高適、李頎無所概見，岑參特喜爲之，而换韻轉聲，種種變化，可稱絶妙也。于鱗《狼居胥山》亦祖岑法，而前後插四聲，精上加精者已。

又

岑參《白雪》《熱海》《輪臺》《天山》諸歌行，二句换韻，盛唐諸家所不多見，亦六朝法也。如梁簡文帝《東飛伯勞》諸歌，其所本自歟？

〔一〕促：底本訛作「捉」，據《古今事文類聚別集》卷十改。

又

仲默《除夕醉歌》、于鱗《和殿卿春日梁園即事》，俱是句句用韻，三句一轉，即宋人所謂促句詩體也。《文體明辨》載王安石作，而不問其源之所委。蓋岑參《走馬川行》，其所本自歟？又唐《中興頌》，上之則《嶧山碑》，皆同一文法。豈昡王之《字説》自爲古耶？

又

初唐多於轉韻處，粘前句中語，其源已出《三百篇》，又見陳王《白馬》。然自是一種初唐體已。近時學者徒取叠句法，而不問格調。放飯之於齒决，其失孰重？

短歌矩題言

長歌短歌，相對而成，其名之不可偏也。短之不競，蓋在六代之際歟？至垂拱四子〔一〕，鬭美競才，富麗艷藻之極，有數千言者，於是不復留意於短歌也。沈宋繼起，汰其浮華，專貴平實，而短歌復振。盛唐名流，故屈拔山之力，伏就是勤，歌行獨多短章。明諸家猶多用力於短歌，唯《滄溟

〔一〕子：底本訛作「字」，據《唐音癸籤》卷九改。

集》中不多載焉。此際作者遵奉其遺教者，亦事富麗，而不留意於短歌。學者之眩于名，短歌幾庶乎廢哉。余欲收爐詩場，亦復爲此故已。遂擇其可爲矜式者若干，示學歌行者。元瑞有曰：「短歌八句，平仄相半，軌轍一定，毫不可踰。殆近似歌行中律體矣。」然亦其法不止八句，字句篇章自有規則。考之盛唐諸家，參之李何王李，自有餘師已。

短歌門户

于鱗不多作短歌，作必有所則。《楊山人》四首取於杜甫《曲江》，《歲杪放歌》取於張謂，《贈殿卿》取於崔顥。此等手段，其所易窺者，然亦爲初學作短歌門户，故表出。

五律對起

胡元瑞曰：「五言近體，唐初猶未超然，杜審言實爲首唱。」余閱其集，五律無一不對起，自是家法。而後世諸家集，對起大概居半，竟是五律一格，自不得不然。近時作家不多作對起，《金華集删》似曾不省者。已是格式，得曰不局前轍乎？

排律對起

或謂：「五言排律多對起，如起句不對，必對結句。」此大概言之耳。如陳子昂《白帝城懷古》、王維《送李太守》《送秘書晁監》、李白《送儲邕》，亦皆無瑕之寶哉。

拗體亦詩之一格

大宰德夫曰：「唐詩五言平起有韻句，第一字必須平聲。若第一字仄聲，則第三字必須平聲。」是此際所未言及。後學誰敢不遵守？又謂聲律不諧和者爲拗體，謂前後句不交加黏著者爲失黏體。是似未然。周伯弼《三體詩》舉此二格，編之拗體。徐師曾曰：「律詩平順穩帖者，若一失黏，皆爲拗體。」元美以王維《酌酒與裴迪作》八句皆拗體也。敬美曰：「子美七言律之有拗體，其猶變風變雅乎？」併考四家之説，乃知失黏、拗體，本同一物，而時異其名耳。余謂聲律不諧和，盛唐作家曾所無，蓋寓法於無法而法立。作者之聖，後人推少陵，非過論也。即所謂憒焉自放，亦謂之變體而可也。若前後句不交加黏著者，考之諸家集，其體制必有限，殊不憒焉爾。余嘗爲初學編《七律篇法》一卷，附題首一則，其略云：「詩法之嚴莫嚴於七言律，後之作者太苦焉。若有微所犯，擯而不問。然不詳其變法，妄目爲違律，何冤？余嘗閲《滄溟集》中有一二不協者，因疑此公獨以法稱，猶且有所犯。於是遍檢唐詩，推極其體裁，其變至六而盡。無法之法雖曰千變萬化，亦必不踰閑也。近體至唐而大定，豈偶然哉？明諸家傚此體者亦不爲少，而其變亦至六而盡。伏就企及，莫非其極者耶？其法有起結俱拗者，有起句拗者，有結句拗者，有八句俱拗者，有前聯拗者，有平起仄起相半者，是爲六變。我弘仁之際，亦有一二爲其體者，可見當時親受唐人之指揮，大異乎後世摸索而得者也。」

近讀中井子慶《詩律兆》，其謂拗體可准，實獲我心者。六變外，猶有後聯拗者，是余所失考。因記正之。

選詩不拘失黏

德夫又曰：「古人作詩必遇佳境而得佳句，韻既協，句内平仄又調。再雖見失黏，不復改作。蓋佳境雖再遇，奇語難多出。改之則不能復佳也。」此説本於周伯弼。然是言其興致已。但佳句必不失其格而後佳也。若從心所欲，得謂之佳哉？于鱗《選》稱過刻，猶且六變俱收，是豈舍格而取句者哉？如德夫之言，非所以訓學者也。

李王贈答

獻吉、元美七律，喜學老杜之變，于鱗則不然也。特答元美《見惠吴紗》作，忽傚變體。余始甚怪之，而不得其説。近檢《四部稿》，元美贈答于鱗，無有一用變體者。唯《贈吴絲》作，忽一爲之。因知元美洒落，偶爲此狂態。于鱗深知元美，故傚而答已。亦可以想二公交態已。

絶句名義

梁簡文帝及庾信集，五言四句已有絶句名，不始於唐，審矣。范德機謂截近體首尾或中二聯者，胡元瑞以爲不足憑，但未有定説。余謂必是截聯句一半者。聯句柏梁各一句，六朝陶淵明、何遜輩多是四句，而每章首尾相銜，裁截爲一章亦不妨。六朝已有此名，唐人真率，因仍不改已。如七言絶句，乃取五言以名耳。然誠臆説，聊記以期是正。

五絶之法

五言絶最貴高古，固不待言。如其格，至于鱗氏大定。其法平韻者聲必諧，仄韻者不必拘也。蓋欲與古調分别已，然亦欲嬌明初傚樂府體爲唐絶者已。蘐園諸子遵守此格，金科玉條，何其固也。元美當世已不服，要是一家法，不必拘而可矣。且五絶之難不在此際。余嘗謂五絶在近體中，猶竹於草木。不必爲木，不必爲草，而後爲得體。郭熙曰：「畫山水有體。鋪舒爲宏圖而無餘，消縮爲小景而不少。」余謂乃是五絶之妙詣。

五絶古體

五絶法於古樂府，亦是近體一格。獻吉、元美最喜爲之。近時此體寥寥，唯從于鱗氏之政矣。

獨我門秋玉山亦喜爲之，視諸體特多傑出，他未之聞也。余嘗編《古五絶》五卷，欲使學者有矜式焉爾。

《品彙》之謬

劉方平《烏棲曲》、孟郊《臨池曲》、李賀《蝴蝶舞》，俱是七言四句而换韻，且不拘聲律，乃梁樂府之遺法也。必當屬之古體，而高廷禮編之絶句中，不知何謂。

《唐詩選》之贋

李于鱗氏《選》爲世所遵奉，故射利之徒居爲奇貨，往往就此假託，塗人耳目，本來面目遂不可見也。徂來跋服本曰：「剔抉殘盡，頓復舊觀。」余嘗誦之，服其鑒裁久矣。近得《唐詩狐白》，其書亦賈人所僞選，評注固不足論，而詩乃與服本不違毫釐，跋亦假託吴從先，而其大要引弇州「峨眉天半」句，以贊此選卓絶。英雄欺人一語，百年前既窺人伎倆，不覺失笑。又按吴吴山附注謂「猶及見滄溟原本，詩總計比之今本猶少五首」，然則現行服本，亦非于鱗真面目可知也。

仲言失考

陳子昂、杜審言同有送崔融五律，滄溟選俱收之。「君王行出將」，注家謂唐初天子未曾親征，恐是武攸宜封王出征也。其説恰好，但未有明據。按陳子昂本集，題作《送别著作佐郎崔融從梁王東征》，因考《唐書》，梁王乃武三思也。又三思傳載，契丹陷營州，三思以榆關道安撫大使屯邊事。則君王指梁王，本自了了。仲言未深考已。

《唐詩選》訂字

吴吴山附注《唐詩選》，考定文字，是正甚多，可稱曆下忠臣矣。近來釋大典集注多遵用之，其他所定，但就詩選類本而校正，考究未博，似有遺憾。綦毋潛如「白日傳心浄」，與前句夜景不相應。《詩紀》《詩所》共作「白月」。按白月出《楞嚴經》，杜詩亦有「白月當空虚」句，則是唐人常用文字，從二書爲優。李頎「雪華滿高閣」，與下苔色、藥艸、梧桐等語亦不相得，二書作「雲華斂高閣」，景象比前大增氣色。

滄溟擬古樂府

元美曰：「于鱗擬古樂府，無一字一句不精美，然不堪與古樂府並看。看則似臨摹帖耳。」此言誠然。然非與古樂府並看，則其精美處亦不得窺。余嘗與二三同志檢滄溟古樂府，副以古辭，而益知鑄陶之妙。其中有漢樂府題，而卻擬魏人及古辭不可知者。考索一二，録以授後生。《安期生》，乃漢樂府《王子喬》，而變其題名者。《當鰕䱇行》，乃曹子建有《鰕䱇篇》，「當」云者，子建集中多謂擬爲當，亦從其例已。《上留田行》《艶歌何嘗行》，俱漢樂府，而擬魏文帝作。如《善哉行》後首亦然。《碣石篇》擬曹操《步出東西門行》，而變其題名。他如《蹛林歌》《五鳳曲》《霹靂引》《天馬引》，乃古辭，俱未考。私按，《五鳳曲》必詠當時五子者。

紆畫

「到來紆畫思同舍」，紆畫字頗僻，注家謂郡守之組綬，畫讀去聲。猶覺未的切。我友新元卿曰：「嘗讀《四部稿》，有『急難心轉赤，紆畫鬢先蒼』句送吴中丞入爲少司徒五排律。按紆畫對急難，則非郡守之組綬可知也。」

碧雲

知誤傳誤，古人有之。不知而作，其謂之何？如惠休碧雲，舊是僧家送别故事。唐李益、羅鄴及明李王輩所用，歷歷可考。而此際近來概爲贊詩僧之辭。果何所據？如服子遷和萬公「新詩更墜碧雲端」，字句雖可觀，此其作俑者耳。

地名

古人詩用地名，皆其大且顯者。今考之地志，歷歷可知。倘一有不詳，意致俱茫然。如歐陽永叔滁州無西澗之論，難韋蘇州，後世可不爲監戒哉。此邦地名多不雅馴，可入詩者罕。而近世作家漫以意變易其字，如使君灘、承華渡、烏衣巷，似華則似，當時猶難的知其所，何况百年之後令人疑且惑，不啻《禹貢》九河哉？

和韻用韻

《滄浪詩話》分載和韻用韻，而不記其法，而篇末云：「和韻最害人詩。古人酬唱不次韻。」是和韻爲次韻可見。《中山詩話》謂：「次韻先後無易。用韻用彼韻不必次。」則二格不同，既自了了。而《四部稿》中漫混用之，弇州豈未深考歟？將别有所據乎？

入奏

鄭審有《奉使巡檢兩京路種果樹事畢入秦因詠歌》排律。兩京乃長安、洛陽也。「入秦」字無所指，古來注家無有存疑者。按《日知録》引此詩，「入秦」作「入奏」，當此因字形相似而誤。關君長先生云。

李詩異同

《五色線》載李白《别杜考功》詩：「我覺秋興逸，誰言秋興悲。山將落日去，水共晴空宜。……

煙歸碧海夕，雁度青天時。相去各萬里，茫然空爾思。」按本集乃是《秋日魯郡堯祠亭上宴别杜補闕范侍御》詩，而逸中六句者也。如字有小異，卻似勝本集。

白月之徵

偶檢《盍簪録》云，李頎《題璿公山池》詩云「片石孤雲窺色相，清池皓月照禪心」。《唐詩選》注云：「皓月，一作白月非也。若白月則前無所本，只是杜撰改换字之端耳。」此説誤矣，本詩作「白月」爲是。唐人遊寺寄僧詩，多使白月字。此用佛氏黑月白月之事做詩料。杜詩《謁文公上方》「大珠晚點翳，白月當虛空」，邵寶曰：「佛書望以前爲白月，望以後爲黑月。」劉長卿《過隱空和尚故居》曰「青松臨古路，白月滿寒山」，見《文苑英華》。又《送靈徹上人》曰「獨向青溪依樹下，空留白月在人間」，見《律髓》。此等類可併考也。若不涉禪境，亦不可胡用。伊原藏此言，偶與余前説符，故全録此。

滄溟逸詩

于鱗遺集，此邦不聞有傳者。胡元瑞曰：「于鱗遺集不多，卻有絶佳者。」余渴望之至。每檢諸集，有所獲者必録之，可稱驪淵之遺珠。

登濟水

酒散離人起，春風吹度河。飛花隨去騎，芳草夕陽多。

右陳蕘夫《九大家詩選》。

送潘潤父

摇落荒山道，君行日獨深。解裝迎暮雨，秣馬發秋林。僮僕知鄉淚，風塵見客心。十年悲未遇，歸卧嶍湖陰。

寄許殿卿

漠漠雨如沙，翩翩燕子斜。官貧輕逆旅，鄉遠重携家。昨夜懷人去，春風撫歲華。獨行臨御水，問使到梅花。

十五夜謝山人同李明府見過得宵字

客有山中約，人來江上遥。張燈傳彩筆，换酒出金貂。貧病看交好，文章慰寂寥。天涯還此會，留醉駐春宵。

重别李户曹

舊游京陌滿，何處珥貂行。念子從王事，令人識宦情。春風吹遠别，芳草送孤征。莫嘆謀身拙，前賢重請纓。

秋夜

豈敢欹芳樹，多時信轉蓬。鄉心生夜雨，客病卧秋風。大藥三山外，浮名四海中。自知成汗漫，還與衆人同。

郊遊

何爲驅車馬，終歲慘塵顔。偶出城西寺，因看湖上山。水流芳草外，人醉落花間。復值巖耕客，春風荷篠還。

右錢謙益《列朝詩集》

于鱗詩

李卓吾《明詩選》載《春溪晚興》五律，爲于鱗作。錢牧齊以爲皇甫子循作。味其詞氣，當屬之皇甫氏。

《絶句解》紕謬

物子《絶句解》，於古今注家外，别創解詩之法，殆洞窺于鱗肺肝，可稱千古絶伎。至如其引時事，非無所失考。《贈襲勖》注云：「蓋門人，故稱名。」按本集贈答稱姓名者甚多，如顧天臣、張元諭、郭第、歐大任，豈皆門人？蓋用唐人題樣也，不必以解《論語》法而律之。又《送殿卿》注云：「許時赴任廣西。」按明書，殿卿未嘗宦廣西，當時諸家集亦無可徵。此蓋以謫雲南永寧同知，偶誤之耳。他如謂徐汝思爲濟南人，與弇州徐汝思詩序「公，越人也」相反。「只今唯有張公子」乃張汝甫，《巵言》載其事甚詳，而卻爲指肖甫。物子該博，猶有此遺漏。讀書者不可不自盡也。

詩論之非

于鱗詩云「白雲湖上白雲飛，長白山中去不歸」，德夫論之曰：「取宋延清末句爲承句，語勢軟弱，全無意味。去不歸三字，無所當故也。」此未爲然。德夫以去不歸三字專説道士事，故有此説。殊不知去不歸三字，全承上離筵白雲語，言歸雲入山，以比道士之高引也。故于鱗亦見湖上歸雲入山，以思襲生在山中。於六義比而興也，何謂無所當乎？德夫固以知詩自負，余未之信。

又

德夫又云：「岑嘉州詩云『雪裏題詩淚滿衣』，又云『雙袖龍鍾淚不乾』，于鱗詩云『雪裏題詩淚不乾』。嘉州言『雙袖淚不乾』于鱗但言『淚不乾』，不言何物淚不乾，此不成語也。」按唐詩「兒女共沾巾」，「歸思欲沾巾」，「三年楚客已沾裳」等，亦不言何物沾巾若裳。假使德夫論唐詩，則不知亦謂之不成語否？

含杯

杯可銜而不可含，固不待言。子遷誤用含杯字，倭人之陋也。而後人不察，近或有「一杯含未盡」句，余誦之不覺絶倒。杯豈人腹中所能容耶？

分韻

《南郭集》詩題分韻者，必曰得一東，得十灰。余遍檢唐詩，未嘗見之。明人如李何王李及宗徐吴謝輩，亦所未見。果何所據？殊不知是韻書借數目，以分列字母者，何關作詩？今人皆奉其三尺，習而不察者何耶？

擬作之誤

凡擬古人詩，先拈其舊題，而篇法而句法皆取其人所長，一字不苟，所謂擬議變化，自是濟南家法也。如滕東璧《白雪歌擬高適》，既不括其舊題，而二句換韻，則是六朝法。唐人但岑參好用之，句法亦多倣岑者。謂之擬高適，余未之信。物子精核，親輯之；德夫、伯修同校，而考究未到此。不知何故。

勒韻

寧平作者多用勒韻，要其本自開天之際既有此格。《唐詩紀》載王灣《麗正殿賜宴同勒天前煙年四韻應制》五言律，乃是盛唐之流風，不可一概廢棄者也。而近時置而不問，亦唯視明人之馬首故耳。

日出之邦

弘仁聖製富且具體，方之唐明皇，殆有一日之長。且兄平城、弟淳和，諸皇子如仁明、源弘、常明，皆妙齡善詩。父子兄弟聯芳，雖曹魏氏所不及。如有智子公主，歌行翩翩，殆且接武劉庭芝、張若虛諸子，亦李唐一代女流所未見，可不謂盛矣哉。物子謂「僅僅晨星，不足稱日出之邦」，冤哉。

寧平合作

物子《正聲》多不收七律，僅載弘仁聖製七首，而皆未可稱合作。若求斤兩協合者，則滋野貞主《和光禪師山房曉風》，巨勢識人《和左神策大將軍春日閑院餞美州藤太守甲州藤判官作》，惟良春道《深山寺應製》，當求之三首中。

異域同調

大友太子《供宴》，甚類陳後主「日月光天德」。惟春道《深山寺》亦似李頎「遠公遁跡」。異域同調，不獨野篁於白居易。

詩帝

島田達音詩「昔在昌齡成帝號，不言詩上玉屏風」，自注云：「玄宗立王昌齡爲詩帝。」此事《開天遺事》《唐詩紀事》所未經見，可稱詩家一大故事也。按《性靈集》釋空海所齎來，有《王昌齡集》《王昌齡詩格》。則田氏所據蓋非偶然，聊記爲談柄。

唐人逸書

空海所齎有《劉庭芝集》四卷，《王昌齡集》一卷，《朱千乘詩》一卷，《朱書詩》一卷，《王智章詩》

一卷,《雜詩抄》四卷,《貞元英傑六言詩》一卷。今皆不傳,可浩嘆。二朱、王三家名氏,世所罕知,亦可以補詩藪中載籍考矣。

弘天詩論

空海云:「《王昌齡詩格》一卷,在唐之日,於作者邊偶得此書。古詩格雖有數家,近代才子切愛此格。」又云:「詩人不解聲病,誰編詩什。」又云:「作詩者以學古體爲妙,不以寫古詩爲能。」併見可以知當時所主張矣。

編目考 據帝國圖書館本增補

春齋先生編《一人一首》,於遺名氏闕文詩概舉無遺。獨編目缺然,似有遺憾。今依仁和寺藏書目,旁及諸雜記,采拾遺編,考正家數,分別門類,記以貽好事。

家集則

天曆御集一帖村上帝

一條帝御集一帖共見藤原道憲藏書目

藤原宇合集二卷國史引系圖

銜悲藻二卷石山乙麻呂○見懷風藻

野相公集五卷小野篁

菅相公集一卷按文粹稱是善爲相公，蓋其人也○凡不載編目出處者，皆係仁和寺書目

橘氏文集八卷橘廣相

江音人集一卷大江音人

都氏文集一帖都良香○現存三卷

田氏家集十卷田口達音，現存三卷

菅家三代集廿八卷合二十八卷菅谷集六卷，清公。菅相公集十卷，是善。菅家文草十二卷，道真○見菅氏家傳

菅家文草十二卷，後草一卷菅原道真○現存

續紀家詩集三卷紀長谷雄

善家集一卷三善清行

三統理平集失卷數○理平卒後，菅文時自寫其集，見江談抄

源英明集失卷數○英明没後，橘直幹題其遺集

後江相公集二卷大江朝綱

江金吾集一卷大江○○

源順集失卷數○順疾病，授家集於源爲憲，見江談抄
保胤集二卷慶滋保胤
橘正道集失卷數○正道去後，具平親王題其詩卷，見本朝麗藻
儀同三司集一帖藤原伊周
紀在昌集三卷，紀齊名集一帖，以言集八帖大江以言○以上四部見道憲書目
江匡衡集一卷，後江吏部集三卷大江匡衡○見存
勘解由相公集二卷藤原有國○江談抄云大江廣輯
橘直幹集一卷，源時綱集一卷，都督亞相草一卷，泉州尚書草一卷上二部見道憲書目
性靈集十卷釋空海○見存
沙門敬公集三卷釋尊敬乃橘在列也，源順輯且序，見文粹

選詩則

懷風藻一卷無名氏○見存
淩雲集一卷小野岑守奉敕○見存
文華秀麗集三卷仲雄王奉敕○見存
經國集廿卷滋野貞主奉敕○見存僅六卷

銀榜翰律一卷，集韻律詩十卷菅原是善

弘仁以後詩失卷數○平惟範奉宇多帝敕，見扶桑略記

延喜以後詩失卷數○紀長谷雄輯且序，見文粹

扶桑集十六卷紀齊名○見存斷簡三卷

日觀集廿卷村上帝御撰，大江維時爲序，見朝野群載

本朝詞林失卷數○源爲憲輯，見江談抄

本朝麗藻二卷高階積善○見存下卷

本朝文粹十四卷藤原明衡○見存

續文粹十四卷藤原季綱○見存

本朝無題詩十二卷輔仁親王○見存三卷

文選少帖橘廣相

粟田障子詩菅原輔正

坤元録詩大江維時○已上見江談

打聞集三卷釋蓮禪

詩十體三卷

無名氏有雜言奉和一卷見存、句題抄廿卷、續類聚句題抄三十卷、古今詩抄十卷、當世清英集

百卷、詩苑麗則十卷、藍田集一卷、風心抄三卷、文筆要抄一卷、絶句詩抄三卷、本朝詩雜例一卷。他如約聽抄、龍門集、褒萬抄、清吟抄、菁華抄、花實抄、七步抄，併名氏卷數失之，最可慨也。

中古詞人好集詩句，蓋唐人句圖之遺法，亦唯片金拆玉之意已。《懷風藻》既載大津王子二句，則其由來遠矣。後世摘句，則本朝秀句五卷藤原明衡、續本朝秀句三卷藤原敦光、拾遺佳句三卷藤原周光、新撰秀句三卷長方卿、續新撰秀句三卷基家、一句抄釋蓮禪、教家摘句一卷、本朝佳句二卷、續本朝佳句三卷、近代麗句十卷、詠句抄五卷、當世麗句二卷共失名氏。

中古詩席，左右分坐，中推長者一人爲判者，使論各所作詩，以定甲乙，謂之詩合。未詳自何時始。後得《天德鬭詩》一卷，載菅文時諸公詩，亦所謂詩合也。鬭詩名頗雅，必是中國之言。近偶閲《五色線》，有「唐鬭詩」語，但未載其所爲，不知此邦所傳果同否。

善秀才宅詩合一卷、永承詩合一卷、天喜詩合一卷，近得之村井敬義。與《天德鬭詩》一卷合四部，可以補上所列編目考。

都下名流品題辨

大田南畝　等

《都下名流品題辨》一卷，大田南畝（一七四九—一八二三）等撰。據昭和三年（一九二八）東洋圖書刊行會《日本儒林叢書·史傳書簡部》本校。

按：大田南畝（おおたなんぽ OTA NANPO），江户時代後期狂歌師、狂詩作者。江户牛込（今屬東京都新宿區）人，名覃，字子耜，世稱「直次郎」「七左衛門」，號南畝、寢惚先生、四方赤良、杏花園、蜀山人。十七歲時襲其父爲幕府「御徒士」職（注：幕府大將軍出行時警衛）。後陸續移任支配勘定役、大阪銅座詰、長崎奉行所勤務。少年即有興趣於漢詩文。十八歲時出版《明詩擢材》（明和三年刊）。師從内山賀邸、松崎觀海。因與内山賀邸門下平秩東作交往，平秩東作將其介紹於流行作家平賀源内，自此開拓其遊戲文學之路。自明和四年（一七六七）其十九歲時出版《狂歌狂文集》《寢惚先生文集》，一躍而成爲著名狂詩作家。因受朋友唐衣橘洲之邀開始創作狂歌，又於二十五歲左右時開始染指「洒落本」（袖珍本對話型小説）。寬延二年三月三日出生，文政六年四月六日殁，享年七十五歲。

其著作有：《狂歌集》中之「南畝帖」「千紅萬紫」「萬紫千紅」，《狂詩集》中之「寢惚先生文集」「通詩選」「通詩選笑知」，《狂文集》中之「四方之赤」，《滑稽本》中之「賣飴土平傳」，《洒落本》中之「八百萬八傳」，《雜書》中之「一話一言」「俗耳鼓吹」「半日閑話」「浮世畫類考」「假名世説」等，《狂歌編書》中之「狂歌三十六撰」「萬載狂歌集」「德和歌後萬載集」等。

番附但幕内

東方

大關　鵬齋文左工門
關脇　詩佛柳太郎
小結　癡齋文一郎
前頭　星池源藏
仝　緑陰良助
仝　可庵榮之助
仝　南湖門彌
仝　善菴
仝　南嶺猪三郎
仝　赤水忠藏

行司：
四明仲

西方

大關　谷文晁
關脇　五山左大夫
小結　米菴三亥
前頭　董堂加右工門
仝　如亭門作
仝　因是健藏
仝　金陵金之助
仝　榕齋九兵衛
仝　雲潭祥藏
仝　鳴門一藏

蜀山人直次郎

寬齋小左工門

世話役：

佛菴彌太夫

蠖齋藤藏

勤

藏六千吉

鈴木芙蓉

齋重藏

鍬形惠齋

晋齋榮吉

勸進元：

雪齋老公

抱一上人

桐隱公子

近有爲名流品題者，以愛憎爲優劣，大犯公議。讀此詩者，能知其妖人窠窟矣。

無名氏

藝苑妖魔君識否，星池移影緑陰間。慈裝説法化詩佛，忽捲黑雲歸五山。

和番附學士戲作

行事畫人芙蓉

處處群芳春欲盡，星池生毒緑陰間。近聞詩佛開魔界，妖術術又作口竊行傳五山。

葛西因是

淳化年鐫梨棗板，星池樓上秘藏深。一聲霹靂摧殘盡，强寸銀錠謂今之南鐐縫不禁。

梨棗成精狡且頑，星池水上緑陰間。多勞詩佛揮神斧，劈破魔身化五山。

奉呈鵬齋老先生

同人

經學文章占舊門，白頭爛醉隱寒村。曲江院裏春風滿，博得當年新狀元。

和因是先生之韻

晴軒　太田敦錦城男魯三郎

投老田園掩竹門，誰知名士在寒村。惜君豪氣未除去，枉被人呼新狀元。

近有無賴子品題都下名士，以鵬齋寫山爲頭，以詩佛五山爲探花。因是有詩賀鵬齋，予亦和之　錦城

品藻名流出孰門，春星池上緑蔭村。探花二子多才學，何况先生是狀元。

二　同人

當年儒雅在君門，晚節屏蹤水竹村。白頭所得何榮幸，一榜雙題畫狀元。

同前奉和　鵬齋

春風一夜動蓬門，僞登科録噪僻村。身是當年打噪聒，愧人誤唱占三元。

星池月落新齋昏，竹谷風腥深鎖門。詩佛堂前眠不就，無弦琴上緑陰翻。無紘，五山名。

又

新山虎吼五山震新山，因是舊姓，水折石顛壓幾人石顛，雪齋老侯號。四子欲逃逃不得，錦城城裏泣天民四子，星池、緑陰、竹谷、晋齋，稱下谷四天王。

代星池

噬臍今多於噬筆，子孫深戒賣虛名。柳橋橋畔星池漲，流出錦城再不回言星池爲錦城所絕。

山儒歌

近來世上不依何，角力取組番附多。因之俗儒不思附，各居關脇見下他。其徒五山又天民，晋齋刻板番附新。大關鵬齋關脇彼，好貌欲欺田舍人。笠井健藏忽知之，忽呼二人糺實非。此山忽露被占付，御免御免泣無涯。五山山崩一山無，天民如土民之愚。見一二一天作五，二人無五天作土。江户始之儒者騷，評判自富士山高。

與大窪天民書

太田錦城

元貞再拜天民足下：不面踰月矣。春氣日舒，風日晴和，想江山書屋之前，松竹幽蒨，花柳鮮麗，池館之勝，今爲其時矣。貞奔走塵事，不得一往而見之爲憾。頃有一事可告者。傳聞都下名士品題，出於足下諸人之手焉。其中失當可議者極夥矣。交遊之誼，不可默止，請略陳固陋，足下裁焉。井四明一代耆宿，經學文章頗爲一家。且其温厚篤實，足稱君子長者，實當今儒宗也。足下輩有何恨？使之次南畝之下焉。是其失當者一也。河西野雖乏學識，亦一代才子，其詩名夙振藝林，其諸子善書畫，天下莫不知之也。風流之家，當以此子爲巨擘矣。足下輩有何恨？使之次南畝之下焉。是其失當者二也。南畝不善詩不善文，所長世所謂狂歌者耳。是非劉訥言俳諧，則鄭綮歇語，實不足齒于藝苑。足下輩有何恩誼？不傚高宗排劉訥，而學昭宗相鄭五，使之立于四明、西野之上焉。是其失當者三也。木芙蓉以畫鳴于天下者三十年矣，其巧拙則非貞之所敢知也。雖然，其人頗讀書解文辭，亦鐵中錚錚、庸中佼佼者也。足下輩有何恨？使之與蕙齋、藏六、晋齋伍焉。是其失當者四也。葛西因是才學文章一時英隽，其文不辨雅俗，是其所短。雖然，其才氣則遠超出于時輩，今代文人當以此子及佐藤一齋爲冠冕。足下輩有何恨？使之立于不學無術之如亭下焉。所謂佛頭著糞，是其失當者五也。鵬齋夙以經學文章雄視一時，近則棲遲衡門，放浪于酒詩之間，混淆于書畫之士，蔑棄禮法，與優倡爲伍，少壯勇邁之氣一變而爲放誕之流，其與畫家相爲配麗，其所自取，無如之何。足下輩以此置狀頭，似矣。雖然，使之與文晁相配焉，是爲褒之乎？又爲貶之乎？使鵬齋猶有人心乎，則不甘受此品藻矣。如果受而悅之乎，可謂耄悖喪心矣。昔祝欽明奏八風舞於淫后之前，盧藏用嘆曰：「五經拂地矣。」今日品題，鵬齋經學文章拂地，是其失當者六也。是其最昭明赫著者，其他則更僕曷罄？或言此品題不出于足下矣，雖然，世間喧傳其作之者星池、緑陰，而足下與五山指蹤之，猶蔡京使强浚明、葉夢得作元祐黨籍碑，魏忠賢使馮銓、崔呈秀作東林點將簿也。果然，則後世有李綱、陳東，則足下與五山不免六賊之名。楊璉《二十四大罪疏》，當爲足下發。而欽定逆案，則足下與五山當在客魏之列焉。星池人品最劣矣，且夫無學，不辨皂白，古所謂擿埴索途者，爲足下鷹犬之用，唐突名士，固其所也。緑蔭以名父之子，其不學則同韓昶金銀，其不良則同王雱險惡，世傳北山一世所爲近似匪人者，皆緑陰所教。又今作此品題，不辨菽麥，都下藉藉，莫不惡之也，皆言是其黨狡謀，不足欺都下之人。都人自有有識具眼者，能明辨其誣矣。是故傳之於遠鄉遐陬，欲驅無識者入吾黨中耳。足下輩心術之姦，顯然呈露，無復餘慝。足下成長于北山之門，不爲無恩義也。雖不能諫止其子之妄，豈忍指蹤之以爲搏噬之用，使其負天下之謗乎？足下縱言不預其謀，則僞也。稿成之日，見而悦之，且出金以資其刻費者誰乎？足下遂不得辭其罪也。近聞都下書畫篆刻之士，不辨其伎巧拙，阿諛足下輩而入其黨者，乃於所謂書畫會者聚首造膝，親如兄弟，時褒賞其伎，以欲其名之傳播矣。如不入其黨，則背面反眼，視如仇讐，甚則緑陰、君鳳輩齮齕排擯，無所不至，使其不能在其坐焉。其意一在脅制書畫文墨之士入吾彀中，張其羽翼，皇其門户，以爲賣名射利之媒焉。其爲謀亦黠矣，其用心亦毒矣。是豈君子之所爲乎？凶焰熏灼，乞兒附火，星池則貞門之士也，近則附足下之黨，能成其名，是足下諸人之賜也。雖然，足下輩揄揚之過，使其人頓成名，極肖暴富之兒忽生侈心，是故以大家自居，侮蔑名士，作此妄品，以媚鵬齋、文晁及足下諸人，又以報鵬齋、文晁及足下諸人之恩也。比之於天啓逆案，非贊道擁載，則頌美阿附之流，是豈君子之所受乎？雖然，足下諸人同歃牛血，作此妄品，蓋有其本焉。北山一生議論不公，在其門庭，則雖窾啓寡聞之士，揄揚之使在九霄之上焉。如不立其門墻，則雖驚才絶識之士，抑退之使入九淵之下焉。見逸勢沖天者鎩其翎翮，見學飛控地者則假其羽毛，要出其性之忌克，實此翁之大過也。足下諸人習聞其言，是故平生毀譽皆出愛憎，無一公正，遂馴致此妄意品評矣。師傳不正，勢之所必至，豈不可惡之尤乎？世間自有明智，天下自有公論，豈可肆一人臆妄，亂天下是非乎？雖然，北山讀書知道理，雖議論失當，胸中自有皂白，是故能知今之名士爲某某，不復如足下諸人之妄也。使北山在今日乎，名流品題决不如此。則足下諸人不特爲他家罪人也，又北山之罪人也。昔汴京黨籍碑，安石不爲之，而蔡京、蔡卞爲之。今日名士品題，北山不爲之，而足下爲之。古今之事相似有如此者，要之不別皂白，不辨菽麥，使名士枉蒙誣罔焉。是豈文苑之美談乎？又豈盛代之美事乎？貞與足下故矣。且足下在黨類中頗有良心，或稱爲有長者之風，知非拒言之人矣。是故不覺覼縷至此。雖然，貞之所規正，豈特今日之品題乎？冀足下誨喻綠陰、星池輩，使不得肆其妄謬矣。如否，則自是以後，顛倒賢愚，錯互優劣，急於賣名，勇於射利，廉耻掃地，莫所不至，藝園公道蓁塞蕪穢，世人或視爲姦商猾賈之流矣。風流之士而至于此，實文運之一厄也。貞與星池絶矣。撲滅燎原凶焰，任在足下。足下豈不努力？足下如猶不服貞言，則幸見教，貞掃几案而竢其報焉。元貞再拜，三月十日。

大窪天民足下

讀錦城與詩佛書

邊以冉

都下名士之有月旦評也，蓋關所謂書畫者所爲也。故取浮名轟然喧傳一時者，而不取經術文章質行篤學者也。井四明一世宿儒，河西野江湖詞伯，五尺童子能知也。而躋南畝于二老之上，蓋有三説焉。南畝戲歌蟻慕者多，兒童卒乞□不止，故於標南畝而延俗客也。是其一。南畝近厭書生，有與酒人遊，是二。南畝好戲，嘗擬作蘭亭折簡，以譏書畫會。作此評者，妄品諸賢，恐有後患，將以嫁罪南畝焉。是三。實非貴南畝而賤二老也必矣。鵬齋經學文章，知者掃地，唯稱其書。其配麗文晁者，以書畫配。錦城明鑒温犀秦鏡，洞鑒作者，而不及南畝。援引古昔，議論該博，激切痛快，瑕瑜不掩，可謂錦城第一文字矣。要之一時戲談，不足深咎。而以比之元祐黨籍、東林將簿，則白面書生常談，相門老儒不宜如此也。想承公顧問之不暇，切切偲偲，忠告不止，所謂小物不遺，真老儒哉。　蜀山人。

何亡堂筆記詩

文運盛大太平辰，書道日開畫亦新。工逞婉容流俗態，拙口高氣乏天真。家家録得皆同璧，户户寫來渾是珍。頃有癡兒纔舐筆，謾張口眼品評人。

右一律出《何亡堂筆記》，不知何人作也。近日有評江户諸名家者，各論其當否，都下爲囂然也。至其甚，則有欲得評者而詰問之者。其意絶類此詩之作者，因抄録以供笑柄焉。何亡堂未詳姓氏，享保中人，名譫。

北山門人與太田才佐書

逸再拜呈書于太田公幹足下：逸與足下無一面之識，足下亦未知世有逸者矣。逸者潮來書生，天資雖不能超絶，亦不敢後鄉人。自十五知讀書，來事北山先生。居數歲，不幸先生即世。然猶未治任歸鄉里，孜孜自勉，五年于兹矣。聞足下才學文章，亦頗顯於世。今特致書于足下者，有一事可以告也。屬者《都下名流品題》刊本流布，逸觀之，玉石混淆，班列失倫，非出於公議者也。衆言此太田公幹所作。或云，公幹門下士星池作焉。雖流言無根，其所刻之書，則星池之手筆也。如非足下所作，則星池所作也。星池固無學之士，而欲妄追靖劭之跡，此何異群盲評古器？假令其作之，亦必足下之所指蹤也。所以云爾者，其《品題》中班列足下於他人之次，而又墨涂之。意此足下自作之時，其意蓋謂如居于上，則恐衆知之；居于下，則耻爲人後。故自居于三次，而墨其姓名。使此如人之造爲，以掩其姦窞。此衆議之所由來，而足下之所作顯然者也。雖欲竊吹濫巾以逃罪，豈可得乎？而聞足下致書于大窪天民，誣天民以皮裏陽秋，胡亂惑衆，何其黠也。實不異老獄吏貪財受賄，弄筆嬌判，使其人死於無辜也。足下以此爲自得計乎？甚哉足下之蠹人。足下先在于北山先生之門成人，親受其教喻，而足下好爲妄作經論以欺世，嗟乎頑不可化乎。足下既背其師，而又誹毁之。忘恩畔義，一至于此，多見其不知量也。且足下媚世，往來于貴權，不能喻以其道，而妄作此品藻，欲以爲釣名罔利之資，此豈讀書人之所作哉？足下又經學教諸生，而門下有如星池者。星池不啻無學不才，又奸猾之人也。此非資性固然，則師傅不正也。而足下前與之蟻黨，作此妄品。及奸惡呈露，又虎視之，遂恣噬于他人。要之如足下者，實大道之罪人也。夫師而得罪于門下，何無行之甚乎？如斯則不啻背其師，又背其弟子。既背其師弟，又將背其所自學矣。逸所爲足下不取也。足下有説，幸示下。千萬是望。四月二十日，逸白。

讀妄男子投家嚴書

曩歲一友人設酒席，糾宣觴政，約各言所畏，無理者罰。有云畏權貴者，有云畏富人者，最後一人云：「天下之可畏者極夥矣，而其中尤可畏者，儒之狡黠奸惡者也。」余就詰其故，曰：「戰國之間，秦、儀、范、蔡、李斯之徒流毒天下者，孰非讀書之子？且就趙宋一代而論之，丁謂、王欽若、王荆公、章惇之徒，往往禍社稷人民者，孰非讀書之子？」余云：「足下之言辨矣。然狡黠奸惡之流咸可畏也，何必儒之狡黠奸惡者耳乎哉？」因使浮太白者數杯。其人若心甚不服者，然無言之可復辨也，遂一笑而散。光陰如箭，日月似梭，不覺已經三年矣。今兹丙子春，一友人來語余曰：「頃者有撰角力帖子而品藻文人者，已流布人間。足下未瞥見乎？」余曰：「未也。」居四五日，友人袖一紙來示余，余就一瞥之而驚焉。今又得妄男子之書，一瞥之而益驚焉。有是哉！儒之狡猾奸惡者果可畏也。天地之間可畏者極夥矣，蜂蠆之毒螫可畏也，虎狼之搏噬可畏也，魑魅罔兩之出可畏也，而四者之中尤可畏者，魑魅罔兩爲甚，以善變其嘴臉之故也。雖然，魑魅罔兩之技止此耳。

若當今姦黠之儒，其變幻更甚於魑魅，而其技又極夥矣。所謂技者何？非文章經學之謂也。種種之惡業，似光棍趕蛋之爲者也。世間喧傳，黠儒撰角力帖子之日，以上下其名校制愚人，而攙奪星金。其不出星金者，置其字號於下等之最下焉。其毒螫之慘也，比蜂蠆更甚，嗚呼可畏哉。是非者，天下之公也。是曰是，非曰非，謂之直。斯民也，三代之所以直道而行也。黠儒輩以一人之愛憎，顛倒天下之是非，鉛刀爲銛，鏌邪爲鈍，碔砆爲玉，真玉爲石。黠儒之生何不直耶？既已謂之黠，何以責其不直耶？既已謂之儒，何以不責其不直耶？而其尤可責者，此文爲甚。尤可畏者，又此文爲甚。家嚴之才學文章，天下無二，天下之人亦莫不知之者也。今此文云「才學文章亦頗顯於世」，「亦頗」之言，何蔑視大儒之乃爾也。家嚴蚤歲誤一入北山之門，北山之行往往有不慊於人意者，家嚴乃投書而絶之。此輩之慕北山，有所以慕者也。家嚴之偝北山，有所以偝者也。蟻之慕羊肉，慕其羶。北山之行，果有羶者乎？不然何此輩相慕之甚也。陳相兄弟之偝陳良，偝之不善變者也。家嚴之偝北山，偝師之善變者也。偝師之是非，視其善變不善變耳。何必偝師概謂之非哉？師而得罪於弟子，適北山之事也。今此輩以此議家嚴則誤矣。家嚴固善變矣，其所以變者，以脱北山之陋習也。魑魅罔兩亦固善變幻矣，其所以變幻者，以示人也。黠儒輩亦復固善變幻矣，其所以變幻者，以欲免天下之謗也。然則善變之名，未易遽知也。彼角力帖子者，出於此輩之手，自有天下之公議在焉。因是一責之，則黨中彼互相嫁禍。家嚴再責之，則困獸之死鬭，卻誣家嚴以作者。夫同心戮力而爲之，及其負天下之謗，甲云乙所爲也，乙云甲所爲也，彼此互相嫁禍，豈丈夫之所爲哉？若果使帖子出於家嚴之手乎？家嚴一代之大儒也，何爲甘立於天民之下乎？此足以知其誣妄矣，又何待沾沾辨哉？夫已同謀爲之，及其負謗，則謂非吾所作，即某某所作。及其謗議愈熾，則謂非吾所作，即責吾者之所作。反雲覆雨，變詐百出，有不可究詰者。魑魅罔兩非不善變幻也，然特變其嘴臉耳。若黠儒之輩，則善變其心與言，莫有耻愧也。比之於魑魅罔兩，豈不更可畏哉？吾儒之教，主忠信者也。未有詐僞反復，譸張爲幻，若是之術也，抑紅教喇嘛之法乎？將亦光棍趕蛋之爲乎？儒而若是，甚可怪也。嗚呼！曩歲之使人當罰觴，吾罰大矣，追悔無及也。余今日當倍其量飲之，醺醺而醉，以償吾罰。不然，來生必受誣理之業報，余有所畏焉。

文化丙子夏四月下澣，晴軒散人太田敦叔復戲撰。

辨妄

文化乙亥冬五月，五山、天民、緑陰、星池、晋齋、竹谷六子同謀，而作名士品題，擬角力場中班姓名帖子，刻而賣之。其所班列，皆出愛憎之私，無論玉石溷殽，薰蕕同器，甚則尚罷駑於騏驥，薦匹雛於鸞鳳，無一之近公議焉。至翌年丙子春月，都人始知之，莫不愕然。群論聚謗，喧傳一時。鵬齋因是有詩記之，南畝有所謂狂詩者，予亦戲作《與天民書》辨其失當矣。衆悦而傳之，於是世人皆知天民、五山之姦，莫不惡之者也。天民、五山之始作之也，欲假之以爲賣名射利之媒矣。不圖其負天下之謗，以誣其名損其利也。至此自恨其謀之拙，而噬其臍矣。雖然，姦猾之情不能自已，謀以僞免其罪。鳥窮而啄，人窮而僞。是足以洞見小人情狀矣。於是是歲四月，緑陰之徒，一妄男子投書於予，誣予以作此妄品。蓋其實則天民、五山、緑陰、君鳳輩同謀而作此書，三子不文，此故假手於五山而作之。又皆不欲執其咎，此故假名於一無名男子而投予耳。夫彼諸子以一家愛憎，品藻天下名流，固有罪焉。雖然，人各有心，所見各異。藻鑒之明，古人所難。或差錯品題者，雖古之君子所不免也。豈足深咎之乎？如夫欲逃其謗而嫁禍於予，其姦猾陰險，非老棍訟師之所爲，則鼠竊狗盜之所爲也。彼諸子雖不學一經，不知道義，然猶讀書之人也。而其所爲，則騙棍盜賊之事，豈可不深罪之乎？予於是而知北山之姦邪，污染其徒之深矣。夫妄作此品題者，彼之徒也。主而指斥此品題者，予其雄也。是天下之所知。今忽變易主客，錯互黑白，欲使予負妄作之罪，其爲謀亦巧矣。烏賊吐墨以晦其形，天民、五山亦爲曖昧不了之言，欲以掩其罪矣，是亦烏賊之類耳。施諸他人，則得爲其謀矣。今誣予以此姦，豈得爲其用乎？天下自有碩學雄才、明智能文之人，能詰其姦慝，指其蹤跡。烏賊雄才含墨之智，又焉得逞其技倆乎？要之，自作之而誣之人，是禽獸夷狄之所不忍爲，而彼之徒忍爲之，是豈足辨之乎？且今日妄品出彼之徒者，舉世知之。今忽以予爲作者，天下其孰信之？又豈足辨之乎？犯而不校，曾子之教也。於禽獸又何難焉，孟子之戒也。彼之徒以横逆加予，此亦妄人也已，與禽獸何擇？必豈足辨之乎？古之君子受誣不辨者，其厚德可仰而師。今日彼徒之誣，又豈足辨之乎？雖然，如朱文公受胡紘、沈繼祖不忠不孝之誣而不敢辭者，以韓侂胄當國，時暗道否也。今也明君在上，賢良滿庭，治教休明，百廢修舉，雖貞觀開元之盛、慶曆元祐之治，不敢讓也。當此時，君子蒙誣而不敢辨，是待君相以寧宗、侂胄也，豈可乎？夫君子被誣而不敢白，是豈盛大之美事乎？且予不辨之，則彼之徒以予爲辨塞，欺無知者以肆其姦妄，其爲世道人心之害豈淺淺乎哉？君子箝口而小人鼓舌，又豈盛大之美事乎？君子可欺也，不可罔也。是不可以不辨，乃作《辨妄》。妄品板本傳播之日，葛西因是見而怒之，召五山而詰之。五山携其徒而行，初則多方分疏，拒而不服。及其震怒罵之，終吐露其狀實，而承引其罪。面色如土，股栗不已。既顧其徒，赧然流汗，慚將入穴。鵬齋有詩曰：「新山因是舊姓虎吼五山震」，蓋記其實也。是妄品之出於五山、天民及四子綠陰、星池、竹谷、晉齋確有明證者一矣。因是詰五山，使山本北山之兒，綱川貞以在其坐，以爲證左。因曾語予兒敦曰：「初召五山而責之，欲其號泣謝罪矣。唯至面無人色、戰栗戛齒而已，未至號泣，是爲遺憾耳。」雪齋老公怒板木流布，召五山、天民，使其臣某詰之。五山、天民以其事發露，不可掩匿，初不争辨，直服其罪，以其板呈老公。老公使因是劈之，因是自揮斧，割爲第五段。因是乃有詩曰「劈破魔身化五山」，蓋亦記其實也。是妄品之出于五山、天民及四子，確有明證二矣。天民、五山及四子同歃牛血，而作此妄品，其意欲傳諸一時，以爲賣名射利之囮矣。自高其品題，欲驅遐陬無知者以入吾党中，予《與天民書》論之悉矣。南畝之詩云「好貌欲欺田舍人」一句，彼輩真贓，可謂妙矣。不圖其品題之妄，世無服之者。及一時喧傳，謗滿都下。五山、天民則欲嫁其禍於四子，四子亦各推讓其罪，莫敢執其咎者。始則朋比作之，後終冰炭相毀。六人者口血未乾，餘腥在齒，而相齮齕如此，小人狀態古今相同，歐陽所謂「小人無黨」者，於今日見之矣。鵬齋有詩曰「四子欲逃逃不得，錦城城里泣天民」，蓋亦記其實也。是妄品之出于五山、天民及四子，確有明證者矣。五山、天民及四子奉鵬齋爲第一名，比諸登科簿録，則狀元及第也。其意以媚鵬齋耳，而鵬齋不悦。使鵬齋立因是、一齋及予上，則欣然受之。今立于無學不文之詩人五山、天民之上，以爲狀元，是豈其人之所甘而受之乎？此故有詩，使世人知此妄品出于六人，曰「星池月落晋齋昏，竹谷風腥深鎖門。詩佛堂前眠不就，無絃琴上緑陰翻」，因是亦有詩曰「淳化年鎸梨棗板，星池樓上秘藏深」，又曰「梨棗成精狡且頑，星池水上緑陰間」，是妄品之出于五山、天民及四子，確有明證者四矣。五山、天民與南畝交相親，此故妄品奉南畝立于四明、西野之上，亦媚之也。雖然，南畝不悦其妄，是故其徒有所謂「狂詩」者云云其實南畝作之也，其意蓋謂，其作之者五山、天民，其劃之者晋齋。及因是召五山責之，姦謀發露，號泣陳謝世傳因是責五山，五山號泣，故南畝之詩如此。其實非號泣，唯戰栗耳。蓋傳者之過也，其末句有言曰「五山山崩一山無，天民如土民之愚」，明白指斥，不遺餘力，是妄品之出于五山、天民及四子確有明證者五矣。前日予召星池、晋齋根詰之，二人者皆言此品藻與五山、天民、緑陰、竹谷之徒同謀作之。如以爲罪，則其罪惟均。如使吾二人者專受其罪，不敢當也。是妄品之作，已有首實供吐之人焉，豈可重爲掩慝乎？是妄品之出于五山、天民及四子，確有明證者六矣。五山、天民之徒作此妄品，以負謗於一時，昭明赫著，不可回護，天下莫不知之者也。妄人之言，以此爲予之所作，故予之姓名列第三次，而墨涂之。噫！何言乎！第一等第三次登科榜眼者，墨涂無名，不可知其爲何人。今言是予之姓名而墨涂之，其知之者乃其作之者也。欲誣君子而不知自訐其惡，是不假他人一言，而自呈露其罪。其黠而且愚，可笑之甚。妄品之出于五山、天民及四子，六證之外，又得一證，豈不欣欣乎？妄人之言曰：「居于上則恐衆知之，居于下則耻爲人後，故自居于三次。」噫！是亦何言乎？予則以聖道自任，時無孔子，則不甘在弟子之列也。是故雖荀楊程朱之諸名賢，猶有所指摘而排斥焉，何况今代之俗儒乎？如五山、天民不學無術，世所謂俳諧師之徒耳。是故予則小兒視之。使予爲品題乎，予當高占鰲頭，如五山、天民則當列第五等之下焉，何况緑陰、星池乎？古人有言，使我卧百尺樓上，使君寢地下焉，豈啻上下床之差乎哉？予之於詩賦書畫之士，亦復如此。今以畫師文晁爲狀頭，以五山、天民爲採花，予當立何處乎？是皆其徒所自爲尊大，與夜郎王之就與漢之廣，同不免識者揶揄也。如戴畫師詩人在其頭，則當頭痛而死焉。予雖耄悖，决不爲此舉也，何况精神明亮乎？大丈夫之在世也，磊磊落落，當與白日争光焉。是故予則一生行事公明正大，不爲一之詭秘陰險之事。今妄人言予自居于次三而墨其姓名，是奸猾之魁緑陰、五山等之所好爲，豈士君子之所爲乎？古人常戒以小人之腹而窺君子之心，今彼之徒以盜賊之腹而疑君子之心，宜矣哉其言之如此也。如果使予作此品題乎，予自居狀頭，何憚之有？今抑屈而在五山、天民之下，何榮之有？是豈予之所爲乎？誣人當以疑似，其事之明白如此，而猶欲誣罔之，其愚妄之病，是豈藥之可得而醫乎？　妄人之言又曰：「妄作此品藻，欲以爲釣名罔利之資。」夫予之聲名遍于寰區，門生弟子滿于天下，使予好名，豈假此一紙之品題乎？　天民、五山不學，則天下學者莫不知之者。予自作此品題，立于天民、五山之下，則予之名在所損乎？　在所益乎？　雖至愚者，當知其不然也。甚矣哉！　其誣人之愚而且疎也。星池固予門下之士也，近年好與詩佛交，學其誕妄。又與緑陰交，傚其姦猾。非復舊日之人，是二子之賜也。吴起學曾子而背之，李斯、韓非學荀卿而背之，程門之邢恕，朱門之胡紘，大儒之門有背畔之弟子，自古而然。予之門出星池，又何怪之有？　妄人寡陋，何不稽古乎？　星池翫見天民、緑陰輩，眼不窺四部而横行藝苑，其意以學者爲易與，以爲空名虚譽唾手可取，是故今日品題，與緑陰相并而在高科。雖無識者，可知妄品之作出于二人首謀矣。夫刻一紙之品題，而欲賣名者，固無名者也。否則，後進之士欲踰先輩者也。予則鳴于天下者三十餘年，天民則予友人山中恕之門生也。予於時輩則先矣，於聲價則高矣，有何所求而作此品題乎？　緑陰、星池，無名之士也。假此品題，欲以賣其名矣。天民、五山，後進之士也。假此品題，欲以凌先輩矣。情理洞見，最易知者。今妄人雖以此誣予，天下其誰信之乎？　假令此品題實出予手，天下其誰信之乎？　第三次爲予姓名，則天民、五山在天下大儒之上，星池、緑陰在天下大儒之次，四子之榮莫甚焉。四子者當來拜其賜焉，有何所慊而忍責恩師乎？　辨而至此，不覺絶倒。妄人以爲何？　如此妄品，出于六子者確有明證，天下知之。予於此妄品，毫無關涉，無復行跡之可疑，天下又知之。彼之徒畏觸予之怒，既已墨塗予之姓名，至負謗之日，欲假此以易予罪矣。嗚呼！其姦且黠，不在訟師之下。予羸老也，可重任乎？今妄人以墨涂之一事，及星池曾學予，鍛煉欲爲予罪，峻文峭詆，近似羅織。雖然，其才非張湯、杜周，又無周興、來俊臣之術，其姦易見，其妄易知。何則？如使予作此妄品，而自墨涂其姓名，則是自首其罪而告天下之人也，雖至愚者所不爲也，然謂明者爲之乎？且墨塗其姓名，則天下之人，不可知其人爲何人，於所謂釣名網利有何用乎？雖至愚者，可知其必不然矣。其欲釣名網利者，乃標其名而在探花之列者也。不獨世之知者知之，今則雖愚人皆能知之，雖欲嫁罪，豈可得乎？妄人所爲，似舞文弄法之吏，而卻以予爲獄吏嬌判，何無忌憚之甚！如彼之徒，皆同乘暗彈之人之妖，又似含砂射景之蟲，生于清明之世，而爲鬼蜮之行，其不蒙顯誅者，真天幸而已矣。妄品刊行，予初不知之，又未見之。及聞世間喧傳，召星池詰之。星池持妄品一紙來示予，此時始得見之愕然，實二月二十三日也。其實如此。然以予爲作者，何誣冤之甚！先之有人告予：「妄品第三次有墨涂者，似先生姓名。聞緑陰狡謀如此，萬一以負謗，指墨涂者使負其罪。」予當時不信其言，今彼徒果以此誣予。夫師者，師其學也，師其行也。其學也妄謬，其行也邪穢，是可以爲學者之師矣，不可以爲天下大儒之師也。如天民、君鳳以詩人自居，賣書畫爲活業，固與商賈同。以北山爲師，何愧之有？苟講習經藝，以道自任者，以北山爲師，則終身之辱也。予也無卓行之可傳，唯背北山不受其籠罩者，上忠于孔孟，下惠于後學，是予之所卓然不惑，超絶時輩也。予愛善蓄才學，異于其黨。而唯以其不背北山，薄其爲人。而妄人卻以予背北山爲罪，智愚之相縣有如此者。予平生不欲訐北山之惡，況載諸文辭乎？今妄人責予以背北山，其勢不得不辨之，是激予使言，是播其惡於天下也。在緑陰則不孝，在天民、君鳳則不忠。彼之徒不顧其不忠不孝，而欲頡頏相争，旗鼓相敵，則予當作《北山不文記》《北山不學記》《北山無行記》三書以示之耳。如夫妄人，至以予爲星池罪人，嗚呼噫嘻！是亦何言也。星池黨五山、天民作此妄品，是故召而面責之，鳴其罪而絶。如此妄品予之所作，則星池雖愚，豈服其罪乎？自作之而誣諸人，是姦賊之所爲，緑陰、五山則爲之。予也一代儒先，豈學姦賊之所爲乎？要之不知情理，不解文，其所言無意義之可通，而猶以此不學不文唐突大家，欲以抗衡，實不知其量者。予名之曰「妄人」，豈不宜乎？太田南畝。

妄人自言潮來書生。潮來者，土岐巢窟。汝是妄人之子乎？以妄人之子而學妄行之師，宜矣其冥頑悖戾而無所忌憚也。鼎鐺猶在耳，汝不聞乎？錦城者，一代之大儒，且一時之端人正士也。以無學不文抗衡其人，汝所謂多見不知量者，汝頭腦之一鍼也。台北真逸識。

是辨誣也，而謂之辨妄者何乎？誣也者，有疑似之可惑之謂也。今之妄品與錦城毫不相涉，而誣之以錦城之作，是非妄而何？是故不謂之誣，而謂之妄。妄人之妄，辨之亦可，不辨亦可。深川半漁識。

討作詩志彀

佐久間熊水

《討作詩志彀》一卷，佐久間熊水（一七五一——一八一七）撰。據昭和三年（一九二八）東京六合社《日本藝林叢書》第一册排印本校。

按：佐久間熊水（さくまゆうすいSAKUMA YUSUI），江户時代陸奥（青森縣）人，名欽，字子文，世稱「英二」，號熊水、東里。離鄉至江户，隨伯父齋藤東海學，教學生涯近四十年。文化十四年歿，享年五十七歲。

其著作有：《書經圖考》一卷、《詩經圖考》一卷、《討作詩志彀》一卷、《大椿樓集》三卷、《大椿樓會詩集》一卷。

題討作詩志轂

賢矣物子，一洗宇宙。焕乎文章，日興月隆。堯民誹堯，堯德益高。一摘物子，物子愈顯。賢矣物子。

伊藤長秋

討作詩志彀

「奉陪主君看花。」主君用之國君，見《家語》及《國策》《史記》。

「北村抱節與余同好音，不幸早世，遺言歸余其所吹之笛。」信友曰「當有遺命之辭」云云，不是會讀書妄施旁注之謂也。「遺言歸余其所吹之笛」，施旁注者如此，「歸余」以下其辭也昭昭。

「題畫鷹圖、題畫蘭圖。」信友云云，是前次已有蒲桃圖、畫蘭圖二題，春臺先生豈不知爲之者？盍思諸。

「擲筆松下，同東壁吹笛，山井先生存焉。」存焉，見《左傳》及《子虛賦》。

「余五十也，五城左容翁惠詩，侑以三物。仙臺地靈，故當有此風流人矣。」也矣，送句法，豈謂之謬用乎？且其三物各别舉之，故始無其目。又「侑」字，知致食以侑幣，不知有助之義。經云「卜筮瞽侑皆在左右」，傳云「王饗醴命之宥」，可見。

「期與諸名勝同遊天桂精舍。」非倒置也，異辭而已。名勝、明賢同，古書多以「勝」字注「賢」字，何限名理上？《晉書·元帝紀》「名賢」、《王導傳》「名勝」互用，盍思諸。

是歲信友以《和讀要領》中語駁徠翁，徠翁何不知之？可笑也。是日從而可知。矍鑠，彼誤謂有猛之義，可笑。西夏、西畿，對東都言之。臺字尊稱，諸書多有，其佗皆有據。

「薩人日高翁七十初度，或見屬以和歌題，題已不可入詩，惟翁壯遊諸州，又知古禮，善和歌，時秉藩職于東都，因賦海鶴篇爲壽。」惟，思同。何限啓表？且以題不入詩，以何入詩乎？「或」者，或人也。藩職加一「秉」字，以雅邸官之字，彼不思也。

之字有無，古人多有。同遊同登亦多有。

「執筆爲歌其事。」詩中有其事，何獨讀題不讀詩哉？「秖今」前已有「佗日」之字，「秖今」對之。且「秖今」「唯有」字何限懷古？又催歸於結句，其意昭昭。「掌裏」「掌上」，同道如視之掌上也。若信友所言，則《論語》「指其掌」會之何？切，猶言透。已不知讀詩，妄意以誹人，可疾。「認得」者，道昔時也。「疑」者，道今也。以今想昔，不用「想」字，用何字乎？「分明」字，可以見其故鄉。

「但恨山間月，行行没馬蹄。」拆用「月没」，盍思諸。

「歸」「還」意不同，彼混而讀之，可笑。

《早春歸德命駕，余時遊江東不在，壁上見留二詩，和以寄謝》，此十四字句，「慚愧」二字管到「寒」字，「恨」字結「違罄歡」。彼議何乎？

册子一一妄言，不可勝數。且僕意在雪三先生之冤，故不與之者略而不議。彼又似好讀傳記小説，僕常疾之，因廢之。

時下春寒，起居安穩，何喜加之。僕與阿安碩有舊，因聞大名久矣。曩者安碩携一册子來，披之有國手足下之序，即謂可不尋常之書。閲之皆妄言，無見貴序之所稱揚。疑思不釋，再三讀之，多多益乖。彼誣春臺先生曰「不知下焉字之法」，春臺先生果不知下焉字之法，則左氏、司馬亦不知下焉字之法與？其他庸愚卑俚，不堪嘔噦。擲之地下盥嗽。戲乎彼妄，奚翅僕知之，苟讀書者孰不知之？然而時俗菲薄，不問佳惡，唯奇是好，晚學輩或爲流風所扇。即欲誅信友之罪，而雪三先生之冤，録其甚者。而怪以足下之賢明博識，特不知之，屈膝稱門人，何其面之靦哉！蓋信友之奸猾，强加門人之字。足下之長者，不敢責之，宥以售彼聲者也。於是乎愧小人之腹以量君子。雖然，下名辱先，君子之所慎也。而借交於妄庸人如此其厚，爲足下背汗。冀良圖。亦唯下名辱先，僕且爲足下背汗，雖欲足下之長者，宥以售乎聲，人之言亦可思也。足下豈不知之？知而爲之，必有以也。謹呈所録之數事以質，願不惜教示，發僕之蒙。大幸。

山田某國手足下。

二月十三日，佐欽再拜。

予不佞，在足下之宇下三年，而未一詣門下接龍光，惰慢之罪謂之何！君子幸恕之。近來有山本有者，著《作詩志彀》以誣謗徂徠、南溟、南郭、春臺諸先生。既成之，獨關南溟先生之事者，以有足下在也。蓋所見，以解嘲於徂徠、南郭、春臺三先生之事。雖不佞謭劣，不堪忿懣。欲一二足下者，大藩名儒，不暇覽彼册子也。雖見之爲不足議，故棄而置之乎？雖然，晚學輩不深思，以信友所云爲信然，不傷乎？足下其思諸。敬呈書陳固陋，昭察不備。

入江子實足下。

二月七日，佐欽再拜。

夜航詩話

津阪東陽

《夜航詩話》六卷，津阪東陽（一七五六——一八二五）撰。據天保七年丙申（一八三六）影印三重縣藏版校。

按：津阪東陽（つさかとうよう TSUSAKA TOYO），江户時代儒者。伊勢（今屬三重縣）津人，名孝綽，字君裕。世稱「常之進」，號東陽。十五歲時從名古屋醫者村瀨氏學習，三年後因立志於經學前往京都。大體爲其自學鑽研古學。爲梶井王府之門客，亦爲諸公卿之賓師。天明八年（一七八八）任津藩（今屬三重縣津市）儒臣，晋爲侍讀學士，雖爲一時讒言所累，但於藩校創立時再次被聘用，後晋爲督學兼侍讀，直至班中大夫。寶曆六年生，文政八年八月二十三日歿，享年七十歲，謚號文成。

其著作有：《夜航詩話》六卷、《夜航餘話》二卷、《葛原詩話糾繆》四卷、《古詩大觀》二卷、《全唐詩題苑》一卷、《絶句類選評本》十卷、《唐詩百絶》一卷、《杜律詳解》三卷、《孝經發揮》一卷、《薈瓚録》、《東陽先生詩文集》二十卷等。

夜航詩話序

余嘗夜溯澱江，舟中雜載四方之衆，各操鄉音，嘵嘵滿耳。加之蕩槳者、曳縴者、嗟來賣食者，繞舟讙呼，使人煩冤不能寐。以爲天下不韻之地，蓋莫此爲甚矣。故督學東陽先生博覽洽聞，尤深於詩學，嘗有所論著，名曰《夜航詩話》。夫詩話爲天下韻事，而取天下不韻之甚者冒之，何也？蓋其書旁引博證，苟有關風騷者，雜然臚列，故名有託於此，而其實在於津逮後進，亦平生經濟之志也。憶先生在時，聚徒話詩，諄諄然導款批卻，每能度人到于彼岸，有古人所云「共君一夕話，勝讀十年書」之想。夫一夕之話猶勝十年書，况其數十年所用力之書乎！謂之藝海慈航，又何不可也。頃者，令嗣有功謀貞之梓，以畢先志。屬余校訂且序之。會余東征期迫，亦不敢辭，乃携上途，行航宮港，出而讀之於柁櫓間，翛然引人著勝地，獨忘身爲旅泊人也。然先生墓木已拱矣，獨有著書存而已。欲復從於一夕之話，其可得耶！其可得耶！乃書此爲序而歸之，浩嘆者久之。天保壬辰夏五念八，書於江都下谷邱之寓樓。晚學齋藤謙。

序

此爲學詩小子請聞緒論者，就嘗所劄記稽古餘筆，抄其係詩話者別成一書，用代齒牙之勞。諸所散見，隨撿便抄，故編無倫次。草草畢業，未暇釐正也。凡論事所援，必徵唐詩。如宋明語句，間亦取備參考。夫舉古人之言，宜標字若號。今往往多書名者，只從其所慣呼，以便讀者已，非有義例也。倩人繕寫，拆爲六册，命曰《夜航詩話》，取諸明人吴思菴之言。蓋破碎摘裂之説，祇足充一場閒談，猶夜航群坐，偶語紛紛耳。豈可供君子之玩乎哉？但在初學之徒，亦可以解頤矣。區區閒事業，所以不惜費工夫也。因憶去歲此時，奉職江户之邸，力疾服勞，不遑寧處。今也退爲白日散王，披反故紙，料理舊業，消閑慰老，優游卒歲，不亦不幸之幸乎？又憶疇昔務學也，夙夜黽勉，除食事外，肘不離案，苟可以資業者，輒必録以備考，雖辭騷小技亦未嘗忽略。何爾孳孳矻矻，下筆不能自休。今乃把而翫之，怳然自失矣。爰修此兔園册，猶且不堪倦悶，嘆老嬾潦倒，精神衰耗爾。嗟乎！士志於道，可不及時勤勵也耶！抑夫詩賦，學者末藝，不爲則已，苟業爲之，則不當乍作乍輟、半上落下而止，亦須要推勘到底矣。筆工告功竣，便書所感爲序，以諗小子云。

文化丙子小至之夕，東陽居士津阪孝綽題于稽古精舍之讀易窗。

夜航詩話卷之一

詩之於學者也，特其剩技耳。行有餘力，乃以學之。君子不必譏也。近時學風輕薄，舍本而趨末，以詩爲性命，六經群史一切束之高閣，唯矻矻於五字七字之中，抽黄對白，翫愒時日。雖曰「詩有别才，非關書也」，然腹笥空虚，無所根據，如商家乏貲本不能致奇貨，嘔出心肝，寧死不休，焉能得驚人佳句邪？老杜自道「讀書破萬卷，下筆如有神」，此其所以妙絶千古也。東坡云：「孟襄陽詩非不佳，可惜作料少。」言學殖不足也。葛常之亦云：「僧祖可詩清新可喜，然讀書不多，故變態少。觀其體格，不過煙雲草樹山川鷗鳥而已。」夫無學殖者其弊皆如此，浮艷淺弱，徒以尖新取悦。雖剪裁極巧，而根柢蔑如矣。傳曰：「皮之不存，毛將安傅？」惜夫虚費工夫也。

夫禮義自賢者出，而賢者亂之，則後進末輩將奚以爲矩乎？稱呼，禮之大節。名正言順，聖人所重，尤可謹也。辭藻可觀，稱呼苟濫，則非文章矣。况於僭竊妄作亂君臣之義者乎？雨芳洲《橘窗茶話》曰：「余弱冠時在關東，學者知讀滄溟《唐詩選》，惟要詞語宏麗，不顧名分所在。競用『丹凰城、蒼龍闕』等語以爲東臺事。若在俗人猶或可恕，乃以逢掖君子，不知犯《春秋》之義，得罪於名教大矣。」此蓋慨木門僭濫，蘐社狂妄也。《滄浪詩話》曰：「劉公幹《贈五官中郎將》『昔我從元后，整駕至南鄉。過彼豐沛都，與君共翱翔』，元后蓋指曹操也。至南鄉，謂伐劉表之時。豐沛都，喻操譙郡也。王仲宣《從軍詩》『籌策運帷幄，一由我聖君』，聖君亦指操也。是時漢帝尚存，而二子之言如此，正與荀彧比曹操爲高光同科。《春秋》誅心之法，二子其何逃？」《四溟詩話》曰：「謝瞻《從宋公戲馬臺送孔令》曰『聖心眷佳節，揚鑾戾行宫』，謝靈運曰『良辰感聖心，雲旗興暮節』，是時晋帝尚存，二公世臣，媚裕若此，何也？」此皆端似爲今日道。

我邦凡百稱呼多不雅馴，而地名特甚也。先輩病其難入詩，往往私修改之。蓋詩者爲諷詠之物，妙在化俗爲雅，故其不勝野樸者，不得不莊飾就雅馴耳。然徂徠、南郭輩如改諏訪湖爲鵝湖，岡崎城爲豐沛，目黑山爲驪山，白山爲商山，胡亂牽彊，是誠何義也？自來好奇之徒，雖其不必陋者，亦强欲擬漢土，即輒擅自换易，使人不能辨其爲何地。楊萬里詩云「里名只道新名好，不道新名誤後人」，可見此弊宋人作俑，至明李王輩謂燕京爲長安，以便其聲調，遂波及此方，致紊輿志，名實俱亡，不唯風雅之罪人也。

謂武藏爲武昌，武昌蕞爾一僻邑，擬非其倫。然徂徠南郭輩爲用武昌魚、武昌柳故事，藉以稱之，尚有可諉者。後人遂不必用其事而相沿稱之，甚亡謂也。其餘如筑紫爲紫陽，安房爲房陵，石見爲碣石，伊豫爲豫章，加賀爲賀蘭，和泉爲酒泉，若狹爲若耶，皆唯因一字假用，不復顧其當否，不亦妄乎？至如美濃爲襄陽，伊賀爲渭陽，播磨爲鄱陽，相模爲湘中，名護屋爲吴門，富士川爲巫峽，妄之又妄，近於兒戲矣。

稱江户爲東都，山本信有非之，是矣。然其徒以方音相通，借用荏土字，遂稱爲荏城，不考之過也。荏，弱也。豈可以稱霸主金城乎？蓋得之《風土記》殘本，喜以衒奇，不遑省其爲不祥耳。夫苟有所本，可以復古稱，則紀之若山舊用弱字，今復稱弱城可乎？徂徠詩題染井作蘇迷，秋子帥詩日光山作二荒山，亦皆有來處。然其爲不祥尤甚，不可不諱避也。

隅陀川稱墨水，亦從徂徠始。本諸《真字勢語》云。然惡名汙穢，如虜地之水，詩詞中漫用之，多不與事相稱，亦不考之過也。

國雅用地名，自然鬪湊，不假安排，於詩則殊不稱焉。若使西人學國雅，亦猶是也。故詩用地名不可牽强，必待自然入詩而後可也。不然其語生硬，氣脈不通，如木株接竹耳。初學好用之，可戒也。

作詩使事，必用六朝已上爲古，其説尚矣。蘐老遂堅禁用後世典故，不讀唐以後書，大聲所嚇，一時奉爲三尺，不亦固乎？大抵天地間事，何物不爲詩料？故東坡云：「街談市語皆可入詩，但要人鎔化耳。」即唐以後事，須選擇用之，不失古雅乃可。若夫狐穴詩人誇博炫奇，好用僻典，非自注出處則人不能解者，亦不可以不戒也。

王弇州云：「詩妙在有意無意可解不可解之間。」此言誤人太甚。慕尚嘉隆僞體者，相率沈迷雲霧中，故作不可解之語以爲深奥高古。讀者必再三詰問，纔得達其意也。或見平澹易解者，輒斥爲「元輕白俗」，雖工不道好矣。夫作詩不可解，將焉用之？不若無作也。雖然，詩貴含蓄，不可直情徑行。鄭善夫云：「詩之妙處正在不必説到盡，不必寫到真。而其欲説欲寫者自宛然可想，雖可想而又不可道，斯得風人之義。」今人往往要到真處盡處，所以失之也。此訣詩家金針，可以繡出鴛鴦矣。李東陽云：「作詩必使老嫗解聽固不可，然必使士大夫讀而不能解，亦何故耶？」是持平之論，正得詩之中庸矣。

余生平閉目摇手不道古樂府。那波魯堂曰：「韓使覽吾邦詩集，其有擬古樂府者輒偷卷度紙，清人在長崎者亦不屑觀之，惡其腐爛，令人欲吐也。孔子之家祭肉不出三日，出三日則不食之矣。後人作古樂府其無爲三日後之祭肉乎？」

擬風雅體者，亦直兒戲耳。其作之尤易，不過翻摘故紙數章，可立成矣。故陳腐餖飣，味若嚼蠟，絶無風趣。徒以其體之古，欺童蒙之耳目。亦狡獪伎倆，欲愚人秪以自愚耳。宋初朝士競尚西崑體，多竊取李義山詩句。嘗内宴，優人有爲義山者，衣衫襤褸。旁有人問：「君何爲爾？」答曰：「吾爲諸館職撏撦至此。」聞者大笑。滄溟詩文爲蔆社鼉食，亦似此戲，良可笑爾。

謝茂秦云：「凡作詩，誦之行雲流水，聽之金聲玉振，觀之明霞散綺，講之獨繭抽絲，此詩家四關。使一關未透，則非佳句矣。」洵知言哉。

詩家或擬徐夜叉、袁波旬，予嘗譬之猶上國人捉鼻捲舌效東奥語，呆呆啁哳，醜態溢於面貌，而聽者不能解，徒供笑資耳。不如無爲也。唯赤石梁蜕岩殊近自然，真優孟之孫叔敖也。

王敬美曰：「太史公蔓辭累句，班孟堅洗削殆盡，非謂班勝於司馬，顧在班分量宜爾。」予謂後進學杜詩，亦宜具此識膽，斯善學柳下惠者也。

沈休文八病，蔽法不足據。先輩辨之確矣。獨鶴膝一病，律詩宜少避之。王右丞《温泉寓目》「新豐樹裏行人度，小苑城邊獵騎回。聞説甘泉能獻賦，懸知獨有子雲才」，謝茂秦云：「『度、賦』同韻，非詩家正法。」蓋二字共屬「遇」韻，不啻同聲，是鶴膝之尤甚者。雖不妨白璧，能無少損連城？故茂秦惜之也。此方之人於聲韻也，平入二聲雖粗甄别，若上聲與去聲則渾然混其響，尤易犯此病。故詩家少留意第三五七句脚，遇其響相似者輒必檢韻書以正之，是可耳。

凡諸學技藝者，正熟而奇出，常極而變生，蓋不期然而然爾。《芥子園畫傳》所謂「有法之極歸於無法」，不唯繪事也。若未習之常，而欲試其變，變未可得而先失其常，猶壽陵餘子學步於邯鄲，未得國能而又失其故步，直匍匐而歸耳。况夫藝文之業，尤宜守其正也。山谷云：「好作奇語，自是文章一病。」東坡云：「凡人文字，當務使平和。至足之餘，溢爲怪奇，蓋出於不得已也。」此藝苑要訣，藥石於時弊。學者纔習操觚，未知常法，輒用奇法；未問正路，輒走邪路；務安僻字，肆鶩險語，使人難誦而難解，亦將何用哉？徒貽笑於大方耳。

錢虞山云：「詩到真處必平，平到極處即奇。」善哉其言之也。蓋至其上達，正熟而奇出，常極而變生，换骨脱胎，從心所適，亦莫之遏禦也。

書法備於真書，溢而爲行草，故學書必先楷法，漸而至於行草焉。有不善楷法而能作縱體者哉？今人多尚行草，未始學真而徑習草，猶未能莊語而輒放言耳。東坡之言曰：「真如立，行如行，草如走。未有未能立而能行，未能行而能走者也。」余嘗謂學詩必從絶句入，亦猶是也。故每諭初學，不許濫作律詩。有客誇稱某氏門下無人不詩，無詩不七律。余哂曰：「實如所言，恐無詩矣。」其人不達，携會稿來示，果無一首可觀。信乎未有未能立行而能走者也。

寫字好作異體，或用替代字，如時作旹，和作龢，法作灋，拜作𢷏，察作詧，殺作煞，村學究常態，非大雅所尚。或有自用之姓名者，如鹵郙憙、𪓰埜嚞之類，是當今之世敢用古衣冠，其爲非禮，可謂風雅罪人矣。明李文正云：「古字不可不知其音義，但不可著意用之於文字中。」清顧寧人云：「舍近今恒用之字，而借古字之通用以相誇者，此文人之所以自文其陋也。」凡用古語之外，一切無用耳。

古詩之妙，其工可及也，其拙不可及也。若通篇皆拙，固無取已。使其皆工，則恐終無古氣，安在其爲古詩哉？蓋寄大音於泬寥之表，存至味於淡泊之中，此乃所以爲難也。

七言古詩押平韻者，落韻句脚避平音字。押上聲則避上聲，押去入則避去入。且無用通韻，况叶音乎？蓋換韻第一句不妨用通韻也。

五言律詩仄起爲正格，平起爲偏格。七言正與此相反，絶句亦然。沈存中《筆談》曰：「唐名賢輩詩多用正格，如老杜律詩用偏格者十無一二。」此間詩人率不之知，卻多用偏格，故拈出之。

古人論七言律詩對句易工，結句難工，起句尤難工。蓋七律首句宜突然而起勢不可遏，所以難工也。然此猶可能。第二句好尤難得也。蓋是句領全首詩神，句句皆從此生，一篇爭勝在此，畫龍點睛要處，而其所用力在使人不覺，所以尤難也。余見近人之作，多病是句欠鍊，斤兩太輕，其能與全體稱者鮮矣。皆坐視爲等閒，率爾填詞耳。是七律第一要訣，其可以忽乎哉？

唐賢律詩有用雙字於數處者，氣魄薄弱，不足多效。後學或蹈此病，詰之，則歷舉唐詩，藉爲口實，乃醜婦效顰耳。

五言絶句，本古詩遺體，宜間用側韻。若篇篇平韻，亦固陋之習。西人不然也。邵子湘《古今韻略》云：「平韻供律詩之用，仄韻供古詩之用。」然則五絶用仄韻，其本色也。凡用平韻者，宜穩順聲律，慎無失黏。或謂「短笛無腔，不妨信口」，妄矣。若側體全用古詩格，必拘繩墨，反是固陋。王弇州云：「仄韻絶句不妨拗體。」如長孫佐輔「獨訪山家歇還涉，茅屋斜連隔松葉。主人聞語未開門，繞籬野菜飛黃蝶」，句中第二六字皆不黏也。七言猶然，况五言乎？明戴文進以畫顯名，畫秋江獨釣圖，一人朱衣把竿。宣宗嘆其工，欲召見之。或從旁奏曰：「此畫恨失大體。朱衣，朝祭之服，可用之漁獵乎？」遂寢其命。作詩亦復如是，凡一句一字須著意點檢，若等閒放過，不用精細工夫，往往不免失體貽笑也。

王元美題畫云：「白雲不肯住，裊作出山狀。中有朱衣人，可是山中相？」山中朱衣，亦是畫手破綻。乃將陶貞白事，湊巧而回護之，可謂有濟物之才矣。

作詩不可大著題，詠物尤忌黏皮骨。東坡云：「善畫者畫意不畫形，善詩者道意不道名。」故其詩云：「論畫以形似，見與兒童鄰。作詩必此詩，定知非詩人。」此戒皮相詩學要訣。詠物必此物。終非詠物手。徒是泥塑美人，有何風趣？如崔珏《鴛鴦》，雍陶《白鷺》，可謂著題，然區區摸寫體帖，徒蹈剪裁爲花之弊，故識者譏爲村學中體。必也空中構樓閣，説得有波瀾，不涉理路，不落言詮，妙在有意無意不即不離間，然後始得出入化境，而免傖父面目矣。

陳眉公評袁衮詩云：「凡題圖中美人詞，須當在意上生出景來，又當收拾景在意上去，方能得其姿態。若所謂楊柳腰秋波眼，則便入惡道矣。」此言不但美人，凡題畫詩皆宜如是。

清人王翦林云：「爲《蘭亭圖》者不難於崇山峻嶺茂林脩竹，獨能傳出天朗氣清，惠風和暢之意乃佳。」詩家賦事詠物，亦須參此機也。如杜詩詠雨「野徑雲俱黑，江船火獨明」，詠雪「暗度南樓月，寒深北渚雲」，不摹雨雪之狀，而寫雨雪之神，此化工之筆。

《吕氏童蒙訓》云：「詠物不待分明説盡，只仿佛形容，便見妙處。」蓋至論也。夫詠物神理在無字句處，善用側筆不犯正位，襯説以取神韻，此文家避實擊虚法。所謂索之於驪黄牝牡之外者，是傳神之妙也。若規規刻畫，黏皮著骨，形狀雖巧，全無精神，使一覽便盡，亦何足道哉？明人朱存仁詠燕云「三月巢乾雛未成，茅堂來往日營營。説殘午夢千聲巧，剪破春愁兩尾輕。宫柳陰濃金鎖合，水芹香細緑波晴。畫欄十二無人倚，一半梨花一半鶯」，鍾伯敬評之云：「前一聯就燕點染，已曲盡詠物之情。後四句絶無一字及燕，只虚摹景色，而宛若有燕子來往其中，尤見傳神之妙。此深得風人之義。」真中肯綮矣。又《獨醒雜誌》載，「東安一士人善畫，作八景圖殊有幽致。如《洞庭秋月》則不見月，《江天暮雪》則不見雪，第狀其清朗苦寒之態耳。若《瀟湘夜雨》尤難形容，常畫者至作行人張蓋以别之。渠但作漁舟吹火於津頭，以火明彷佛有見，則危亭在岸，連檣在步耳。

瀟湘故有故人亭，故藉此以見也」。是亦金針度人語。學者誠得此而玩心焉，不患不能善詠物也。抑非獨詠物爲然，凡讀古人文字，亦須掩卷閉目，極爲想像，細心體認，求之筆墨之表，所謂以意逆志，方得古人匠心處，於是意境歷歷，神理活動，宛然如在目中，不知手之舞之足之蹈之，斯爲善讀書觀詩者矣。司馬温公曰：「古人爲詩貴於意在言外，使人思而得之，故言之無罪，聞之者足以戒也。」梅聖俞亦言：「詩之工者，寫難寫之景如在目前，含不盡之意見於言外。」此詩家秘密藏，學者不知斯訣，未可與言詩也已。

詩題貴簡要，不宜冗長。輕薄生不憚煩，尋常題引，强敷衍爲數行，增置套語，填用助辭，徒取厭觀，將焉用之？元人辛文房《唐才子傳》云：「立題乃詩家切要，貴在卓絶清新，言簡而意足。句之所到，題必盡之。中無失節，外無餘語。此可與智者商搉。」予每爲人舉之，戒片言不苟。清人袁枚云：「唐陸相扆稱『士不飲酒，已成半士』，因謂詩題潔、用韻響便是半個詩人。」亦知言也。

少陵以論事罷官，而詩乃云「官因老病休」，又云「聖朝無棄物，老病已成翁」，較孟浩然「不才明主棄」，藴藉何如？樂將軍云：「忠臣去國，不潔其名。」故君子立言有則，乃可與語風人之旨矣。

凡物之清麗，其氣有餘者，皆稱曰香可也。少陵詠竹得「香」字云「雨濯娟娟浄，風吹細細香」，此極稱新竹風氣之爽，一聯精神全在「香」字。胡苕溪譏之，固矣。少陵又云「枇杷樹樹香」，枇杷初無香，亦謂風氣已。李青蓮「梨花白雪香」，又「白門柳花滿店香〔一〕」，温庭筠詠柳「香隨静婉歌塵起」，韓昌黎《謝賜櫻桃》「香隨翠籠擎偏重」，皆是贊詞，謂秀色快人，若發香然。詩人象外之意，善於形容者也。《野客叢書》曰：「陳堯佐《題松江》絶句云『扁舟繫岸不忍去，西風斜日鱸魚香』，張文潛譏之謂〔二〕：『魚未爲羹，雖嘉魚直腥耳，安得香哉？』蓋作者正不必如是之泥，但言當秋風之起，鱸魚肥美之時節氣候耳，非必指魚之馨香也。」此能不以辭害意，可謂善讀詩者矣。《萬葉集》訓「艷」爲「芬」，亦此義也。

夏風未嘗香也，而稱「南風之薰」，亦形容之辭，極言其爽快也。李賀《四月詞》「依微香雨青氳氳」，夏雨豈有香耶？亦讚美其爽涼耳。謝肇淛《五雜俎》云：「《困學紀聞》：『瓊爲赤玉，詠雪者不宜用之。』此言雖是，終宋人議論比況之詞，何必著色耶？」此亦謂清涼爲薰之類也。昔九方臯之相馬，相忘於驪黄牝牡之外，觀詩亦不當如是邪？

楊升菴云：「杜牧之《江南春》云『十里鶯啼緑映紅』，今本誤作『千里』。若依俗本『千里鶯啼』，誰人聽得？千里緑映紅，誰人見得？」余按「千里」猶言「到處」，且稱畿甸，以其爲六朝舊都也。蓋江南春遍，千里一樣，到處流鶯亂啼，柳緑花紅，爛漫錦世界，滿眼富貴之相，宛是六朝舊畿甸

〔一〕店：底本訛作「天」。各本均作「店」，據《李太白文集》卷十二改。
〔二〕文：底本訛作「大」，據《野客叢書》卷七改。

矣。若作「十里」，意味索然。固哉升菴之説詩也。

許渾「高歌一曲掩明鏡」，掩明鏡而高歌也。元積「泥他沽酒拔金釵」，令拔金釵以沽酒也。驟讀不可解已。如宋張耒「戒懼敢忘暫」，明邵寶「平生到曾未」，倒法最奇，然易見耳。太白《清平調》詞「雲想衣裳花想容」，亂裝句法，言衣裳疑雲容疑花也。雲衣比天仙，謂其周旋輕妙如雲之翩翻也。唐史稱貴妃肌體豐艷，是與牡丹態度酷肖，故亦花想容也。蓋彼此目迷，殆不可辨，故特亂裝其語，以可解不可解，見怳惚之意，語氣與事狀相稱，此詩家用筆之妙。少陵「久拚野鶴如雙鬢」亦用此法，蓋一朝對鏡大驚，疑野鶴成我頭，瞪目看來，野鶴是雙鬢，雙鬢是野鶴，終不可辨也。若徒謂爲聲律倒裝，淺矣。其看詩也，但如「暮潮歸去早潮來」「歸來得問茱萸女」「山青每到識春時」「天涯不復有離群」「纔可容顔十五餘」，則倒置以就句法耳。

不解事者譏詩人説謊。夫謂水寒，謂火熱，言則實當，而意索矣。其何趣之有哉？其或言之過當，然後情暢意徹焉。「民靡孑遺」，「血流漂杵」，漆園之憤言，三閭之怨辭，皆是物也。蓋言之緊切，勢不得不激。平常説話猶然，况詩人之詞尚婉而成章乎？若直情徑行，不足以動人。苟不達意興之旨，不可與言詩也已。

錢希言《戲瑕》曰：「高唐雲雨是先王楚懷事，楚襄雖夢神女，而賦中不言雲雨也。唐人詩以爲襄王事，相沿不改，後遂爲填詞家借資。然使正其訛而作懷王，便不成佳話矣。」余按古樂府有云「本自巫山來，無人睹顔色。惟有楚襄王，曾言夢相識」，此蓋唐人所本。所謂妄言妄聽，雅道之寬可見也。因憶如黄鶯、丹楓之類，本土所不有，而其稱鶯呼楓者，古人因其有所類，似權以其名與之爾。遂相沿誤用，不必改正。魚虎爲翡翠，鸂鶒爲鴛鴦，此類皆將錯就錯，作點綴詞章用可也。近時好穿鑿者，欲直持草家三尺盡正詞壇訛稱，不識風雅之過也。

好細腰者靈王，非襄王也。如劉禹錫《蹋歌行》〔一〕「爲是襄王故宫地，至今猶自細腰多」，則誤記耳。襄王屢爲詞人所汙，先世淫穢皆歸焉，不亦冤哉！

「日暮碧雲合，佳人殊不來」，江淹擬湯惠休詩也。唐人遂用爲惠休詩。《遯齋閒覽》歷舉唐句論之，然亦不必改，後人仍襲焉。

《漢書》，趙皇后女弟合德絶幸爲昭儀，居昭陽舍。《西京雜記》亦云皇后女弟在昭陽殿。是昭陽爲合德居處。但《三輔黄圖》則云「趙皇后居昭陽舍」。蓋飛燕未爲后時，亦嘗居昭陽歟？詩人所指專歸飛燕，亦猶高唐雲雨轉訛而循用也。

「千門萬户」，本出《西京賦》，謂宫室之夥。詩家所用亦專指禁中。岑參「千門柳色連青瑣」，李頎「歸鴻欲度千門雪」，盧綸「御望千門草色間」，皆用建章宫千門萬户事也。此方詩人或用謂肆廛之盛，誤矣。但姚合《晦日送窮》云「年年到此日，瀝酒拜街中。萬户千門看，無人不送窮」，此似謂市井，然亦在長安所作，或謂邸第之盛耳。

〔一〕蹋：底本作「蹈」，據《劉賓客文集》卷二十六改。

宇土新禁人文字中用「嶽」字云：「嶽是山之爵，故五嶽以外無稱嶽者。若在此方，則振古所無也。」余按孫綽《天臺山賦》「嵯台嶽之奇挺」，伏滔《遊廬山序》「廬山者，江陽之名嶽也」，陸雲《呇茂安書》「南巡狩登稽嶽」謂會稽山也，孔稚圭《北山移文》「竊吹草堂，濫巾北嶽」謂鍾山也，寒山子詩「茂陵與驪嶽，今日草茫茫」，李咸用廬山詩「非嶽不言嶽，此山通嶽言」蓋亦謂山之靈異者稱嶽爾，不可一概而論也。但世俗稱山高者輒曰某嶽，濫矣。西土江河固有定稱，此間通稱川流爲江爲河，俗人亡論已，文士往往孟浪。京師鴨川，淺水涓涓，曾不容刀，詩詞中動輒稱曰鴨江。江户小石川亦稱曰礫河。韓文公曰：「凡作文宜略識字。」楊誠齋曰：「無事好看韻書。」政爲此輩道也。

予看《雜華集》，語僧某曰：「無隱和尚亦破戒僧哉。」某曰：「何也？」曰：「伊勢六孝歌『聞説盟津境，里民純孝多』，謂我藩爲盟津，殊爲無謂，豈非妄語耶？如萬菴、大潮，尤其罪魁乎？」其人拜曰：「敬領教矣。」

賕近什於人，書「某稿」，禮也。冀宥其不浄書也。今人有書稿而押印者，何其不解事之甚也。輕薄兒好向人自誦其詩，抗聲朗吟，鼻間栩栩然，面貌可憎也。昔郭功甫携詩一軸示東坡，先自吟誦，聲振左右。既罷，謂坡曰：「祥正此詩幾分？」東坡曰：「十分。」功甫驚喜問之，坡曰：「七分來是讀，三分來是詩。豈不是十分耶？」予每舉此以戒之。凡示長者，宜書以呈之，不可自誦也。

東坡《書焦山綸長老壁》，其中有云「譬如長鬣人，不以長爲苦。一旦或人問，每睡安所措？

歸來被上下，一夜著無處。輾轉遂達晨，意欲盡鑷去。此言雖鄙淺，故自有深意」。傳者皆以爲妙譬喻。當時蔡君謨美鬚髯，一日內宴，帝顧問曰：「卿鬚甚美。夜間將覆之衾下乎？將置之於外乎？」君謨謝不知。及歸就寢，思帝語，置之內外悉不安，遂一夕不能寢。見《鐵圍山譚叢》，正賦此事也。

作詩篇成，有一二字於心不安，苦思力索，竟不能得，遂倦而廢。他日於無意中得之，忽然而來，渾然而就，宛若神助，喜不可言，蓋由先積精思，因機發而得也。若初不思索，非僥倖可得也。因憶《左氏》所載裨諶謀事，失於邑而獲於野，良有以也。蓋鄭之蕞爾，當晉楚争霸之日，介於其間，事之甚苦，而國窮民困，爲政尤難，其處分事作辭命，苟謀之或失，動係國存亡，豈不深慎乎？故方事之難裁，焦思凝慮，未得其所以處。恐深泥滋惑，乃舍而去，放浪於野。蕩滌欝胸，優遊遣興，逍遥自適，則暢然神王，智囊便開，於是觸物感事之次，躍然有所發揮焉。猶詩人舍苦吟忘於懷，不求之求，自然而得也。是别墅行館之設，亦所以不可已耶？然唯賢者能之，非凡庸之所庶幾也。

僧貫休詩「盡日覓不得，有時還自來」，謂詩之好句難得，此真絶妙好辭，人間萬事皆爾。宋人所謂「著意栽花花不發，無心插柳柳成林」，涉世更事者自默識之耳。

何大復詩「樓臺萬里眼，時序百年情」，與老杜「乾坤萬里眼，時序百年心」相犯。大復豈盜竊古句者哉？蓋嘗誦此聯，心深悦之，一時感興所觸，偶從胸臆出，而忘其爲杜詩耳。杜詩「薄雲巖際宿，孤月浪中翻」，與何遜「薄雲巖際出，初月波中上」，亦何雷同之甚。公嘗有「詠及前賢更勿疑，遞相祖述復先誰」之句，蓋爲是解嘲也。予夢遊吉野，得「花界三千春漫漫，香臺十二晝沉沉」一聯，頗自以爲得意，因續成篇。後偶閲《唐詩鼓吹》，乃胡宿《牡丹》詩「花界三千春渺渺，銅槃十二夜沉沉」，僅五字異耳。余嘗讀《鼓吹》一過，久而忘之，誤認以爲出於己也。近見《石林詩話》曰：「讀古人詩多，意所喜處，誦憶之久，往往不覺誤用爲己語。」信矣。故詩成必以示人，庶幾被指摘而免於此蔽矣。

胡宿，宋仁宗時人。《宋史》有傳。《鼓吹》錯取爲唐人。高廷禮《唐詩正聲》亦載其《津亭》一律，蓋氣格有類唐人，因誤收入。楊慎《丹鉛録》、李詡《戒菴漫筆》辨之詳矣。周伯弼選《唐詩三體》，開卷第一首舉宋人杜常，尤可笑也。《全唐詩》亦竝附唐末，何其不之考也。

或人傳一詩謎：「何來估客候門前，花海江陵一雪然。更入帳中尋不見，直隨飛鳥去天邊。」曰俱唐詩作家，乃賈至、李白、羅隱、高適四人姓名也。然賈氏音畢，非商賈之義。

世傳菅公憤冤，禱天爲雷，大震京城。蓋當時因天變造言也。公左遷前年九月十三夜侍宴獻詩，上親自解御衣賜焉。及在配所，適值其夜，感而有作曰：「去年今夜侍清涼，秋思詩篇獨斷腸。恩賜御衣今在此，捧持每日拜餘香。」其尊戴存誠，情見乎辭。公之赤心明如皎日，世俗妄説不待辨矣。貝原篤信贊公像，末云「松梅節操，風月胸襟。不怨不尤，誰識厥心」，其亦有見於斯矣乎？

吾國九月十三夜看月，會與中秋同也。寬平法皇嘗賞是夕爲明月無雙，見於藤公宗忠《中右記》，此其權輿也。法性關白忠通《九月十三夜玩月》七言律詩，及諸公同詠者，俱載《無題詩集》，是爲鳥羽帝保安二年事。寺島氏《三才圖會》以爲始於此，謬矣。蓋寬平天子適當夕屬快晴，置酒賞詠爲歡。明年又值晴光，仍復從而行之。自是歲以爲常，遂成玩月佳例，於是天下踵而效之也。

菅公「去年今夜侍清涼」，北野緣起爲九月十三夜事。《菅家文草》注則云九月十五日。余見《躬恒集》有九月十三夜侍宴之歌，亦係延喜中。然則當時玩是夜月爲盛，恐文草注或誤也。

上彬謙信，天正二年九月伐能州，攻七尾城破之。遊佐彈正弑其君畠山義隆，據城屬織田氏，故謙信伐而滅之。會十三夜，海月清朗，軍中置酒宴賞，即席賦詩云「露下軍營秋氣清，數行過雁月三更。越山並得能州景，遮莫家鄉念遠征」，蓋爲將士慰勞，令遺興拚飲也。將士解作歌詩者各有咏言罄歡罷。此亦可備一典故也。武田信玄新年口號「淑氣未融春尚遲，霜辛雪苦豈言詩。此情愧被東風笑，吟斷江南梅一枝」，亦可吟玩矣。夫甲越二氏兵家之泰斗，顧又嫻風雅如是，真橫槊賦詩，一世之雄也。今之兵家多忌歌詩，何耶？自護固陋耳。

仙臺貞山公政宗驍勇豪爽，尤稱猛將。晚年好詞藝，《遺興吟》云：「馬上青年過，時平白髮多。殘軀天所許，不樂復如何？」又《春夜作》云：「餘寒未去發花遲，春雪夜來重積時。信手聊斟數盃酒，醉中獨樂有誰知？」語雖平平，風調渾厚，英氣勃勃乎言表，真風流人豪哉。孰謂兜鍪之流秖解道「明月赤團團」也。仙臺舊名巖手澤，貞山公倣城改命嘉名。陳子昂《登金華觀》詩「白玉仙臺古」，疑其取諸此。蓋因金華山在邦域之中也。

尾張敬公《春興》絶句，見林學士《一人一首》，世所知也。紀伊南龍公有《海遊舟中次那波道圓韻》之作，附載《活所遺稿》中。世謂南龍公豪武耳，乃有若風流，可不尤欽哉。

山城守直江兼續，亦一世之雄。當路大國能以衆整，戎馬之隙注意文雅，嘗刊《五臣注文選》，見《羅山文集》，其雅好可見也。賦《織女惜别》云：「二星何恨隔年逢，今夜連牀散鬱胸。情話未終先灑淚，合歡枕下五更鐘。」《辭京作》云：「春雁似吾鄉思切，洛陽城裏背花歸。」亦一臠足知味矣。夫當時干戈騷擾中，諸公何暇而染指斯文？其工至如是，誠可異也。方今世道恬熙，上下相忘於無事之天，於是韋布之士多彬彬足觀者，而王侯貴人殊寥寥焉。是文在下而不在上，尤可異耳。

詩詞中有籬落、院落、村落，史稱匈奴地曰部落、區落，皆實字也。字書，落訓居。《通鑑綱目集覽》，人所聚居，故謂之村落、聚落、屯落。予按，落者，絡也。《漢書・鼂錯傳》「爲中周虎落」，注云「若今竹虎，以竹篾相連遮落之」。又漢魏三公門施行馬。行馬，枑木也。交互其木，遮闌於門，故又謂之行落也。稱天爲碧落，亦謂積氣遮落也。然則村落部落，亦皆斯義。本謂籬落也。王褒《僮約》「縛落鉏園」，是謂籬單稱落，本義可見矣。蓋村民之居不能構墻，爲設笆籬以遮落之，故有村落之稱。諸餘皆是也。唐宫中巷有野狐落，疑亦掖庭設藩籬遮落其巷也。又《漢書・溝洫志》「河決於館陶及東郡金堤，王延世爲河隄使者，塞河以竹落長四丈大九圍，盛以小石，兩船夾載而下之，三十六日隄成。」竹落，盛石之籠，後世所謂卧牛者，此亦連絡之義。《綱目集覽》「落與絡通，以竹篾爲外藩而籠絡之」是也。又《史記·屈原傳》「凰皇在笯」，注引王逸《楚辭注》云「笯，籠落也」《索隱》云「籠落，謂藤蘿之相籠絡」，亦可見也。落本作篣，《集韻》「歷各切，音洛，籬落也」。蓋以篣、落音通，後世借用已。

難字押韻，必有所本爲妙。蘇武「征夫懷遠路，起見夜何其」，用《詩·庭燎》章語。韓退之「一蛇兩頭見未曾」，自《莊子》「技經肯綮之未嘗」來。僧貫休「鄭鼠寧容者，齊竽久舍諸」，本《論語》「山川其舍諸」。楊萬里「閣迴詩更超，古往亦今猶」，據《蘭亭序》結語。馬祖常「俯仰嘆存没，今茲霜露又」，本《詩》「室人入又」。楊基「此藥豈不佳，而乃止酒那」，據《左傳》「棄甲則那」。

八景之名，宋嘉祐中宋迪以瀟湘風景寫平遠山水八幅，一時觀者留題，目爲瀟湘八景，是其權輿也。世俗所傳《近江八景》詩歌，見白石先生《紳書》說：「天正年間，京師相國寺朴長老有故謫居此間，頗喜作詩。就湖畔擇景，擬宋人題目賦之。國風之詠，陽明丞相三藐院公所和云。」然據《閑田耕筆》所載相公手簡，則擇景設題，亦公之所創，時永禄五年八月云。蓋朴詩因公歌而作也。於是詩歌竝行，遂作畫，併傳至鏤版以鬻之。自是八景之名大噪四方，至今風人流詠不已。因而十室之邑，三里之城，以及野寺村園，靡不有八景題目。噉名俗子，好事估客，轉相傚尤，作記設圖，以求人之詩歌，亦輕薄之習，可厭也。

《扶桑名勝詩集》引《江陽日記》云：「明應九年八月，近衛公政家爲京極高賴所招遊江州，淹留累日，作八景之歌。」《江陽日記》不知何人所作，恐屬杜撰矣。林道春、菅玄同、僧元政竝有八景詩，見《名勝集》。

《瀟湘八景·遠浦歸帆》云「鷺界青山一抹秋，潮平銀浪接天流。歸檣漸入蘆花去，家在夕陽江上頭」。人或因此詩以爲潮入洞庭，誤矣。「潮」是「湖」字之訛耳。海潮從九江入鄱陽湖，湖在南康府東南，潮來至城東而止。張繼詩云「潮至潯陽回去，相思無處通書」，顧況亦云「潯陽向上不通潮」，此可以驗矣。徐鉉廬山詩「海潮盡處逢陶石，江月圓時上庾樓」，陶石，淵明遺跡，在南康城西，潮或進至此也。洞庭去南康甚遠，非潮水所至。陸放翁《入蜀記》至鄂州條云「自江州至此七百里泝流，雖日得便風，亦須三四日」，韓文公詩「溢城去鄂渚，風便一日耳」，蓋公未嘗行此路也。鄂州即武昌府，南臨洞庭。東坡詩云「吳潮不到武昌宮」，蓋其土之人多不知潮汐爲何物已。白香山詩「九派吞青草」，自注「潯陽江九派，南通青草洞庭湖」，此謂其上流遥通。賈至《岳陽樓别王員外貶長沙》詩「江路東連千里潮」，亦謂前程所望，杳與海接已。讀者宜勿誤以爲直接也。且洞庭之爲湖也，自春至秋之間耳，冬則爲陸地矣。故《莊子》稱「洞庭之野」者，平時只爲空曠之野也。見地志所説湘江自南來，至岳陽，達蜀江，及春漲相鬬爲蜀江遏住，湘水讓而退，溢爲洞庭湖，瀰漫吞天，浩瀚侔海，而君山宛在水中。秋水歸壑，湖底漸出，此山復居於陸。漠漠曠野，唯一條湘川而已。錢起詩云「月明湘水白，霜落洞庭乾」，正謂是也。王右丞《送邢桂州》詩「日落江湖白，潮來天地青」，上句承起聯「風波下洞庭」所謂銀浪接天者，下句接「鐃吹喧京口」潯陽已往之景，謂江潮瀰漫如海，蓋京口至大海僅五百里云。讀者詳之可也。

老杜《春夜宴韋氏莊》，劈頭便言「風林纖月落」，奇峭甚，後幾不可繼，况夜宴失月，詩料掃地，尤難於著筆。而奇思自在，衝口出來，局勢容與，遊刃有餘。如「暗水春星」一聯則真向造化窟裏奪將來。且暗水傾耳而聽，春星張目以觀，一俯一仰，乍暗乍明，開闔起伏，錯綜變化，不可方物矣。

杜牧《題桃花夫人廟》「至竟息亡緣底事，可憐金谷墜樓人」，主客抑揚，議論痛快，真詩之斧鉞矣。鄭畋《馬嵬驛》詩「終是聖明天子事，景陽宮井又何人」，此則咏時事以回護出之，臣子立言方爲得體，可以爲法也。

凡國家不幸之事，臣子不當形之歌咏。不但諱國惡之禮，蓋所不忍言也，况敢嘲弄之乎？李商隱《馬嵬驛》詩「海外徒聞更九州，他生未卜此生休。空聞虎旅傳宵柝，無復鷄人報曉籌。此日六軍同駐馬，當時七夕笑牽牛。如何四紀爲天子，不及盧家有莫愁」，前輩譏之云：「起無原委，突如而來，一病也。用鄒衍云「九州之外更有九州」，故直詠事則可，弔跡信突然矣。徒聞、空聞、此生、此日犯複，二病也。虎鷄馬牛疊用，三病也。盧家莫愁，擬人不倫，四病也。」余謂不特此也，顯詠時事，彰君之惡，殊爲失體。五六哂其棄殺，頗涉調劇。七八淺近太俗，醜詆尤甚。詩人比興掃地矣。雖屬對精工，詞氣宕逸，亦無取耳。商隱又有《華清宫》詩曰「華清恩幸古無倫，猶恐蛾眉不勝人。未免被他褒女笑，只教天子暫蒙塵」，不亦惡劇乎？如《驪山》詩曰「平明每幸長生殿，不從金輿唯壽王」，《龍池》詩曰「夜半宴歸宮漏永，薛王沉醉壽王醒」，此在當時尤非所宜言。聖人答陳司敗知禮之問，恐不爾也。薛逢亦咏明皇事，言其致亂之由曰「寧王玉笛三更咽，虢國金車十里香」，蓋楊妃與安禄山私，虢國亦通楊國忠，宫闈不飭，禍水所由。本意欲直刺之，然諱國惡而不露，只舉其竊吹寧王之笛，每乘金車入宫門，而微意隱然乎言外，得《國風》諷刺之體。如商隱詩，非唯失風人之意，亦全無臣子之禮矣。明車清臣曰：「白樂天《長恨歌》叙事詳贍，後人得知當時實事，有功紀録。然以敗亡爲戲，更無惻恒憂愛之意，身爲唐臣，亦盍思《春秋》所以存魯之故？」余於商隱，亦深憎無禮於其君云。

東坡稱老杜《北征》詩識君臣之大體，忠義之氣與秋色争高。善哉其言之也。如「憶昔狼狽初，事與古先别。不聞夏殷衰，中自誅褒妲」，爲明皇出色，厚於鄭畋更幾倍矣。《春秋》之稱「微而顯，志而晦，婉而成章，盡而不汙」，詩賦之體亦當如是也。

嚴維詩「柳塘春水漫，花塢夕陽遲」，劉貢父謂：「夕陽遲繫花，春水漫不須柳也。」東坡詩「春江水暖鴨先知」，毛西河謂：「春江水暖，定該鴨知，鵝不知耶？」論詩如此鑿竅而混沌死。李西崖曰「詩話作而詩亡」，信矣。蓋善詩者不説詩，説詩者不善詩，故古人之詩多爲注家所誤。阮裕曰：「非但能言人不可得，正索解言人亦不可得。」嗟呼！不獨清言也。

夜航詩話卷之二

張籍《還珠吟》「君知妾有夫，贈妾雙明珠。感君緾綿意，繫在繡羅襦。妾家高樓臨苑起，良人執戟明光里。知君用心如日月，事夫誓擬同生死。還君明珠雙淚垂，恨不相逢未嫁時」。籍在他鎮幕府，鄆帥李師古以書幣辟之，籍卻而不納，作此詩以謝之。蓋君子待小人宜不惡而嚴，若峻卻激怨，則其人不肖之心生，不中傷之不已也。宋李昉爲相，人有求進用者，必温語卻之。子弟或問其故，曰：「既失所望，又無善詞，取怨之道也。」《易》曰「夬履〔一〕，貞厲」，故仲尼不爲已甚。古來豪傑敗於小人者，多昧此幾。吾故表而出之，使世之惡惡已甚者，有以監戒焉。

孟郊《審交》詩「種樹須擇地，惡土變木根。結交若失人，中道生謗言。君子芳桂性，春濃寒更繁。小人槿花心，朝在夕不存。莫躡冬冰堅，中有潛浪翻。唯當金石交，可與賢達論」。吁！莽恭拳拳，甫笑嬉嬉，小人智慮險，平地本太行。世之定交者，不可以不審矣。

俞安期《鍾藤謠》「鍾藤纏樹枝，樹枯藤作樹。鄰婦媚私郎，歲久翻作私郎婦」。里諺所謂「借賃舍，被奪本房」者，弱主濫假名器，遂爲姦雄所篡。大都類此。

〔一〕夬：底本訛作「快」，據《周易注疏》卷三改。

袁介《踏災行》：「有一老翁如病起，破衲𣰆毿瘦如鬼。曉來扶向官道傍，哀告行人乞米錢。予時奉檄離江城，邂逅一見憐其貧。倒囊贈與五升米，試問何故爲窮民。老翁答言聽我語，我是東鄉李福五。我家無本爲經商，只種官田三十畝。延祐七年三月初，賣衣買得犁與鋤。朝耕暮耘受辛苦，要還私債納官租。誰知六月至七月，雨水絶無湖又竭。欲求一點半點水，卻比農夫眼中血。滔滔黄浦知溝渠，農家争水如争珠。數車相接不能到，稻田一旦成沙塗。官司八月受災狀，我恐徵糧吃官棒。相隨鄰里去告災，十石官糧望全放。當年隔莊分吉凶，高田盡荒低田豐。縣官不見高田旱，將謂亦與低田同。文字下鄉如火速，四鄰百姓都首伏。只因嗔我不肯首，卻把我田批爲熟。太平九月開旱倉，嗟嗟貧乏無可償。男名阿孫女阿惜，逼我嫁賣賠官糧。阿孫賣與運糧户，即日不知去何處。可憐阿惜猶未笄，賣向湖州山裏去。我老今年七十奇，饑無口食寒無衣。東求西乞度殘喘，無由早向黄泉歸。旋言旋拭腮邊淚，我忽驚慚汗沾背。老翁老翁勿復言，我是今年檢田吏。」介字可潛，元末人，明袁御史凱即其子也。此篇一字一淚，悽惻欲絶。凡膺是職巡野觀稼者，當日誦之一過，以培養慈心。庶其視民如傷，不忍行苛虐矣。

馬柳泉《賣子嘆》云：「貧家有子貧亦嬌，骨肉恩重那能拋。饑寒生死不相保，割腸賣兒爲奴曹。此時一别何時見，遍撫兒身舐兒面。有命豐年來贖兒，無命九泉抱長怨。囑兒切莫憂爺孃，憂思成病誰汝將。抱頭頓足哭聲絶，悲風颯颯天地茫。」此作亦哀，一讀腸斷，不忍再讀矣。

李紳《憫農》詩：「鋤田日當午，汗滴禾下土。誰知盤中餐，粒粒皆辛苦。」又聶夷中詩：「二月賣新絲，五月糶新穀。醫得眼前創，剜卻心頭肉。」田家困苦在阿堵中。爲民之父母者，宜時時吟誦念其情狀也。顔仁郁《農家》詩：「夜半呼兒趁曉耕，羸牛無力漸艱行。時人不識農家苦，將謂田中穀自生。」蔣貽恭《蠶》詩：「辛勤得繭不盈筐，燈下繅絲恨更長。著處不知來處苦，但貪身上錦衣裳。」竝五代人，意旨絶類，雖不及前二詩，亦爲食租衣税者作雙幅挂軸可也。

楊升菴云：「唐詩有極劣者，宋人採入《全唐詩話》，使觀者曰：『是亦唐詩一體。』譬之燕趙多佳人，其間有跛者、眇者、疥且痔者乃專房寵之曰：『是亦燕趙佳人之一種。』可乎？」余謂雖杜工部、王右丞間亦有粗俗可厭者，而學者一概效顰，不免於升菴之誚。甚或徒得其短處，而遺其長處矣。凡學諸技藝，不可不知此訣也。

王阮亭《香祖筆記》云：「杜詩『户外昭容紫袖垂』，蓋唐制，天子臨朝則用宮人引至殿上。至天祐二年，始詔罷之。是全盛之時，反不如衰亂之朝爲合禮也。」又：「郎官直亦有『侍女新添五夜香』之句，竟不曉侍女是何色人也。宋明以來乃爲嚴重矣。」予按，韓退之《紅桃花》詩「應知侍史歸天上，故伴仙郎宿禁中」，亦指此事，是禁中宿妓也。杜詩又有「輦前才人帶弓箭」之句，唐制，天子遊幸宮女騎馬扈從。不典尤甚。彼方男女之别特嚴，而朝廷之間卻多此風流，何也？見盧照鄰《長安古意》，朝官淫縱之甚，邪欲放逸，無所底止，舉朝爲遊冶郎。禍水之源，有自來矣。

唐宋皆有官妓，搢紳宴會必召以侑酒，或與妓賡詩，無復畏清議。若杜牧之狂狎，反以爲美談。故倡門之遊，雖貴官無憚。金魚牙牌，累累懸於歌樓。何其失體之甚也。至於明興，士習稍還，而此風不變。諸司每朝退，相率飲於妓館，淫放沈湎，政多廢弛。至宣德初，有禁革之。挾妓宿娼者有律，始無寄猳之醜云。我邦官箴之嚴，自古以來未嘗有如是之弊。或風流之徒謾傚尤異邦，作贈妓悼妓等詩者，君子國之罪人也。

善作情詩者，其人必不端。即摛藻如春葩，奚取於君子之林？沉歸愚《唐詩別裁》不收西崑、香奩諸體，肥藩《樂泮集》苟涉艷語者，皆擯而弗取，其見卓矣。蓋名教中自有樂地，何必沾沾喜溫柔鄉語，而鳴桑濮之音？戲言亦出於思，況乃詩爲心聲，豈宜以輕薄爲風流，而自失體巇德乎？媟慢謔浪慣爲美談，恐至執女手之言發自臨喪之際，嚙妃唇之詠宣於侍宴之餘，名教掃地矣。然《關雎》爲《國風》之首，即言男女之情。孔子刪《詩》，亦存鄭衛，則其發乎情止乎禮義者，亦宜有所用捨，未必一概擯棄也。抑又如國雅者流，好詠花柳閑情，甚或藉之爲花鳥使，辭氣鄙倍，使人不勝聞。夫以移風易俗之具，反爲誨淫誘邪之媒，胡燮亭所謂「筆墨之修羅，當喫老僧之痛棒」矣。

宋沉朗奏：「《關雎》夫婦之詩，頗嫌狎褻，不可冠《國風》。」故別撰堯舜二詩以進。敢翻孔子之案，理宗嘉之，賜帛百匹。拘儒以理爲宗，不得詩人之趣，一至於斯哉。

律詩五七言竝從下第四字忌仄間平，其爲大禁，猶國歌所謂「腰折」也。若上字仄聲不可那移，則其下用平字以避之。如「鳥啼竹樹間」「萬户擣衣欲暮秋」，則千百首中廑廑一二句耳，豈可取以爲法哉？韓愈「天上宵嚴建羽旄」，殷堯藩「强把黄花插滿頭」，來鵠「醉踏殘花屐齒香」，改「夜」爲「宵」，「菊」爲「黄」，「落」爲「殘」，以治聲律也。然此尚不見痕跡。至如陸龜蒙「忘情不效孤醒客」，「破浪欲乘千里船」，段成式「猶憐最小分瓜日」，徐夤「五斗低腰走世塵」，何宏中「馬革盛屍每恨遲」，獨醒、破瓜、折腰、破萬里浪、馬革裹屍皆故實，字面猶改用替代字。李攀龍「十載詞林供奉中」，亦以詞替翰字。又《老學菴筆記》：「鼂以道詩『煩君一日殷勤意，示我十年感遇詩』，十轉平聲，可讀爲諶。汴京里巷間音亦爲是，故云。」可見其忌孤平至嚴也已。五言聲律差寬，然白居易「請錢不早朝」，注「請，平聲」。陸龜蒙「但和大小包」，徐鉉「但知盡意看」，竝注「但，平聲」。乃知唐人所慎避，故特注叶音，其不可忽，審矣。雖然，導幼學者姑不責備而可，必苛束以聲病，恐左扞右格不得動手矣。稍有所立，進步向難，既引升堂，更當入室。揚子所謂「在夷貉則引之，倚門墻則麾之」，亦教之術也。

寬政七年冬，清國蘇州漁舟漂抵仙臺海濱。舍其人於府下，稟官取進止，留百餘日。於是往觀者多携紙求書，或投詩請和。然彼皆漁夫，但愧謝而已。府學博志村東藏管領其事，因爲寫詩句令習，以塞人之需。又教作詩，彼遊手涉日，無間可消，唯詩書是攻。及其赴長崎，道中所作絶句儘有可觀者。西人學詩書於我而歸，亦可謂奇事也矣。

南風稱薰，既詳於前。清人常調之，笑徒長於説理，而闊於事情者云：「譬如贊美人『秀色可餐』，君必爭『人肉喫不得』，算不得聰明也。」凡形容之文、比况之詞，皆宜以此意觀之也。如「堯舜之民可比屋而封，桀紂之民可比屋而誅」，若向癡人説夢，則唐虞之時封侯滿天下，夏殷之末大辟遍海内也。説《詩》「以意逆志」，「不以辭害志」，孟子之教，何但《詩》也。

班固《西都賦》「紅塵四合」，左思《吴都賦》「紅塵晝昏」，古詩「紅塵蔽天地，白日何冥冥」，皆謂熱閙也。蓋紅者，清麗之稱，以諸色中紅最清麗，故稱美顔曰紅顔，清泉曰紅泉，猶古語以鮮明爲翠也。宋人詹度句「滿目江山映日紅」，亦唯謂風色鮮明已。蓋都會繁華之地，塵埃衮衮漲起，然錦街繡陌如拭，而華轂綺舄所揚，視之村巷驛路，牛馬敗履，糞穢狼藉，蓬勃相撲，不勝汚人者，不亦清麗乎？所以稱紅塵也。《祖庭事苑》云：「塵本無紅，以其能染物，故曰紅塵。」亦曲説耳。

白雲謂晴空閑雲，詩家所用，多爲紅塵反對。白樂天詩「紅塵閙熱白雲冷」是也。故李于鱗《送别》云：「君去何時歸？山中春草夕。莫將白雲廬，不及紅塵陌。」蓋自陶隱居之怡悦，遂專稱隱者境界，以其無心而出岫，悠悠閒逸之態，有似山人逍遥之趣也。《北史·魏彭城王勰傳》：「高祖詔曰：『勰清規懋賞，與白雲俱潔；厭榮捨紱，以松竹爲心。』」此亦可見其義已。

張和仲云：「杜子美『仰面貪看鳥，回頭錯應人』，乃詩家上乘。而朱考亭引之，爲『心不在焉則不得其正』之證，是何異癡人前説夢乎？真可發一笑。」其論似矣，然朱子姑假此爲喻，亦斷章取義耳，豈如是昧乎詩耶？和仲不曉其意，乃真癡人説夢，尤可發一笑也。

好噂人之短，以炫己之長，學者之通弊也。宋人詩云：「鮑老當筵笑郭郎，笑他舞袖太郎當。若教鮑老當筵舞，轉更郎當舞袖長。」可爲易言者鍼砭。程伊川見人論前輩得失曰：「汝輩且取他長處。」誠德言也。

清人李穆堂云：「拾人遺篇斷句而代爲存之者，比之葬暴露之白骨功德更大。」此言良厚。詞人嘔出心肝幾許，纔得一二不朽之語。同好相愛，不可不傳也。然藏拙蔽臭，亦是大功德。晋桓温少與殷浩友善，殷常作詩示温。温後見之謂曰：「汝慎勿犯我。我當出汝詩示人。」明姚廣孝著《道餘録》，議者非之。張洪輿曰：「少師於我厚，今死矣，吾無以報。但見《道餘録》，輒爲焚棄耳。」余於《神風編》，亦有當載而不載者，非幽冥之間負斯良友也。

武弁之士作詩無害。磨盾横槊之風，悲歌慷慨之氣，亦可以庶幾焉。如學國字卅一之什，直是養成兒女子態耳。余亦嘗染指，以其易於詩，殆將爲專家。既而嫌其無丈夫氣，遂焚此筆研矣。加藤清正慮士風流於文弱，戒藩中禁之，良有以也。

源孝道詩「巫陽有月猿三叫，衡嶺無雲雁一行」。孝道，多田滿仲季子。當時武弁中有若絶唱，真足驚人矣。而世俗唯稱清原滋藤東征途次，誦杜荀鶴「漁舟燈火寒歸浦，驛路鈴聲夜過山」一聯，何耶？

源英明《夏日作》「池冷水無三伏暑，松高風有一聲秋」，菅原文時改作「水冷池無三伏暑，風高松有一聲秋」。只四字移易其所，而手段超然矣。文時，菅丞相曾孫也。英明，親王齊世之子，賜源姓，菅丞相外孫。

「滄波路遠雲千里，白霧山深鳥一聲」，橘直幹作，爲時稱賞。世傳僧奝然西渡，「雲」爲「霞」，「鳥」爲「蟲」，以爲己作示人。西人云：「若作『雲、鳥』乃佳。」此其拙陋，童子所不爲。奝然爲名僧，豈若是騃乎？若盜以自誇，其向域外之人，孰憚而易字之爲？《江談鈔》亡論已，南郭《世語》、北海《詩史》皆採之，何耶？ 余爲裔然雪冤云。

技工入手，漸近自然，稱曰「圓熟」，謂不見痕跡也。 詩家所用更有二義。 唐彥謙詩「定起松鳴屋，吟圓月上身」，劉克莊詩「新詩鍛鍊久方圓」，此謂圓成，蓋從圓滿之義來，猶言全也。 丁元珍詩「日中林影直，風静鳥聲圓」，此謂圓滑，猶言宛轉。 鄭谷「松堂虚豁講聲圓」，王禹偁「講經霜殿磬聲圓」，亦竝此義也。

「罨畫」，奇語，人喜用之。 然問其義，多未能委。 罨，烏合反。《說文》「水中魚罟也」，蓋網之自上掩下者也。 湖州長興縣有罨畫溪，古木夾岸，陰森蔽天，可十里許，故稱。 謂其景掩映如畫也。《唐詩貫珠》釋譚用之《遊韋曲》詩「罨畫春塘大白低」云：「罨，掩也。 言畫在上而水映在下。大白，山名，映在水中，故曰低。」又釋秦韜玉「花明驛路臙脂暖，山入江亭罨畫開」云：「山影在水底，如畫之罨於下。」此皆就映水而言也。 宋人《罨畫溪》詩云：「竹林深處杜鵑啼，兩岸青青草色齊。 欲識人間真罨畫，朱藤倒影入清溪。」其義不尤明乎？ 元稹「罨畫樓臺青黛山」，謂煙靄之籠也。 又張祜《柘枝妓》詩「紅罨畫衫纏腕出」，白居易「罨畫羅衣儘嫂裁」，和凝「罨畫披袍從窣地」，是今之網繡也。 花蕊夫人《宫詞》「新秋女伴各相逢，罨畫船飛別浦中」，陸游「禹祠行樂盛年年，繡轂争先罨畫船」，此謂彩船已。

杜詩「此行非不濟，良友昔相於」，按孔北海《與韋甫休書》云：「間僻疾動，不得與足下岸幘廣座，舉杯相於，以爲邑邑。」曹子建樂府云「廣情故，心相於」，是漢末常語，猶云「相與」，謂親昵也。

蓋「於」通「與」，相得而歡也。《古詩賞析》以爲相往來，未盡。《佩文詩韻》附注：「於，居也。相依以居之意。」亦鑿説耳。近得《通雅》讀之，詳辯其義，與余考符。賈島《酬姚少府》「刊文非不朽，君子自相於」，朱慶餘《送馬秀才》「相於竟何事，無語與知音」，許棠「誰知江徼客，此景倍相於」，羅隱「今日空江畔，相於只酒尊」，僧齊已「相於分倍親」，劉得仁《贈敬晊助教》「便欲去隨爲弟子，片雲孤鶴可相於」，元稹「未面西川張校書，書來稠疊頗相於」，皆言相對而昵也。

朶，在蔕之下，擎花之莖也。故數花曰「幾朶」，此方俗語所云「幾輪」，非枝柯之謂。《唐書·韋陟傳》：「陟以五采箋爲書記，使侍妾主之。陟唯署名，自謂所書陟字如五朶雲。」署名謂押字，五朶，五花也。若訓「枝」，成何義耶？鈿朶、釵朶、鬢朶、耳朶，亦皆是也。杜詩「黄四娘家花滿蹊，千朶萬朶亞枝低」，白居易「石榴枝上花千朶，荷葉杯中酒十分」，又「蝶戲争香朶，鶯啼選穩枝」，又《詠木蓮花》「花房膩似紅蓮朶」，方干《題山花》「濃香薰叠葉，繁朶厭卑枝」，元稹「櫻桃花一枝，兩枝千萬朶」，費冠卿《挂樹藤》「蔓衍數條遠，溟濛千朶垂」，劉禹錫《渾侍中宅牡丹》「徑尺千餘朶，人間有此花」，又《春詞》「行到中庭數花朶」，白敏中《桃花》「千朶穠芳倚樹斜，一枝枝綴亂紅霞」，陸龜蒙《辛夷花》「高處朶稀難避日，動時枝弱易爲風」，裴説《薔薇》「一架長條萬朶春，嫩紅深緑小窠匀」，崔魯《山鵲》「一番春雨吹巢冷，半朶山花咽嘴香」，雍陶《嘉蓮》「露濕紅芳雙朶重，風翻緑帶一枝長」，黄滔《千葉石榴》「一朶千英繞曉枝，彩霞堪别與成期」。爲初學歷舉之，其義可見已。又元稹《題美人》「須臾日射臙脂頰，一朶紅蘇旋欲融」，此猶一顆也。盧綸「茱萸一朶映華簪」，元稹「萸房暗綻紅珠朵」，僧齊己《對菊》「好把茱萸朵配伊」，此以其簇簇相綴，比花朵稱之也。白居易《荔枝圖序》「荔枝葉如桂，冬青；花如橘，春榮；實如丹，夏熟；朵如蒲桃」。元人黄松瀑《謝新荔》詩「海國仙人剪絳霞，年年一朵到山家」，此亦與茱萸之朵同。《爾雅》注「櫻桃每一朵不下一二十顆」亦同。又山峰以朵稱，蓋亦比蓮瓣而言也。

泥，去聲，訓滯。詩家所用，猶言惱也。亦作䛏，或作妮。楊升菴《詞品》云：「俗謂柔言索物曰泥。諺所謂軟纏也。軟纏，謂遣不去。」譯「追企麻土布」，又譯「阿麻遍屢」。李白「晚來移彩仗，行樂泥光輝」，唐彦謙「獨來成悵望，不去泥闌干」，杜甫「年年至日長爲客，忽忽窮愁泥殺人」，白居易「失卻少年無處覓，泥他湖水欲何爲」，竝「阿麻遍屢」也。又元稹《悼亡》「顧我無衣搜畫篋，泥他沽酒拔金釵」，白居易「今宵始覺房櫳冷，坐索寒衣泥孟光」「猶賴洛中饒醉客，時時䛏我喚笙歌」「月終齋滿誰開素，須䛏奇章置一筵」，姚合「欲泥山僧分屋住，羞從野老借牛耕」，此譯「伊自屢」，又譯「捏怛屢」，即「阿麻遍屢」之甚也。

居然，晉宋間語，猶坐然也。蓋不須動作容易自爾意。后稷詩云「居然生子」，是其本也。《莊子》「居然不免於患」，蓋自然相及之義。賈誼《過秦論》「豈世世賢哉，其勢居然也耳」，言據四塞之固，坐爲諸侯之雄也。《世説》「江山遼落，居然有萬里之勢」，又安石「居然不可陵踐〔一〕」，又衛洗

〔一〕不：底本脱，據《世説新語・品藻》補。

馬「居然有羸形」，又庾敳「處衆人中，居然獨立」。張協《雜詩》「不見郢中歌，居然能否別」，謝朓《敬亭山》「隱淪既已託，靈異居然棲」，楊炯「居然混玉石，直置保松筠」，駱賓王「居然同物化，何處欲藏舟」，又「相顧百齡皆有待，居然萬化咸應改」，杜甫「居然成濩落，白首甘契闊」，「他日憐才命，居然屈壯圖」，《雪濤詩話》評杜詩，「讀之山川歷落，居然在眼」，《藝苑卮言》「子木雅士，居然前輩風流」，皆訓「坐自」，雖不中不遠矣。

詩用「十二」有三種。《漢書・郊祀志》：「黄帝時爲五城十二樓，以候神人。」應劭注云：「崑崙玄圃有五城十二樓，仙人所常居。」蘇頲「車如流水馬如龍，仙史高臺十二重」，駱賓王「小堂綺帳三千户，大道青樓十二重」，本諸此也。十二欄，歇後語。齊武帝《西洲曲》「闌干十二曲，垂手明如玉」，此其本也。梁武帝《河中之水歌詠莫愁》云「頭上金釵十二行，足下絲履五文章」，是謂頭插十二釵爾。白樂天云「鍾乳三千兩，金釵十二行」，以言聲伎之多，作十二重行，故又有「九燭臺前十二姝」之句，蓋轉用也。

《瑯環記》引《謝氏詩源》云：「漢霍光園中鑿大池，植五色睡蓮，養鴛鴦三十六對，望之爛若披錦。故《相逢行》云『鴛鴦七十二，羅列自成行』，謂六六雙雙也。」《輟耕録》云：「詩多用七十二，不知何所祖。」九成之博識，猶有此逗漏也。李于鱗詩「落日蒼茫秋不斷，青天七十二芙蓉」，謂衡山七十二峰，是亦舉實數也。如孟東野《薔薇歌》「仙機軋軋飛鳳皇，花開七十有二行」，楊維楨《遊滄海歌》「長梯上摘七十二朶之青菡萏」，雖語本樂府，只舉其多而言之耳。蓋西土事物多稱七十二者，如封禪七十二家，神龜七十二鑽，稷下七十二先生，道家七十二福地等，皆非必實數，只言其多爾。

樂府晋孫綽《情人碧玉歌》：「碧玉破瓜時，郎爲情顛倒。感君不羞赧，迴身就郎抱。」《隨園詩話》云：「破瓜，或解以爲月事初來，如瓜破則見紅潮者，非也。蓋將瓜字縱横破之，成二八字，作十六歲解也。李群玉《贈馮姬》詩『瓜字初分碧玉年』，此其證矣。」《香祖筆記》云：「楊文公《談苑》載吕洞賓謁張洎贈詩云『功成應在破瓜年』，洎後以六十四卒，乃知破瓜者八八也。老少男女皆可稱破瓜，亦奇。」余按，碧玉破瓜，似謂破身，故曰「時」，不然下句竟作何解？又樂府《歡好曲》「窈窕上頭歡，那得及破瓜」，亦言求其元也。李商隱有《柳枝詞》，蓋商隱從昆讓山鄰家之女，因悦商隱《燕臺》詩，逐通其約，而慫期不果，後竟爲他人所有。詩中有云「嘉瓜引蔓長，碧玉冰寒漿。東陵雖五色，不忍值牙香。」是用破瓜事謂新上頭也。《板橋雜記》「初破瓜者謂之梳攏」，亦其義也。但如段成式「猶憐最小分瓜日」，孫棨「輕盈年在破瓜初」楊萬里「山如西施破瓜年」，只謂十六歲耳。《清異録》「劉鋹得波斯女，年破瓜，黑腯而慧艷善淫，號爲媚猪」亦是也。《榊巷談苑》曰〔一〕：「或贊信玄像云『陷城摧陣破瓜年』，稱之男子，可笑。」又深草元政詩題有曰《題聖德太子破瓜像》者，徂來大笑之，見《閑散餘録》。此皆誠可笑矣，然稱丈夫六十四，據吕仙翁詩可也。

〔一〕巷：底本訛作「庵」，據《榊巷談苑》改。

無何，無幾也，又無何事也，又無何故也，竝見《漢書》。此間詩人或用爲無奈，替代謬矣。《翟方進傳》「居無何」，注「猶言無幾，謂少時也」。杜審言詩「昔出諸侯静，無何霸業全」，白居易「無何天寶大徵兵，户有三丁點一丁」，楊萬里「人生離合風前葉，聚首亡何復離群」，皆言居無幾也。《袁盎傳》「君能日飲無何」，注「更無餘事也」。東坡詩「名垂不朽終安用，日飲無何計亦良」，又「老守無何惟日飲，將軍競病自詩鳴」，戴復古「逢人共作亡何飲，撥冗時觀未見書」，竝用此事。范成大「尊前見在瞢騰醉，飯後無何爛漫眠」，亦言閑暇優游，無何一事也。《金日磾傳》「何羅無何從外入」，注「猶云無故也」。明皇《平胡》詩「雜虜忽倡狂，無何敢亂常」，言無故而起兵也。張賁詩「仙侶無何訪蔡經，兩煩韶濩出彤庭」，言無故來臨，蓋喜其出於不意也。李商隱「舊隱無何别，歸來始更悲」，鄭谷「才拙道仍孤，無何捨釣徒」，亦言無故去鄉，蓋悔之也。《淮南衡山王傳》「王自處無何」，注「無何罪也」。張祐《詠史》「無何求善馬，不算苦生民」，言無何罪而征伐也。是可見「無何」絶無「無奈」之義矣。

其如，無如，與無奈同，竝歇後語，略「何」字也。無柰，童生知之。其如、無如，則人率不知也。杜詩「其如儔侣稀」，「其如鑷白休」，顧況「直道其如命，平生不負神」，司空曙「惆悵心徒壯，無如鬢作翁」，張九齡「更憐籬下菊，無如松上蘿」，陸游「無如梅作經年别」「聖賢自古無如命」，高叔嗣「復有高堂宴，無如伏枕心」，竝句脚加「何」字看。蓋「如何」與「何如」不同。如何，如之何也。何如，比較以問之辭。故無「無何如」之語。乃易「無奈」以「無何」，不成義矣。但范成大《胡孫愁》詩「僕夫酸嘶訴途窮，我亦付命無何中」，胡孫愁，閩中險阪之名。此似言付之無可奈何，殊爲可疑，或恐誤寫耳。或謂蓋「無何有之鄉」，言一切付自然，鑿矣。元人蕭南軒詩「清風明月故人識，有酒無魚良夜何」，奇陗殊甚。

梅莊《詩語解》：「『作』，有『起』義『生』義，與『爲』差異。故『徘徊猶作漢宫看』『何人不作月中看』，不用『爲』字。」余按，梁庾肩吾《歲盡》詩「梅花應可折，倩爲雪中看」，陳陰鏗《詠竹》「欲見陵冬質，當爲雪中看」，此竝其義自別，言向雪中看已。但黄滔《詠花》「東風吹綻還吹落，明日誰爲今日看」，僧貫休《瓦研》「應念研磨苦，莫爲瓦礫看」，明陸容詩「吁嗟棟梁材，誤爲花草看」，是以「爲」替「作」字，絶無而僅有，未可一概論也。

詩家每用「滄洲」，蓋取滄浪爲名，只稱江海之境，對朝市而言已，不必指仙島也。《杜陽雜編》載，隋大業中，元藏幾爲過海使判官，被風飄至一處，居人云：「此乃滄浪洲，去中國數萬里。」其洲方千里，花木常如春，人多不死。藏幾思歸，洲人製陵風舸以送之，不旬日達於東萊，時已唐之貞元末，殆二百年矣。注家多引之，不考之過也。貞元，德宗年號，盛唐詩人焉得預用之？陸雲《泰伯碑》「滄洲遁跡，箕山辭位」，《南史・袁粲傳》「粲詩『訪跡雖中宇，循寄是滄洲』，蓋其志也。」又《張充傳》「飛竿釣渚，濯足滄洲」，《北史》西魏明帝貽韋夐詩「潁陽讓愈遠，滄洲去不歸」，《文選》謝朓《之宣城出新林浦》詩「既歡懷禄情，復協滄洲趣」，柳惲《贈吴均》「寒雲晦滄洲，奔潮溢南浦」，是六朝間已用之，皆謂湖海棲遲之境。觀其配箕山、潁陽而言，其義不尤明乎？但柳詩只謂水鄉已。李善《文選注》載揚雄《檄靈賦》「黄公起於蒼洲」，「蒼」與「滄」異，恐是別事，非所引也。李白《燭照山水壁畫歌》「高堂粉壁圖蓬瀛，燭前一見滄洲清」，既蓬瀛而復曰滄洲，泛謂水雲之鄉，非島名，明矣。《觀山海圖》詩「如登赤城裏，揭步滄洲畔」，亦謂海濱已。《江上吟》「興酣落筆搖五嶽，詩成笑傲陵滄洲」，直指眼前煙波之境也。「壯心屈黄綬，蹤跡寄滄洲」，「功成拂衣去，搖曳滄洲傍」，皆謂江東之遊也。杜甫《曲江對酒》「吏情更覺滄洲遠，老大徒悲未拂衣」，亦因水鄉遊望，感而思爲江湖散人也。《夔州西閣作》「懶心似江水，日夜向滄洲」，見蜀江之水東流向湖海，感其欲歸中土之心日夜無已時也。《江漲》詩「輕帆好去便，吾道付滄洲」，亦言乘漲南下，放浪江湖也。《劉少府畫山水障歌》「聞君掃卻赤縣圖，乘興遣畫滄洲趣」，言不圖中原物色，而畫江海風景也。《題玄武禪師屋壁》起手便云「何年顧虎頭，滿壁畫滄洲」，而通篇只言江海景趣，未嘗涉仙境事，末舉廬山，以其接九江也。僧皎然《觀王右丞滄洲圖歌》，亦專言江湖之景耳。王維《秋夜獨坐》「吾生將白首，歲晏思滄洲」，欲歸隱水雲之鄉也。《送崔三往密州覲省》「魯連功未報，且莫蹈滄洲」，直是東海之替代。岑參《宿嚴給事別業》「君雖在青瑣，心不忘滄洲」，反用中山公子牟語，言身處朝廷心存江海，亦用替代也。《終南東溪作》「興來從所適，還欲向滄洲」，言隨溪水而下，欲直至江湖也。《過王判官西津所居》「何必到清溪，忽來見滄洲」，言如到江湖也。《送鄭興宗歸扶風》「半生滄洲意，獨有青山知」，謂江湖隱逸之志。《送嚴維還江東》「且歸滄洲去，相送青門時」，《送李翥遊江外》「且尋滄洲路，遥指吴雲端」，竝謂三吴水雲之鄉已。《夷堅志》洞庭漁翁詩「八十滄洲一老翁，蘆花江上水連空」，儲光羲《漁父詞》「逆浪還極浦，信潮下滄洲」，陸龜蒙「好伴滄洲白鳥群」，韓偓「滄洲何處覓漁翁」，温庭筠「不向滄洲理釣絲」，李中「滄洲何必去垂綸」，許渾「十年耕釣憶滄洲」，竝言煙波釣徒耳。劉長卿尤好用「滄洲」，集中凡三十許。其餘諸家所用，不遑枚舉，皆泛稱汗漫之境，未嘗指仙島，歷歷可見也。但李白「我有紫霞想，緬懷滄洲間」「澹蕩滄洲雲，飄颻紫霞想」，杜甫「玄圃滄洲莽空闊，金節羽衣飄婀娜」，此則謂神仙事，然非直斥仙島，亦泛言其縹緲之境耳。清人趙賓詩「蓬萊君咫尺，果否有滄洲」，直爲仙島之名，可謂鹵莽矣。王元美云：「蘇鶚《杜陽編》，乃郭子横《洞冥》、王子年《拾遺》之類已。」是豈可引證者哉？

朱子亦好用滄洲，「失志墮塵網，浩志屬滄洲」「正爾滄洲趣，難忘魏闕心」「永棄人間事，吾道付滄洲」「齋居翫物變，廓落滄洲期」「漸喜涼秋近，滄洲去有期」「若了滄洲趣，無勞正眼看」，皆言汗漫之遊耳。晚年自稱「滄洲病叟」，見《題寫真》詩落款，猶云江湖散人也。陸放翁《孤坐無聊每思江湖之適》云「此身只合卧滄洲」，亦謂其鄉越州山陰煙水之境已。

東方朔《神異經》云：「東海滄浪之洲，生彊木焉。洲多用作舟楫，其木方一寸，可載百許觔，縱石鎮之不能没。」此只記其木神異耳，不必蓬萊、瀛洲之類也。《杜陽雜編》所謂滄洲，蓋因《神異經》傅會之爾。

朝廷貴官多以清稱，言其居清高而不諠濁也。故司馬相如《諫獵書》「犯屬車之清塵」，顏師古注「言清者，尊貴之意也」。然則風塵俗吏，糞土雜官，敢用清遊、清觀等語，僭妄甚矣。但清言、清談，謂晉人清虚之譚，不在此例也。《顔氏家訓》「王褒地胄清華，才學優敏」，《南史·郅撝傳》：「撝侮同列。王晏既貴，雅步從容，問曰：『王散騎復何故爾？』晏先爲國常侍，轉員外散騎郎，此二職清華所不爲，故以此嘲之。」《北史》「齊陽休之爲吏部尚書，謂人曰：『此官實是清華，但煩劇，妨吾賞適。』」我邦之制，朝紳亞攝録之家，官至三大臣者稱清華家，蓋本諸此。《唐詩貫珠》「大寮之次置清華部」亦是也。《魏略》：「沐並曰：『吾以材質滓濁，汙於清流。』」《吴志》「中庶子官最清密」，《晉書·文苑傳》「咢彼辭人，共超清貫」，《職官志》「武帝甚重兵官，故軍校多選朝廷清望之士」，齊王攸《與山濤書》「洗馬，今之清選」，《宋書》「荀伯子少好學，博覽經傳，而通率好戲，遨遊閭里，故失清塗」，《南史·齊·張融傳》「亦有少負令譽，超越清級者」，《北史》「張仲瑀銓削選格，排抑武人，不使預清品」，《唐書》「韋陟門地豪華，早踐清列」，陳鴻《長恨歌傳》「叔父昆弟皆列在清貫」，《杜陽雜編》「舒元輿猶子守謙，官歷秘書郎，元輿爲相，許列清曹」，《唐闕史》「樂官受賞，不如多予之金，無令逸污清秩」，《東軒筆録》「翰林清要，謂之仙掖」，皆謂官之高貴也。徐鍇詩題《太傅相公與家兄梅花詶唱，許綴末篇，謹奉清韻，用感鈞私，伏惟采覽》，猶云『尊韻』也。《五雜俎》「其有賜清坐假顔色者，即詑以爲國士之遇」，謂得侍相公也。沈佺期「皇鑒清居遠，天文瑞獎濃〔一〕」，蘇頲「吏部端清鑒，丞郎肅紫機」，李白「峥嶸丞相府，清切鳳皇池」，杜甫「絶域長夏晚，兹樓清宴同」「將

〔一〕獎：底本訛作「奘」，據《文苑英華》卷一百七十五改。

軍魏武之子孫，於今爲庶爲清門」，杜牧「十載違清裁，幽懷未一論」，韓愈「高議參造化，清文焕皇猷」，白居易「早接清班登玉陛」，方干「歷任聖朝清峻地」，石貫「五朝清顯冠公卿」，皆青雲上貴人事也。陳子昂「方謁明天子，清宴奉良籌」，元結「公車當魏闕，天子垂清問」，徐安貞《書殿賜宴》「玉階鳴溜水，清閣引歸煙」，杜甫《梓州九日》「酒闌卻憶十年事，腸斷驪山清路塵」，錢起《晴雪早朝》「獨看積素凝清禁，已覺輕寒讓大陽」，此則天子事也。

一句中本自爲對偶，謂之自對體，亦曰當句對、就句對。方板中用活時用之。盧照鄰「勞思又勞望，相見不相知」，沈佺期「喜氣迎冤氣，青衣報白衣」，杜甫「白狗黄牛峽，朝雲暮雨時」，王維「赭圻將赤岸，擊汰復揚舲〔一一〕」，李昌府「八月三湘道，聞猿冒雨時」，韓愈「絳闕銀河曉，東風右掖春」，劉禹錫「三湘與百越，雨散又雲摇」「静勝朝還暮，幽觀白已玄」，張喬「北闕東堂路，千山萬水人」，白居易「爐温先暖酒，手冷未梳頭」，杜荀鶴「新墳侵古道，白髮戀黄金」，薛能「曉角秋砧外，清雲白月初」，姚合「何功來此地，竊位已經年」，徐鉉「青衿空皓首，往事似前生」，僧齊己「船中江上景，晚泊早行時」「自來還獨去，夏滿又秋殘」「楚雪還吴樹，西江正北風」「萬古千秋裏，青山明月中」，杜審言「伐鼓撞鐘驚海上，新妝袨服照江東」，杜甫「小院回廊春寂寂，浴鳧飛鷺晚悠悠」「桃花細逐楊花落，黄鳥時兼白鳥飛」「楚宫臘送荆門水，白帝雲偷碧海春」「去馬不如歸馬逸，千家今有百家存」

〔一一〕擊：底本訛作「繫」。各本均作「擊」，據《王右丞集箋注》卷八改。

「楓林橘樹丹青合，複道重樓錦繡懸〔一〕」「長年三老遥憐汝，捩柁開頭捷有神」「古往今來皆涕淚，斷腸分手各風煙」，王維「厭見千門萬户，經過北里南鄰」「城外青山如屋裏，東家流水入西鄰」，劉長卿「白雲千里萬里，明月前溪後溪」「白雲飛鳥去寂寞，吴山楚岫空崖嵬」，白居易「幸陪散秩閒居日，好是登山臨水時」「可憐荒壟窮泉骨，曾有驚天動地文」，劉禹錫「空懷濟世安人術，不見男婚女嫁時」，杜荀鶴「難與英雄論教化，卻思猿鳥共煙蘿」，李群玉「黄葉黄花古城路，秋風秋雨别家人」，陸龜蒙「但説漱流竝枕石，不辭蟬腹與龜腸」，李昭象「春酒夜棋難放客，短籬疎竹不遮山」，李商隱「風朝露夜陰晴裏，萬户千門開閉時」「花鬚柳眼各無賴，紫燕黄蜂俱有情」，韓愈「莫憂世事兼身事，須著人間比夢間」，權德輿「金章玉節鳴騶遠，白草黄榆出塞難」，杜牧「牧羊驅馬雖戎服，白髮丹心盡漢臣」「秦陵漢苑參差雪，北闕南山次第春」「山墻谷塹依然在，弱吐强吞盡已空」，戴叔倫「已悟化城非樂界，不知今夕是何年」，嚴維「木奴花映桐廬縣，青雀舟隨白鷺濤」，李幼卿「不堪花落花開處，况是江南江北人」，鄭谷「秋山晚水吟情遠，雪竹風松醉格高」，韋莊「楚地不知秦地亂，南人空怪北人多」，薛濤「朝朝暮暮陽臺下，爲雨爲雲楚國亡」，羅隱「紫陌紅塵今恨别，九衢雙闕夜同遊」「九衢雙闕擬何去，玉壘銅梁空舊遊」，章碣「絳帳青衿同日貴，春蘭秋菊異時榮」，石貫「鳳笙龍笛數巡酒，紅樹碧山無限詩」，馬戴「東谷笑言西谷響，下方雲雨上方晴」，韓偓「朝雲暮雨會合，

〔一〕懸：底本訛作「連」。各本均作「懸」，據《杜詩詳註》卷十五改。

羅襪繡被逢迎」「鶴舞鹿眠春草遠，山高水闊夕陽遲」，徐夤「天暖天寒三月暮，溪南溪北兩村名」，徐鉉「主憂臣辱誰非我，曲突徙薪唯有君」「村橋野店景無限，緑水晴天思欲迷」，魚玄機「忽喜扣門傳語至，爲憐鄰巷小房幽」，吕喦「不熱不寒神蕩蕩，東來西去氣綿綿」，僧齊己「無窮今日明朝事，有限生來死去人」「南宗北祖皆如此，天上人間更問誰」，僧貫休「明月清風宗炳社，夕陽秋色庾公樓」「仗信輪誠方始是，執俘折馘欲何爲」「文經武緯包三古，日角龍顔遏四夷」，右歷舉前脩之例，學者可以取準也。

七言起手上四字，各自爲對，亦才調之所弄巧也。沈佺期「天長地闊嶺頭分，去國離家見白雲」，李嶠「蓬閣桃源兩地分，人間海上不相聞」，賈至「雪晴雲散北風寒，楚水吴山道路難」，岑參「柳嚲鶯嬌花復殷，紅亭緑酒送君還」「風恬日暖蕩春光，戲蝶狂蜂亂入房」，杜甫「竹寒沙碧浣花溪，橘刺藤梢咫尺迷」，張謂「銅柱珠崖道路難，伏波横海舊登壇」，張繼「月落烏啼霜滿天，江楓漁火對愁眠」，此皆出於自然，故工而無痕。强著意傚之，失於破碎矣。

同韻重叠成語，雖語意俱不對，只以叠韻取對，亦詩律一法。如盧懷真「曠望迷平野，潺湲俯暝灣」，杜甫「仳離放紅蕊，想像顰青蛾」，蔣防「始愜倉箱望，終無滅裂憂」，僧貫休「三清徒妄想，千載亦須臾」，李頎「悵望青天鳴墜葉，巑岏枯柳宿寒鴟」是也。徘徊、遷延、廉纖、紛紜、連綿、崢嶸、逡巡、因循、依稀、霏微、陰森、婆娑、蕭條、蒼茫、倉皇、龍鍾、闌干，凡此類雙字，皆可對悵望、想像、妄想等語也。

中原對海内，天中對平地，蓋《藝苑雌黄》所謂「蹉對」之類也。楊炯「友愛光天下，恩波浹後塵」，李嶠「芳桂尊中酒，幽蘭下調歌」，劉禹錫「旌旗環水次，舟楫泛中流」，韓翃「共列中台貴，能齊物外心」，李絳「涣汗中天發，殊私海外存」，晁沖之「胸中有邱壑，左手取山川」，裴漼「始看魚躍方成海，即睹飛龍利在天」，崔興宗「未勝晏子江南橘，莫比潘家大谷梨」，徐商「萍聚只因今日浪，荻斜都爲夜來風」，白居易「榮華物外終須悟，老病傍人豈得知」，徐鉉「天邊雨露年年在，上苑芳華歲歲新」，右略舉示類例，亦可以參變也。

虚實對，或謂輕重對，亦避板活手段也。范晞文《對牀夜話》云：「老杜詩『不知雲雨散，虚費短長吟』『桑麻深雨露，燕雀半生成』『風物悲遊子，登臨憶侍郎』，句意適然，不覺其爲偏枯，然非法也。柳下惠則可，吾則不可。」羅大經《鶴林玉露》云：「杜陵詩『桑麻深雨露，燕雀半生成』，陳後山詩『輟耕扶日月，起廢極吹嘘』，或謂虚實不對，殊不知生爲造，成爲化，吹爲陰，嘘爲陽，氣勢力量與雨露日月，字正相配也。」二説或拘攣或穿鑿，齊固失之矣，楚亦未爲得也。方萬里《瀛奎律髓》云：「『桑麻深雨露，燕雀半生成』，雨自對露，生自對成，是輕重各對之法。」此説得之，蓋亦「就句對」之類，唐人多用之，詩家常例也。舉類録于左，以備取準云。沈佺期「二庭無歲月，百戰有勳功」，杜審言「歲月催行旅，恩榮變苦辛」「舊跡灰塵散，遺墳故老傳」「變風須愷悌，成化佇絃歌」，李白「六代帝王國，三吴佳麗城」「路歷波濤去，家唯坐卧歸」，杜甫「自驚衰謝力，不道棟梁材」「天子多恩澤，蒼生轉寂寥」「社稷堪流涕，安危在運籌」「老被樊籠役，貧嗟出入勞」「筋力交彫喪，飄零免戰兢」「耕鑿安時論，衣冠與世同」「已撥形骸累，真爲爛漫深」，王維「賴有山水趣，稍解別離情」，岑參「雲沙萬里地，孤負一書生」「終日見征戰，連年聞鼓鼙」「二人來信宿，一縣醉衣冠」，高適「跡與松喬合，心緣啓沃留」「風塵經跋涉，摇落怨暌携」「地即泉源久，人當汲引初」，杜牧「青苔滿階砌，白鳥故遲留」「千峰横紫翠，雙闕憑闌干」，劉禹錫「變化生言下，蓬瀛落眼前」「邅迴過荆楚，流落感凉温」「瑞呈霄漢外，興入笑言間」，薛能「藏山難測度，暗水自波瀾」，皇甫冉「閏歲風霜晚，山田收穫遲」，劉得仁「夕陽投草木，遠水映蒼茫」，曹松「離鄉俱少壯，到磧減肌膚」，白居易「提携勞氣力，吹簸不飛揚」，杜甫「徒將遲暮供衰病，未有涓埃答聖朝」「春來準擬開懷久，老去親知見面稀」「推轂幾年惟鎮静，曳裾終日盛文儒」「盤渦鷺浴底心性，獨樹花發自分明」「紫氣關臨天地壯，黄金臺貯俊賢多」，韋應物「府縣同趨昨日事，升沉不改故人情」，劉滄「匹馬東西何處客，孤城楊柳晚來蟬」，方干「精靈消散歸寥廓，功業留傳在誌銘」「帆勢落斜依浦溆，鐘聲斷續在滄茫」，劉禹錫「一自分襟多歲月，相逢滿眼是淒凉」，許渾「詞客倚風吟暗淡，使君回馬濕旌旗」，趙嘏「徒知六國從斤斧，莫有群儒定是非」，陸龜蒙「一代交遊非不貴，五湖風月合教貧」，李群玉「久向饑寒抛弟妹，每因時節憶團圓」，羅隱「時來天地皆同力，運去英雄不自由」，杜荀鶴「在客易爲銷歲月，到家難住似經過」，李商隱「飲啄斷年同鶴儉，風流終日看人争」，宋明諸家用此法尤多，不可勝舉也。

楊萬里《夏夜獨酌》「竹風秋九夏，溪月晝三更」，此以「秋、晝」字爲虚活用者，與李昂英「瀑勢雷虚壑，松聲浪半空」同一句法。《葛原詩話》以爲與「五月秋」同法，如其説，則秋熱如夏、晝暗如夜也，果成何義耶？六如擬作有云「歌呼暖熱冬三伏，雪月清姸晝二更」，上句不成語，若强作冬温之義，則下句爲晝暗如夜之義。且詩法自有恰好文字，必非「三更」不可，强叶聲律，容易那移，亦粗工之妄也。

杜甫「子能渠細石，吾亦沼清泉」，白居易「不覺白雙鬢，徒言朱兩轓」「手戟非吾事，腰鎌且發硎」，李洞「肩囊尋省寺，袖軸遍公卿」，朱弁《松皮爲菜》詩「便堪奴筍蕨，詎肯友芝菌」，孫伯温《麻姑山瀑布》「雷霆白晝間，冰雪詩人胸」，此皆活用實字。又玄宗「節變雲初夏，時移氣尚春」，杜審言「雲霞出海曙，梅柳度江春」，杜甫「晨鐘雲岸濕，勝地石堂煙」，韓維「凍水晴初浪，荒城晚自煙」，方干「素琴醉去經宵枕，衰髮寒來向日梳」，楊萬里「煙雲慘澹天將雪，風日荒寒梅未花」，句腳字亦皆活用，與《楚辭》「洞庭波兮木葉下」同法。

韻腳若三平相運，對句亦迭三仄以應之，唐詩拗格中往往有之，是鶴膝病之尤者，變體中變體耳，故非拗體者未嘗見之也。蓋古人造語適到，因以連用，本出於不得已。後人遂立以爲格，正體謹嚴中犯之，妄也。夫大醇小疵差可耳，散材多節何所取哉？凡名賢高作，或不拘繩墨，如拗體、出韻等變格，以瑕不掩瑜不棄焉。故柳下惠乃可，學之則不可，慎勿藉爲口實也。

律詩對句仄腳不得已挾平者，韻句第五字必用平聲以應之，唐詩皆然。今人多昧乎此，不亦妄乎？

藤納言爲家，誨學國雅者曰：「凡製歌須如構重塔，言先營自下也。蓋一篇精彩，全萃於落句，起手則點景耳。故倒行而逆施之也。詩家作絶句亦須依是法，先就後二句經始，述其主意，預了結局，然後回筆還及起處，裝綴襯貼以成章，則首尾相擊，局勢有餘矣。不然其意盡發端，而末稍索然，每苦不足，貂續支吾，不勝蛇足矣。」楊仲弘曰：「絶句以第三句爲主，而第四句發之。」是實初學要訣。必先自第三句起工，而結句乃從此生而韻定。上半因趕韻填詞，爲落語作引爾。雖唐賢之作，蓋亦率然也。

宇士新曰：「名世之文不在多，而多則傳不廣，傳不廣難保不朽。精有數卷斯足矣，刻詩亦宜爾也。」黄魯直晚自刊定其詩，止三百八篇。徐昌國自選《迪功集》，亦止三百餘首。蓋百十選一，以傳諸世，昔人自愛其名如此。歐陽公所謂「怕後生笑」也。唐人《詠蜀葵花》云「能共牡丹争幾許，被人嫌處只緣多」。夫務精不務多，何但兵而已哉。

明葛震甫稱徐巢友詩曰：「不多作，不苟作，不爲應酬之作。」又華聞修自叙其集曰：「吾不取一時之好，冀千百年後有一人知我，千百帙中取其一帙，千百篇中存其一篇，而吾二十餘年心血，或藉此一帙一篇以傳。」亮哉斯言矣。

伊藤蘭嵎雖好作詩，未嘗留案。人或言其可惜，曰：「苟足以傳者，人其舍諸？否者祇自累耳。」即此語，足不朽矣。不翅唐山人詩瓢也。

韋莊詩曰「泉布先生老漸慳」，嘆老戒之在欲也。《朝野僉載》：「韋莊性儉，數米而炊，秤薪而爨，少一鑾而覺之。一子八歲而卒，妻斂以時服，莊剥取，以故席裹屍殯，訖擎其席而歸。其憶念也，嗚咽不自勝。唯慳吝耳。」是其于阿堵物，不唯老慳，夙習乃爾。以先生稱，固其宜也。

好自高者，正其不高之弊。俗眼不脱，故作清態，所謂閉目不窺已。是一種公案。達人隨遇而安，悠然忘懷，無境不適也。胡孝轅《癸籤》曰：「韋莊『静極卻嫌流水鬧，閑多翻笑野雲忙』，本于老杜之『水流心不競，雲在意俱遲』，但多著一『嫌』字『笑』字，覺非真閑真静耳。」此誠中窾矣。僧肇有言曰：「知惱非惱，則惱亦浄。以浄爲浄，則浄亦惱。」譏自矜其達，非真達也。

菊池五山言：「六如上人詩才奇警，寔方外一敵國。然聞其爲人矜情作態，面目可憎，故吾不欲見之，恐十年情戀一朝灰冷矣。」嘗被皆川筇齋勸，一往候之。門下以疾辭，五山終以不見爲幸云。昔唐宰相鄭畋之女覽羅隱詩，諷誦不已，畋疑有慕才意。隱貌寢陋，女一日隔簾見之，自是絶不詠其詩。五山于六如，其類於斯歟？然此弊不獨六如，率京僧之常態。若令生見蕉中和尚，其必嘔酸水三斗矣。

鄭谷云「詩無僧字格還卑」，又云「道著訪僧心且閑」，其愛之深矣。然又云「愛僧不愛紫衣僧」，蓋貴僧必俗，古今一轍也。

六如好聲伎，故其詩言酒、婦人，不一而足，殊失衲子本色，殆與俗同科。錢虞山論僧慧秀詩云：「昔人言僧詩忌蔬筍氣，如秀道人者，正惜其無蔬筍氣耳。」是詩僧要訓也。侯景數梁太子「吐言止於輕薄，賦詠不出桑中」，況於沙門乎？

鍾伯敬云：「僧詩有僧詩氣習。僧而必不作僧詩，便有不作僧詩氣習。」似是百年前爲萬菴、大潮等道。江北海云：「僧詩不可有香火氣，又不可無香火氣。無則害德，有則害詩。簡在有意無意間。」真至論也。

夜航詩話卷之三

《毛詩》「出其東門，有女如雲」「東門之池，彼美淑姬」「東門之楊，昏以爲期」，《孟子》「踰東家之墻，摟其處子」，宋玉《好色賦》「臣里之美者，莫如臣東家之女」，古樂府《孔雀東南飛》「東家有賢女，自名爲羅敷」，皆女子之事，必稱東，是字法。蓋「東」字於春有情也。唐詩用方位字，如「茨菰葉爛别西灣」「滿天風雨下西樓」「只今唯有西江月」「一曲長歌楚水西」「沈香亭北倚欄干」「楚王宫北正黄昏」，亦皆不苟。

西窗，謂婦人寢室。如李義山《寄北》詩「何當共剪西窗燭，卻話巴山夜雨時」，趙德麟《妻》詩「晚雲帶雨歸飛急，去作西窗一夜愁」，其義可見已。梅鼎祚《春詞》「海棠殘月照人低，枕上關山路欲迷。生怕啼鶯驚曉夢，垂楊不種畫欄西」，妙在「西」字，畫龍點睛手段。祇南海《明詩俚評》曰：「『畫欄西』只謂軒前，『西』字趁韻耳。」三浦梅園《詩轍》亦云：「甚矣，其負良工苦心也。」服子遷《寄懷源京國》：「蕭條白髮歲華流，今日論心不可求。剪燭西窗君記否，殷勤一夜説千秋。」是若宿内人房中者，豈不太悖哉。恐後學襲謬，故爲拈出之。

杜詩「麒麟不動鑪煙上」，言大明宫朝儀。鑪元不動，不須言而特曰不動者，言其勢殆欲活動，而帖然能不動也。王建《十五夜》詩「冷露無聲濕桂華」，亦癡想得妙。蓋露之大下，疑於有聲，而不知何間而下也。清人高文良「風裏銀河似有聲」，翻用陸放翁「銀河無聲接地流」，殊使人爽然，可謂出藍矣。

杜少陵曰「良工心獨苦」，又曰「能事不受人促迫」，求詩書者不知此義，刻期追索，有如逋負，真人役也。不如署門以塞之耳。

六十一歲曰華甲，蓋拆「華」字爲六十一，猶四十八曰「桑字年」也。何祇夢井生桑事，見《蜀志·楊洪傳》注。《西遊記》第二十回，問年壽幾何，道：「癡長六十一。」行者道：「好好，華甲重逢矣。」范石湖《丙午新正》詩「祝我剩周華甲子，謝人深勸玉東西」，丙午，石湖元命之辰也。邦俗稱八十八爲米年，亦未爲不典也。

邦俗年四十稱爲初老，開宴爲壽，詩歌以祝之。據史，淳和天皇天長元年十一月，太上天皇年登四十，行慶壽之禮。《懷風藻》有刀利宣令《賀五八年》五言律詩。初老，見《菅家文草》餞奥州刺史詩，其稱亦尚矣。赤穗義士小野寺秀和，字十内，爲京邸留守。事母孺慕不已，好學嗜風雅。仁齋先生賀十内母詩：「母氏年高九十强，無憂無病又無傷。老萊孝思誰能識，膝下猶呼作小郎。」蓋紀實也。大石良雄之在山科，亦嘗摳謁仁齋，隸籍門下云。十内歌詠，載《近世畸人傳》，忠烈之氣見乎詞矣。《畸人傳》所載十内《寄内》手柬凡七通，藏在一身田小野寺氏，其先秀益爲十内兄，當時住京師，故收而藏之。又有大石良雄書一通，大石良金、吉田兼亮、原元辰手書歌各一首，皆所遺十内内人，内人德義可見也。又伊藤梅宇《見聞談叢》載十内將東行，來古義堂與東厓惜别事，又及十内訃至，東厓往吊慰之，母氏悦其報主全義而死，深謝仁齋先生教育之恩焉。信是母而有是子也。

元人陳孚詩「幸逢乙夜明王問，更喜丁年奉使還」，寔妙對也。人質乙夜之故實，按段文昌《淮西碑》「遵大禹櫛風之志，有光武乙夜之勤」，是其出也。然《光武紀》云「講論經理，夜分乃寐」，無乙夜字。漢魏已來，以甲乙丙丁戊紀夜，謂之五夜，亦曰五更，乙夜即二更也。《漢書·天文志》「永始元年四月壬戌甲夜」「地節元年四月戊午乙夜」，始見於此。又《周禮》「司寤氏掌夜時」，鄭玄注「夜時，謂夜晚早，若今甲乙至戊」，其言「今」者，古所無也。又《杜陽雜編》云：「文宗視朝後，即閲群書。謂左右曰：『若不甲夜視事，乙夜觀書，何以爲人君耶？』」此亦因光武故事、《淮西碑語》而言爾，或引此爲出，誤矣。

七言古詩一韻到底，卻非本色。韻不轉，詩不活。蓋波瀾變化，頓挫開闔，韻亦隨而轉，斯見其妙矣。或至事之劇，每二句轉韻，語勢隨事勢所以迫促也。

黄花，本稱菊，亦謂菜花。司空表聖詩「緑樹連村暗，黄花入麥稀」是也。晉張翰詩「黄花若散金」，通首皆言春景，此其所本也。紅樹，謂霜葉，亦稱花木。歐陽永叔《遊春》詩「紅樹青山日欲斜，長郊草色緑無涯」，唐詩亦有之。今舉所諳記耳。白樂天有「三五夜中新月色」之句，則新月亦不必初弦也。

何如、何似，與「孰若」同，言相比而不及也。「聞説梅花早，何如此地春」「何似兒童歲，風涼出舞雩」，並嘆其不及也。但在韻腳，則與「如何」同，學者須知之。

兼，訓與，然本義並也，故不可指相反者而言也，須照本義用之。少陵「露翻兼雨打，開拆漸離披」「日兼春有暮，愁與醉無醒」「桃花細逐楊花落，黃鳥時兼白鳥飛」，白居易「古墳何世人，不識姓兼名」「土控吴兼越，州連歙與池」「身兼妻子都三口，鶴與琴書共一船」，劉禹錫「唯有詩兼酒，朝朝兩不同」「借問風前兼月下，不知何客對胡床」，羅隱「珍重雲兼鶴，從來不定居」「千崖兼萬壑，只向望中看」「可憐户外桃兼李，仲蔚蓬蒿奈爾何」，張喬「落花兼柳絮，無處不紛紛」「安知千里外，不有雨兼風」，杜牧「十載名兼利，人皆與命爭」「荷花兼柳葉，彼此不勝秋」，元稹「防戍兄兼弟，收田婦與姑」，鄭谷「酷愛山兼水，唯應我與師」，其義可見已。韋莊「莫問榮兼辱，寧論古與今」，此雖相反，以榮辱相因則言，元稹「乍見悲兼喜，猶驚是與非」，羅隱「爛椹作袍名復利，鑠金爲講愛兼憎」亦是也。但趙嘏「胡沙兼漢苑，相望幾迢迢」殆不成義，恐偶誤耳。

將，訓與，凡相對相反皆可言也。《世説》「支道林在白馬寺中，將馮太常共談」，《搜神記》「將三四人至岑村飲酒，小醉暮還」，《北史》「鄭頤、宋欽道二人，權將楊愔相埒」，《龍城録》「寧王畫馬化去，信知將造化俱也」，此皆相對而言，詩句則不暇枚舉。盧照鄰「不辨秦將漢，寧知春與秋」，王勃「歸驂將別棹，俱是倦遊人」，亦皆言反對之物，餘可準知已。

和，亦訓與，本義同也、合也。杜甫「台州地闊海冥冥，雲水長和島嶼青」，羅隱「嘉陵路惡石和泥，行到長亭日已西」，杜荀鶴「酒旗和柳動，僧屋與雲齊」，司空曙「静與懶相偶，年和衰共催」，李咸用「鳥隔寒煙語，泉和夕照流」，姚鵠「殘星螢共失，落葉鳥和飛」，韓渥「煙和魂共遠，春與人同老」，丘爲「鳥共孤帆遠，煙和獨樹低」，其義可見已。劉克莊「幸然不識桃和柳」，范成大「可憐世上金和竇」，楊萬里「要知春事深和淺」「仕和不仕得相關」，此全同「與」，蓋奇法也。

或嘗示予曰：「『爲』訓『被』，平聲。張九齡『嘗蓄名山意，兹爲世網牽』，孟浩然『豈啻昏墊苦，亦爲權勢沈』，杜甫『每欲孤飛去，徒爲百慮牽』，白居易『豈獨年相迫，兼爲病所侵』，韓愈『清爲公論重，寬得士心降』，劉禹錫『欲向醉鄉去，猶爲色界牽』，盧綸『久爲名所誤，春盡始歸山』，李頎『文字爲人棄，田園被債收』，皆是平聲。此方詩人胡用失黏，雖老匠猶或繆諸，故歷舉以證之。《十八史略》『爲楚所滅，爲秦所滅』，皆注『去聲』，誤矣。」然以余所見，亦未必拘泥。唐李中「信步騰騰野岸邊，離家都爲利名牽」，宋蘇舜欽《明河篇》「幾爲浮雲亂，都宜小雨晴」，歐陽修「世味唯存詩淡泊，生涯半爲病侵陵」，明王越「鬢爲邊笳吹作雪，心因烽火煉成丹」，此乃作仄聲用，蓋藉以叶也。《左氏·僖二十二年傳》「楚子入饗于鄭」，杜注「爲鄭所饗」，陸氏《釋文》「爲，于僞反」，《二十五年傳》「吕郤畏偪」，注「畏爲文公所偪害」，《釋文》同上。由是而言，陳殷《史略注》亦未必無據也。要之，詩中平去通用可也。

等頭，猶「平頭」也。元稹「流年等頭過」「等頭成長盡生涯」，白居易「請君莫道等頭空」「甲子等頭憐共老」，皆言彼此平等也。《唐詩金粉》以爲猶「等閒」，誤甚。又「遮渠」與「從渠」正相反，《金粉》以爲同義，尤謬。

聞道，聞人道其事也。聞説、聽説並同。見説，言親見其説之，非傳聞風聲也。梅莊《詩語解》「道、説，並助語」，謬矣。杜子美詩題《見王監兵馬使説近山有白黑二鷹》，韓文《黄家賊事宜狀》

「見説江南所發四百人」,《石鼎聯句序》述軒轅道士事曰「劉,往見衡湘間人説云年九十餘矣」,段成式《酉陽雜俎》多記人話,稱見某説,皆言的聞也。 韋莊詩「見爾此言堪慟哭」,王建《宫詞》「近見蘭臺諸吏説,御詩新集未教傳」,張籍《贈隱者》「常見鄰家説,時聞使鬼神」,僧貫休《思賈匡》「近見禪僧説,生涯勝往時」,僧齊己「瘴國頻聞説,邊鴻亦不遊」,此類不可勝舉。 知道,解道,亦皆訓言,學者多誤,故詳焉。

到頭,言窮到盡頭,猶云至竟也。 古樂府《那呵灘曲》「聞歡下揚州,相送江津灣。 願得篙櫓折,交郎到頭還。」蓋欲其不行之切,冀篙櫓皆折而不能行,果遂我所願而還。 不怨人而怨物,寫惜别癡情也。 陸龜蒙詩「淵明不待公田熟,乘興先秋解印歸。 我爲餘糧春未去,到頭誰是復誰非」,張碧《農夫》詩「運鋤耕斸侵星起,隴畝豐盈滿家喜。 到頭禾黍屬他人,不知何處拋妻子」,賈島「堀井須到底,結交須到頭」,劉得仁「道貴行無我,禪難説到頭」,盧仝「便爲諫議問蒼生,到頭還得蘇息否」,白居易「無奈攀緣隨手長,亦知恩愛到頭空」「老過占他藍尾酒,病餘收得到頭身」,羅隱「浮世到頭須適性,男兒何必盡成功」「六國英雄漫多少,到頭徐福是男兒」,李元甫「南朝天子愛風流,盡守江山不到頭」,吴融「到頭一切皆身外,只覺關身是醉鄉」,李咸用「到頭積善成何事,天地茫茫秋又春」,徐夤「休説雄才間代生,到頭難與運相争」「官達到頭思野逸,才多未必笑清貧」,南唐李後主「萬古到頭歸一死,醉鄉葬地有高原」,東坡詞「萬事到頭都是夢,休休,明日黄花蝶也愁」,四時占候諺語「朝立秋,暮颼颼;夜立秋,熱到頭」,《五雜俎》論遊山事云「到頭而無所得,毋中道而生厭怠」，皆言其極也。又東坡「暫著南冠不到頭，卻隨北雁與歸休」，言未終任而去，翻用柳柳州「一生判卻歸休，謂著南冠到頭」也。陳仲山「開口盡言投老易，到頭只是挂冠難」，言至老而未果也。陳龜峰「可憐玉帳幾韓劉，收拾關山不到頭」，言功垂成而廢，蓋嘆宋室南渡之後，張韓劉岳諸將恢復之謀不遂也。方正學《題買臣妻墓》「丁寧囑付人間婦，自古糟糠合到頭」，言不可半途而棄也。或謬作「到處」用，故詳辯之。

不分，六朝以來語。分、忿通，加豈字看，訓「豈不忿」，言不勝忿也。《古世說》「于法蘭與支公争名，後精漸歸支，意甚不分」。顔之推《還魂記》陶繼之枉殺一妓，夜夢妓來云：「昔枉見殺，實所不分。訴之得理，故今取君。」《傳燈録》「闍夜多傳，不忿作色」，皆甚憤意。唐詩多用之，老杜「不分桃花紅勝錦，生憎柳絮白於綿」，仇注「言不能分辨也」，東匡《秉燭談》謂「不自知己分也」，俱未之深考耳。蓋罵其惱人，猶諺謂可愛者反曰可憎也。崔湜《倢伃怨》「不分君恩斷，新妝視鏡中」，李端「披衣更向門前望，不分朝來喜鵲聲」，柳公權「不分前時忤主恩，已甘寂寞守長門」，王建「不分君家新酒熟，好詩收得被回將」，鄭谷《蜀中春暮》「不忿黄鸝驚曉夢，唯應杜宇信春愁」。或通作「憤」，趙嘏《賦倦寐聽晨鷄》「不憤連年别，那堪長夜啼」，牛嶠《楊柳枝詞》「不憤錢塘蘇小小，引郎松下結同心」是也。東坡《雜纂》有「旁不忿部」，曰村漢有錢，曰俗夫有好妻。又《夢溪筆談》「鞠真卿守潤州，民有鬬毆者，本罪之外，别令先毆者出錢以與後應者，小人靳財，兼不憤輸錢於敵人，終日紛争，相視無敢先下手者」。此亦可見已。

無賴，本謂無所聊賴也。《史記·高祖本紀》「大人常以臣無賴，不能治産業」，陳徐陵《烏棲曲》「唯憎無賴汝南鷄，天河未落猶争啼」，此爲罵辭。後世因轉爲難爲懷之辭，亦以可愛爲可憎之意。老杜「韋曲花無賴，家家惱殺人」「劍南春色還無賴，觸忤愁人到酒邊」，段成式《楊柳詞》「長恨早梅無賴極，先將春色出前林」是也。徐凝《憶揚州》「天下三分明月夜，二分無賴是揚州」，《聯珠詩格》云「愛鍾于揚州」，此解人多不曉，蓋憶煙花舊遊，憎其豪奪天下風流也。又《唐詩貫珠》評温庭筠「窗間桃蕊宿妝在，雨後牡丹春睡濃」，云「原是極無賴語，因雨與花草相通，遂成藴藉」。評崔鈺「心迷曉夢窗猶暗，粉落香肌汗未乾」云「二句無賴之極，猶在側邊可恕」，此則謂猥褻也。

《野客叢書》云：「唐時揚州爲盛，通州爲惡。當時有『揚一益二』之語，十里珠簾，二十四橋風月，其氣象可知。張祜詩曰：『十里長街市井連，月明橋上看神仙。人生只合揚州死，禪智山光好墓田。』王建詩曰：『夜市千燈照碧雲，高樓舞袖客紛紛。如今不是承平日，猶自笙歌徹曉聞。』其盛如此。通州反之，白樂天詩曰『通州海内恓惶地，司馬人間冗長官』，元微之詩曰『折君災難是通州』，又曰『黄泉便是通州郡』，其不美如此。一謂神仙，一謂黄泉，相去霄壤。」余因按，唐小説所謂「腰纏十萬貫，騎鶴上揚州」，亦以其爲海内第一，特舉而言之。所以稱二分無賴，觀此可見矣。唐末之亂，蕩爲丘墟。宋時復盛，稍成壯藩，尚不能及唐之什一。今則蘇州、杭州爲最盛，燕京乃其次也，揚州應居第四五等耳，但美姝於今爲盛。《五雜俎》云：「維揚居天地之中，川澤秀媚，故女子多美麗，而性情温柔，舉止婉慧，亦其靈淑之氣所鍾，諸方不能敵也。」蓋如我平安城，水土清淑，爲姝麗之鄉也。

疆場，出《左傳》，場音易，言疆土至此而易也。明人詩中皆作場字，余嘗笑其不識字。後見陳後主詩「馬革報疆場」叶陽韻，唐人遂作平聲用，駱賓王「膂力風塵倦，疆場歲月窮」，高適「許國從來徹廟堂，連年不得在疆場」，武元衡「漢庭從事五人來，回首疆場獨未回」，沈亞之「勞君輟雅語，聽説事疆場」，是明人所本。蓋亦卧閣，訛作卧閣之類，乃詩家一語耳。

老杜「慣看賓客兒童喜，得食階除鳥雀馴」，雍陶「初歸山犬翻驚主，久別江鷗卻避人」，吴融「見多鄰犬遥相認，來慣幽禽近不驚」，句法相襲而反其義，所謂换骨脱胎之法也。

指物稱公，詩家雅謔。杜牧「偃蹇松公老，森嚴竹陣齊」，劉禹錫「海雲懸颶母，山果屬猿公」，盧仝「井公莫怪驚，説我成憨癡」，僧皎然「吾知世代相看盡，誰悟浮生似影公」。敬去文「愛此飄飄六出公」，謂雪也。東坡「苦厭黄公聒醉眠」，謂鶯也。與晋人呼竹爲君同意。《全唐詩》禹錫詩注：「《越絶書》有猿公，張衡賦南都有『猿公長嘯』之句。」緜是而言，謂猿爲公，舊矣。自稱曰公。《史記·陸賈傳》「無久慁公爲也」，李賀有《惱公》詩賦佳人事，杜牧「十載青春不負公」，陸游「竹外梅花欲惱公」，皆本于陸賈語。

古樂府《獨漉篇》「我欲射雁，念子孤散」，「子」即指雁説。施肩吾詩「茶爲滌煩子，酒爲忘憂君」，又管城子、毛錐子，皆以子稱。

太白《峨眉山月歌》「思君不見下渝州」，指月稱君也。羅隱《黄河》詩「三千年後知誰在，何必勞君報太平」，言水爲君也。王建《對酒》「從來事事關身少，主領春風只在君」，稱酒爲君也。羅隱《籠中鸜鵒》「勸君不用分明語，語得分明出轉難」，韓偓《詠翠鳥》「挾彈小兒多害物，勸君莫近市朝飛」，呼鳥爲君也。翁承贊《題槐》「憶昔當年隨計吏，馬蹄終日爲君忙」，僧慕幽《詠柳》「今古憑君一贈行，幾回折盡復重生」，謂樹爲君也。然語氣自有輕重也。

賈浪仙鍊推敲字，舉手作勢，不覺衝京尹節。其用力苦心，何止「吟安一個字，撚斷數莖鬚」耶？蓋詩一字之用，係全句死活，畫龍點睛手段，其妙在於穩。故學者每作一篇，須與人商搉，以求無片言不穩，不可等閒放過也。僧齊己喜吟，鄭谷在袁州，齊己投詩詣之，有「自封修藥院，别下著僧牀」之句，谷覽之曰：「善則善矣，一字未安。」經數日再謁曰：「改下爲掃，如何？」谷大嘉賞，結爲詩友。後又有《早梅》詩云「前村深雪裏，昨夜數枝開」，谷曰：「數枝非早，未若一枝。」齊己不覺叩地膜拜，自是士林以谷爲齊己一字之師。張迥《寄遠》詩曰「蟬鬢凋將盡，虬髯白也無」，携謁齊己，己點頭吟諷，爲改「虬髯黑在無」，迥拜爲一字師。李頻《題四皓廟》中二聯云「天下已歸漢，山中猶避秦。龍樓曾作客，鶴氅不爲臣」，以示方干，干曰：「善則善矣。内『作』字太粗難换，『爲』字甚不當。率土之濱，莫非王臣，能不爲臣耶？當改『稱』字。」頻慚而服。任翻《遊天臺巾子峰題寺壁》曰：「絶頂新秋生夜凉，鶴翻松露滴衣裳。前峰月照一江水，僧在翠微開竹房。」既去，觀者取筆，改「一」字爲「半」字。翻行數十里，乃得「半」字，亟回欲易之。及到題處，則已改矣。因嘆曰：「台州有人。」王貞白作《御溝》詩，前聯云「此波涵帝澤，無處濯塵纓」，示僧貫休。休曰：「甚善。只是剩一字。」貞白揚袂而去。休曰：「此公思敏，當即來。」乃取筆書字於掌心以待。貞白果回，忻然曰：「已得一字。」云此「中」涵帝澤，休展手示之，無異所改，遂訂深契。唐人於詩極力體認，一字不苟如此，所以深臻其妙也。宋乖崖張公詠嘗有一詩云「獨恨太平無一事，江南閒殺老尚書」，蕭楚材就几案見之，改「恨」爲「幸」字，張出視稿曰：「誰改吾詩？」蕭曰：「爲公全身。公功高位重，奸人側目之秋。今天下一統，公獨恨太平耶？」張喜謝曰：「楚材吾一字之師。」此則匪直詩之巧拙也。元薩都剌送濬天淵入朝云「地濕厭聞天竺雨，月明來聽景陽鐘」，聞者無不膾炙，唯山東有一叟鄙之。薩以素慊意，特步訪問其故。叟曰：「此聯措詞固善，但聞字與聽字一合耳。」薩曰：「當以何字易之？」叟曰：「宜改作厭看。」薩詰其看字，叟曰：「唐人有『林下老僧來看雨』。」薩俯首拜謝。明楊愼登眺山寺，見雨霽虹霓下飲澗水，日射其旁如盼睞，得句云「澋虹下飲玉池水，斜日横分蒼嶺霞」，自謂切景。張愈光曰：「『斜』字猶未稱『澋』字。」後閲《莊子》「日方睨」，《衍義》云「日斜如人睨目」，遂改作「睨日」。愈光曰：「澋虹睨日，古今奇句也。」清袁枚《送人巡邊》云「秋色玉門涼」，蔣心餘曰：「門字不響，應改關字。」又《贈張某》云「我慚靈運稱山賊」，劉霞裳曰：「稱字不亮，應改呼字。」袁從諫如流，不待其詞之畢。自言：「詩得一字之師，如紅爐點雪，樂不可言。」此亦皆可鑒觀矣。

余嘗謂學者曰：「作詩須被人罵過幾年，方得上達工夫。不然而師心自任，徒悦人之諛譽，雖多亦奚以爲？」蓋文字自看，終有不覺處，須賴他人拈出，故必就師友而質焉，深求其疵而去之。

曹子建之才，猶喜人譏彈，所以稱「繡虎」也。

《四溟詩話》曰：「意巧則淺。若劉禹錫『遥望洞庭湖水面，白銀盤裏一青螺』是也。句巧則卑。若許用晦『魚下碧潭當鏡躍，鳥過青嶂拂屏飛』是也。」又曰：「李頻『星臨劍閣動，花落錦江流』，譬諸『佳人掌』而對『壯士拳』也。若曰『月落錦江寒』，便相敵矣。」此爲逐時好耽宋詩者，尤中其膏肓矣。

詩韻貴穩，韻不穩則不成句。故作詩必選韻，强鬭險，徒費力耳。李杜大家，不用僻韻。非不能用，乃不屑用也。《四溟詩話》云：「詩用難韻，起自六朝。若庾開府『長代手中浛』，沈東陽『願言反魚簝』，從此流于艱澀。陸龜蒙『織作中流百尺箔』，韋莊『汧水悠悠去似絣』，二字近體不宜用。譬若王右軍偕諸賢於蘭亭修禊，適高麗使者至，遂延之席末，流觴賦詩。文雅雖同，加此眼生者，便非諸賢氣象。韓昌黎、柳子厚長篇聯句，字難韻險，誇多鬭靡，或不可解，拘於險韻，無乃庾沈啓之邪？此誠寔宜鑒觀。凡其音涉啞滯者，晦僻生澀者，一切宜棄捨耳。或其韻皆平穩，唯一句奇險，如油盞點水，尤可厭之甚也。

詩之韻腳，如室之基址。室焉而基址不牢，則結構雖壯，而傾欹不安，不得其爲家也。倉山居士云：「忘足，履之適也；忘韻，詩之適也。」旨哉言乎。

吴可有《藏海詩話》曰：「和平常韻，要奇特押之，則不與衆人同。如險韻，當要穩順押之方妙。」此亦押韻要訣也。

《滄浪詩話》曰：「不必太著題，不必多使事。下字貴響，造語貴圓。意貴透徹，不可隔靴搔癢。語貴脱灑，不可拖泥帶水。最忌骨董，最忌趁貼。」僅四十六字，説盡要訣。詩法雖多，其大要不外此爾。貴響貴圓，最是金針。

李贊皇與白樂天惡，每屏其詩不覿。劉夢得以爲言，贊皇曰：「吾於斯人不足久矣。覽之恐回吾心。」何其執拗也。然君子於小人，不可不如是。巧言令色之蠱惑也，不覺自陷術中矣。如樂天，雖有怨，不以人而廢言可也。若回吾心，不亦幸乎？

詠繪事用彩筆，人或咎之。殊不知自有典故。李總《大唐奇事》載，魯人廉廣因採藥於泰山，遇一異人謂廉曰：「我能畫。可奉君法，但密藏焉。」因懷中取五色筆以授之。爲中都縣李令，於壁上畫鬼兵，夜出戰，李不敢留，遂毁所畫是也。又李白《粉圖山川歌》「名工繹思揮彩筆，驅山走海置眼前」，裴諧《觀修處士桃花圖歌》「可憐彩筆似東風，一朵一枝隨手發」，羅隱《畫牡丹》「葉隨彩筆參差長，花逐輕風次第生」，徐鉉《送寫真成處士》「傳神蹤跡本來高，澤畔形容媿彩毫」，即無廉廣事，亦用之無妨也。

物長曳地曰窣，蓋形容之語。唐玄宗詩「灞岸垂楊窣地新」，岑參《赤驃馬歌》「尾長窣地如紅絲」，和凝「停穩春衫窣地長」，金史肅「窣地山雲不世情」，元郭鈺「高閣朱簾窣地垂」，並譯「比企須屢」，言其拂地之貌，如窣窣有聲也。其詳載諸《薈蕞録》。蕉中《詩語解》「爲剗地、忽地之類」，謬矣。如杜荀鶴「垂露竹黏蟬落殼，窣雲松載鶴棲巢」，李從善《薔薇》詩「嫩刺牽衣細，新條窣草垂」，作何解耶？

李詩「松濤五月寒」，杜詩「陂塘五月秋」，或疑其不係六月。蓋彼方氣候早，五月已苦熱也。如二月花、九月霜，皆先我一月，亦可以見矣。

純，訓專，不雜他物也。杜工部「半陂已南純浸山」，岑嘉州「庭樹純栽橘」，又「杜陵樹邊純是花」「四時純作青黛色」，寒山子「掘得一寶藏，純是水精珠」，詩家不多用，僅見此爾。

健，壯也，彊也，兼有爽快之意，因謂氣王爲健，故多言秋事。白居易「禦熱蕉衣健，扶羸竹杖輕」「朝衣薄且健，晚簟清仍滑」「翩翩穩鞍馬，楚楚健衣裳」，韋莊「墻頭山色健，林外鳥聲歡」，韓偓「天涼氛祲消，暑退松篁健」，杜荀鶴「雪峽猿聲健，風樫鶴立危」，司空圖「坡暖冬生筍，松涼夏健人」，薛能「楡莢奔風健，蘭芽負土肥」，李咸用「漸喜秋弓健，鴉翻白草齊」，僧齊己「驛樹秋聲健，行裝雨點斑」，范成大「帆重腹愈飽，櫓潤鳴更健」，楊萬里「幾絲微雨嘆前山，半點輕寒健牡丹」，皆言氣力旺也。

慳，音鬜，吝惜也。詩家所用轉爲數義。僧貫休「宅成天下借圖看，自笑平生眼力慳」，訓小言不能廣見也。姚孝錫「歡來聊破酒腸慳」，杜本「飲量素慳難止酒」，陸游「狂恨酒樽慳」，並言乏少也。折彦質「峭峰斷續天容缺，高壘縈紆地勢慳」，言其境迫窄也。朱淑真「東風吹雨苦生寒，慳澀春光不放寛」，言嗇而滯之也。楊萬里「上巳巧當寒食後，春風慳放牡丹枝」，又《詠海棠》「開時慳爲渠儂醉，卻恨飄零可若何」，訓僅，蓋慳澀而僅及也。朱熹「只有詩情老更慳」，又「下走才慳難屬和」，陸游「疾病臨觴懶，塵埃得句慳」，竝言才乏而吟澀也。袁桷「三江潮來日初晚，九堰雨慳河未盈」，言雨乏也。韓琦「近臘猶慳六出繁，忽驚盈尺及民寬」，范成大「臘淺得春全未暖，雪慳和雨最難晴」，陸游「澤國氣候晚，仲冬雪猶慳」「木落風初勁，雲低雨尚慳」，竝言澀而不雨也。蘇軾《祈雪贈舒堯文》「願君發豪句，嘲詠破天慳」，本李白「披豁露天慳」，言天嗇而不降雪也。陸游「東風吹雨破天慳」，薩都剌「欲晴不晴天氣慳」，言澀而不晴也。高啓「時當嚴冬雪初霽，古木寒瘦流泉慳」，言水乏流澀也。王貞白「石響鈴聲遠，天寒弓力慳」，言弓勁而難挽也。方孝孺「問俗鄉音異，消愁酒價慳」，楊載「不喜爲文富，長憂得酒慳」，言不能容易沽也。又韓愈「巨靈高其捧，保此一掬慳」，楊萬里「蠹簡三更寂，寒燈半點慳」，楊基「美人別後緣詩瘦，白玉腰圍一尺慳」，猶弱也，言不足其數也。又惡錢曰「慳錢」，見《鶴林玉露》。

唐荆川云「青雲士」出《伯夷傳》，謂聖賢立言傳世者，非謂登仕路也。自宋人用青雲字於登科詩中，遂誤至今不改耳。按青雲本謂晴天，因謂人之顯著。有以德言者，有以位言者。又有言世外高志，《伯夷傳》所稱者，言其德可仰如天之高也。《范睢傳》「不意君能致於青雲之上」，班固《答賓戲》「抗之在青雲之上」，揚雄《解嘲》「當途者升青雲」，顏延年《五君詠》「仲容青雲器，實稟生民秀」，此謂官位之高顯也。《續逸民傳》孔稚珪隱居衡陽，王鈞過之，珪曰：「殿下處朱門遊紫闥，詎得與山人交耶？」王曰：「身處朱門而情遊滄海，形入紫闥而意在青雲。」《世説》沙門道研求謁蘇瓊，意在理債。瓊每見則談問玄理，研無由啓口，曰：「每見府君，徑將我入青雲間，何由得論地上事？」遂焚其券。《北山移文》「干青雲而直上」，阮籍詩「抗身青雲中，網羅孰能施」，王康琚《反招隱》「放神青雲外，絶跡窮山中」，此則謂遁世之高遠也。事理之無窮，不可執一而論已。

「青雲志」亦有二義，《續逸民傳》「嵇康早有青雲之志」，謂高尚其事也。王勃《滕王閣序》「窮當益堅，不墜青雲之志」，張九齡詩「宿昔青雲志，蹉跎白髮年」，竝謂顯功建德也。俗人謂貪進官，非也。

風塵，亦有數義。《漢書·終軍傳》「邊境時有風塵之警」，《後漢·祭肜傳〔一〕》「胡夷皆來内附，野無風塵」，班固《答賓戲》「躡風塵之會，履顛沛之勢」，《晋書·陶璜傳》「風塵之變出於非常」，吴邁遠詩「人馬風塵色，知從河塞還」，杜甫《昭陵》詩「風塵三尺劍，社稷一戎衣」，竝言兵亂也。《晋書·王戎傳》「王衍神姿高徹，自然是風塵表物」，郭璞《遊仙詩》「高踏風塵外，長揖謝夷齊」，此對物外而謂人寰也。《世説注》「竺法深居止京邑，以不耐風塵，考室剡東岬山」，又引《王丞相別傳》云「導家世貧約，恬暢樂道，未嘗以風塵經懷」，《北夢瑣言》「夏侯孜相國未遇，伶俜風塵，所跨蹇驢無故墜井」，陸機詩「京洛多風塵，素衣化爲緇」，竝謂俗累已。《晋書·虞喜傳》「處静味道，無風塵之志」，《戴若思傳》「安窮樂志，無風塵之慕」，方干詩「風塵辭帝里，舟楫到家林」，泛指宦途而言。李白《鳴皋歌》「若使巢由桎梏於軒冕兮，亦奚異乎夔龍蹩躠於風塵」，謂俗吏之職也。杜甫

〔一〕肜：底本訛作「彤」，據《後漢書》本傳改。

「悲君隨燕雀，薄宦走風塵」，高適「一卧東山三十春，豈知書劍老風塵」，元稹「朝陪香案下，暮作風塵尉」，此乃對京官而謂郡縣也。又宋人王明清《摭青雜説》謂妓坊爲風塵，曰「妾失身風塵」，曰「我在風塵中」，蓋亦謂其污亂也。

李攀龍詩「明朝何處風塵吏，回首青雲是舊游」，時李出守順德，蓋朝官清高，故以青雲稱；郡職諠濁，故謂之風塵。唐人蔣吉《次青雲驛》云「行人幾在青雲裏，底事風塵猶滿衣」，亦以風塵反襯青雲，其義可見已。世或作詩而不識字，有位在青雲而言稱風塵者，其失體何如哉。

余平生爲詩不喜叠韻，爲人次韻，尤忌數叠，恐傷風雅之道。蓋叠和相競，是誇能鬭技，小人之争，不翅汙翰墨也。僧義堂《空華集》有五言律至三十和、七言律至四十和者，何其不憚煩之甚。《伊洛淵源録》載胡文定公家至貧，然貧之一字，於親故間非唯口不道，手亦不書。嘗戒子弟曰：「對人言貧者，其意將何求？汝曹志之。」予拙於生事，一貧徹骨，然未嘗俛眉爲可憐之色，庶幾不改其樂。但於詩詞間動輒告饑號寒，及讀斯語，愓然慚悔，寧寒饑而死，終不作寒乞聲向人，自是愬窮之語絶筆不復言矣。楊誠齊《夜寒獨覺》詩「尚有布衾寒似鐵，無衾似鐵始言貧」，亦有見乎此也。陳後山能忍貧，平生閉口不肯少陳，達官名士有袖白金餽之，見其容色無窮態，竟不敢出。此尤可欽也。或曰：「如淵明何如？」余曰：「淵明固可，吾則不可。身分乃爾。諺所謂『烏學鷺鷀，多見其不知量也』。」

陸儼山曰：「登山涉水之間，專事賦詩，則反礙真樂。大抵江山既勝，風日又佳，從以良明韻士，便當極躋攀眺望之興，罷從燈下，或日夕追懷所遇，歷歷在目，然後發之詩文，庶幾各極其愜而無累矣。」此言大好，可謂遊山妙典。《曲江春宴録》曰：「握月擔風，且留後日。吞花卧酒，不可過時。」最是活脱。

宋喻汝礪《謁諸葛廟》詩有「天心固難亮」之句，謁廟犯諱，非禮莫甚焉。凡題墓贊像，苟不用心，或有此失，不可不慎也。

韓退之詩「泥盆淺水詎成池，夜半青蛙聖得知」，元劉善因「斗水那容掉尾鯨，青蛙昨夜聖來鳴」，亦盆池詩，全剽襲韓詩也。按聖字爲虚活用，譯「索禿窟」，蓋其所未可知而早已得知之，故曰聖。僧某郊行作「白衫裝作野人樣，早被村翁聖得知」，既曰早，又曰聖，何耶？信哉作詩不可不識字也。

詩用星字，猶云點也。一點微火曰星火，物碎點點瑣細曰星碎，細貨雜陳者曰星貨鋪。故謝康樂詩「星星白髮垂」，歐陽公《秋聲賦》「黟然黑者爲星星」，言白髮始生，鬢華點點也。因爲些少之義。楊誠齋「風蟬幸自無星事，强爲閒人報夕陽」，言無一點細事也。張谷山「冬來未覺有星寒，山未全癯盡耐看」，言未有一點微寒也。

藍尾酒，謂最後飲之杯也。莊綽《鷄肋編》云：「白樂天詩『歲盞後推藍尾酒，春盤先勸膠牙錫』，藍與婪通，貪也。嘗見唐小説載，有翁姥共食一餅，忽有客至，云：『使秀才婪尾〔一〕。』於是二人所啖甚微，末乃授客，其得獨多，故用貪婪之字。如歲盞屠蘇酒，是飲至老大，最後所得多，則有貪婪之意。」黄朝英《緗素雜記》云：「婪本作啉，啉者，貪也。謂處於座末，得酒最晚，腹癢於酒，既得酒巡匝，更貪婪之。故啉字從口，足明貪婪之意。」又楊伯嵒《臆乘》：「後世酒器有伯雅、叔雅、季雅，大曰婪尾觴。」此壓尾大盃也。

唐末人謂芍藥爲婪尾春，以其殿群芳也。楊萬里詩「破除婪尾暑，領略打頭清」，程松圓詩「紗帽鬟絲婪尾席，玉簫金管兩頭船」，蓋因婪尾酒通用，凡居最後者皆謂之婪尾也。

張潮《江南行》「茨菰葉爛别西灣，蓮子花開猶未還」，范成大詩「荻牙抽筍河鲀上，楝子花開石首來」，明蔣山卿詩「春風細雨柴門閉，一樹鶯啼杏子花」，朱多炡詩「峭風欲閣遊人履，吹盡墻頭奈子花」，楊慎詩「菜子花如黄金色」，子，俗語助辭，猶金子、扇子之類，蓋單名以其難呼，故添子字耳。月子、亭子，人率知之。又有雨子、雪子、樓子、寺子等，竝見宋人詩。

勒韻，部勒之意，謂定其所押，不容移易也。《唐詩紀》有王灣《麗正殿賜宴同勒天前煙年四韻應制》五言律詩〔二〕。馬鑣銜曰勒，蓋比之制馬以勒，不敢肆奔軼也。若但限字者不必定其處，後

〔一〕尾：底本訛作「泥」，據《鷄肋編》卷中改。

〔二〕正：底本訛作「生」，據《唐詩紀事》卷十五改。

先自在也。劉得仁《春雨》詩「氣蒙楊柳重，寒勒牡丹遲」，李山甫《牡丹》詩「邀勒春風不蚤開，衆芳飄後上樓臺」，范成大詩「司花好事相邀勒，不著笙歌不肯春」，又「隔年寒力凍芳塵，勒住東風寂寞濱」，竝言鉗勒而駐住之也。逼致人死曰逼勒令死，絞殺曰勒死，亦此義也。

詩用「春風」，有富盛之意。秋雨、秋風，有哀颯之意。宋寶慶初，錢塘詩人陳起有作曰「秋雨梧桐皇子府，春風楊柳相公橋」，以其哀濟邸而誚史彌遠，逮下獄流竄，劈其所著《江湖集》版，詔禁士大夫作詩。彌遠死，詩禁解。蓋詩意所寓，在春風秋雨四字也。俗謂請借財貨曰「打秋風」，倡家謂遊壻貧者曰「秋風客」，又老妓曰「秋娘」，見白香山詩，其義可見已。

字書，水旁曰沙，譯「白末」。沙田、沙村、沙户、沙店，皆謂依江海之汀者。杜詩「野船明細火，宿雁聚圓沙」，言平沙中一團高起者。張籍詩「送客沙頭宿，招僧竹裏棋」，言宿水邊村家。劉克莊有《十五里沙》詩，蓋如我鐮倉七里濱、安房九十九里濱者也。

平衍田野謂之川。杜預《左傳注》「平川廣澤可井者井之，原阜隄防不可井者町之」，蓋井田溝洫之制，自遂達於溝，自溝達於洫，自洫達於澮，自澮達於川。《周禮・遂人》「凡治野，夫間有遂，十夫有溝，百夫有洫，千夫有澮，萬夫有川」，則一川之地三十二里有半，所以稱平川也。《册府元龜》唐明皇賜同州刺史姜師度詔書：「今原田彌望，畎澮連屬。由來榛棘之所，遍爲秔稻之川。」謂平田大闢也。杜甫《移居東屯作》「平地一川穩，高山四面同」，戴叔倫詩「一川紅樹迎霜老，數曲清溪繞寺寒」，郭雲《寒食》「蘭陵士女滿平川，郊外紛紛拜古埏」，王安石「梅殘半林雪，麥漲一川雲」，蘇軾「目盡孤鴻落照邊，遥知風雨不同川」，楊萬里「霜紅半臉金罌子，雪白一川蕎麥花」，朱熹「九曲將窮眼豁然，桑麻雨露見平川」，楊慎《遊點蒼山記》「滿川烈日，農人刈麥」，皆謂平田廣衍之境也。《玉堂閑話》云：「興元斗山觀，自平川聳起一山，四面懸絶，其上方於斗底，故號之。」此猶言平野也。蜀中曰川，亦謂其入峽數百里，始得平野豁然廣衍。范成大詩「從此蜀川平似掌，更無高處望東吴」是也。謂取岷江、沱江、黑水、白水四大川以爲名者，蓋後世之説已。

《説文》，欺，詐欺也。詩人所用有數義。丘爲《梨花》「冷艷全欺雪，餘香乍入衣」，徐鉉《咏泉》「潤滋苔蘚欺茵席，聲入杉松當管絃」，杜牧「舐筆和鉛欺賈馬，讚道論功鄙蕭曹」，此常用字面，言不可辨別也。盧延讓「莫欺零落殘牙齒，曾吃紅綾餅餤來」，盧肇「老猿嘯狖還欺客，來撼窗前百尺藤」，孫魴《咏柳》「顛狂絮落還堪恨，分外欺淩寂寞人」，姚合「天公與貧病，時輩復輕欺」，竝謂輕侮也。李九齡《寒梅》「留得和羹滋味在，任他風雪苦相欺」，秦觀「風霜欺獨宿，燈火伴冥搜」，謝靈運「皎皎明發心，不爲歲寒欺」，姚合「遠鐘驚漏壓，微月被燈欺」，白居易《酬思黯戲贈》「妒他心似火，欺我鬢如霜」，竝侵，謂侵淩也。

紆，訓屈。唐詩多用之。如張九齡「道在紆宸眷，風行動睿篇」，李適之「鳳樓紆睿幸，龍舸暢宸襟」，崔泰之「餞送紆天什，恩榮賜御衣」，宋之問「何日紆真果，復來入帝京」是也。獨少陵「三分割據紆籌策」，本當用「運」字，爲聲律替代耳。虞注云：「鼎立之計，屈曲而費心思。」可笑。《焦氏筆乘》訓未伸，其説尤迂。

端，訓正，端的之意，猶言真而輕。故譯「保唅尼」。《漢書·許皇后傳》「奈何妾薄命，端遇竟寧前」，顔注「端，正也」。鮑昭詩「容華坐消歇，端爲誰苦辛」，張籍「共賀春司能鑒識，今年端合得公卿」，陸龜蒙「素藕多蒙别艷欺，此花端合在瑶池」，黄庭堅「玉堂端要真學士，須得儋州秃鬢翁」，楊萬里「未惜詩脾苦，端令鬼膽寒」，陸游「新買一蓑苔樣緑，此生端欲伴漁翁」，王十朋「聲名毁譽常相隨，死生窮達端有命」，陳與義「此間兼吏隱，端不減遊嵩」，沈與求「千萬買鄰真左計，一邱端約老相過」，右併玩竝味，可以會其旨矣。

的，明也，實也，猶言定而重。譯「達失加爾」。王建「千萬求方好將息，杏花寒食的同行」「麥收上場絹在軸，的知輸得官家足」，杜牧「此信的應中路見，亂山何處拆書看」，白居易「除卻朗之携一榼，的應不是别人來」，皮日休「開時的定含雲液，劚後還應帶石花」，羅隱「到彼的知宣室語，幾時徵拜黑頭公」，僧齊己「來年的有荊南信，回札應緘十樣箋」，皆料度之辭也。

剛，亦端的之意，猶言正而重。譯「的烏奴」。孟郊「剛有下水船，白日留不得」，皮日休「終然合委頓，剛亦慕寥廓」，「剛戀水雲歸不得，前身應是大湖公」，又「剛爲浮名事事牽」，陸龜蒙「賴得伍員騷思少，夫差剛免似荊懷」，又「幾成好夢剛驚破」，温庭筠「世間剛有東流水，一送恩波更不回」，方干「可憐妍艷正當時，剛被狂風一夜吹」，許渾「朱門大有長吟處，剛傍愁人又送愁」，吴融「猶嫌未遠函關道，正睡剛聞報曉鷄」，又董穀《碧里雜存》論尺云：「兩臂引長，剛得八尺，謂之一尋。」文語不多見，俗語曰剛剛，如「剛剛是未牌時分」「剛剛一千兩足數」是也。

《五雜俎》云：「世多以《陽春》《白雪》爲寡和，蓋自唐人詩已誤用之矣。宋玉本文『陽春白雪，國中屬而和之者數十人；引商刻羽，雜以流徵，屬而和者不過數人。其曲彌高，和者彌寡』，則陽春白雪末爲寡和，引商刻羽乃爲和寡也。」此本出於宋人朱昱《猗覺寮雜記》，在杭錯襲其說也。按《後漢書・周舉傳》引古語曰「陽春之曲，和者必寡；盛名之下，其實難副」，此稱古舉之，則非當時創語也。魏陳琳《答東阿王箋》「夫聽《白雪》之音，觀《綠水》之節，然後東野巴人蚩鄙益著」，晉張協《雜詩》「不見郢中歌，能否居然別。陽春無和者，巴人皆下節」，則古詞已然矣，可見唐人有所據也。蓋賦詩擇好字面，故使事不太泥，還將錯就錯，以爲故實爾。若稱高曲必用「流徵」，便墮理窟而不雅矣。錢希言《戲瑕》云：「《高唐賦》中『旦爲行雲』，而詩詞皆作『朝雲』，莫有稱『旦雲』者，看來古人下字鍊語，皆須韻致，不專以理勝也。」此與余所見事異而意同。

《天寶遺事》係好事僞作，不可爲典要，楊用脩辯之甚詳。温公《通鑑》採之，過矣。然在詩家，不必穿鑿，妄言妄聽，作點綴詞章用可也。

簡文《雁門太守行》云「日逐康居與月氏」，蕭子暉《隴頭水》云「北注徂黃龍，東流會白馬」，皆非題中所有之地。吳均《答柳惲》云「清晨發隴西，日暮飛狐谷」，兩地相去三四千里，自非鉗且、大丙之御，孰能晨發暮至也？岑參《送顏真卿使河隴》詩中樓蘭、蕭關與天山、崑崙，皆地方懸絕，不相干涉。李白《明妃曲》「一上玉關道，天涯去不歸」，玉關與西域相通，自是公主嫁烏孫所經，非與匈奴往來之道。蓋邊塞之詠，總因非身歷其境，懸擬之詞，故不的當。抑又所以見其曠莫無際，不翅如出襄城之野，故使讀者亦復茫然，此尚有可諉者也。蘇武詩有「俯看江漢流」之句，其時武在長安，安得有江漢？白居易《長恨歌》「峨眉山下少行人」，峨眉在蜀西極，與幸蜀路全無交涉。詩家使事雖不太泥，其亂本國地理，何孟浪之甚。

古韻通押，向來諸韻本皆依宋吴棫《韻補》，往往不免訛謬。獨清邵長蘅《古今韻略》，則取鄭庠《古韻辨》，其例言所論，鑿鑿可徵也。惜當時但行吴説，而不行鄭説，致韻學大晦。斷從邵本可也。但謂陽韻古獨用，不與他韻通者，蓋未深考耳。古陽、庚二韻原自相通，觀《鹿鳴》《采芑》之詩可見。楊子賦《甘泉》，中段相通。司馬賦《長門》，終篇全通。張籍《祭韓文公》凡百六十六句，亦通篇雜用。其餘查古詩、唐詩，二韻通押，不遑枚舉。唐人韻法甚嚴，何濫通乃爾。至宋諸大家，尤不可指數。《隨園詩話》論之，援據詳明，證驗的確，可以破拘攣矣。

韓文公《雜詩》「此日足可惜」凡百四十句，通押東冬江陽庚青蒸七韻。《天厨禁臠》示古韻法，舉以爲證。蓋七韻原爲一部，似非叶音。顧寧人譏文公不識古韻，蓋謂此篇及《元和聖德》之類。李光地辯之詳矣。邵本真文六韻從鄭庠，而東冬江陽七韻一部獨有異同，亦未詳其故也。《佩文詩韻》舉古韻通轉，全襲吴棫繆説，可嘆也。《詩韻含英》《韻府約編》等書，蓋明知其非，然不敢置議，但别附邵本通韻，意欲令學者據依焉。非爲竝行而不相悖也。余照《詩韻珠璣》，則斷從邵本，斥時本弗取焉。

東坡《與姪書》云「凡文字，少小時須令氣象峥嶸，文彩絢爛。漸老漸熟，乃造平淡。其實不是平淡，乃絢爛之極也。」朱子云：「文字奇而穩方好，不奇而穩，只是闒靸。」曰平淡，曰穩，言漸近自然也。然語焉未詳。近見《隨園詩話》曰：「詩宜樸不宜巧，然必須大巧之樸。詩宜淡不宜濃，然必須濃後之淡。譬如大貴人功成宦就，散髮解簪，便是名士風流。若少年紈袴逐爲此態，便當笞責。富家彫金琢玉，别有規模，然後竹几藤牀，非村夫貧相。」此能近取譬，垂教切矣。

詠物猥瑣淫褻者，不肯汙筆墨。余恒戒人慎之。《隨園詩話》曰：「有某以詩見示，題皆《雁字》《夾竹桃》之類，余謂之曰：『尊作體物非不工，然享宴者必先有三牲五鼎，而後有葵菹蚳醢之供。造屋者必先有明堂大厦，而後有曲室密廬之備。如此種題，大家集中非不可存，終不可開卷便見。韓昌黎與東野聯句，古奥可喜。李漢編集，都置之卷尾。此是文章局面，不可不知。」又「陝西屈復，在京師以詩鳴，好改削少陵、訾詆太白以自誇身分。耳食者抵死奉若神明，山左顔懋倫心不平，獨往求見。坐定，即問曰：『足下詩有《書中乾蝴蝶》二十首，此委巷小家子題目，李杜集中可曾有否？』屈默然。人以爲快。」此亦垂戒深矣。

夜航詩話卷之四

詩人動爲妄語，處富有而言窮愁，居鄉里而言羈旅，不老曰老，無病曰疾，流淚斷腸等字皆輕用之，何其孟浪也。明鄭善夫詩專仿少陵，林貞恒譏之曰：「時非天寶，地遠拾遺，徒託於悲哀激越之音，可謂無病而呻矣。」施及後世，此弊尤甚。清人沈歸愚曰：「點染風花，何妨少爲失實？若小小送别而動欲沾巾，聊作旅人而便云萬里，登陟培塿比擬華嵩，偶遇庸人頌言良哲，以至本居泉石更懷遯世之思，業處歡娱忽作窮途之哭，準此立言，皆爲失體。《記》曰：『志之所至，詩亦至焉。』本乎志以成詞，惡有數者之患？」此尤中今日詩人之膏肓矣。

明人李廷彦獻百韻詩於一上官，其間有句云「舍弟江南没，家兄塞北亡」，上官惻然憫之曰：「不意君家凶禍重併如此。」廷彦曰：「實無此事，但圖對屬親切耳。」上官笑而納之。王齊宗爲大原掾，高才不羈，好詞。嘗作《青玉案》《望江南》小詞以嘲帥與監司。監司大怒責之，齊宗應聲答曰：「某居下位，常恐被人讒。只是曾填《青玉案》，何曾敢做《望江南》。請問馬初監。」時馬初監者適與齊宗竝坐，惶恐亟自辯訴。既退，詰齊宗曰：「某舊不知子，乃以某爲證，何也？」齊宗笑曰：「且借公趁韻，幸勿多怪。」皆大可笑事。又王荆公戲取人姓字倒用爲句云「馬子山騎山子馬」。馬給事，字子山。山子馬，穆王八駿馬名。久之，人對曰「錢衡水盜水衡錢」。時錢某爲水衡令，因謝曰：「止欲作對，實非盜也。」見《貢父詩話》。尤可絶倒也。

《東軒筆録》，程師孟知洪州，於府中作静堂，自愛之，無日不到。作詩題於石云「每日更忙須一到，夜深長是點燈來」。李元規見而笑曰：「此乃是登溷詩乎？」《遯齋閒覽》，錢昭度《詠方池》云「夜深卻被寒星映，恰似仙翁一局棋」。人笑曰：「此正謂一局黑，全輸也。」《荆湖近事》，張仲達《詠鷺鷥》云「滄海最深處，鱸魚銜得歸」，張文實讀之曰：「佳則佳矣，争奈鷺鷥觜腳太長也。」《藝苑雌黄》，石敏若《詠雪》有「燕南雪花大於掌，冰柱懸簷一千丈」之句，豪則豪矣，安得爾高屋耶？《古今詩話》，韋楚老詩云「十幅紅綃圍夜玉」，十幅紅綃爲幮，不及四五尺，如何伸足？右親見於《詩人玉屑》中，拈出以資解頤。

模糊作糢，爛漫作熳，遍考字書，從無此字。蓋因糊從米，爛從火，模漫左文，從而訛耳。模㨾俗作樣，樣音象，木名，亦因模字而誤也。蓑笠作簑，斟酌作酙，規矩作㮂，皆同弊也。《焦氏筆乘》：「俗於聯字有因上誤下者，有因下誤上者。駔儈，誤以儈從馬作驓。髫齔，誤以髫從齒作齠。蹴鞠，誤以鞠從足作蹴。此類甚多，皆一時趁筆之誤，後多沿其失而不改耳。」是亦不可不知也。謖音縮，謖謖，松風清肅之貌。《世説》「世目李元禮謖謖如勁松下風」是也。近日詩客詠松壽人訛作「稷稷」。比比皆是，音義俱别，不知何謂。或曰「松高貌」，瞽説耳。蓋童蒙之時，因詩材之書，承鹵莽之弊，遂不知改也。如銜盃用含字亦然，雖諸老先生往往襲謬。是故余爲童生教詩，併糾字畫之譌，必審示其正體。若苟訛以傳訛，及長則一成而不可變也。

南宋時閩中鄭昂者，假東坡名作《老杜事實》一編，其所引事皆無根據，反用杜詩見句增減爲文，而託爲古人語，謂之僞蘇注，今千家注「蘇曰」者是也。朱子文集詳辯之，洪容齋、嚴滄浪、劉須溪、馬貴與、楊用脩等亦力辯其妄。然猶襲謬不已，誤後學殊甚。余見《明一統志》載梁何遜爲揚州法曹，詠廨舍梅花。丘瓊山《故事成語考》舉晉阮孚囊空羞澀之語，《淵鑑類函》亦竝載之。此皆不省僞蘇揑造，誤取爲故實耳。頃讀《焦氏筆乘》曰：「杜詩有就用成語爲句者，『不分桃花紅勝錦』用漢李夫人『不分桃花惱人病眼』，『詩卷長留天地間』用魏劉楨『將此卷長留天地間』，『明年此會誰能健』，用晉阮瞻『明年此會知誰是强健』，『文采風流今尚存』用羊祜『想其風流文采宛然尚存』，『昏黑應須到上頭』用隋常琮對煬帝問到寶山之語。」其餘猶舉十數件，喜以爲得異聞，不知皆僞蘇妄語也。夫如何遜、阮孚等，猶借古人之名。至梁張褒、隋常琮，倂人名亦杜撰之。而斯文鉅公如瓊山、弱侯尚受其欺，如作《唐詩訓解》者不足責矣。

《清河書畫舫》有張某《不負碧山樓記》，取僞蘇張褒「碧山不負吾」之語，尤可笑也。

劉禹錫《蘇州》詩「春城三百九十橋，夾岸朱欄隔柳條」，杜牧《江南春》「南朝四百八十寺，多少樓臺煙雨中」，十字作忱音，吴越方音，蓋語急，故以平聲呼之。二詩在其地所作，故就而用其音，蓋亦以滑稽行之耳。故江南詩人則不敢平用，慎其襲鄉音貽笑大方也。斯知用方言叶音，但遊其地，姑爲戲可爾。若他處不可概用。陸龜蒙詩「蜀酒時傾瓻，吴鰕遍發坩」，自注「瓻，瀟賁反。從蜀呼」亦是也。豈可於他方强用此音乎？《蔡寬夫詩話》曰：「詩人用事，有乘語意到處，輒從其方言用之者，亦自一體，但不可以爲常耳。吴人以作爲佐音，韓退之《方橋》詩『非閣復非船，可居兼可過。君欲問方橋，方橋如此作』，是用吴音也。如淮楚之間以十爲忱音，故白樂天有云『緑浪東西南北水，紅欄三百九十橋』亦蘇州作，不知當時所呼通爾。」《老學菴筆記》曰：「汴京里巷間人謂十爲諶，宋文安公《宮詞》云『三十六所春宮館，一一香風送管絃』，亀以道詩亦云『煩君一日殷勤意，示我十年感遇詩』，則詩家亦以十爲諶矣。」此皆明就其地用方音，可以戒孟浪藉口者也。《留青日札》曰：「蓋十當音句，古人以十日爲旬，故如此讀。」牽强曲説耳。

凡一題而賦數首者，不唯宜各換意境，亦須格局變化不肯雷同。譬如觀演劇，每齣改觀。若篇篇體裁同一機軸，略無變易，令人欠伸耳。觀少陵《秋興》八首、《何將軍山林》十首，首尾佈置有起有結，每章各有主意，或賦景，或寫情，錯綜變化，用正用奇，不可方物也。余最愛王弇州《衛河八絶》，爲人講以論之。蓋一張一弛，寬猛相濟。雖伎藝亦然。

一聯賦景，一聯寫情，最律詩正法。若通篇叠景，欠變化手段，不善詩矣。李夢陽曰：「叠景者意必二，闊大者半必細。此最律詩三昧。如『浮云連海岱，平野入青徐。孤嶂秦碑在，荒城魯殿餘』，前景寓目，後景感懷也。如『詔從三殿下，碑到百蠻開。野館穠花發，春帆細雨來』，前半闊大，後半工細也。唐法律甚嚴惟杜，變化莫測亦惟杜。」此訣亦不可不知也。

詩忌犯同字，然義不同不爲重複，謂之傍犯。劉禹錫《贈樂天》第三句「雪裏高山頭白早」，第五句「于公必有高門慶」，自注「高山本高，于門使之高。二字故殊，古之詩流曉此」，蓋恐後人嫌兩用高字，故言上高字是高低之高，下高字則擡高之高，然俱音居勞反，但其義微異，便與別字同矣。若音義竝異者，或一句中複用，宋之問「更疎漏更長」，羅鄴「愁上中橋橋上望」是也。或韻中分押：李嶠《詠雪》頸聯「地疑明月夜，山似白雲朝」，落句「大周天闕路，今日海神朝」；孫逖《寒食有懷京洛》起頭「天津御柳碧遥遥，軒騎相從半下朝」，結尾「坐見司空掃西第，看君侍從落花朝」；陸游《柯山道上》起聯「道路如繩直，郊園似砥平」，落句「江村好時節，及我疾初平」。但如樂天《渭村退居》詩「少睡知年長，端憂覺夜長」，韓稚圭《九日》詩「年來飲興衰難强，漫有高吟力尚强〔一〕」，一聯句脚竝押，恐不可法也。又項斯詩「疎放長如此，何人長得尋」，下長自注「去聲」，二句俱於第三字竝用，亦恐未穩也。

東坡《送江公著》詩「忽憶釣臺歸洗耳」，又云「亦念人生行樂耳」，自注「二耳義不同，故得重用」。然同音重押，抑不可以爲常也。王右丞《徐太師挽詞》起聯「功德冠群英，彌綸有大名」，頷聯「就第優遺老，來朝詔不名」，亦如禹錫兩用高字之例歟？又《上張令公》排律「步簷青瑣闥，方幰畫輪車。市閲千金字，朝開五色書。致君光帝典，薦士滿公車」，車字重押，公車爲署名，故不妨歟？然至如《奉和聖製送朝集使》第六句「褰帷向九州」，結句「垂象滿中州」，則全無別意矣。盧

〔一〕强：《安陽集》卷十四作「狂」。

照鄰《長安古意》「别有豪華稱將相，轉日回天不相讓。意氣由來排灌夫，專權判不容蕭相」，將相直爲官稱，蕭相乃人之稱號，故用重押歟？抑或趁筆之誤耳。《詩人玉屑》歷舉重押之例，《文選》古詩凡十，杜詩、韓詩各九。因謂「詩人如此叠用韻者甚多，皆意到即押耳」。然以余觀之，皆是古人失點檢處，學者藉爲口實，傚顰之過矣。

李逢吉《送令狐楚》七律下半云「獨憶忘機陪出處，自憐何力繼飛翻〔一〕。那堪兩地生離緒，蓬户長扃行旅喧」，去「何」字僅五字便用「那」字。王績排律第三韻「經移何處竹，别種幾株梅」，第五韻「院果誰先熟，林花那後開」，亦「何、那」複用。李攀龍「春色那堪愁裏望，緘書何意病中聞」，一聯中對用。又李賀「病骨猶能在，人間底事無。何須問牛馬，抛擲任梟盧」，白居易「孔窮緣底事，顔夭有何辜」，亦「底、何」複用，蓋不妨也。

同訓字見一句中。如李白「孤雲獨去閑」「懸知樂客遥」，李涉「永夜長相憶」，許渾「路遠遥相認」，賈島「桐竹繞庭匝」，白居易「溪繞妓堂迴」「乍到忽如歸」，岑參「俯聽聞驚風」，劉禹錫「作佛幾時成」，員南溟「年和知歲稔」，僧貫休「秖應唯道在」，杜甫「天宇清霜浄」「礎潤休全濕」「柴門空閉鎖松筠」「江閣邀賓許爲迎」「雲物不殊鄉國異」，孟浩然「向夕波摇明月動」，劉長卿「卻使容華翻誤身」，薛能「峨嵋乖約負支郎」，李紳「苛政尚存猶惕息」，李山甫「玉桂影摇烏鵲動」，劉滄「一點青山

〔一〕飛翻：底本錯作「翻飛」，據《全唐詩》卷四百七十三改。

翠色危」，元稹「老去那能競底名」「山遥遠樹纔成點」，白居易「時呼張丈喚殷兄」「非因斜日無由見」，段文昌「正與休師方話舊」，朱慶餘「解到上頭能幾人」，張祜「妃子偷行上密隨」，李商隱「況是難逢值臘中」，杜牧「投轄暫停留酒客」，許渾「夢裏還家不當歸」，褚載「衣濕乍驚霑霧露」，皮日休「醉鄉無貨没人争」，陸龜蒙「真仙若降如相問」「老檜成雙便作門」，僧皎然「柳巷任踈容馬入」，齊己「閒居秖是但焚香」，翁卷「看松見鶴來」，張耒「旅枕無眠夢客勞」「緑葉陰陰護翠枝」，歐陽脩「繞郭雲煙匝幾重」，蘇軾「獨憑欄檻倚崔嵬」「湖上青山翠作堆」，楊萬里「倦喚胡牀小住些」，范成大「鶴鳴喚歸斗未没」，姜夔「看見鵝黄上柳條」，潘牥「不止但争三十里」，王琮「絶憐寒景太蕭條」，王稚登「雨暗湖昏不繫舟」，趙汸「樓觀憑空倚玉臺」，皆似覺意重，要不害於理，抑亦可見其所指義各有别矣。《班史》谷永曰：「陛下當盛壯之隆」，枚乘曰「馬方駭鼓而驚」，杜延年曰「晋獻被納謗之讒，申生蒙無罪之辜」，漢人文章亦有如此下語者，未必爲贅也。但梁元帝詩「斜陽落高春」，既言斜陽，復用高春，頭上安頭，不啻贅也。至於謝莊「夕天霽晚氣，輕霞澄暮陰」，一聯中三見晚意，無乃明人謔語所謂「關門閉户掩柴扉，一個孤僧獨自歸」乎？如謝靈運「曉聞夕飆急，晚見朝日暾」，沈約「夕行聞夜鶴，晨征聽曉鷄」，楊用脩辨其似複非複，吾未敢以爲然也。楊誠齋《詩話》載孫仲益作上梁文云：「老蟾駕月，上千巖紫翠之間；一鳥呼風，嘯萬木丹青之表。」周茂振曰：「既呼又嘯，易嘯爲響。」此宜鑒也。

用事失照管，貽笑不小。故雖爛熟，亦須檢看。《西清詩話》云：「用事雖了在心目間，亦當就時討用，則記牢而不誤。」端格言也。李義山爲詩文，座上書册排比滿前，以資考用，時人謂之「獺祭魚」。楊大年爲文章所用故事，常令子弟諸生檢討出處，每段用小片紙録之，文既成，則粘綴所録而蓄之，時人謂之「衲被」。歐陽永叔爲文，雖至熟故事，亦檢出處，然後下筆。黄魯直亦自言「每作詩文，不厭檢閲」。余嘗以爲名匠製作，縱手揮霍，取諸腹笥而已。不如我輩每作一詩一文，必將此題之書籍無所不搜焉。及見四君子之勤，亦未必爲羞也。

晏子以二桃殺三士，事本荒唐。後人演爲《梁父吟》，尤無意味。而武侯好吟之，殊不可解也。蓋古詩有《梁父吟》者，想亦採薇歌之類，故武侯好吟之，以遣時世之感。後世亡其辭，只傳其名爾。於是好事者取《晏子春秋》事，僞作以欺世也。或以爲武侯自作，讀書之不精耳。傳文明言「好爲《梁父吟》」，其爲古歌審矣。彼其《出師》二表之手，雖嗿囈中，豈作如是惡詩哉？

王元美《寄余德甫》詩「身在青氈偷不惜，酒酣黄犢坐何妨」，此用王荆公「眠分黄犢草，坐占白鷗沙」之句，歇後語也。左袒明詩者，絶不見宋詩，故是等句盲然不能解也。然直以黄犢爲草，亦英雄欺人耳。

《佩文韻府》往往間雜叶韻，或取仄音爲平聲。西人但以朝廷所撰，斂衽而莫敢議。拈詩韻者不可不辨也。又典故字面，宜審舉出處，或只引詩句而已。擇焉不精，語焉不詳，連城之瑕，爲可惜耳。

張平子《歸田賦》「仲春令月，時和氣清」，明指二月。謝康樂因之，故曰「首夏猶清和，芳草亦未歇」，言時序四月猶餘二月景象，唐人誤删去「猶」字，而以四月爲清和。白香山「孟夏清和月，東都閒散官」，錢仲文「花萼敗春多寂寞，葉陰迎夏已清和」，皮襲美「曉入清和尚袷衣，夏陰初合掩雙扉」是也。司馬温公「四月清和雨乍晴」，亦襲唐詩之誤耳，非自温公始也。或曰：「何遜詩『麥候始清和』，乃謂五月。」蓋不必指定時節，泛言春夏之間不寒不熱之候耳。楊萬里《首夏即事》「不寒不熱恰清和」是也。

西土之俗甚好華飾，婦人所居樓率施青漆，故謂之青樓，後世遂爲妓館之稱。陳思王《美女篇》「青樓臨大路」，晉樂府《西洲曲》「望郎上青樓」，駱賓王《帝京篇》「大道青樓十二重」，竝謂姬妾所居。樂府《青樓曲》亦詠少婦戀夫已。後人作此曲，竟賦娼女事，失其旨矣。梁劉邈詩「娼女不勝愁，結束下青樓」，殆稱妓居之始。李白「對舞青樓妓」，杜牧「贏得青樓薄倖名」，皆專稱北里也。

蒼，謂灰慘色，與青緑義異。蒼松、蒼竹、蒼蒼等語，皆有黯慘之意，故壽人詩忌用之。蒼鬢、蒼顔，竝謂老衰之色，尤宜避也。《詩・秦風》「蒹葭蒼蒼，白露爲霜」，《釋文》云「蒼蒼，物老之狀」，蓋光澤盡而蒼白也。故柳文《蠟鞭説》「爚湯以濯之，則速然枯，蒼然白」。劉訥言《諧噱録》，齊主客郎中李恕謂盧詢祖曰：「盧郎聰明，必不壽。」答曰：「見丈人蒼蒼在鬢，差以自安。」歐陽詹《山中老僧》詩「秋深頭冷不能剃，白黑蒼然髮到眉」，劉克莊「心向奏篇尤暴白，髮因時事欲蒼皤」，宋景文詩「十八年前玷玉堂，當時緑鬢已蒼蒼」，其義可見已。蒼鼠、蒼鷹，皆謂老物。醫書《格致餘論》：「人之色白不若黑，嫩不若蒼。」是蒼與嫩反對，所以有崛彊之意也。《聊齋志異》「九姑之聲清以越，六姑之聲緩以蒼」，謂老實也。又《酉陽雜俎》「狼大如狗，蒼色」。蒼馬、蒼牛、蒼狗、蒼蠅，皆因此可類推也。蒼蠅與青蠅別，灰色無光最大。青蠅深碧含光，俗竝稱爲糞蠅。

春色曰青青，謂嫩鮮也。秋色曰蒼蒼，謂慘澹也。謝脁詩「寒城一以眺，平楚正蒼然」，岑參詩「秋色從西來，蒼然滿關中」，宋人《梅花》詩「北風萬木正蒼蒼，獨佔新春第一芳」，可見正與青青相反。故鬱蒼與鬱葱，其義大異，猶杳之與迥也。夜蒼蒼、月蒼蒼，謂物色不分明，猶云渺茫也。太白詩「愁雲蒼慘寒氣多」，柳文《西山記》「蒼然暮色，自遠而至」，竝謂含愁黯澹也。陳子昂「野樹蒼煙斷，津樓晚氣孤」，蒼煙，生煙也。劉長卿「楚國蒼山古，幽州白日寒」，蒼山，寒山也。要之皆蒼老之義。又《爾雅·釋天》「春爲蒼天」，亦謂其杳靄也。

萬歲之稱，起於周末。當時慶賀之際，上下通稱之。猶自稱朕，尊卑共之。宋許觀《東齋記事》歷舉其語，文繁不録。自漢以來，始專爲至尊之祝，人臣不得稱萬歲。凡王侯以下皆稱千歲，庶人則稱百二十歲矣。蓋自漢武山呼故事，遂獨祝天子，下乃避之也。《後漢書·韓棱傳》，和帝幸長安，大將軍竇憲來會。時憲威振天下，尚書以下議欲拜之，伏稱萬歲。棱正色曰：「夫上交不諂，下交不黷。禮無人臣稱萬歲之制。」議者皆慚而止。明末逆璫魏忠賢，權傾朝廷，諛者稱九千九百歲。可見雖竇、魏之勢，尚不得犯也。稱謂之分，其嚴矣乎。金章宗時，禁伶人不得以歷代帝王爲戲及稱萬歲，犯者抵罪。是大尊壽言，雖戲謔不敢瀆也。如馮異、馬援、王望等傳中，軍士皆稱萬歲，則軍旅之事，爲國家稱賀也。或因此以爲人臣不嫌稱萬歲，則不解事之甚矣。莊綽《雞肋編》云：「廣南里俗，歲除爆竹，軍民環聚，大呼萬歲，尤可駭也。」蓋爆竹呼萬歲，其義效軍中之壽，然猶以爲可駭矣。此方人作壽詞，或不諭其義，動敢稱萬歲，不學之過也。但萬年、萬壽似不妨。陳思王《箜篌引》「主稱千金壽，賓奉萬年酬」，謂賓朋祝我。潘岳《閒居賦》「稱萬壽以獻觴」，謂上父母壽，此例頗多，不能遍舉。

《故事譚》載，大中臣能宣，人日吏部親王第詠松，一座推稱擅場。及還家，向父賴基誦之，有「萬歲」之語，大被嗔云。今世稱國雅宗匠者，猶或犯此僭，何耶？

《顔氏家訓》云：「北面事親，別舅摛渭陽之詠；堂上養老，送兄賦柏山之悲。皆大失也。陳思王《武帝誄》『遂深永蟄之思』，潘岳《悼亡賦》『乃愴手澤之遺』，是方父於蟲，匹婦於考也。舉此一隅，觸塗宜慎。」夫名義之嚴，在家庭之間不可苟且也。況王公侯伯之際，尤宜名正言順，豈可率爾下筆乎？余爲是事三令五申久矣。

李綽《尚書故實》云：「今謂進士登第爲遷鶯者久矣，蓋自《伐木》詩『伐木丁丁，鳥鳴嚶嚶。出自幽谷，遷於喬木』，又曰『嚶其鳴矣，求其友聲』，竝無鶯字。頃歲省試《早鶯求友》詩，又《鶯出谷》詩，別書固無證據，豈非誤歟？」余按，《伐木》詩初不指其何鳥也，凡鳥朋類相喚者亦多矣，不獨鶯也。然出谷遷喬，似謂鶯爾。故後人遂以爲鶯也。萱草，因《詩》注北堂，而傅會於母。高唐雲雨爲楚襄王事，《陽春》《白雪》稱寡和之歌，凡如是類，皆訛以襲訛可也。

杜詩「奉使虛隨八月槎」，唐彥謙亦云「煙横博望乘槎水」，此蓋唐人所慣用。然據《史記》《漢書》，竝無張騫乘槎之事。張華《博物志》止載近世有人居海上，每年八月，見槎來不失期，遂齎糧乘之到天河。宗懍作《荊楚歲時記》，乃附會窮河源與到天河以爲張騫事。後人遂襲其杜撰耳。《尚書故實》記司馬道士承禎白雲車事，末云「至文宗朝，并張騫海槎同取入内」，不知是物果爲何等，殊可怪也。

清人王家駿詩「衣因亂叠痕常縐，書爲頻翻卷不齊」，宛然諸生舍中光景。金步元舉詩「囊空漸覺錢餘貫，衣敝翻饒虱滿身」，抑更甚焉。

明何仲默謂：「宋人尚不能解唐人詩，以之解《三百篇》，真是枉事。」善哉其言之也。蓋詩主於性情，而宋儒以理説，故取風人妙義，牽强傅會。唐賢良工苦心，往往埋没理窟矣。其解《三百篇》，不免於高叟之固，不足怪也。

蕉中《遨頭日祭少陵詩序》曰：「四月十九日，浣花遨頭日也。按譜，大曆五年，公年五十九。春在潭州，夏四月避臧玠亂入衡州。欲如柳州，至耒陽暴卒。則遨頭之日，疑是忌辰也。余院藏公畫像，是日設供祭之。」此説臆度失考。按《蜀記》：「梵安寺乃杜甫舊宅，在浣花，去城十里。大歷中，節度使崔寧妻冀國夫人任氏亦居之，後捨爲寺。人爲立廟於其中，每歲四月十九，凡三日梟遨樂于此。」又費著《歲華紀麗譜》：「四月十九日，浣花佑聖夫人誕日也。太守出笮橋門，至梵安寺謁夫人祠，就宴于寺之設廳。既宴，登舟觀諸軍騎射，倡樂導前，泝流至百花潭，觀水嬉競渡。官舫民船，乘流上下，或幕帟水濱，以事遊賞。最爲出郊之勝。」浣花遨頭由縁如此。少陵之卒在十月之交，余詳諸《杜律解》，其證尤明。《文海披沙》載：「陳子昂，閬州人。州有陳拾遺廟，訛爲十姨，遂更廟貌爲婦人像，崇奉甚嚴。温州有杜拾遺廟，亦訛爲杜十姨，塑婦人像。又以五髭鬚相公無婦，移以配之。五髭鬚者，即伍子胥也。拾遺之官，誤人身後如此。子昂屈爲婦人猶可，獨奈何令子美爲鴟夷子皮妾也。」今以任夫人誕日，爲公忌辰祭之，不亦可笑哉？

《五雜俎》曰：「牛女之事，始於《齊諧記》武丁之妄言，成於《博物志》乘槎之浪說。千載之下，婦人女子傳爲口實可也，文人墨士乃習爲常語，使天上列宿橫被污蔑，不亦可怪之甚耶？」余少讀斯語，絶不詠二星事。老杜已自洞曉，詩云：「牽牛出河西，織女處其東。萬古永相望，七夕誰見同。神光竟難候，此事終朦朧。颯然精靈合，何必秋遂通。」又紀貫之歌：「麻固土加斗，彌禮土慕彌越奴。他那巴佗巴，速羅爾那氣奈農。他迭屢南屢遍施。」皆譏世俗之妄也。

仁齋先生《七夕歌》：「左加施羅儞，他箇伊比速免迭。他那巴佗農，古餘比那氣奈遠。速羅儞他追羅牟。」辭婉趣幽，更優於紀使君，信豪傑之士無所不能哉。

《蠡海録》云：「天之色，蒼蒼然也，而稱曰丹霄、絳霄，河漢曰絳河。蓋觀天以北極爲標準，仰而見之者皆在北極之南，故借南之色以爲喻。」《五雜俎》非之，謂「天無色，借日以爲色，故稱丹與絳者，從日言耳。不然彼稱青天、銀漢者，又豈指北斗之北哉？」余謂此亦以五十步笑百步者也。蓋丹霄、絳河，稱其鮮明，猶紅泉、紅塵之紅，紫虚、紫淵之紫耳。

「知章騎馬似乘船，眼花落井水底眠」，言醉墜井中，就便安眠也。蓋井幸寬廣者，賴水淺得不溺，井底坐水以睡，故曰水底眠。不以辭害意可也。京師森維良，豪飲無量，以篆刻游四方。嘗在讚之丸龜，夜醉歸墜橋。岸有古松，臨水横出，繚枝糺輪，平如展簟，賴爲其所承，就便熟睡。及旦，人見大驚，喚醒而救之。微松，幾飼魚鱉矣。故余贈維良詩，有「半宵松上眠」之句。此亦不知其樹之狀，則謂「松上安可卧耶」？如曲阜勝果寺大井，圓徑六十丈，見元人楊奂《東游記》。措大眼孔不宏，所謂蟹螯擬甲營穴，以爲凡井皆僅容身，故異議紛紜，真井蛙之見矣。《五雜俎》云：「武帝如厠見衛青，解者必曲爲之説，此殊可笑。史之記此，政甚言帝之慢大臣，以見其敬黯耳。若非溷厠，史何必書？衛青，公主馬前奴也。官即富貴，帝狎之久矣。北齊文宣令宰相楊愔進厠籌，武帝之如厠見大將軍亦何足怪？石崇厠上有絳紗帳大牀，茵蓐甚麗，兩婢持香囊。則帝王之厠可知，豈比窮措大糞穢狼籍，蠅蛆縱横，而不可屈大將軍一見乎？」以説類附録之，亦可以發矣。

詩家稱武藏爲武昌、武陵，尤爲不倫。前已言之。元人樵李顧淵白，恃才傲物，嘗入京獻《燕都賦》，翰長元復初不喜曰：「今大朝四海一統，六合一家。燕蓋昔時戰國名，何燕之稱？」淵白慚恨而歸。見《輟耕録》。夫燕本北京舊名，然猶嫌之，其可以異邦邊疆小邑，而稱我霸主大都也哉？明王鏊修《姑蘇志》成，楊循吉曰：「志修於本朝，當稱蘇州。姑蘇，吴王臺名，豈可以此名志乎？」鏊大稱善，驟改之。其不可亂如是。况妄肖漢土，擬其地名乎？

邵康節云：「富貴如將智力求，仲尼年少合封侯。世人不解青天意，空使身心半夜愁。」蘇文忠公云：「耕田欲雨刈欲晴，去得順風來者怨。若使人人禱輒得，造物應須日千變。」二詩可作對軸，爲合録之。嘗見《荆州記》云：「宫亭湖廟神，能使湖中分風而帆南北。」亦稀有之事也。

程伊川云：「某素不作詩，亦非是禁止不作，但不欲爲此閑言語。且如今稱能詩，無如杜甫。如云『穿花蛺蝶深深見，點水晴蜓款款飛』，如此閑言語，道出做甚。某所以不曾作詩。」此與「吹皺一池春水，干卿何事」同一没趣人，頭巾氣極矣。朱子則不然，編《小學》書，初取樂府、杜詩，其《答劉子澄》謂：「古樂府及杜子美詩可取者多，令其喜諷詠，易入心，最爲有益。」今本無載，豈憚煩而删之歟？平生與楊誠齋、陸放翁吟詠甚多，嘗同張南軒遊南岳，唱酬至百餘篇，笑曰：「吾二人得無荒於詩乎？」又愛僧祖可《鼓琴》絶句，大書刻石於庭。真與伊川冰炭矣。

朱子集中詩題云《巢居之集，以『中有學仙侣，吹簫弄明月』爲韻，既而賦詩者頗失期，於是令最後者具禮以當罰，乃稍集，獨敦夫、圭甫違令後至，衆白罰如約，飲罷又以『蒼茫望海路，歲晚將無獲』分韻，熹得將字》，此其風流可睹也。《山棲志》載，朱文公「經行處，聞有佳山水，雖迂途數十里，必往遊焉。携酒一壺，銀盃大幾容半升，時飲一盃，登覽竟日，未嘗厭倦」。此亦可以想其雅韻也。

《五雜俎》云：「爛柯山中有數松，盤拏蹙縮，形勢殊詭。余嘗過之，嘆其生於荒僻，無能賞者。又去十數武，石碣表於道周，大書曰『戰龍松』，朱晦翁筆也。乃知古人識鑒，其先得我心若此。而必鎸題以表之，則今人不能，亦不暇也。」此其風流雅尚亦可見已。又見其集云：「予少好古金石文字，家貧不能有其書，獨時取歐陽子所集録，觀其叙跋辯證之辭以爲樂。遇適意時，恍然若手摩挲其金石，而目了其文義也。於是始胠其囊，得先君子所藏與熹後所增益者凡數十種，雖不多，皆奇古可玩，悉皆標飾。因其刻石大小，施横軸縣之壁間，坐對循行卧起，恒不去目前，不待披筐篋卷舒把玩而後爲適也。此亦不必以玩物爲喪志。」後世道學者流不知此趣，何耶？

朱子《食梨》詩：「珍寶渾疑露結成，春葩况是雪儲精。乍驚磊落堆盤出，旋剖輕盈照骨明。盧橘漫勞誇夏熟，柘漿未許析朝酲。啖餘更檢桐君録，快果知非浪得名。」《本草》謂梨爲快果。盧橘夏熟，見《蜀都賦》。柘漿析朝酲，見《漢·禮樂志》。余嘗抄録示人曰：「此宋人詩，試料誰作？」咸曰：「形容之妙，結構之巧，非陸放翁則楊誠齋。」余曰：「乃朱文公先生也。」衆未肯信，出集本示之，舉座瞠若。楊大年《梨》詩：「繁花如雪早傷春，千樹封侯未是貧。漢苑漫傳盧橘賦，驪山誰識荔枝塵。九秋青女霜添味，五夜方諸月溜津。楚客狂酲嘲已解，水風猶自獵汀蘋。」亦爲時膾炙，可謂聯璧矣。

朱子《雨》詩「孤燈耿寒焰，烈此一窗幽。卧聽簷前雨，浪浪殊未休」，直是王右丞佳境。又《醉下祝融峰作》「我來萬里駕長風，絶壑層雲許蕩胸。濁酒三杯豪氣發，朗吟飛下祝融峰」，讀之令人蕩胸。不意朱子而作此放膽豪吟，若匿名示人，疑李謫仙作，不然决爲明李何李王輩詩矣。

山崎闇齋《詠秋鶯》云：「居諸代謝四時中，霜染林園復見紅。忽有金衣公子至，秋風聲裏聽春風。」此翁滿腔子皆頭巾氣，不意有若雅詠也。然集中唯此一首，其餘無復足觀者。

劉宋劉顯父，人稱爲「劉郎」。劉禹錫《玄都觀》詩自稱曰劉郎，本此。蓋以其爲道觀桃花，擬天台仙女之居，以劉晨再入天台言之，故特用「郎」字。郎，猶壻也。杜牧赤壁詩「周郎」，亦取「曲有誤，周郎顧」之語，以襯二喬之句。唐人之詩主於性情，以滑稽出之，所以爲妙也。方秋崖《深雪偶談》云：「本朝諸公喜爲議論，往往不深諭唐人主於性情、使雋永有味然後爲勝。杜牧之《赤壁》詩『折戟沈沙鐵未銷，細將磨洗認前朝。東風不與周郎便，銅雀春深鎖二喬』，許彦周不諭此老以滑稽玩弄，每每反用其鋒，輒雌黄之。謂『孫氏霸業係此一舉，宗社存亡生靈塗炭皆置不問，只恐捉了二女，可見措大不識好惡』，豈非與癡人言，不應及於夢也？余最愛竇庠《新入諫林喜内子至》一絶：『一旦悲歡見孟光，十年辛苦伴滄浪。不知筆硯緣封事，猶問傭書日幾行。』使彦周評此，則以竇氏内爲不解事婦人矣。」此在當時，尤藥石之言也。如太白《蘇臺覽古》亦唯思西施而已，彦周不譏之，何耶？元末張士誠部將呂珍守紹興，參軍陳庶子賦詩寄之云「見説錦袍酣戰罷，不驚越女採荷花」。呂倩人誦罷，忽大怒曰：「吾爲主人守邊疆，萬死鋒鏑間，豈務愛女子而不驚之耶？見則必殺之。」癡人前説夢，有如是狂悖，不徒可笑也。

楊升菴云：「大抵人自情中生，焉能無情？但不過甚而已。天之風月，地之花柳，與人之歌舞，無此不成三才。」善哉其言之也。何必絶欲忘情，漠然如仙佛，而後爲君子哉？靖節寂寞東籬，有《閒情》一賦；廣平詠梅花，不害其心似鐵。情之不可以已哉。今道學者流，纔説著情，便欲努目。吾不知其何謂也。

清人王敬亭見袁倉山，示《過古墓》詩，袁不覺其佳。王曰：「君且閉目一想。」余前言瞑坐觀想詩境，抑何暗相吻合耶？

詠物詩題，前陪筆起得突然，題後餘波結得悠然，的是好詩。李東陽《麓堂詩話》云：「唐律多於聯上著工夫，如雍陶《白鷺》、鄭谷《鷓鴣》詩，二聯皆學究之高者。至於起結，即不成語矣。如杜子美《白鷹》起句，錢起《湘靈鼓瑟》結句，若奏金石，以破蟋蟀之鳴，豈易得哉？」學者必知此訣，斯可以言詩矣。

贈答詩賦與子姪門生，書號名，如山谷庭堅是也。朋友書姓名拜，尊長用再拜。古人以再拜爲敬之至，君父之尊亦止再拜。漢魏表文皆書稽首再拜，可見已。禮至末世而繁，宋明書箚多稱百拜，非實禮也。然今公侯於天子，大夫、士於其君，不稱百拜恐爲失敬，不容不從衆已。余於《薈瓚録》爲詳其説，不必一概執拗可也。

呈師詩文書表號先生，或稱尊師表號老先生，若加姓不敬也。凡上尊長，皆不稱姓，禮也。

歐公《詩話》嗤「袖中諫草朝天去」云：「進諫必以章疏，無用藁之理」，是一字破綻，失名義大矣。今人文字末多書「某拜稿」者，夫寄人須謹浄書，用藁非禮也。稿而拜書，又且押印，一敬一慢，無謂甚矣。

唐人宴會賦詩，有同用一字爲韻者。陳子昂正月晦日宴高正臣林亭，凡二十一人，皆以「華」字爲韻。重宴凡九人，皆以「池」字爲韻。長孫正隱《上元夜效小庾體》，凡六人，皆以「春」字爲韻。張九齡《送陳學士還江南》，同用「徵」字。王維《瓜園》詩，同用「園」字爲韻，韻任多少。杜甫《王侍御高使君同過》共用「寒」字，又《章梓州水亭》同用「荷」字。韓愈《送嚴大夫》同用「南」字。德宗重陽日賜宴曲江亭，因詔：「可中書門下簡定文詞士三五十人應制，同用『清』字，明日内於延英進來。」又中和節日宴百僚，奉詔同用「春」字。韓文《送鄭尚書序》「公卿大夫士苟能詩者，咸相率爲詩，以美朝政，以慰公南行之思，韻必以『來』字者，所以祝公成政，而來歸疾也」。今人專分韻各探一字，不復知有是法也。

嚴維集有《酒語聯句，各分一字》，言限韻各作一聯也。宴席餘興，時或爲之，亦可以盡歡矣。宴會賦詩，取古人句分字，作家相遇爲之可也。諺所謂「烏學鷺鷀，何其不知量」也。蓋仄韻供古詩之用，非近體所宜也。故得仄韻者，自非能作古詩手，徒苦人耳。夫五七言律、七言絶句，必押平韻爲正，若用仄韻，變體耳。故或以古詩格行之，説見於前。此方詩人尤不習側體，偶席間拈之，勉强辛苦塞責，安能得足書吟箋者耶？故曰徒苦人耳。豈待客之體哉？譬如爲不解茶事者設茶讌以窘辱之，可謂惡主人也已。

韋應物「微雨夜來過，不知春草生」，言知也。李頎「歲歲花開知爲誰」，李攀龍「知他何處是姑蘇」，俱言不知也。詩語婉曲自在，看他斡旋之妙。

大白《别内赴徵》「歸時儻帶黄金印，莫學蘇秦不下機」，言勿如蘇秦之歸不下機以迎也。弇州《衛河八絶》「夜深呼小婦，篝燈聽波響」，呼小婦，呼燈也。蓋深夜眠驚，因燈滅呼人，則小婦點火以來，遂不能復睡而聽波響也。是等句法，此方人所不能也。

假對，即借聲對，以音取對也。然非較著者不爲也。李白「水春雲母碓，風掃石楠花」，楠與男聲同。杜甫「次第尋書札，呼兒檢贈篇」，第音通弟。「信宿漁人猶泛泛，清秋燕子故飛飛」，漁音通魚。「胡來不覺潼關隘，龍起猶聞晋水清」，胡音通狐。「嶢關險路今虚遠，禹鑿寒江正穩流」，嶢音通堯。岑參「愁客葉舟裏，夕陽花木時」，愁音通秋。「鷄鳴紫陌曙光寒，鶯囀皇州春色闌」，皇音通黄。王維「偶值乘籃轝，非關避白衣」，籃音通藍。「落花寂寂啼山鳥，楊柳青青渡水人」，楊音通揚。吴融「自念爲遷客，方諧謁上公」，遷音通千。馬戴「亂鐘嘶馬急，殘日半帆紅」，嘶音通西。儲嗣宗「水色西陵渡，松聲伍相祠」，伍音通五。姚鵠「一作棲寓客，三見北歸鴻」，棲音通西。李嘉祐「映花雙節駐，臨水伯勞飛」，伯音通百。耿湋「湓浦潮聲盡，鐘陵暮色繁」，潮音通朝。賈島「佩玉春風裏，題章蠟燭前」，蠟音通臘。「雕蟲羞朗鑒，干禄貴明時」，禄音通鹿。韓愈「眼穿長訝雙魚斷，耳熱何辭數爵頻」，爵與雀通。劉滄「殘春碧樹自留影，半夜子規何處聲」，子音通紫。韓偓「直應宣室還三接，未必豐城便陸沈」，陸音通六。錢珝「臘雪初明柏子殿，春光欲上萬年枝」，柏音通百。柳宗元「香飯春菰米，珍蔬折五茄」，菰音通孤。元稹「每想潢池寇，猶稽赤族懲」，潢音通黄。司空圖「松日明金像，山風響木魚」，像音通象。僧皎然「周旋承惠愛，佩服比蘭薰」，惠與蕙通。蘇軾「暫借好詩消永夜，每逢佳處輒參禪」，參音通三。林逋「破殿静披蠹臼古，齋房閑試酪奴春」，臼音通舅。尤遂初「囊乏一錢窮到骨，胸蟠千古氣陵雲」，窮音通躬。此皆較著者也。如盧綸「寧知樵子徑，得到葛洪家」，子音紫，洪音黄。崔塗《讀留侯傳》「翻把壯心輕尺素，卻煩商皓正皇儲」，尺音赤，皇音黄。則迂而晦矣。

真假取對，謂之借對，亦曰活對。肅宗「推誠撫諸夏，與物長爲春」，沈佺期「静夜思鴻賓，清晨朝鳳京」，杜甫「旍旗日暖龍蛇動，宫殿風微燕雀高」「江上小堂巢翡翠，花邊高塚卧麒麟」「雲斷嶽蓮臨大路，天晴宫柳暗長春」「竹葉於人既無分，菊花從此不須開」「欲辭巴徼啼鶯合，遠下荆門去鷁催」「珠簾繡柱圍黄鵠，錦纜牙檣起白鷗」，王維「迴看雙鳳闕，相去一牛鳴」，杜牧「拂天聞笑語，特地見樓臺」，喻鳧「獬豸霜中貌，龍鍾病後顔」，陸龜蒙「暫來從露冕，何事買雲巖」，許渾「風度龍山暗，雲凝象闕陰」，白居易「歲盞後推藍尾酒，春盤先勸膠牙餳」，「祥鱣降伴趨庭鯉，賀燕飛和出谷鶯」，元稹「朱紫衣裳浮世重，蒼黄歲月長年悲」，李商隱「此日六軍同駐馬，當時七夕笑牽牛」，趙嘏「桃花塢接啼猿寺，野竹亭通畫鷁津」，王建「裝簷玳瑁隨風落，傍岸鵁鶄逐暖眠」，楊巨源「雙闕薄煙籠菡萏，九成初日照蓬萊」，徐夤「五色龍章身早見，六終鴻業數難逾」，蘇軾「磨刀切熊白，沈盞酌鵝黄」，陳造「百年羊胛熟，萬事虎頭癡」，王操「大陽過午暗，暮雪照人明」，李曾伯「潤色恢鴻業，艱難啓燕謀」，陸游「掃梁迎燕子，插楥護龍孫」，「此物何陵替，斯人乃陸沈」，楊萬里「樓頭吹動梅花曲，夢裏猶凝燕寢香」，尤遂初「禾頭昨夜憂生耳，木德何時卻守心」，方岳「鐵硬脊梁長偃蹇，糊塗面目易迎逢」，陳孚「幸承乙夜明王問，更喜丁年奉使還」，元好問「明月高樓燕市酒，梅花人日草堂詩」，馮璧「老伏固非千里驥，冥飛似是五噫鴻」，程敏政「鴻臚立仗傳三呼，馬監隨班控六飛」，徐中行「談天寧復如燕子，玩世何妨似馬曹」，魏觀「和鸞喜奉彫車御，式燕慚叨紫閣賓」。此中有兼借聲對者，假之又假也。《野客叢書》曰：「借對自古有之。如王褒碑『年逾艾服，任隆台衮』，江總作《陸尚書誄》『雁行所序，龍作間才』，沈約墓誌『以彼天爵，鬱爲人龍』之類是也。」

詩用碧字，多稱鮮明之貌，非謂色也。杜詩「冰漿碗碧瑪瑙寒」「竹寒沙碧浣花溪」「清江碧石傷心麗」，皆謂其清麗爾。白雲、白桃曰碧雲、碧桃，亦此義也。東坡《牡丹》詩「一朵妖紅翠欲流」，亦謂其鮮麗已。不然既曰紅矣，又曰翠，可乎？

粉亦不必謂白，轉稱花之艷麗。杜少陵詩「波漂菰米沈雲黑，露冷蓮房墜粉紅」，白香山詩「巫女廟花紅似粉，昭君村柳翠於眉」，韓致光詩「緑搓楊柳綿初軟，紅暈櫻桃粉未乾」是也。

猥擬古人名作，政自敢與昔賢抗衡，多見其不知量耳。宋洪邁從孫倬丞宣城，自作題名記，邁告之曰：「他文尚可隨力工拙下筆，如此記，豈宜犯不韙哉？」蓋韓文公有《藍田縣丞廳壁記》，今以其題目同之而以爲犯不韙，其謹厚何如哉。服元喬社友有賦《秋興八首》者，以書諭改題曰：「少陵《秋興》千古獨步，李空同輩刻意摹擬，不能爲優孟，况吾儕乎？夫擬傚之作，實奪其人，僅可爲也。不然宜謹避耳。」其見正相符。後生輕薄，不自知身分，動輒敢犯不韙，珠玉在側，不勝形穢，可不憚也哉？

散樂宗師夜過市街，有行唱謡曲在前嗷嗷者，爲弟子言：「使之止乎？」乃戲抗聲，未終一句，其人即歇，蓋耻憚也。又有一夫，唱曲而來，揚揚尤甚。弟子請：「盍復乎？」曰：「如彼，不能遏耳。」夫不能感人之能事，又不自知慚形穢，從事詞藝者尤多此癡頑，夜郎自大，崛彊傲人，明人所謂「魯般門前掉大斧」者。鄙語「目爲瞽，不怕蛇」，誠可憫笑也已。聞諸京人，取玉川名蛙，放之庭池，則群蛙不敢鳴。可以人而不如蟲乎？

大丈夫當自立耳，徒託於人以傳，雖得之，君子不貴也。今人刊行詩集，求序於人，假其揄揚，以爲門楣。有累三四序而不止者，何其不憚煩也。或附以書牘，衒其諛辭，不尤靦顔哉？《傳》曰「士尚志」，可不知耻乎？

世俗不識字，妄稱州爲陽，如攝陽、信陽，無謂尤甚。獨伊勢稱勢陽，抑有以也。蓋伊勢者，本此間海浦之名，古言凡物促疊之謂。今婦人縫衣促幅，牽縮復疊者猶以是呼之。本州内海，渚淺沙平，潮浪漪漪疊蹙，古史所稱神風疊瀾者，故取名焉。州面海，水北爲陽，所以稱勢陽也。然不經見於書傳，但詩詞中用之耳，文章不可用也。

唐人李紳《江南春》云「江上年年芳意早，蓬瀛春色逐潮來」，勢海以神風稱，蓋亦此意。謂其風氣淑靈，覺從仙境來也。諸家考説皆誤。余詳諸《伊勢雜志》。陸雲詩有「神風潛駭」之語，借此用之詩中可也。

桑海七里津，古稱間遠渡，見《日本紀》，人率不知也。詩家或以灘稱，附會嚴光事以爲作料，妄矣。灘者，峽流險難之處，豈可稱渡津乎？

安濃津稱洞津，本出茅元儀《武備志》，曰國有三津，薩摩防津、伊勢洞津、筑前博多津。蓋安濃之音，訛讀爲穴，見《太閤記》。稱織田信包爲穴津少將。遂又轉訛爲洞已。武備志地圖書穴津。俗謂古昔津口灣環如洞，故有是名，妄矣。按詩詞始用之者，寬文、元禄間，府下處士有加藤延雪者，一名絅，字默子，好學嫺藝文，嘗從遊山崎闇齋，然無頭巾氣習。士大夫延請聽講，以先生稱。惜不及半百而歿，著有《章菴暇筆》五卷，足見人品學術。中載《壽環大夫無端子七袟詩》曰「眉壽洞津境，南山翠撲襟」，此其權與也。伊藤東厓《送奥田生序》：「予客歲詣伊勢，過豊原館於奥田生家。邑隸洞津之府而近焉。」載《紹述文集》中。奥田生即三角翁士亨，其詩文因用洞津，門人沿襲，遂爲通稱矣。今則市廛招牌往往書之，余亦嘗喜用之，後皆改作津城、津藩。

伊賀府治，好事者號爲白鳳城。傳道帝大友受禪之歲，州民獲大白鳥獻之。治下有鳳皇村，即其所獲之處。建元白鳳，蓋以是云。余喜其嘉名，欲用之詩詞。此事史書無載，又不見於傳記雜説。偶見《伊水温故》者，寬永中府下市民菊岡沾涼所作，序中杜撰斯語，若用故實者然。乃知州人由是傳謬，遂致傅會之説耳。恐後人不察，相承誤用，故爲辯之。俗本《殺法轉輪記》叙渡邊數馬復讐事，亦沾涼所作，大半屬妄誕。是物行於世，而實事幾亡，尤可嘆也。

此方詩人，好用地名以充填塞，非所當用而强用之，故多不得其所。如諺所謂「木株接竹，燈油點水」，余每戒之。《石林詩話》曰：「詩之用事不可牽彊。必至於不得不用而後用之，則事辭爲一，莫見安排鬬凑之迹。」余於地名亦云。《漁洋詩話》曰：「陳伯璣嘗語余，『姑蘇城外寒山寺，夜半鐘聲到客船』，妙矣，然亦詩與地肖故爾。若云『南城門外報恩寺』，豈不可笑耶？」余曰：「固然。即如『滿天梅雨是蘇州』『流將春夢過杭州』『白日澹幽州』『風聲壯岳州』『黄雲畫角見并州』『澹煙喬木隔綿州』，皆詩地相肖。使云『白日澹蘇州』『流將春夢過幽州』，不堪絶倒耶？」此用地名要訣，故備録之。如「楚國蒼山古，幽州白日寒」「錦江春色來天地，玉壘浮雲變古今」，尤可會其用法也。

王駕《社日》絶句，足稱絶妙好辭。但「鵝湖山下」四字，詩中無所干涉，真贅疣矣。且下句有「鷄豚」字，則「鵝」字尤宜避也。柳宗元「破額山前碧玉流」，亦是同病。曾謂唐人而有此鹵莽乎？然絶無而僅有耳。

雍陶「秋來見月多歸思，自起開籠放白鷳」，余選《唐詩百絶》，頗嘉而録之。既而覺起句「五柳先生」，通首全無關係，不知爲何喚出來？其爲没緊要，甚於「破額」「鵝湖」，遂斥於孫山外矣。

夜航詩話卷之五

《説文》:「賒,貰買也。」按貰訓貸,然其義頗異。《正字通》:「假貸無息爲賒,有息爲貸。」又云:「懸買未償直曰賒。」説得分明。古譯「於伎能累」,今言「加計賀伊」。《劉盆子傳》「來酤者皆賒與之」,《吴志》「潘璋性嗜酒,居貧好賒酤,債家至門,輒言『後豪富相還』」,姚合詩「馬爲賒來貴,僮因借得頑」,又「讀書多旋忘,賒酒數空還」,唐寅詩「主人莫拒看花客,囊有青錢酒不賒」,高瀫詩「頻年罷釀老愛酒,客至無錢强出賒」,其義可見也。楊誠齋《詩話》云:「詩有句中無其辭而句外有其意者,杜詩『遣人向市賒香杭,唤婦出房親自饌』,上言其力貧故曰賒,下言其無使令故曰親。然則在他席言賒,是嘲主人之貧,豈可乎哉?」陸放翁詩「好事湖邊賣酒家,杖頭錢盡慣曾賒」,言酒家識客,不必索現金也。某先生詩有「杖錢酒可賒」之句,不成語矣。爲詩不識字,多貽笑者。字義之説,不可不講也。杜詩「蜀酒禁愁得,無錢何處賒」,言既無錢可買,又無處賒也。邵注云「無錢可賒」,是何言與? 不識字而作注,不但害古人之詩,誤後學多矣。

賒又訓遥,然非但遠之謂。羅鄴「自説歸山人事賒」,周繇「身没南荒雨露賒」,言隔而不及也。蘇頲「春行日漸賒」,李中「秋凉夜漏賒」,張錫「春歸景未賒」,猶言長也。韋元旦「四望韶陽春未賒」,猶言深也。王筠「蟲飛曉尚賒」,范成大「殘蠟猶賒十日春」,韓琦「尚去重陽五日賒」,洪邁「節到中和暖尚賒」，言待之遲緩也。唐彦謙「興滿金樽酒量賒」，訓優，言寬弘也。戴叔倫「王粲登樓興不賒」，僧處默「十年歸恨可能賒」，猶言舒也。方孝孺「弟唱兄酬興味賒」，亦訓深言不盡也。謝朓「徒使春帶賒」，駱賓王「坐憐夜帶賒」，猶言緩也。韓偓「本是謀賒死，因之致劫還」，陸游「過望猶賒死，扶老又入冬」，又「年踰八十猶賒死」，寬賒之義，猶云延引也。是其義隨用隨轉，讀者詳之可也。

依約，依稀約略也。蓋物色隱微之貌。依微、隱約，其義皆同。若夫彷彿亦不分明之貌，大同而小異也。温庭筠美人詩「連娟眉繞山，依約腰如杵」，趙嘏《月》詩「何事最能愁少婦，夜來依約落邊城」，章冠之「梅欲飄零猶醖藉，柳纔依約已風流」，楊萬里詩題《霧中見靈山依約不真》，皆謂微而不的也。又白居易「骨肉都盧無十口，糧儲依約有三年」，猶云大抵也。

闌珊，凋散貌。李群玉「絲管闌珊歸客散」，曹唐「南斗闌珊北斗斜」，白居易「春意闌珊日又斜」「詩情酒興漸闌珊」「風景闌珊欲過春」，韓偓「飲席話舊多闌珊」「樽酒闌珊將遠别」，皮日休「細雨闌珊眠鷺覺」，吴融圍棋「闌珊半局和微醉」，曾幾《食筍》「花事闌珊竹事初」〔一〕，姜夔《燈市》「燈已闌珊月氣寒」，高啓歲暮「舊曆闌珊欲罷看」是也。韓偓「枕霞紅黯淡，淚粉玉闌珊」，言玉古而蒼老也。范成大「競船人醉鼓闌珊」，言打鼓慢緩也。又元稹「欲終心懶慢，轉恐興闌散」，散讀平聲，

〔一〕幾：底本訛作「鞏」，據《茶山集》卷六改。

與珊同。又作「闌殘」，陳師道「燈火闌殘歌舞散」，楊萬里「元宵風物又闌殘」，俱音通也。

宋人填詞爲一代絶藝，猶晋之字、唐之詩也。是以其詩往往有詞曲之調。昔人評張籍詩「如優工行鄉飲，醻獻秩如，時有詼氣」，余於宋詩亦云。甚則不啻入小石調，直陷張打油、胡釘鉸矣。故學宋詩者，須知是弊而避其轍也。

《焦氏筆乘》云：「蜀王衍《宫詞》『月華如水浸宫殿』，近世詞曲『月明如水浸樓臺』祖此。然水浸宫殿，雖有形容而乏醖藉，入詞曲可，入詩則不可。乃知杜詩『四更山吐月，殘夜水明樓』，真古今絶唱也。」又一書載李秋崖與金谷邨秋夜論詩，時微雨新霽，片月初生。秋崖曰：「韋蘇州『流雲吐華月』，興象天然。覺張子野『雲破月來花弄影』，便多少著力。」谷邨曰：「豈但著力不著力，意境迥殊。一是詩語，一是詞語，格調亦迥殊也。」即如《花間集》『細雨濕流光』句，在詞家爲妙語，在詩家則靡靡矣。」此可以見詩與詞之别，猶國雅之與連歌也。近人耽宋詩，率帶詩餘聲口，殆以連歌體詠國雅者耳。彼輩罵明詩爲僞詩，此不尤僞詩哉？

眼字隋而穩，殊可吟玩。五言第三字、七言第五字，謂之眼字。五言，唐太宗「雲凝愁半嶺，霞碎纈高天」，王維「泉聲咽危石，日色冷青松」，杜甫「峽雲籠樹小，湖日蕩船明」「雲氣噓青壁，江聲走白沙」「竹光團野色，舍影漾江流」「石角鉤衣破，藤枝刺眼新」，岑參「澗水吞樵路，山花醉藥欄」「澗花然暮雨，潭樹暖春雲」「孤燈然客夢，寒杵搗鄉愁」，劉禹錫「秋蟲鏤宫樹，野水嚙荒墳」，白居易「露竹偷燈影，煙松護月明」「仁風扇道路，陰雨膏閭閻」「石片擡琴匣，松林閣酒杯」，吴融「林風移宿鳥，池雨定流螢」，賈島「流星透疎木，走月逆行雲」「曉角吹人夢，秋風卷雁群」，許渾「晴煙和草色，夜雨長溪痕」，温庭筠「葦花編虎落，松癭鬭欒櫨」，姚合「萬愁生旅夜，百病湊衰年」，馬戴「紅繮跑駿馬，金鏃掣秋鷹」，周繇「海濤擣砌檻，山雨灑窗燈」，廖凝「衆木排疎影，寒流疊細紋」，薛能「戰血粘秋草，征塵攪夕陽」，僧齊己「湖雲粘雁重，廟樹刮風乾」，僧靈徹「窗風枯硯水，山雨慢琴絃」，王安石「城雲漏日晚，樹凍裹春深」，宋祁「水落呈全嶼，雲生失半山」，陸游「灘急回魚隊，天低襯雁行」，楊萬里「雨蒲拳病葉，風篠秃危梢」，真山民「櫓聲摇客夢，帆影挂離愁」，沈德符「釃日圓鶯吻，柔泥固燕基」。七言，杜甫「返照入江翻石壁，歸雲擁樹失山村」，李洞「藥杵聲中擣殘夢，茶鐺影裏煮孤燈」，許渾「青山有雪諳松性，碧落無雲稱鶴心」，楊萬里「幾絲微雨噀前山，半點輕寒健牡丹」「稻花雪白糝柳絮，柘子猩紅團荔枝」，范成大「誰從天上牢遮月，不管人間大欠詩」，李覯「天放舊光還日月，地將濃秀與山川」，渾然圓妥，工而無痕。眼字亦謂之響字，要活，活則自響。

敢論、肯信、忍能、忍更、可堪、可無、可能、得非，諸如此類，皆不用「豈」字而勢自相反。王涯《閨人贈遠》「不省出門行，沙場知近遠」，錢起「故鄉多久別，春草不傷情」，李嶠「不見秪今汾水上，唯有年年秋雁飛」，杜甫「久客得無淚，故妻難及晨」「將軍不好武，稚子總能文」「起晚堪從事，行遲更覺仙」「雲近蓬萊常五色，雪殘鳷鵲亦多時」「繡衣屢許携家醖，皂蓋能忘折野梅」「舞石旋應將乳子，行雲莫自濕仙衣」「短墻若在隨殘草，喬木如存可假花」，徐夤「一生有酒唯知醉，四大無根可預量」，徐俯「公是主人身是客，舉觴登望得無愁」，陳造「愁禁客舍雨，寒過杏花時」，劉克莊「夜寒不作關山夢，萬一君王起舊人」「書生行李堪抽點，薏苡明珠一例無」，李仲淵「可容贊善窺唐壤，要遣莎車拜漢廷」，洪邁「上苑春光無盡藏，可須羯鼓更催花」，程俱「離騷痛飲非名士，款段還鄉亦善人」，楊萬里「太上垂衣今上拜，百王曾有箇風流」，徐渭「試問歌臺生草處，當時曾許外人行」，亦皆加「豈」字看。蓋古人多以語急而省其文者，如《書》「不慎其德，雖悔可追」，又「我生不有命在天」，《左傳》「若愛重傷，則如勿傷？愛其二毛，則如服焉」，《孟子》「雖褐寬博，吾不惴焉」，不唯詩詞也。

文字有顛倒可用者。裳衣、羊牛，見《詩・國風》，此其濫觴歟？如圖畫、羅綺、絃管、毛羽、主賓、弟兄、淡濃、白黑、伊吾、盧胡之類，固先後自在也。若其涉奇僻不得流便者，前脩有例，不足多效。然至其不得已，或隨韻而協之。爲歷舉古句，以備副急之用爾。古樂府《獨漉篇》「夜衣錦繡，誰別僞真」，蔡琰《悲憤詩》「登高遠眺望，魂神復忽逝」，張協「紅粒貴瑶瓊」，陶潛「江湖多賤貧」，又「雷同共譽毁」，謝靈運「河兖當衝要」，江淹「玉樹信葱青」，駱賓王「一言忘賤貴」，李嶠「聊將狎遯肥」，蘇頲「寥泬秋先起」，杜甫「戀闕勞肝肺」「實唯親弟昆」「無端賊盜起」「點染無滌蕩」「暄寒早早分」「衣馬自肥輕」，韓愈「誰與同息偃」「分知隔明幽」「應對自差參」「藏昂抵横阪」「磨淬出角圭」，韋應物「下以報渴饑」，白居易「荷芰緑參差」，許棠「汐潮通越分」，李山甫「笑傲出衰盛」，薛光謙「出雲爲雨風」，孟翔「蘿蔦罥紫綬」，李冑「多慚接豆籩」，孟貫「暮雲催燭燈」，方干「何路出泥塵」，徐夤「深谷化陵邱」，姚合「慎勿信邪讒」「令子無寒饑」，陸禹臣「丹竈虎龍蟠」，僧皎然「日月爲虚盈」，寒山子「作事莫莾鹵」，無可「呈詩問否臧」「集物圓方別」，齊己「詩推異輩流」「吟覺骨毛寒」「池塘啄細微」，貫休「宗社運微衰」「終須神鬼哀」「塵埃中更有埃塵」，李嶠「壇場宮館盡蒿蓬」，李白「長吁莫錯還閉關」，李群玉「市朝遷變秋蕪緑」，殷堯藩「咫尺長陵又鹿麋」，羅隱「不堪戎馬戰征頻」，李咸用「更教何處認愚賢」，唐求「殿臺渾不似塵寰」，李中「新開幽澗蘚苔斑」，周曇「子陽才業匪雄英」，孫元晏「幾施經略挫雄豪」「鼎分從此定雄雌」，魚玄機「深巷窮門少侶儔」，吕巖「迷途終是任埋沈」，徐鉉「零冰響珮環」，張耒「肴酒笑俗具」，蘇軾「萬世一仰俯」「公私困留稽」「十年卧江海，了不見愠喜」，林景熙「海桑變紛紛」，翁卷「賦得拙疎性」，包拯「草盡兔狐愁」，唐觀「恩光變燼灰」，戴復古「鳳麟不可見」，李覯「柳下無仲尼，小官終滅磨」，范成大「云何人戚欣，乃係汝張歙」，陳與義「聲到竹松寒」，真山民「卜鳩天雨晴」，韓維「便收才業敖虞唐」，林坰「人間斤斧難容手」，葉夢得「浪愧將軍建鼓旗」，王禹偁「季路旨甘知己矣」，潘安「毛鬢更皤然」，陳師道「肯費精神修客主，稍回功譽入章篇」，韓駒「更慚爾雅注魚蟲」，曹輔「攀蘿捫壁疲獲藏」，韓忠彦「廟祠稽首尊先聖」，錢勰「出處未用相劣優」，王安石「陰森喬木帶漪漣」，陳仲平「海山地僻少迎將」，汪大猷「又向梅山得楷模」，姜特立「尚記金華舊範模」「若許詩篇數還往」，劉知過「晚來煙雨忽斜横」，繆瑜「勿以斯語同優俳」，汪元量「地面官人餽酒葷」，陳傅良「僧鐘遮莫報昏晨」，黄庭堅「草木文章帝杼機」，陳造「假真笑我陳驚座」「日力孳孳有食眠」，楊萬里「半淡半濃山疊重」「其人甚遠只嗟咨」，陸游「點檢庭花見故新」「何物能爲我重輕」「桃李真成僕奴爾」，劉克莊「曝芹終欲獻清光」「卻以芸香自沐薰」「莫著軺車辱户門」「兹得姚鈔手闔開」「阡陌東西山北南」「免被兒童議刻深」，葉隆禮「畫圖著我笠蓑翁」，僧惠洪「乞與雲煙相蕩摩，鬢髮凋零伸欠中」，朱弁「甘脆響牙齒」，陳孚「閶闔鷺鴛班」，趙秉文「山頭佛屋五三間」，劉迎「勝概須君與題品」，李汾「龍野山川自吐吞」，蔡松年「高人法士互憎愛」「幾年和月買泉林」，周琦「重江限越吴」，王逢「契闊商參恨」「誦絃家櫛比」，歐陽玄「石隙花開自夏春」，薩都剌「倚檻觀魚自悦怡」，張昱「海水蓬萊見淺清」，王惲「紿絺爲業略相同」，陳野雲「方丈虚齋自廓寥」，薛宗海「實與萬民同戚休」，李東陽「廟廊資治理」，貝瓊「跡已從信屈」，屠應竣「江闊雨雲多」，逯昶「幽僻宜淪隱」，俞安期「舟楫變昏朝」，王一鳴「鼓鐘迎曙急」，楊慎「焰騰金菡萏，灰聚玉麟麒」，宋登春「任爾呼牛馬，隨予愛犬豚」，王跂「如今松菊徑，已傍虎豺場」〔一〕，袁凱「巨魚出没浪波腥」，陳則「不獨陽山死蕨薇」，邊貢「荒涼棋社隔秋春」，李夢陽「可憐大厦須梁棟」，高士奇「北窗風至似皇羲」，彭年「粱稻方謀燕雀安」，許邦才「野館孤燈半滅明」，張掞「荒村迎送還難免」〔二〕，王翱「無復郊原伴黍禾」，張正蒙「華林園冷露霜凝」，黎民表「雕楹深鎖柏松枝」，朱有燉「凶吉占年北俗淳」，袁中道「塵事何曾挂笑顰」，于鑒之「扃門非敢傲鄰比」，錢謙貞「鹿蕉覆處難分鄭」，阮大鋮「野犢不知離黍恨」，鄒迪光「栴檀都作麝蘭香」，許彬「終南雲斂障屏開」，熊卓「野

〔一〕跂：底本訛作「鐕」。按此聯出明代王跂《生日自開小瓻音·其一》，據改。

〔二〕掞：底本訛作「適」。按此聯出明代張掞《董山人來白田爲寄高季迪詩賦此贈别》，據改。

塘歷亂鷺鷗繁」，楊慎「影形相贈晋詩人」，宋節婦「要把奸頑盡除掃」，僧來復「種就叠花伴象龍」，右隨得漫録，宜擇而取焉，庶幾免乎窮斯濫矣。

明景泰中，一粟監不學，判蘇州，誤寫石人爲仲翁。滑稽者作詩嘲之曰：「翁仲將來作仲翁，只因書讀欠夫工。馬金堂玉如何入，秖好州蘇作判通。」天順初，英廟大獵，從官皆戎服弓矢以護蹕，應制賦詩，祭酒劉某詩以琱弓爲弓琱，大學生輕薄者帖詩於監門云：「獵羽楊長共友僚，琱弓詩倒作弓琱。祭酒如今爲酒祭，銜官何以達廷朝。」一時相傳以爲笑。見《升菴文集》。附記以爲戒。

《漢皋詩話》云：「韓愈、孟郊輩才豪，故有慨慷、瓏玲之語。後人難仿效。」按魏武《短歌行》「慨當以慷，憂思難忘」，岑參詩「蒼然西郊遠，握手顧慨慷」，揚雄賦「前殿崔巍兮和氏瓏玲」，又見《太玄經》，非創於韓孟也。

王梅溪守泉州，會邑宰，勉以詩曰：「九重天子愛民深，令尹宜懷惻隱心。今日黄堂一盃酒，使君端爲庶民斟。」夫使爲司牧者，皆若梅溪之存心，又何患乎僚佐之不善也。真西山帥長沙，示諸邑宰詩曰：「豈有脂膏供爾禄，不思痛癢切吾身。」此亦宜使農官屬吏，皆爲柱聯，挂諸座右也。

杜荀鶴《再經胡城縣》詩曰「去歲曾經此縣城，縣民無口不冤聲。今來縣宰加朱紱，便是生靈血染成。」嗚呼！斯民太平之無日，古今同慨也哉。

白樂天詩「敢辭爲俗吏，且欲救窮民」，又云「心中爲念農桑苦，耳裏如聞饑凍聲」，摯哉志也，真萬家生佛矣。宜所至遺愛之深也。

李約《觀祈雨》云：「桑條無葉土生煙，簫管迎龍水廟前。朱門幾處看歌舞，猶恐春陰咽管絃。」呂温《旱中見權門移芍藥花》云：「绿原青壟漸成塵，汲井開園日日新。四月帶花移芍藥，不知憂國是何人。」此韓退之詆京兆尹李實所云：「春夏京畿大旱，民乏食。實一不以介意，每奏對輒曰：『今年雖旱，而穀甚好。』由是租税皆不免，人窮至賣屋以應官者。」良可慨嘆也。劉克莊《憂旱》云：「暘烏下飲百川空，民自祠龍禱社公。豈是長官渾忘卻，水車聲不到城中。」余最愛之，婉而成章，風人之旨，所謂言之者無罪，而聞之者足以戒也。因憶宋人楊仲元調宛邱簿，民訴旱，守拒之曰：「邑未嘗旱。此狡吏導民而然。」仲元入白曰：「野無青草，公日宴黄堂，宜不能知。但一出郊可見矣。狡吏非他，實仲元也。」竟得免税。此可作劉詩注説。

凡諸侯府下，神會景象，關於地方盛衰之兆。棚車鼓吹，倡樂雜戲，風流盛觀，令人驩虞。四境之内，扶老携幼，麕至蟻集，填街溢巷，誠亦昇平之樂事，所謂百日之蜡，一日之澤也。抑雖花費頗甚，然小民多有藉此資衣食者，亦損富家之羡鏹，以度貧民之糊口也。且親朋邀宴，團欒叙闊，年例相期待以爲樂，人情於是乎萃矣。俗吏不知大體，宜無以褊見行殺風景，以致不祥之兆也。但好事强民，甚不可也。宋元豐中，蔡君謨守福州，上元夜，令民間一家點燈七盞。有處士陳烈者，作大燈長丈餘，大書曰：「富家一盞燈，大倉一粒粟。貧家一盞燈，父子相對哭。風流太守知不知，猶恨笙歌無妙曲。」君謨見之，還與罷燈。此可以鑒也。抑亦君謨仁厚可尚，若遭頑昧暴官，陳烈殆矣。

世有庚申會，相傳三井寺開祖智證大師西渡時傳來，謂人身中有屍蟲，亦云三彭，記人隱慝，每庚申夜，乘人睡，升告之天。或謂是夜有惡星降入人骸竅間，伺察其罪惡，蓋本道家之教也。於是俗間比鄰結社，或鳴磬念佛，或置酒絃歌，徹夜守之不寐。不亦癡騃之甚耶？《五雜俎》載祀竈神事，笑其不修行於平日，而持素於一旦。政與此類。天其可欺乎？唐末朝士會終南太極觀守庚申，道士程紫霄笑曰：「此吾師託是以懼爲惡者爾。」據牀求枕，作詩曰：「不守庚申亦不疑，此心常與道相依。玉皇已自知行止，任爾三彭説是非。」投筆，鼻息如雷。見《避暑録》。異端中自有可人。

杜荀鶴《將過湖南，經馬頭山廟》詩：「九江連海一般深，未必船經廟下沈。頭上蒼蒼没瞞處，不如平取一生心。」爲愚俗臨事遽念佛者，可謂喫緊痛棒矣。《醉古堂劍掃》云：「對青天懼，聞雷霆而不驚；蹈平地恐，涉風波而不疑。」爲士君子者不當如是耶？

司空圖《狂歌》：「咋日流鶯今日蟬，起來又是夕陽天。六龍飛轡長相窘，何忍臨危更著鞭。」此戒好色自戕者，視鄭遨「翠娥紅粉嬋娟劍，殺盡世人人不知」更婉而有味，宜書以揭於寢室也。《蕙畝拾英集》載吴給事女敏慧工詩詞，歸華陽陳子朝，名儒也。晚年惑一妾，緣此遂病中風。一日親戚來訪，吴同妾在側，因指妾曰：「此風之始也。」後西南士大夫凡有所感者，皆以爲口實。是雖戲謔，亦足以警矣。

杜詩「露從今夜白，月是故鄉明」，此離拆「白露明月」而倒用之，語峻而體健。上句，蓋是夜白露節。如「别來頭併白，相見眼終青」「無風雲出塞，不夜月臨關」「委波金不定，照席綺愈依」，亦皆此法。公祖審言《詠月》「暫將弓竝曲，翻與扇俱團」，是其所淵源也。

清人毛稚黄云：「詩必相題。猥瑣尖新淫褻等題，可無作也。詩必相韻，故拈險俗生澀之韻，可無作也。」與余所雅言若合符節，故喜而録之。

惺窩先生《遊大德寺》詩：「喝雷棒雨響西東，知是高僧住此中。野性由來無箇事，瘦藤挑月倚秋風。」語意俱工，足稱合作。諸家選本不收此，何耶？蓋皆不見集本也。余家所藏本，有正保天子御製序。夫布衣遺稿，得賜御序，先生之德之至，古今一人而已。烏丸公光廣稱爲「華衮之榮」云。今本無載，不知何謂，良可惜也。

《日本詩史》曰：「惺窩逃佛歸儒，不畜妻妾，不御酒肉。人或詰之，曰：『我歸於儒也，崇其道耳。不我知者，謂爲食色。吾德不足服人，不能不避嫌耳。』」那波氏《學問源流》亦云，蓋以爲美談也。余嘗竊謂先生豪傑之士，斯文中興宗師，乃區區拘乎俗見，而大欠人倫之本。又終身長齋，徒爲在家僧，惡在其爲先生耶？恐其不然也。見林學士所撰行狀，先生有男女子各一人，性嗜酒痛飲而不亂，又謝門人魚肉之餽，數見書牘中。《答長嘯子書》云：「荷一盂之嘉殽，快屠門之大嚼。」又嘗赴駿府，有《别家歌》，情見乎詞。年來疑案，讀之曉然。男即冷泉公爲景是也。冷泉氏先生本房，故入繼統，官至中將。先生文集，公所輯也。

薩摩沙門文之，惺窩同時人，書興曰：「鄉關千里喜生還，鏡裏看來首已斑。富貴熏天皆外物，獨繙黄卷對青山。」亦合作也。文之博學能文，著有《四書訓點》《南浦文集》。如竹居士者，文之高弟，逃佛歸儒，然不畜髮，不近酒色，嘗仕我藩太祖，後爲琉球王賓師。《詩史》所錯稱，乃斯人之事。《鳩巢文集》有傳，言之詳矣。

唐人書詩文必用熟紙。韓文公《與陳給事書》云：「《送孟郊序》用生紙寫，急於自解，不暇擇耳。」蓋生紙當是草上所用，故以用此録文爲不敏也。熟謂搥熟。《唐書·百官志》「秘書監有熟紙匠八人」，蓋打紙工也。薛能詩「越臺隨厚俸，剡硾得尤名」，自注「近相傳，搗熟紙名硾」。陸放翁詩「硾教紙熟脩温卷，就得驢騎候熱官」，其義尤明。或「人寫詩必用礬紙」，誤矣。放翁又云「閑吟寄友唯生紙，草具留僧只野蔬」，則宋人不必用熟紙也。其詳載諸《薈蕞録》。《邵氏聞見録》所云，恐謬説耳。

古人以稽首爲敬之至，諸侯拜天子、大夫士拜其君之禮也。古者人臣於君，亦止再拜。《孟子》「以君命將之，再拜稽首而受」是也。故東漢表文用「稽首再拜」。西漢承秦法，朝臣上書稱「昧死言」，非古禮也。自敵者，皆從頓首拜。頓首，首頓於手而已。禮至末世而繁，今人書劄，多稱百拜，不知創自何人。明太祖以其非實禮，諭禮部改定儀式，令人遵守。然通用既久，以爲至敬，時俗所尚，終不可已。故奉詩於君，從風雅用之。余於《薈蕞録》論之詳矣。平禮稱拜而已，下交用肅拜可也。《周禮》注「肅，揖也」。

「百拜」字出《樂記》，言飲酒之禮賓主交拜之多耳。陳子昂《爲建安王獻食表》曰：「天子萬年，永慶南山之壽；微臣百拜，長承北極之恩。」此爲人臣拜君之稱，其昉於唐人歟？

贈人詩文押印，上用白文姓名印，下用朱文表字印。或用號印，非也。若非贈人者，用號印亦可，但押之名印上不可也。名印，白文爲正式，説見《學古編》。字印、號印，須從朱文，其詳載諸《薈瓚録》，此不復具。上君詩，上用姓名印，下用臣某印，左臣一字，右名二字，共白文。效漢「王疾已」「王始昌」印，見郎瑛《古圖書》。不知禮者，或用字印，故爲詳其説。又士庶人印或曰「某之章」，僭也。《漢官儀》「吏秩二千石以上銀印龜鈕，其文曰章，曰某官之章」，蓋其稱次璽也。

取風雅語作條印，印於書幅之首，謂之引首印。俗稱關防印，謬矣。關防者，官府文書關防姦僞條印也，法當施簡端。或題次押，非也。是物古未之聞，蓋起於宋人云。朱象賢《印典》引《梅菴雜志》，極爲杜撰可笑。然雅事緣飾，於義無害，雖非古制，從衆可也。但其語太過風流，或所謂講道學來者。竝不可用已。

詩人方寸印中，記其鄉貫世系，以求知於人，鄙矣。余嘗見一輕浮子印，曰「淡海鷦鷯氏支族姓名之章」，下印曰「字予曰某，别號某，家在某山下某處」，何其不憚煩也。又見一希姓人印，曰「某天皇敕賜某姓」，押之己名下。小人無忌憚之甚矣。

人各以己鄉爲誇，好稱風土人物之美。或斥其非，則怒而欲争矣。蘇秦之遊説也，必先美其國，以悦主之心。余初讀史，頗病其鄭重。及遊歷四方，始知其善體人情，所以鑽六王之巧也。唐時，伊用昌遊茶陵〔一〕，其民採芒織履，因題縣門曰：「茶陵一道好長街，兩畔栽柳不種槐。夜後不聞更漏鼓，只聽鎚芒織草鞋。」縣官及胥吏皆怒，即日逐出界。遊他邦者，宜監戒也。

一犂雨，言農畝霑足。杜詩「一犂春雨足」，蓋民待雨得一霎，輒試鋤地，見其潤之所透。蘇轍詩「雨深一尺春耕足」，即其義也。又吴融《梅雨》「中庭自有兩犂泥」，又有半鋤雨、半犂泥，皆自杜詩來。

劉旬伯「一星深戍火」，李群玉「一星幽火照叉魚」，言一點微少。韋莊「春橋南望水溶溶，一桁晴山倒碧峰」，言連山如一衣桁。皮日休「欠買桐江一朵山」，猶言一片，以花瓣比。韓偓「小港春添水半腰」，言纔深及腰。温庭筠「萬家砧杵三篙水」，猶曰三竿之例。陸龜蒙「一簪秋髮未曾梳」，言僅足插簪。王周「一鈎新月未沈西」，言細而曲。陸游「一梳殘月伴新霜」，言半輪如插梳。皆一樣文字。

杜詩「紅顔白面花映肉」，東坡《海棠》詩「翠袖卷紗紅映肉」，肉謂人肌膚，俗甚，不可效顰也。誠齋詩「草色染成藍樣翠，桃花洗出肉般紅」，尤不堪穢矣。邦俗忌穢爲禮，播磨宍粟郡、長門宍户氏，皆用古文，蓋「肉」字嫌瀆尊貴清覽，故避之也。況以花比肉乎？好奇者或犯，故爲表之。

弔慰詩文，印用青色，凶禮不可用朱，故易之也。嘗見人詩印用青色，余怪之，蓋居喪云。

〔一〕用：底本訛作「周」，據《全唐詩》卷八百六十一改。

吁！制中可弄翰墨耶？二蘇兄弟居喪再期之内，禁斷作文章，况肯詠詩乎？何也，詩乃有韻之文，正哀戚不暇之時，奚爲其操觚拈韻哉？故古人無哭父母詩，况於他題乎？謝惠連先愛會稽郡吏杜德靈，及居父憂，贈以五言詩十餘首，文行於世，坐廢不豫榮伍。其致清議如是，可不監也哉？

讚州丸龜女才子井上氏通子，詠剪彩牡丹，呈我先君了義公詩，及國字卅一之什。余獲而藏之，如左。《歲己巳孟春，藤堂侯尊君爲大姉養性君，以剪彩牡丹紅白兩枝，遠自勢州致之江府，大姉君慰悦無限，深感其友愛之情芳乎千里之外，因命妾獻鄙詞，雖耻此花之奇巧艷麗，然尊命不可辭，謹綴短篇，敢呈閣下》：「誰剪餘霞綺，裁成貴彩新。艷華殊絶世，秀色永留春。妙見經營手，工欺造化神。芳馨千里外，明德仰淳仁。　孚加美具作，孚加起個個路乃。達涅餘里耶，加加留伊路可乃，波奈八佐起計吽。　元禄二年閏正月廿六日，井上氏通百拜。」余嘗讀井上氏《歸家日記》及《處女賦》，驚其才識之秀。又見鳩巢《可觀録》，白石諸公稱其人品，不唯文藻也。巾幗中有若人，於戲！不尤偉哉。

先侯鶴汀公，博學善詩，恐當時諸侯中無比肩者。《笠置山覽古詩并序》：「維昔元和己未之歲，台德公易我南勢之田，割賜城和二州之地，於是笠置之山入我封疆矣。今玆安永丁酉九月，巡封之次，登覽於此。山水之奇，巖壑之幽，固不可勝言也。余嘗讀史，深悲元弘之亂。夫當時勤王之兵，仗義奮勇，一可以敵百，而山之險，要害尤固。非姦賊襲間道，安肯至敗績耶？蓋山下飛鳥路村民爲之導云。我笠置邑人，深惡其不義。至今四百餘年，尚不肯通嫁娶。嗟呼！此宜稱義鄉，可與仁里作對也。行宫之陷，實屬季秋。余遊適當其時，尤不勝感慨。斐然作辭，聊述懷古之恨。庶亦後來者，其有所觀感矣。

名山欝岩嶪，佳氣接帝州。壯哉山河固，化城倚上頭。鬼工怪巖崚嶒勢，蒼崖嶢巀石門幽。探勝登覽窮絶頂，翛然物外雲霞遊。君不見元弘天子蒙塵日，間關投跡此地留。維南有木協靈夢，相見何晚楠子謀。風飄錦旗懸日月，雲擁金甲列貔貅。敵愾忠奮義烈士，競鋭虓悍猾賊讐。積骸填塞地獄壑，木津河水漲血流。王師負險賊怙衆，未知攻戰幾時休。一夜間道狂飆火，金碧伽藍忽薪槱。君王避難迷行在，風流搢紳多俘囚。旂旐影滅雲漠漠，鼓角聲斷鹿呦呦。旻天草木摇落日，悲風慘愴戰場秋。獨有蕭條山水景，陳跡千古鬼神愁。

或請造碑諸山上，臣力贊奬之，屬有故不果。山靈亦應抱憾焉，惜哉！」

詩用「得」字，謂其不易得也。「人間能得幾回聞」「借問漢宫誰得似」「常得君王帶笑看」「自憐深院得徊翔」「品流應得近山鷄」，皆言其所不可得而能得之也。僧貫休上蜀主王建詩「一瓶一鉢垂垂老，千水千山得得來」，言以垂垂投老之身，陵其不易，得來而至，猶言故故也。東坡詩「知是多情得得來」，多情二字即得得之由，王建所以深喜也。

古所謂扶桑樹者，《山海經》：「湯谷之上有扶桑，十日所浴，在黑齒北，居水中。有大木，九日居下枝，一日居上枝。」《楚辭》「飲余馬於咸池兮，總余轡乎扶桑」。《淮南子》「日出於暘谷，浴於咸池，拂於扶桑，是謂晨明」。東方朔《十洲記》「扶桑國在碧海中，樹長數千丈，大三千圍，兩樹同根，更相依倚，葉如桑，故名爲扶桑。」蓋在伊豫海濱，洪荒時物云。按史，景行天皇西巡時，履僵卧巨木，度海抵火州，此其是矣。其大且長何如哉？所謂其未僵之時，當朝日，則隱杵島山。及夕日，則覆阿蘇山者，理或然也。故西土之人稱扶桑國者，指筑紫地方也。王維《送晁監》「鄉國扶桑外，主人孤島中」，韋莊《送僧敬龍》「扶桑已在渺茫中，家在扶桑東更東」，言日本去扶桑更遠也。白石先生考以總地爲扶桑，鑿矣。伊豫大洲海底，有撈得陰沈木者，道是扶桑朽株。余家藏一小片，色玄，木理存，質膩類水沈，磨之生光如玉，牢比石，因琢爲硯甚工，餘材爲印章及香撞墜子，貽之後昆，永爲家寶。予所識貴家有用造棋局者，尤希世之珍也。

人之不良，於師友之阨，不唯不往視，雷同時勢，左袒姦黨，讒誣侮謗，操戈下石。悲夫！晏元獻嘗謂「士受人眄睞，隨燥温變渝，如翻覆手，曾一女子不若」，蓋指宋子京而言。元獻當國，子京爲翰苑，晏愛宋之才，雅甚親密之。中秋，晏開宴，召宋出伎，飲酒賦詩，達旦方罷。翌日晏罷相，宋當草詞，頗極詆斥，至有「廣營產以殖私，多役兵而規利」之語，方其揮毫之際，餘酲猶在，左右觀者亦駭嘆。見《漁隱叢話》。視徐晦送楊臨賀事何如哉〔一〕？又真德秀書趙蕃從劉清之事曰：「蕃於師友之際蓋如此，肯負國乎？」嗚呼！彼輩豈知世有若人哉？噫！

《四溟詩話》曰：「意巧則淺，若劉禹錫『遥望洞庭湖水面，白銀盤裏一青螺』是也。句巧則卑，

〔一〕晦：底本訛作「誨」，據《新唐書》卷一百六十改。

若許渾『魚下碧潭當鏡躍，鳥還青嶂拂屏飛』是也。」此寔中窾。余嘗譬之如俗畫寫真，雖形色相肖，而神彩索然。若王璘「芍藥花開菩薩面，椶櫚葉散夜叉頭」，尤不勝俗。形容雖巧，苟無風趣，豈詩云乎哉？

《枕山樓詩話》曰：「流淚、斷腸等語，初學不宜輕用。唯出唐人點鐵成金之手，覺自有其妙，不見酸楚，如少陵翁向人涕泣而道，亦自風雅。學之則不可。」此言大好。扼腕悲歌、風塵睥睨等語，尤不宜輕用。嚴滄浪曰：「須是本色，須是當行。」學者其慎旃哉。

劉後村《憂旱》云：「輸租常占一村先，不望明時舉力田。老畏里胥如畏虎，敗人詩思攪人眠。」此藏句之法，從「常」字看出。言常畏里胥如此，今歲乃遇旱歉，不免於催租之責，是預可憂也。因憶《孟子》：「如欲平治天下，當今之世，舍我其誰也？吾何爲不豫哉？」亦是藏句。言惟其不然，是以不豫也。遺一轉語，不肯説盡，而感慨之切溢乎言外，不亦妙乎？從前諸注皆謬，坐不注目「如」字也。

余《詠人影》詩「旅館寒燈向隅坐，秋郊斜日先身行」，以身對隅。或者譏之。范石湖詩「一岡邑屋舊河灘，卻望河身白里間」，陸放翁詩「旋糴街頭數升米，黄昏看上店身燈」，身謂中央。此其所以對隅也。杜詩「生埋秪憑黄閣老，衰顔欲付紫金丹」，生理，資生經理之事，然借膄理以對顔也。沈雲卿「姓名雖蒙齒録，袍笏未换牙緋」，金人吴激「手版西山聊復爾，角巾東第定何如」，皆是此法，所謂活對也。元人貫酸齋《詠蘆花被》「西風刮夢秋無際，夜月生香雪滿身」，身與際對，不亦工乎？

余諭詩弟子：「下學工夫，由邇涉遠，宜憑我爲階梯，枕藉鄙集，務摸放之，即在此中作賊，生吞活剥，任爾伎倆，只要螟蛉化蜂，既至其小成，輒脱屣超乘，直攀古人之域。三唐宋明自在也，於是各寫一本，吟玩自資，體裁相肖，漸近自然。故雌黄易施，而上達殊速。師弟俱省勞，方便之捷徑也。」此亦教之一術，爲書以貽後進。但師非其人，賊夫人之子，不可不擇也。

《石林詩話》曰：「王荆公嘗有『自喜田園安五柳，但嫌尸祝擾庚桑』之句，有人稱其的對。公曰：『伊但知柳對桑爲的，然庚亦自是數。』」蓋以十干數之也。《明道雜志》曰：「蘇公詩云『身行萬里半天下，僧卧一菴初白頭』，黄九云：『豈有用白對天乎？』公哂之。」余嘗讀此説，因每閲唐詩，留心推例。凡數目干支、尺度量衡、五色五味、四方四時，此中文字交互對偶，又與天地朝野、仙凡公私、晝夜晨夕、早晚昨今、陰晴寒温冷暖、老少壯衰、雌雄牝牡、新故生熟、真僞虚實、尊卑貧富、前後左右、内外上下、本末大小、巨細洪纖、脩短輕重、高低平側、厚薄濃淡、淺深疎密、稀稠强弱、剛柔曲直、横斜喧静、勝劣善惡、奇正衆寡、同異遠近、往來聚散、斷續有無、浮沈安危、緩急遲速、久暫清濁、暗明榮凋、乾濕開落、芳臭彼此、爾我自他、流飛自上而降曰流，自下而升曰飛等反對字，亦皆遞互取對，縱横自在也。杜工部「白首多年疾，秋天昨夜凉」「百年雙白鬢，一別五秋螢」「遠傳冬筍味，更覺彩衣春」「飛霜任青女，賜被隔南宫」「暗水流花徑，春星帶草堂」「百花簷外朵，青柳檻前梢」「翠石俄雙表，寒松竟後凋」「往者災猶降，蒼生喘未蘇」「別筵花欲暮，春日鬢易蒼」「不返青絲鞚，虛燒夜燭花」「瓜須辰日種，竹要上番成」「鴻雁幾時到，江湖秋水多」「紅蹄亂踏春城雪，花頜驕嘶上苑風」「扁舟不獨如張翰，皂帽應兼似管寧」「鄭公彩繪隨長夜，曹霸丹青已白頭」「縱酒欲謀良夜醉，還家始散紫宸朝」「錦江春色來天地，玉壘浮雲變古今」，翰林「歸心結遠夢，落日懸春愁」「涼煙浮竹盡，秋月照沙明」「暖風花繞樹，秋雨草沿城」「樹深時見鹿，溪午不聞鐘」「春風開紫閣，大樂下朱樓」「煙花宜落日，絲管醉春風」「喧鳥迎風囀，春衣度雨寒」「初從雲夢開朱邸，更取金陵作小山」，王右丞「雀乳先春草，鶯啼過落花」「流水如有意，暮禽相與還」「槐色陰清晝，楊花惹暮春」「晚鐘鳴上苑，疎雨過春城」「城外青山如屋裏，東家流水入西鄰」「鑾輿迴出千門柳，閣道回看上苑花」「簾前春色應須惜，世上浮名好是閑」，岑嘉州「江村片雨外，野寺夕陽邊」「時衣天子賜，厨膳大官調」「彈琴醒暮酒，卷幔引諸峰」，高渤海「坐令高岸盡，獨對秋山空」「出門看落日，驅馬向秋天」「夏雲滿郊甸，明月照河洲」「蒼生謝安石，天子富平侯」「吴會獨行客，山陰秋夜船」「故鄉今夜思千里，霜鬢明朝又一年」「建寅回北斗，看曆占春風」「故郢生秋草，寒江澹落暉」「盛府南門寄，前程積翠中」「鳥聲春谷静，草色大湖多」「猿聲知後夜，花發見流年」「寺路仰看飛鳥外，禪房空掩白雲中」「人於紅藥偏憐色，鶯到垂楊不惜聲」，韋蘇州「同占朱鳥剋，俱起小人言」「幾日東城陌，何時曲水濱」「乍迷金谷路，稍度上陽宫」，錢仲文「落葉淮邊雨，孤山海上秋」「閑鷺棲常早，秋花落更遲」「漢浦浪花摇素壁，秦陵樹色入西窗」「四野山河通遠色，千家砧杵動秋聲」，白香山「人家黄茅屋，官舍苦竹籬」「獨登高寺去，一與白雲期」「九月全無熱，西風亦未寒」「歲盞後推藍尾酒，辛盤先勸膠牙錫」「幾處早鶯争暖樹，誰家新燕啄春泥」「近見詩中嘆白髮，遥知閫外憶東都」，劉夢得「別路千峰外，詩情暮雲端」「樹含秋露曉，閣倚碧雲天」「灰琯應新律，銅壺添夜籌」「籬堂未暗排紅燭，別曲含淒颸晚風」，杜牧之「北闕千門外，南山午谷西」「緑樹鶯鶯語，平沙燕燕飛」「重尋春晝夢，笑把淺花枝」「白鷺煙分光的的，微漣風定翠粘粘」，李義山「橋迴涼風壓，溝横夕照和」「怨目明秋水，愁眉淡遠峰」「誰向劉伶天幕内，更當陶令北窗風」「永意江湖歸白髮，欲回天地入扁舟」，薛大拙「黄沙人外闊，飛雪馬前稠」「無計延春日，可能留少年」「新年人未去，戊日燕還來」「稠樹蔽山聞杜宇，午煙熏日食嘉陵」「曲水池邊青草岸，春風林下落花盃」「鼙和調角秋空外，砧辨征衣落照間」，賈長江「故園從小別，夜雨近秋聞」「秋風吹渭水，落葉滿長安」「噪軒高樹合，驚枕暮山横」「積雨荒鄰圃，秋池照遠山」，陸魯望「短鬢看成雪，雙眸舊有花」「俄分上尊酒，驟厭五侯鯖」「霜染洞泉渾變紫，雪披江樹半和春」「行次野楓臨遠水，醉中衰菊卧涼煙」「三泖涼波魚蕝動，五茸春草雉媒嬌」「十洞飛精應遍吸，一簪秋髮未曾梳」「窗憐返照緣書小，庭喜新霜爲橘紅」「蘚銜荒磴移桑屐，花浸春醪挹石缸」，鄭都官「一徑入寒竹，小橋穿野花」「霜漏清中禁，風旗拂曙天」「已難消永夜，況復聽秋霖」「野緑梅陰重，江春浪勢麤」「遊子乍聞征袖濕，佳人纔唱翠眉低」「好句未停無暇日，舊山歸老有東林」「深愧青莎迎野步，不堪紅葉照衰顔」「窗下調琴鳴遠水，簾前睡鶴背秋燈」。右信手抽取《全唐詩》，令二三子檢出，以備後進標準，亦可以廣其資而參其變也。夫觸類隅反者，略舉其例而足。是何不憚類煩之甚，亦唯爲蒙學致婆心，且不虚諸子之勞耳。

自恃聰慧，終虧學力，人間可惜，莫此爲甚。張于湖自負才氣，每作詩輒謂：「視東坡何如？」門人謝堯佐曰：「以先生筆勢，讀書不十年，吞東坡有餘矣。」唐六如畫學周東村，而雅俗迴別。或問東村畫何以俗，曰：「祇少唐生數千卷書。」祝枝山深悦少陵「讀書破萬卷，下筆若有神」之語曰：「此臨池家刑俗魔之寶劍也。」亶其信哉。夫詩賦書畫之工，雖由別才，微學殖以資之，未易深造焉。蓋讀書可以蕩滌塵穢，故謂之心塵帚。黄山谷言：「人胸中久不用古書澆灌，則塵俗生其間，對鏡覺面貌可憎，向人亦語言無味。」又曰：「子弟凡病皆可醫，但俗不可醫，然唯讀書可以勝之。」又論書曰：「士大夫下筆，須使有數萬卷書，氣象始無俗態。不然一楷書吏耳。」皆警俗名言也。即有天縱之才，苟不學無術，則塵坌之氣填胸塞膂，雅趣掃地，齷齪乎不勝鄙陋矣，技之所以不能免俗也。

楊升菴云：「智果書，合處不減古人，然時有僧氣。可恨。」古人所以貴於人品高也。夫書有僧氣尚爲可恨，詩帶俗氣豈可堪乎？乃欲人品高，不可不養也。故曰詩雖一小技，然非胸中有萬卷，筆下無一塵，亦不能臻其妙也。

一題而强作數首，辭采意旨彼此相犯，索其指歸，一章可盡，不如割愛之爲愈也。蓋初臨題所得中聯，其聲律不與起結合，更改作對偶，於是所剩鷄肋，自吝不能棄，遂衍構多篇，架屋叠牀，餖飣成堆，故字换而意同，數首如一首，徒夭閼剡藤耳。

曹唐《大禮》詩七律四首，允稱傑構。然詩中千官三見，天壇、玉藻竝再見，識者病其復用。余謂不特此也，四章俱叙曙景，不耐雷同，雖多奚以爲？ 如老杜《秋興八首》，長安、夔府，昔事今況，晝夜陰晴，俯仰行坐，情景互叙，悲歡交集，意旨辭采未嘗犯重，錯綜變化不可端倪，調劑停匀之妙，尤見良工苦心，所以爲千古絶作也。

裴夷直《同樂天中秋洛河玩月》二律，前首云「蒼龍頷底珠皆没，白帝心邊鏡乍磨」，後首亦云「千珠競没蒼龍頷，一鏡高懸白帝心」，兩聯全是一意，雖兒童所不爲。蓋初稿未圓，因轉韻改作，而後人誤竝傳耳。

釋靈一《僧院》：「虎溪閑月引相過，帶雪松枝挂薜蘿。無限青山行欲盡，白雲深處老僧多。」通篇全寫秋夕涼景，則雪宜作露。用倒置法以治聲律，言薜蘿帶露挂於松也。若松林雪尚封條，則滿山皓皚，溪路不通矣。即月凝清光，豈能引人乎？ 且薜蘿葉盡，獨存蔓耳，何以見其挂哉？ 又何得後曰青山？ 其爲誤寫，的然無疑。乃千百年讀者，無一人覺其誤，何耶？

可以死矣，捐生取義殺身成仁是也。可以無死矣，苟不足爲國家者，豈如匹夫匹婦之爲諒哉？ 或狥名激禍，徒俠者之狂也。放翁爲韓平原作《南園記》，勢不得已也。初誠齋固辭，而翁又峻拒之，必激其怒，徒速禍耳。記中唯勉以忠獻之事業，寔無諛詞，其亦何尤也。《宋史》本傳，因朱子言，横致訾議，何其固也。《文海披沙》歴舉古今文人無行者，不詳其事實，漫吠聲誣之，不尤冤乎？ 翁《示兒》詩曰：「死去元知萬事空，但悲不見九州同。王師北平中原日，家祭無忘告乃翁。」此其絶筆，亦有三呼渡河之態。翁之心事，於易簀時猶睠睠如是，其志節可見已。

自室町氏擅霸政，而文物名號之濫，往往窘於措辭，殆有不可筆焉者。施及今日，其名位之隆，尤難於稱謂。若過則傷於僭，恐捐霸朝恭順之美；不及則嫌於貶，或與侯國事體無別。洵爲文場大阨矣。夫正名明義，師儒之任，關係匪輕，不容不慎焉。要之，吾儕陪臣，非不得已之外，謹無挂之筆舌可也。

宋黄徹《砮溪詩話》曰：「東坡詩云『楚雨遂昏雲夢澤，吴潮不到武昌宫』，失於一時筆快，遂以王宫目之。繼有李成伯題云『寂寞西山舊巢穴，庸兒猶道帝王宫』，語幾於罵矣。」夫吴主號皇帝，後世賤其僭僞，不肯與以宫稱之。詩筆稱呼之嚴，其可慎如此也。

《顔氏家訓》曰：「蔡邕《楊秉碑》云『統大麓之重』，潘尼《贈盧景宣》詩云『九五思飛龍』，孫楚《王驃騎誄》云『奄忽登遐』，陸機《父誄》云『億兆宅心，敦叙百揆』，《姊誄》云『俔天之和』。今爲此言，則朝廷之辠人也。」此尤所宜重慎，而木門蘐社諸人，於霸府稱謂，是類比比犯之，肆然無所忌憚。《春秋》之義謂何？

知父母之年，一喜一懼，孝子之用心也。於是知命以上，每加十袟，值其覽揆之辰，邀宴親戚義故，作歌詩以侑壽觴。雖古禮所不聞，亦孝義之道也。近時文風日趨浮靡，好事小人自集祝嘏之詞，廣請諸四方，以誇堆積之盛。介人來乞者紛紛不已，余頗厭惡之，一切弗敢與聞。夫詩，發乎情者也。今他方之人，未嘗交一臂，即其壽夭，於我何干？所謂秦人之視越人之肥瘠耳。且夫其人無德之可述，無功之可叙，頑然保壽考，而視息天地之間，其不爲虚生者幾希。乃强作世情之話，過稱虚美，漫投浮詞，豈非輕薄之甚哉？但苟有一面之舊者，爲其親乞求，則豈容漠然？此不可以常限爲拘已。或嫌其失義於他人，遂並此拒謝，抑亦非人情矣。近又有求討輓詩者。夫輓詩，平生交遊有契誼之舊，一旦聞其死，而哀傷之自發於言耳。豈可素昧平生者，見求而强作之乎？《禮》曰「知生者弔。知死而不知生，則傷而不弔」。蓋不知生而弔之，則近於諂也。況進輓詩乎？即知生，交不深，何悼之有？孔子弔舊館人，惡涕之無從，於是乎乃有贈焉。今半面之識，遽自稱知己，佞哀乾哭，吠聲以應之，末俗弊風之煽，無所不至哉。

弇州評李長吉詩「奇過則凡，老過則稚」。此方近今詩人，舍唐而趨宋，變雅而就俗，專尚尖巧，務逞詭怪，聲調卑靡，旨趣猥瑣，豈徒凡且稚哉？往往不勝癡騃，令人捧腹。余所以禁初學，令不趨時風也。

陳去非曰：「揚子雲好奇。唯其好奇，所以不能奇。」夫揚子猶然，况凡手而好奇，不啻醜婦之顰。

陵陽《室中語》云：「詩使事，要事自我使，不可反爲事使。」夫詩語尤貴圓，今之耽宋詩者，偶獲一奇語，便欲遽用之，强爲是而作，故反爲奇語使，不勝生硬。真所謂「下劣詩魔」也。

夜航詩話卷之六

程伊川曰：「凡人家法，須月爲一會以合族。古人有花樹韋家宗會法，可取也。」宗會法今不傳，然觀岑嘉州《韋員外家花樹歌》，其盛可想見矣。如崔敏童兄弟《宴城東莊》蓋亦是也。清袁倉山致仕居隨園，每至春日花盛，家中輪流置酒，爲太夫人壽，太夫人亦設席作答。歲以爲例。倉山有句云「高堂戒我無他出，阿母明朝作主人」，蓋實事也。此誠孝子至行，若其力不能爲宗會，亦須傚是，以致父母之歡。曾子所謂「椎牛而祭墓，不若雞豚逮親存」，庶幾乎他日少風木之憾矣。

始之非難，善終爲難。朝華夕萎，雖美奚貴？歲寒後凋，明德維馨。蓋夫善終，罔不在初。《傳》曰「進鋭者，退必速」，此乃其戒也。漢文帝還千里馬，而與之道路費，惜中人十家之産，遂不作露臺。事詞醖藉，自無圭角，綽有餘裕，文帝之器大哉。是故錢朽粟腐，猶衣弋綈，宮室車騎無所增益，觳儉自持，不敢滿假，終始如一，可謂歲寒之松矣。晉武帝踐祚，焚雉頭裘於殿前，以儉率天下。既而及吴平，侈縱日甚，後宮數千，常乘羊車幸之。與群臣語，未嘗有經國遠謀。外患除而内憂殷，釀成五胡大禍亂。唐明皇即位，亦焚珠玉錦繡於殿前，示朴爲天下先。然一觀帑藏充牣，則奢靡荒淫，糞土金帛。勸政務本之樓徒爲虚設，非復前日開元天子。妃子肥而天下瘠，漁陽鼙鼓動地來。此皆雖矯勉於初政，而怠忽於末路，難乎有恒矣。蓋志欲既滿，侈心便生，遂流連荒亡，往不知返，換骨脱胎，若兩截人然，可謂朝華之草耳。大凡激而行者，未必不有進鋭退速之患也。觀夫牛乎，逸而走，一躍如失，然亡幾已疲，四蹄忽痿，不能復行。若彼二主者，豈非牛走哉？清乾隆大爺嘗作《有初行》，余得而讀之，寔知其爲令主。其詞曰：「君不見晋武嘗焚雉頭裘，平吴還駕羊車遊。又不見明皇珠玉焚前殿，太真寵盛長夜宴。人心靡不有厥初，幾見歷久常不渝。當時焚寶博虚譽，誰知慾熾翻焚軀。漢文卻馬輕千里，崇尚節儉輝青史。不聞號令付炎官，秖覺中心淡如水。」在潛邸時賦此自戒，乃克慎終如始，今在御垂六十年，未嘗聞其有悖德也。《書》曰「慎厥終，惟其始」，於戲！信矣哉。

明景泰帝奢靡無度，嘗爲銀豆等擲於地，令内侍争拾爲鬨笑。編修楊守陳作《銀豆謡》曰：「尚方承詔出九重，冶銀爲豆驅良工。顆顆匀圓奪天巧，朱函近入蓬萊宫。御手親將十餘把，琅琅亂灑金階下。萬顆珠璣走玉盤，一天雨雹敲鴛瓦。中官跪拾多盈袖，金璫半墮羅裳縐。贏得天顔一笑歡，拜賜歸來坐清晝。聞知昨日六宫中，翠娥紅袖承春風。黄金作豆競拾得，羊車不至愁煙空。别有銀壺薄如葉，竝刀剪碎盈丹匣。也隨銀豆灑金階，滿地春風飛玉蝶。君不見民餐木皮和草根，夢想豆食如八珍。官倉有米無銀糴，操瓢盡作溝中瘠。明主由來愛一顰，安邦只在恤窮民。願將銀豆三千斛，活取枯骸百萬人。」長歌之哀，甚於痛哭。爲人君者讀之不猛省，匪人矣。

宋人李衡云：「讀書須是識字。」此言學問之要訣也。苟不識字，懵於文義，而讀書求解，如闇室索物，其可得乎？故爲學先務在識字通文義，不然錯亂經旨，是非謬於聖人，豈容忽諸？蓋識字莫善於詩。詩雖末技，使小子先通其解，乃馴致學通經義之階梯也。夫古經文簡而理奥，豈可一蹴而至焉乎？乃詩且未能解，而直事經義者，何異不緣梯階而以求躋堂樓也。朱子嘗言：「看詩義理外，更好看他文章。」此謂《毛詩》。然今之詩猶古之詩，故予之教人，以詩爲入門之路。童生頗嫺佔畢，輒驅而之詩，自然習於文字，資學業多矣。是方便捷徑，因技而近乎道，亦德充之符也。或譏爲倒行逆施，迂儒腐論，悶殺人才。世多讀書而不識字者，不獨道學先生，皆坐此故也。

唐山杜鵑，暮春盛啼，旅客聞之，不勝悲傷。以其呼「不如歸」，故攪鄉情云。此間至夏始聞，國歌者流與鶯竝賞，特喜聽初聲，詠以向人詫之。按顧況《山中作》「幽人自愛山中宿，況在葛洪丹井西。庭前有箇長松樹，夜半子規來上啼」，僧齊己《林下偶作》「花在月明胡蝶夢，雨餘山緑杜鵑啼」，朱文公《崇壽客舍夜聞子規》「空山初夜子規鳴，静對琴書百慮清。晚得形神兩超越，不知底是斷腸聲」，戴景明詩「預識今年好，鵑啼枕上聽」，許月卿詩「要知來日清明節，請聽鵑鳴第一聲」，明人徐威詩「山長空寄鯉，春盡好聞鵑」，清人高步瀛詩「客來未慣鶯雛燕，人到無愁愛杜鵑」，則彼方亦樂而賞之也。但在旅中厭之耳。

《無題詩集》載僧蓮禪《杜鵑》詩頷聯云「鶯子巢中春刷翅，兔花墻外曉傳聲」，此在當時殊爲絶妙。隨軍茶花，古稱芳宜花。安澹泊《湖亭涉筆》歷舉故實，水綿花稱兔花，亦可備一典故。

有倔彊好異者，喜用僻典下奇字，衒博以驚人。余嘗指摘之，責其杜撰。輒言見東坡集，或稱楊誠齋語。余曰：「二公全集，吾能諳之，絶無斯語。若有别集乎？請與寓目焉。」其人語塞，赧顔而退。蓋腹中空洞而强欲出奇，小人窮斯濫矣。又有用「笛篴」字者，試詰其義，答曰：「取諸《放翁詩鈔》，其義未考，姑妄用之。」余哂曰：「放翁本集作『竹篴』，鈔本作『笛』，譌耳。」君子闕疑，慎言其餘。乃不知而妄作，自欺欺人耶？若以後再之，直於尻骨上施一大灸矣。吁！詞林多怪，不得不燃犀也。追考放翁《詠篴》，有「笛材細織含風漪」之句，似是謂簀。蓋簀亦謂之篴也。

周櫟園論詩云：「學古人者，只可與之夢中神合，不可使其白晝現形。」旨哉言乎。今世學宋詩者，不能得其佳處，而徒偏效其顰，牛鬼蛇神，白日横行。

徐而菴云：「今人詩要見好，所以工於字句之間。古人詩不要見好，所以妙於篇章之外。」洵知言也。今之追逐時好者，不辨體裁，不了章法，以好行小慧爲能事，徒争巧於五字七字之間，琢鏤湊砌，抽黄媲白，合作何由而得哉？以此博一日之名則可，而遂欲傳後世耶？

黄山谷詩，苦於貪對偶而不脱灑，好組織故事，不勝刻畫之痕。尤逞奇自喜，顧影裴徊，衒耀太甚，故格雖高而無滋味，往往晦僻難曉。世人不解事，喜其律刻而切，乃所以爲弊也。魏道輔《隱居詩話》：「山谷喜作詩得名，好用南朝人語，專求古人未使之奇字，綴葺而成詩，自以爲工，其實所見之狹也。故句雖新奇而氣乏渾厚，吾嘗作詩題編後云『端求古人遺，琢抉手不停。方其得機羽，往往失鵬鯨』，蓋謂是也。」《西清詩話》：「山谷詩，所恨務高，一似參曹洞下禪，尚墮在玄妙窟裏。」《漁隱詩話》：「山谷詩酷學少陵，雄健太過，遂流而入於險怪。要其病在太著意，欲道古今人所未道語耳。」當時既有是論，而至今與坡公竝稱何耶？

杜詩「且看欲盡花經眼，莫厭傷多酒入脣」，虚字斡旋之妙，圓轉如珠走盤。然學者好傚此，則不勝破碎矣。蓋詩用虚字，猶構舍之用楣子也。若不善用，動摇欲頽，豈可浪用乎？

自漢以女妻匈奴，而後世習爲例，常結昏戎狄，不以爲耻。如李唐之時，世世嫁公主於虜酋，尤可哀也。昔齊景公，一諸侯也。畏吴，以女女之，猶涕泣遣之。今以天子之尊，迺與異類通婚，殆無人倫之理矣。夫庶人求配偶，猶各以其倫，良民之女不敢嫁匪類，况王姬公族而棄之外夷，何其忍也。鍾伯敬《唐詩歸》論崔湜《奉和金城公主適西蕃應制》之作云：「如此醜事，何勞群臣作詩應制？唐時君臣廉耻意氣盡矣。每讀之氣塞。」湜詩粗能回護，中寓傷諷，得詩人之意，然終不如勿作耳。詩之爲用至此，亦不幸矣。蓋至明氏，一掃舊弊，故得立此論也。

王弇州《藝苑卮言》云：「邊庭實詩『自聞秋雨聲，不種芭蕉樹』，于鱗《詩删》收之。然芭蕉豈可言樹乎？若作『自憐秋雨滴，不復種芭蕉』可也。」按佛經，菩薩如實，知行如芭蕉樹。宋謝翺詩「棋局雨生苔蘚文，袈裟晴挂芭蕉樹」，是芭蕉可言樹也。又《雜譬諭經》「庭中有蒲萄樹」，韓文公詩「偶坐藤樹下」，金人李元翼詩「牡丹樹下影堂前」，此類亦皆可言樹也。蓮亦稱樹，北齊時童謡「千金買藥園，中有芙蓉樹。破家不分明，蓮子隨他去」，楊誠齋《曉看芙蓉》「半紅半白花都鬧〔一〕，非短非長樹斬齊」是也。然好奇喜用，非也。

〔一〕鬧：底本訛作「間」，據《全宋詩》册四十二改。

杜詩《崔氏東山草堂》用「真」韻，内押「芹」字，蓋出韻之失。當時諸家，往往有之，皆一時趁筆之誤耳。《隨園時話》云：「余祝人詩，『七虞』内誤用『餘』字，意欲改之，後見唐人律詩通韻極多。」因歷舉唐詩以爲一法，予竟不以爲然也。夫通韻，古詩所用。唐人韻法極嚴，何敢於近體用古韻？此猶王右軍書帖多誤字，豈可以爲典要乎？後學以是爲口實，效尤文過，不思之甚也。

吴融詩「一夜陰風度，平明顥氣交」，鄭谷詩「武德門前顥氣新，雪融鴛瓦土膏春」，是顥氣，冬春亦可言也。梅雨、梅陰，亦於春時言之。柳宗元詩「梅實迎時雨，蒼茫值曉春」，鄭谷詩「野緑梅陰重，江春浪勢麤」，蓋陸佃《埤雅》所謂迎梅也。

許渾《題峽山寺》「鷺巢横卧柳，猿飲倒垂藤」，語誠工矣，然鷺非高木不巢，是求奇巧而不遑考其實耳。改作「棲」字則可也。

黄山谷云：「歐陽文忠公極賞林和靖『疎影横斜水清淺，暗香浮動月黄昏』之句，而不知和靖别有詠梅一聯云『雪後園林纔半樹，水邊籬落忽横枝』，似勝前句。不知文忠何緣棄此而賞彼？文章大概亦如女色，好惡只繫於人。」吁！是真醜西施而艷嫫母，不意山谷乃爾。因記王漁洋《五代詩話》載唐江爲詩「竹影横斜水清淺，桂香浮動月黄昏」，和靖改二字爲「疎影暗香」以詠梅，遂成千古絶調。余初讀之，以爲和靖亦太横，然氣格乃過本句，不啻青出於藍。殆是神來之筆，不謂之剽可也。

唐許棠，宣宗時人，有《送金吾侍御奉使日東》詩曰：「還鄉兼作使，到日益榮親。向化雖多國，如公有幾人。孤山無返照，積水合蒼旻。膝下知難住，金章已繫身。」此亦晁卿之類，仕彼爲侍御者。又張喬《送賓貢金夷吾奉使歸本國》曰：「渡海登仙籍，還家備漢儀。孤舟無岸泊，萬里有星隨。積水浮魂夢，流年半別離。東風未迴日，音信杳離期。」此恐或是同人，然竟不可知其爲何人也。

「彦九郎還日本，作詩餞之，座間走筆，甚不工也。　萍蹤兩度到中華，歸國憑將涉歷誇。劍佩丁年朝帝扆，星辰午夜拂仙槎。驪歌送別三年客，鯨海遄征萬里家。此行倘有重來便，煩折琅玕一朵花。　正德七年壬辰仲夏望日，姑蘇唐寅書。」此詩真迹儼然，江户樽屋氏珍藏。彦九郎，莫知其爲何人。以頸聯所稱觀之，似是十人奉使者。然無姓氏，豈亦商客之豪者歟？

《送居士五良大夫歸日本》：「敬將玉帛覲天顔，回首扶桑杳渺間。舡泊古鄞三佛地，杯傳新酒四明山。梅黄細雨江頭別，帆引清風海上還。明到賢王應有問，八方職貢溢朝班。　大明正德癸酉夏六月朔，四明李春亭。」此詩藏於伊勢丹生邑神宫寺。五良大夫，松阪陶工，永正年間西渡，久寓南京。舶來陶器，有書「五良大輔吴祥瑞造」者，即在彼所作也。春亭不知何人，詩雖不工，亦奇珍也。

白香山《蘇州》詩「緑浪東西南北水，紅欄四百八十橋」，直是我浪華光景。陸放翁《登擬峴臺》作「縈迴水抱中和氣，平遠山如醖藉人」，宛然平安城風致。

李太白《鳳凰臺》詩「三山半落青天外，二水中分白鷺洲」，或作「一水」，於義爲穩，而氣格便劣耳。明人郭登《塔頂》詩「不知眼界高多少，地下行人似凍蠅」，與「眼花落井水底眠」一樣字法，若作「地上」則不稱矣。是必至語勢，自然字法也。

七言律絶發句以散句起，必須押韻。懦慢之輩喜從省略，疎宕失體，甚不可也。且如絶句僅三韻耳，而起手不能用韻，何其駑鈍窘縮耶？余七言發句除對起外，一生不作不引韻起者，亦爲學者慎之也。

摯虞論詩賦四過：「假像太過則與類相遠，命辭過壯則與事相違，辨言過理則與義相失，麗靡過美則與情相悖。」此誠金科玉條，學者可串而佩之。

余前既論古樂府不可爲矣，近得明人于無垢説曰：「唐人不爲古樂府，是知古樂府也。辭聲相雜，既無從辨，音節未會，又難於歌。故不爲爾。然不效其體而時假其名，以達所欲出，斯慕古而託焉者乎？近世一二名家，至乃逐句形摸，以追遺響，則唐人所吐棄矣。夫唐人能爲而不爲，今人奈何不能爲而爲也？」無垢名慎行，隆慶萬歷間名賢。當時李王之焰尤熾，故厭薄之而言也。

薛能屢譏諸葛武侯非王佐之才，《遊嘉州後溪》云：「山屐經過滿徑蹤，隔溪遥見夕陽春。當時諸葛成何事，只合終身作卧龍。」《題籌筆驛》云：「葛相終宜馬革還，未開天意便開山。生欺仲達徒增氣，死見王陽合厚顔。流運有功終是擾，陰符多術得非姦。當初若欲酬三顧，何不無爲似有鰥。」又云「焚卻蜀書宜不讀，武侯無可律余身」。真是蚍蜉撼大樹，何其不自知量之甚？薛方貴時，秦宗權爲之吏，嘗坐法笞背，薛口唱云：「素脊鳴秋杖，烏靴響暮廳。」乃命决。後宗權起兵，首捕辥，令舉前詩，因續之云：「刃飛三尺雪，白日落文星。」遂加害。其視武侯嘗罪李平免官，及侯薨，平慟哭發病死，奚翅霄壤之隔也哉？

對偶語一有所本，一無來處，則爲偏枯，猶病痱者半身不遂也。老杜《端午賜衣》詩「自天題處濕，當暑著來清」，自天用《易》語，因對以《鄉黨》篇字。「鳳林戈未止，魚海路常難」，上句翻用「止戈爲武」，故以「行路難」對之。山谷《咏猩猩毛筆》「平生幾緉屐，身後五車書」，平生二字見《憲問》篇，身後用晋張翰語。東坡《雪》詩「漁蓑句好真堪畫，柳絮才高不道鹽」，下三字亦皆有來歷。見良工苦心，一字不苟，作詩用事當如是秤停也。如賈浪仙「過橋分野色，移石動雲根」，人多喜誦之。韻句誠佳，此必先得者。惜野色貂續，不免偏枯耳。嘗與清公績論詩及之，公績曰：「詩人多以雲根爲石，以雲觸石而生也。然張協詩云『雲根臨八極，雨足灑四溟』，則直指雲言也。賈詩亦然，非用典也。」余曰：「即非用典，『雲根』有力，『野色』平平，終不免偏枯爾。」公績曰：「論誠精矣。抑責於人終無已夫。」余曰：「詩以律稱，不容不嚴。」公績哂曰：「卿可謂詩家商君矣。」

「羞將短髮還吹帽，笑倩傍人爲正冠」，人只知吹帽爲孟嘉事，而不知正冠亦用《家語》子路語。「伯仲之間見伊呂，指揮若定失蕭曹」，伯仲之間取諸《典論》，因用《陳平傳》「天下指揮則定」對之。「寵光蕙葉添多碧，點注桃花舒小紅」，寵光，《詩·小雅》語，點注，見鍾會《孔雀賦》。「五更鼓角聲悲壯，三峽星河影動摇」，聲悲壯，本於禰衡漁陽撾，故星動摇亦取諸《漢武故事》，正得斤兩相稱。詩律之細如此，真無一字無來歷，杜詩豈可輕讀乎哉？「盍簪喧櫪馬，列炬散林鴉」「途窮那免哭，身老不禁愁」，此竝下句偏枯，偶失之也。邵注引「孔伸年老失意，不禁愁恨」，僞蘇所捏造耳。如「子雲清自守，今日起爲官」，用借對法。假雲對日，兩句一意，故不病偏枯，非後人所敢學也。

京師五山禪徒，好爲諧詩聯句，尤要的對。古言必以古言，俗語必以俗語，聖經佛典皆然，蓋試才學也。如「月是無量壽，山夫不動尊」「夢得劉夢得，痞生鄭痞生」「櫻東山地主，梅北野天神」「箸箱前住扇，舟板再來橋」，亦可以解頤矣。

或對「天南星是藥」以「池北月非茶」，人問：「池北月何物？」答曰：「吾亦不知，定非茶耳。」是與《徒然草》所謂「白盃瑠璃」一對雅謔。又米元章嘗賦曰「飯白雲留子，茶甘露有兄」，人不省「露兄」，叩之，乃曰：「只是甘露哥哥耳。」亦可笑也。

山谷《湯婆》詩「天明更傾瀉，頮面有餘燠」，以暖足者頮面，齷齪窮措大哉。履雖鮮不加于首，冠雖敝不以苴履。君子於言，可苟焉而已乎？

傾城本不詳語，猶言亡國。李延年歌「一顧傾人城，再顧傾人國。寧不知傾城與傾國，佳人難再得」，後世遂爲美人通稱。如梁劉緩詩題《詠名士悅傾城》是也。故李白在明皇前稱貴妃曰「名花傾國兩相歡」，若講本義，唐突殊甚，猶蓋今世城門以敵陣名自稱，不嫌其爲惡語也。南門稱追手，謂攻破其軍追入於城也。後門稱搦手，謂要其遁逃擒縛于此也。

杜牧詩「誰家洛浦神，十四五來人」，羅隱詩「中和節後奉瓊瑰，坐讀行吟數月來」，來，言已來，猶云許也。杜光庭《麻姑洞記》中，有約五尺以來，高六寸以來，方二丈以來，闊一尺六寸以來，相去三里以來等文，蓋當時語也。楊萬里好用此字，「清愁舊是天來遠」「竹扉日影針來大」「西湖瘦得盆來大」「道是荒城斗來大」「放出釣臺寸來許」，諸餘不遑枚舉。范成大詩「新秋病骨頓成衰，不度溪橋半月來」，本羅隱句也。

漢宣帝曰：「俗儒不達時宜。」賈太傅曰：「俗吏不識大體。」此二者古今之通弊。王粲《儒吏論》所云「刀筆之吏皆服雅訓，竹帛之儒亦通文法」，噫！其難矣。抑世有以俗儒爲俗吏者，其弊更何如哉。太白詩曰「魯叟談五經，白髮死章句。問以經濟策，茫如墜雲霧」，此尤講學家之通患也。至其甚者，如桃源中人，不知有漢，安問晋魏？況於《資治通鑑》《文獻通考》等政教典禮之書，真混然途之人，乃有靦面目，傲然誇張，開口便説治國平天下，説理則喙三尺，施用則手五斤，直可一棒打殺與狗子喫耳。

趙昌父曰：「古人以學爲詩，今人以詩爲學。」羅景綸曰：「近時講性理者，舍六經而觀語録，是舍禰而宗兄也。」予見今之學者，不趨彼則陷於此矣。然溺於詩者猶可援也，頭巾氣習病入膏肓不可救藥已。

意行，蓋取意恣行無所拘局也。劉禹錫《蠻子歌》「腰斧上高山，意行無舊路」是也。東坡「策杖無道路，直造意所便」，放翁「隨意東西不問途」，此即意行之義。王安石「意行卻得前年路，看盡梅花看竹來」，翻案劉句也。《宋史·蕭注傳》王安石「意行直前，敢當天下大事」，其義尤可見也。

語辭文字，不易押韻。王維「幽尋得此地，詎有一人曾」，王昌齡「借問白頭翁，垂綸幾年也」，韓愈「隔絶門庭遼，擠排陛級纔」，韋應物「亭午一來尋，院幽僧亦獨」，蘇軾「欲買柯氏林，兹計待君必」，又「苦熱誠知處處皆」，王安石「進律朝章古，疏恩物議僉」，張耒「平生千金質，戒懼敢忘暫」，陳造「矐鴨久欲忘，食蛙近亦稍」，黄庭堅「夏扇日在摇，行樂亦云聊」，蔡松年「青鏡髮蕭蕭，及此霜雪末」，皆押得穩妥可則也。

古詩轉韻，初無定式。或二語一轉，或四語一轉，或數十語乃轉。韻數多少參差，隨宜取便自在也。然非爲韻窮而轉，其處意思必轉换，是爲更端轉機也。故讀者辨解數，須照韻分截也。若作古詩不知斯訣，意不轉而轉韻，貽笑大方矣。

歌行换韻，平仄互取，參錯成章，音節抑揚得宜，蓋正調也。然劉廷芝《公子行》第十一句自麻轉陽，《代悲白頭翁》第十五句自東轉先，次又轉支，張若虚《春江花月夜》第二十一句自尤轉灰，次轉文，又轉麻，岑參《送顔真卿》第九句自麻轉文，少陵《曹將軍畫馬引》第十三句自微轉麻，《丹青引》第五句自元轉文，又盧照鄰《長安古意》有自齊轉文，駱賓王《帝京篇》有自微轉文，自支轉麻，此姑就于鱗《唐詩選》舉之，自餘不遑僂指。至如《木蘭歌》凡韻六轉，皆以平韻承接，其不必拘可見已。有一概泥者，故爲拈出之。

五言古詩貴一韻到底，篇長不肯轉换，以通韻自在也。然亦有逐段轉韻者，如蔡邕《飲馬長城窟行》、齊武帝《西洲曲》，蓋以音節抑揚爲妙也。又有末梢忽换韻收住者，一滚而出，戛然而止，奇驚活脱，頓挫尤妙。如魏文帝「西北有浮雲」上八句泰韻，末二句云「棄置勿復陳，客子常畏人」；陳思王「轉蓬離本根」上十句東韻，末二句云「去去莫復道，沈憂令人老」是也。

同訓字見一聯中，李白「疇昔不識君，知君好賢才」，杜甫「方丈渾連水，天臺總映雲」，王維「懸知倚門望，遥識老萊衣」「緣底名愚谷，都由愚所成」，錢起「不奈扁舟去，其如決計何」，韓愈「縱橫乍依行，爛漫忽無次」，李端「飲馬逢黃菊，離家值白雲」「每見先鳴早，當驚後進多」，崔峒「曾見長洲苑，嘗聞大雅篇」，朱慶餘「資身唯藥草，教了但詩書」，許渾「務閑唯印吏，公退只棋僧」，皇甫冉「圖書唯藥籙，飲食止藜羹」，劉禹錫「宦達翻思退，名高卻不誇」，白居易「是日孤舟客，此地亦離群」，司空曙「仙方當見重，消疾本應便」，盧綸「恐看新鬢色，怯問故人名」，杜牧「夜闌終耿耿，明發竟遲遲」，喻鳧「竟蒙分玉石，終不離埃塵〔一〕」，僧齊己「便應過洛水，即未上嵩峰」，劉廷芝「但看古來歌舞地，唯有黃昏鳥雀悲」，杜甫「客來但知留一醉，盤中秖有水精鹽」「即從巴峽穿巫峽，便下襄陽向洛陽」，白居易「目昏思寢即安眠，足軟妨行便坐禪」「豈唯不得清文力，但恐空傳冗吏名」「鬢毛遇病雙如雪，心緒逢秋一似灰」，許渾「一官唯買書公堂〔二〕，但得身閑日月長」，劉兼「蜀箋都有三千幅，總寫離情寄孟光」，張籍「復恐匆匆說不盡，行人臨發又開封」，戴叔倫「欲寄遠書還不敢，卻愁驚動故鄉人」，姚合「玉佩聲微班始定，金函光動按初來」，羅鄴「不愁世上無人識，唯怕村中沒

〔一〕埃塵：底本錯作「塵埃」，據《全唐詩》卷五百四十三改。

〔二〕書公堂：底本訛作「蓋公室」，據《全唐詩》卷五百三十四改。

酒沽」，王建「知時每笑論兵法，識勞還輕立戰功」，如猶、尚，尤、最，爲、作，如、似，多、足，能、解等，不必舉焉。白詩「葷血屏除唯對酒，歌鐘放散只留琴。更無俗物當人眼，但有泉聲洗我心」，兩聯中唯、只、但三字連用，各有所當，子細玩味，其義可見也。

《瀛奎律髓》評李商隱《隋宫詞》「沈香甲煎爲庭燎，玉液瓊酥作壽杯」云：「以爲字對作字，作即是爲也。」雍陶《秋園》詩「晚花開爲雨，殘果落因風」云：「因即是爲，兩字相犯也。」姚合《山中》詩「酒用林花釀，茶將野水煎」云：「用字將字元一般，不可爲法。不得已則然。」《隨園詩話》亦嫌如字與似字犯重云：「竹坨爲放翁摘出百餘句，後人當以爲戒。」此雖作法過嚴，然凡是類，非不得已所宜避也。如知對覺、疑對怪，亦不若省也。

杜詩「斬新花蕊未應飛」，白詩「斬新蘿徑合」，洛浦禪師偈「斬新日月，特地乾坤」，斬字形容其新，言斬焉忽新也。《遯齊詩話》云「在可解不可解之間」。夫明晰如是，何不可解之有？又宋詩「西風一紙征鴻信，剗地催人辨夾衣」「無端又被東風惡，剗地多添一夜寒」「秋成苦作兼旬雨，剗地街頭米價高」，剗，削也。蓋厓岸削之，則勢斗峻矣。因爲忽驟之辭，有俄然驚駭之意。蕉中《詩語解》以爲迫辭，未盡。

詩家每用「爛漫」字，而字書無明解。蓋物夥盛之貌。不唯稱花之歷亂、霞之灼爍，凡事淋漓酣足之狀，皆謂之爛漫，譯「弭地塈累」。又稱婆娑紛綸之貌，譯「地羅婆累」。按古人使用之例，可以會其意矣。《莊子·在宥篇》「大德不同而性命爛漫矣」，《列女傳》「桀造爛漫之樂」，《上林賦》

「麗靡爛漫于前」，謝朓《聽歌賦》「乍連延以爛漫，時頓挫而抑揚」，沈約《郊居賦》「始則金石鏘鉉，終以魚龍爛漫」，竝雜亂之貌。《魯靈光殿賦》「流離爛漫」，散亂之意。樂府《前溪歌》「黄葛生爛漫，誰能斷葛根」，繁茂之狀。《壽陽樂》「長淮何爛漫」，廣遠之勢。要之皆夥盛意也。陳子昂「空濛微雨霽，爛漫曉雲歸」，杜甫「主人情爛漫，持答翠琅玕」「衆雛爛漫睡，喚起霑盤餐」「犬羊曾爛漫，宫闕尚蕭條」「歸期豈爛漫，别意或感激」「定知相見日，爛漫倒芳樽」「已撥形骸累，真爲爛漫深」「爛漫通經術，光芒刷羽儀」「如絲氣或上，爛漫爲雲雨」「侵星驅之去，爛漫任遠適」，李白「身世殊爛漫，田園久蕪没」「待取明朝酒醒罷，與君爛漫尋春暉」，韓愈「開筵交履舄，爛漫倒家釀」「縱横乍依行，爛漫忽無次」「前低劃開闔，爛漫堆衆皺」「離思春冰泮，爛漫不可收」「近憐李杜無檢束，爛漫長醉多文辭」，元稹「芳遊春爛漫，晴望月團圓」「飲荒情爛漫，風棹樂峥摐」「同年同拜校書郎，觸處潛行爛漫狂」「有酒有酒方爛漫，飲酣拔劍心眼亂」，白居易「今朝餐又飽，爛漫移時睡」「假日無公事，爛漫不能休」「六七年前狂爛漫，三千里外思裴回」「甘從此後支離卧，賴是從前爛漫遊」「曾經爛漫三年著，欲棄空箱似少恩」，郭利貞「爛漫唯愁曉，周遊不問家」「又作春風爛漫晴」「霜晴爛漫東窗日，一笑山坡又看梅〔一〕」，《村市醉後作》「未敢羞空囊，爛漫詩千章」，僧法常「優遊麴世界，爛漫枕神仙」，丁鶴年「韶光淑氣逡巡退，暑雨炎風爛漫來」，周永言「春愁爛漫來難遣，午夢飄蕭去

〔一〕又看：《全宋詩》陸游《病愈》作「訪早」。

莫遮」，張以寧「昇平不復後庭曲，睡起漁陽爛漫聽」，文徵明「胸中爛漫富丘壑，信手塗抹皆天真」，王世貞「興來爛漫揮毫罷，且復婆娑里社歸」，皆稱十分之勢，淋漓酣足之狀也。諸集鐫本「漫」訛作「熳」，今悉改正之。說見于前。

《淮南子》「夏桀之時，主闇晦而不明，道瀾漫而不脩」，王褒《洞簫賦》「愺恅瀾漫，亡耦失儔」，左思《嬌女詞》「濃朱衍丹脣，黄吻瀾漫赤」，嵇康《琴賦》「留連瀾漫，嗢噱終日〔一〕」，張協《七命》「瀾漫狼藉，傾榛倒壑」，鮑昭詩「生事本瀾漫」，張玉穀《古詩賞析》「如瀾之漫，言繁多也」。余謂亦與爛漫同，猶言紛綸也。

迴文體、人名、藥名等詩，區區安排，誠出苦心。輕薄諸生，衒才所爲，殆近兒戲。苟爲人師，號稱先生者，作此伎倆，不亦失體乎？詩固遊戲耳，然苟涉輕薄者，不可不慎也。

排律，强作長篇，亦輕薄衒才夭閼剡藤耳。孰能勉强讀之？區區苦心費力，徒爲絮叨冗言，何其不自惜耶？如及百韻，始於老杜，然僅一首。繼之者白樂天，集中凡三首。是乃大家伎倆，後人效顰，不知量矣。清人徐增《說唐詩》，以十二句爲排律正局，故其選耑取六韻，末載八韻僅一首耳。雖頗偏見，良有以也。

正德辛卯，韓使來聘也，江户學士就其館中，唱和相競。如高玄岱三百九十韻，室鳩巢二百二

〔一〕噱：底本訛作「嘘」，據《文選》卷十八改。

十韻，豪吟鉅構，可謂盛矣。然究無益，長語徒費紙耳。

七言排律，如杜白諸公亦不多見，以其傷風趣也。余戲目爲鯨魚羹、海鰛膾，苟知雅味者，所不染指也。

余嘗誡人曰：「歌行中作長短句，我輩未審音節，不若且放教西人獨步。」偶見《隨園時話》曰：「七古中，長短句尤不可輕作，何也？古樂府音節無定而恰有定，恐康昆侖彈琴，三分琵琶，七分箏絃，全無琴韻故也。」是西人猶然，故只宜守正局耳。但短篇首二句若四句，以五言起，似有定格。此或可擬，然亦非老手不可也。

楊仲弘云：「詩要首尾相應，多見人中間一聯儘有奇崛，然全篇湊合如出二手，便不成家數。此一句一字，必須著意聯合也。」隨園云：「詩有有篇無句者，通首清老，一氣渾成，恰無佳句令人傳誦。有有句無篇者，一首之中非無可傳之句，而通體不稱，難入作者之選。二者一欠天分，一欠工夫。必也有篇有句，方稱名手。」此皆中今人之竅，真詩律要訣也。蓋有句無篇者，以魯莽貂續也。如作律詩，專於聯上著工夫，至於起結不甚用力，苟且湊合，故一聯半章雖好，然前後不稱，則併其好者壞了，殊可惜也。

余嘗言，歷代之詩各有所長，擇其善者可也，何必一概以世廢言？元亨已來，明詩盛行，宋詩則棄如糞土耳。近日專主張宋詩，黄口兒皆趨彼，幾令明人無處生活。時風之所靡，好尚無定如此，不亦太甚乎？《隨園詩話》云：「楊龜山先生言：『當今祖宗之法，不必分元祐與熙豐也。國家但取其善者而行之可也。』予聞人論詩好争唐宋，必以先生此語曉之。」恰與鄙説合。好而知其惡，憎而知其美，如明李王僞體及徐夜叉、袁波旬，亦未可全棄也。

宋詩專於風趣，明詩主於氣格，各有所宜取，不可偏廢也。學者依彼氣格而占此風趣，便唐詩可庶幾矣。余斷宋明之獄，左右其祖以此。

宋趙子固論書曰：「學唐不如學晋，人皆能言之。晋豈易學？學唐尚不失規矩，學晋不從唐入，多見其不知量也。」此言真善誘人矣。學詩以盛唐爲準，亦老生之常談，不知而易言之耳。初學宜從近人詩入，則勞省而功倍，然後盛唐可庶幾。豈可一蹴而到耶？余著《續絶句類選》，所以爲初學指南也。涉遠必自邇，下學而上達，又豈獨詩書然哉？

古詩題目歌、行、引等，本一曲爾。見少陵作，有同名異體者，有同體異名者，不必拘局也。《白石詩説》：「放情曰歌，體如行書曰行，悲如蛩螿曰吟，使人思怨，委曲盡情曰曲，序先後載始末曰引。」《文體明辨》：「猗吁抑揚永言謂之歌〔一〕，步驟馳騁疏而不滯謂之行，聲音雜比高下短長謂之曲，述事始末先後有序謂之引，吁嗟慨嘆悲憂沈思謂之吟。」此皆以臆言之，安能如此判然？曾敏行《獨醒雜志》云：「少陵古詩有歌、行、吟、嘆之異名，每與能詩者求其别，訖未嘗犁然於心也。少陵其必有所祖述矣。世豈無能别之者，恨余之未遇也。」是昔賢既不明，今人强求其别，亦鑿

〔一〕吁抑：底本訛作「裁遷抑以」，據《文章辨體序説》删改。

空耳。

同訓虛字疊用者，杜甫「自從失詞伯，不復更論文」「至今夢想仍猶在」，韓愈「感激生膽勇，從軍豈嘗曾」，皮日休「嘯館大都偏得月，醉鄉終竟不聞雷」，王貞白「豈思封侯貴，唯只待豐年」，陳師道「後歸棲未定，不但只昏鴉」，王維「簾前春色應須惜」，陸龜蒙「釣竿猶尚枕楓汀」，和凝「麻尾尚猶龍字濕」，楊萬里「今歲知何故，秋陽爾許驕」，僧惠洪「江南春思倍添增」，楊基「旅懷蕭索豈堪勝」。如既、已、與、俱、將、欲等，文中數見，詩不多用。

楊升菴曰：「今文語辭朅來、聿來，不知所始。《楚辭》『車既駕兮朅而歸，不得見兮心傷悲』，舊注『朅，去也』。《呂氏春秋》膠鬲見武王於鮪水，曰：『西伯朅來，無欺我也。』武王曰：『不子欺，將伐殷也。』膠鬲曰：『朅至？』武王曰：『將以甲子日至。』注『朅，何也。』若然，則朅之爲言盍也。若以解《楚辭》則謂『車既駕矣，盍而歸乎？』以不得見而心傷悲也。意尤婉至。則今文所襲用『朅來』者，亦謂『盍來』也，非是發語之辭矣。《文選》注劉向七言曰『朅來歸耕永自疎』，顏延年《秋胡妻》詞曰『高節難久淹，朅來空復辭』，皆謂『盍』字通。」此説穿鑿牽强，令人惑滋甚焉。按古琴操《曾子歸耕操》：「朅來歸耕，歷山盤兮。以晏父母，我心慱兮。」張衡《思玄賦》「迴志朅來從玄謀，獲我所求夫何思」，此與《呂覽》朅來不同。朅，訓爰，發語之辭。來，到來也。《洪武正韻》曰：「朅來，猶聿來也。」詩家所用，皆從此義。《楚辭》及劉向、顏延年竝是也。《呂覽》別自一義耳。李涉有《三朅來》詩，起句皆用斯語，一曰「釣魚朅來春日暖」，二曰「山上朅來採薪茗」，三曰「採藥朅來藥苗盛」。張協「朅來戒不虞，挺轡越飛岑」，陳子昂「朅來高唐館，悵望雲陽津」，張九齡「朅來彭蠡澤，載經敷淺原」，李白「朅來遊閩荒，捫蘿窮禹鑿」，李紳「朅來遂遠志，默默存天和」，吴筠「朅來從舊遊，式保羨門計」，蘇軾「朅來東觀弄丹墨，聊借舊史誅姦彊」「長陵朅來見大姊，仲儒豈意逢將軍」，朱熹「朅來空老淚，無地別輀車」，是其義可見也。又張麟之《韻鏡序》「朅來當塗，得歷陽所刊《切韻心鑑》」，蕉中《詩語解》引之，以爲猶向來，謬矣。

聯中有兩句一連流走直下者，謂之流水對。老杜好用此法，「喜無多屋宇，幸不礙雲山」「直愁騎馬滑，故作泛舟回」「所向無空闊，真堪託死生」「花徑不曾緣客掃，蓬門今始爲君開」「竹葉於人既無分，菊花從此不須開」「憶昨賜霑門下省，退朝擊出大明宫」「悵望千秋一洒淚，蕭條異代不同時」「但遣閶闔還揖讓，敢論松竹久荒蕪」，皆直述其事，意脈一貫，昔人所謂「作文字如寫家書」者。又「羞將短髮還吹帽，笑倩傍人爲正冠」，將一事翻騰作兩句，融化妙絶。「澗道餘寒歷冰雪，石門斜日到林邱」，倒裝而流水對法，尤妙。

飫粱肉之餘，悦蔬茹之食，酗酎醴之後，暍清冷之漿。王子安《滕王閣詩》能領此意者，序作長文，寫景盡致，綺章繪句，光彩眩人。於是詩則短篇淡意，令讀者爽然。坡公所謂「厭飫芻豢，反思螺蛤」者也。王阮亭評陳卧子詞「如香車金犢，流連阡陌，反令人思草頭一點之露」，此亦爲作文字不知變化者言也。因憶五代蜀主王衍奢縱，爇諸香晝夜不絶，久而厭香，更爇皂莢以亂其氣。良可笑也。

作詩審於用事，不可貂續偏枯，余既詳言之於前矣。《西清詩話》載，熙寧初張掞以二府初成，作詩賀荆公，公和曰「功謝蕭規慚漢第，恩從隗始詑燕臺」。以示陸農卿，農卿曰：「蕭規曹隨，高帝論功蕭何第一，皆摭故實。『請從隗始』，初無『恩』字。」公笑曰：「子善問也。」韓退之《鬪鷄聯句》『感恩慚隗始』，若無據，豈當對功字也？」乃知前人以用事一句偏枯爲倒置眉目，反易巾裳，蓋謹之如此。又《漁隱叢話》：「宋子京《落花》詩『將飛更作迴風舞，已落猶成半面妝』，議者或謂半面妝用梁元帝妃徐氏事〔一〕，若迴風舞無出處，則對偶偏枯，不爲佳句。殊不知李賀詩云『花臺欲暮春辭去，落花起作迴風舞』，前輩用事必有來處，又精確如此，誠可爲法也。」《丹鉛録》亦云：「少陵《滕王亭》詩『春日鶯啼修竹裏，仙家犬吠白雲中』，修竹用梁孝王事，犬吠雲中用淮南王事，人皆知之矣。但怪修竹本無鶯啼字也。偶見孫綽《蘭亭詩》『鶯啼吟修竹，游鱗戲瀾濤』，乃知杜老用此也。讀書不多，未可輕議古人。」此皆至論精密，爲後進合録之。

吾邦中古，尚《昭明文選》，當時學者專意此書，勸學院集飲，或曰：「今日之會，不問齒序，乃以才高下爲席。」藤隆賴便直進居上頭。諸人争之，隆賴曰：「《文選》三十卷四聲切韻，有暗誦者邪？身座乃應讓耳。」其通《文選》爲能事如是。唐人亦然。故少陵有「熟精文選理」之句。李德裕曰：「吾家不畜《文選》，蓋惡其浮靡。」激反時俗而言也。至宋尤甚，時諺云「《文選》爛，秀才半」，又云

〔一〕梁：底本訛作「宋」，據《南史・後妃傳》改。

「《文選》熟，秀才緑」。東坡因罵《文選》曰：「小兒强作解事。」亦嬌激之言也。唐鄭奕嘗以《文選》教其子，其兄曰：「何不教他讀《孝經》《論語》，免學沈謝嘲風詠月，汙人行止。」兹言誠有識矣。如《雨航雜録》所云「唯《文選》是尚，枕席沈醉其間，而六經如甲乙簿者」，固鳴鼓而攻之可也。然遂廢而不讀者，亦不免於面墻爾。

杜詩「讀書破萬卷」，破猶過也。公詩「二月已破三月來」，李義山「新正未破剪刀冷」，亦皆訓過。舊説「識破萬卷之理」，或謂「猶韋編三絶」，竝非。

李瀚《蒙求》協以韻語，以便課誦，蓋傚周與嗣《千字文》，故《全唐詩》收爲詩類。近世往往有續貂者，徒仿其體裁而不知押韻，殊可笑也。

肥後本田正卿，天才俊逸，爲詩敏絶，一揮數十篇，人莫攖其鋒。嘗遊長崎，過佐賀學館，諸生素聞其驕傲，頗憎忌之。試即席贈詩要和，欲俟其成，更又次韻，仍請再和，必令詞鋒刓，蓋皆具腹稿云。生見幾領意，便卻贈各一首，附次韻併示。揮筆如飛，略不構思。叉手擊鉢，風生雨集，衆瞠若自失，謀折而罷。於是延畫手三人曰：「嘉賓辱臨，無以供興，聊奏薄技，敢請高詠。」蓋亦所預謀云。生隨畫便題，多多益辨。畫漸奇僻，題愈敏捷。三人者不遑給，生則綽有餘力矣。既而舌戰鬭智，詞辯注射，務欲壓倒。生機鋒捷給，八面受敵，遊刃有餘，生徒終不能克。因詰曰：「有所敢瀆，不知許否？貴藩儉制殊嚴，如夫褌帶，舉國必用所謂越中者，蓋國初三齋公所創，世俗故稱云。竊惟蔽屛之具，敢冒君侯之稱。爲之臣者，不可不避。未審易以何名？若向他邦人，將稱

『寡君褌』乎？」生笑曰：「僕亦欲有請問，憚唐突未敢。世俗所謂肥前瘡，多是卑賤所患。然士大夫動或傳染，即座中諸君亦有有其痕者。世傳此瘡初自貴國始行，故因其號遂爲名。抑不知在內云何。其稱諸異邦，無乃曰『敝邑瘡』乎？」一座服其機警，無復敢嘲謔者，真曠世之奇才也。惜風流自傲，不事操修，浪跡漂蕩，屢變易姓名。嘗在京師稱菊池某者即是也。余見其詩，儘有佳句，今不知流落何所，殆坎壈以歿矣。

《西清詩話》載，吴越王時，宰相皮光業每以詩爲樂，嘗得一聯云：「行人折柳和輕絮，飛燕銜泥帶落花。」自負警策，以示同僚，衆争嘆譽。裴光約曰：「二句偏枯，不爲工。柳當有絮，泥或無花。」歐公《詩話》稱「此論乃得詩之膏肓」矣。又元厚之作《王介甫再相麻》，世以爲工，然未免偏枯。其云：「忠氣貫日，雖金石而爲開；讒波稽天，孰斧戕之敢闢。」上句「忠氣貫日」，則可以襯「雖金石而爲闢」〔一〕；下句「讒波稽天」，則於「斧戕」了無干涉。此四六之病也。吾輩作詩，動有此失。故每句吟味，宜審語脈以煉字法也。

沈云卿《嵩山石淙》前聯云「行漏香爐」，次聯云「神鼎帝壺」，俱壓句末。岑嘉州《和杜相公》「雲隨馬，雨洗兵，花迎蓋，柳拂旌」，四言一法。王右丞《九成宮避暑》三四「衣上鏡中」，五六「林下巖前」，皮日休《送圓載上人》「紙上瓶中，影邊宮裏」，亦與王同病。王敬美嘗言其失矣。作詩容易

〔一〕闢：據上文，疑「開」之訛。

下筆，不覺多有此弊，其不可不用心也。如孫逖《和左司張員外》「雲間山上河邊林下府中署裏」，句句相犯，不尤甚乎？

王勃「披襟乘石磴，列席俯春泉」，杜甫「峽束滄江起，巖排石樹圓」，許渾「曬書秋日曉，洗藥石泉清」任鵠，「魚躍晴波動，龍歸石洞腥」，僧貫休「微月生滄海，殘濤傍石城」，李攀龍「大麓夏雲當檻出，石門寒雨過城疎」「曳履春雲高北斗，迴車秋色照鍾山」，石、鍾，竝量名，用假對也。戴叔倫「遠林生夕籟，高閣起鐘聲」，劉長卿「晚光臨仗發，春光共西歸」，鍾、鐘同，仗、丈通，亦借聲取對也。

《天厨禁臠》云：「『根非生下土，葉不墜秋風』『五峰高不下，萬木幾經秋』。以下對秋，蓋夏字聲同也。」此不必借聲對，上下春秋，固自相對。覺範未之知耳。

《芥子園畫傳》曰：「筆墨間俗氣尤不可侵染，去俗無他法，多讀書，則書卷之氣上升，市井之氣下降矣。」朱象賢《印典》曰：「古人有言，唯俗不可醫。人有服飾鮮華，輿從絡繹，而狙獪之氣令人不可耐者，俗故也。篆刻家諸體皆工，而按之少士人氣象，終非能事。惟胸饒卷軸，遺外勢利，行墨間自然爾雅。要恐賞音者希。此中人語，不堪爲外人道也。」夫繪事篆刻猶爾，況於風騷之藝乎？務用書籍洗滌俗腸，學者其勉旃哉。

崔惠童「一月主人笑幾回」，第四字犯孤平。《文苑英華》《唐詩紀事》竝作「人生」，律正意優，蓋用《莊子》語，泛嘆缺陷世界。而第二句「相逢相值且銜杯」，亦兼賓主之語。乃首句何必偏指

「主人」，其爲誤寫，的然無疑。白香山詩「人生開口笑，百年都幾回」，亦可以見矣。如「愛汝玉山草堂静」「借問故園隱君子」，則句脚挾平，以變調行之，亦千百中之一二耳。

不作奇險之語，不廢尋常之言，是詩家金科玉條。舍布帛菽粟而好異服異味，豈不甚僻乎？狐穴詩人妄好詭異，務用前人未使之奇字，以炫己之廣博，而聳人之視聽，聲調佶屈，意匠怪僻，風雅掃地，寔詩之極弊也。

詩社夜集，時丁晚夏，某生一聯「炎蒸未改朱明節，淡薄先含白露風」，有惡喙薄徒拊掌曰：「古人嘗竊此句。」人皆失笑。蓋與「漠漠水田，陰陰夏木」同一狡黠也。昔僧惠崇詩「河分岡勢斷，春入燒痕新〔一〕」，徒弟嘲其蹈襲云：「河分岡勢司空曙，春入燒痕劉長卿。不是師兄偷古句，古人詩句犯師兄。」又魏周輔作詩上陳亞，犯古人一聯。亞不作禮，周輔又上絶句云：「無所用心唯飽食，争如窗下作新詩。文章大抵多相犯，剛被人言愛竊詩。」亞乃次韻云：「昔賢自是堪加罪，非敢言君愛竊詩。叵耐古人多意智，豫先偷子一聯詩。」皆可解頤一笑也。

〔一〕新：他本皆作「青」。

詩史顰

市野迷庵

《詩史顰》一卷，市野迷庵（一七六五—一八二六）撰。據文會堂《日本詩話叢書》本校。

按：市野迷庵（いちの めいあん ICHINO MEIAN），江戸時代儒者。江戸神田（今屬東京都千代田區）人，名光彦，字俊卿、柏邦，世稱「彌三郎」、「三右衛門」，號迷庵、篔窻、醉堂。師從黑澤雉岡，學以程朱理學爲宗。然晚年與松崎慊堂、狩谷棭齋交友，以研究漢唐訓詁爲宗。文章以學宋明爲主，以歸震川（歸有光）爲宗。明和二年二月十日生，文政九年八月十四日歿，享年六十二歲。

其著作有：《詩史顰》一卷、《讀書指南》一卷、《迷庵雜記》一卷、《迷庵文稿》二卷、《迷庵遺稿》二卷、《活版經籍考》一卷、《語録》一卷、《千文勘考》二卷、《論朱子學》、《下谷小誌》三卷、《大永本論語集解劄記》四卷、《正平本論語集解劄記》十卷、《好古日録》二十卷、《好古續録》二十卷、《好古餘録》十卷等。

足爲楷範

明治乙亥春，竹亭書。

題《詩史顰》

古之詠史者，一言一詠，皆有所爲而作，故往往有「詩史」稱。後之作者，率不察當時情勢，慢然品評，贊之罵之，亦不過玩弄古今人物而已，豈詩史云乎？今觀茲篇，情意懇切，以公義名分爲旨，真不負爲詩史焉。而自曰「顰」者，蓋謙耳。嗚呼！如茲篇，在今日觀之，一部詩史而已矣。使當世人士讀之，則將如何觀乎？此詩史之所以貴於世也。

明治八年清明後二日識於二州橋南紅塵不到處，養素軒主人。

余曾詠楠墓曰：「楠子墓邊秋氣清，彷徨弔古仰英名。老松留得雄風在，時聽千軍萬馬聲。」

青青柳原前光。

余嘗詠楠公曰：「天子蒙塵運未傾，勤王諸將尚縱横。賊圍可潰死傷勇，無乃斯公太早生。」讀此卷到藤公曰：「多君忠諫觸皇威，去就誰知有是非。若使當年能死事，良勝丘壑著僧衣。」則又爽然自失矣。嗚呼！忠臣死生之際，其可不明鑑而深察哉？

紀元二千五百三十四年第四月十二日，愛古堂主人平崇識。

讀《詩史顰》

詩者，志也。讀其詩，而其人人之志可知矣〔一〕。市野某生長市井間〔二〕，而能有感於南朝忠邪之跡，其生平之志可知也。蓋在寬政年間，名義未分明，雖士大夫或有惑於順逆之跡，某何爲者，早看破大義，猶如衆草中之得瓊芝，魚目中之得明珠，洵可珍也。余嘗慨近來刻本太多，學者茫然迷津涯〔三〕，凡無用之書，悉可燔也。若此篇在今日作之，不必足傳；而在寬政年間成之，其志之卓越安可滅哉？

明治七年四月，秋月樹題於橋場小莊鐵蕉園中。

〔一〕人人：似衍一「人」字。

〔二〕間：底本訛作「問」，形似而訛，據改。

〔三〕津：底本訛作「律」，形似而訛，據改。

《詩史顰》小序

或持此小册子來請序，一日觀之，則篇中皆係南朝諸將之事跡耳。或詩或評，詩以詠之，評以論之。詩評俱質直古雅，令人感激而忠邪自判然矣。實非淺學士所及也。述之者誰？往歲寬政年間人市野某云。斯人而有斯學也，可謂市井中之珍奇矣。今予以寬政前後考之，乃享保中，古學行於世，抑其學派邪？今又觀此篇見於世，復知古學行於四海之兆，其在於斯歟？其在於斯歟？予喜，記弁其前。

明治八年歲次乙亥二月書於静息區燈下，龜崖。

杜少陵之詩多詠時事紀人品，當時謂爲詩史。迨後黄遠公《讀史吟評》，舉忠臣義士奸雄滑賊之名於世者，以繫之詩與評焉。蓋詩者，發於志所之，而咨嗟詠嘆之，則其意尤深而長。評者揭其人之大節，而議論軒輊之，則其義益著而明。是以言之所不能述，詩能出之；人之所不能睹，評能發之。前修所謂「助史不及」者非邪？友人市野俊卿嘗讀國史，而有感于南朝焉。因列其十有五人繫之於詩與評，以有《詩史顰》之作。是豈慕杜、黄者邪？夫南朝五十年，勇敢裂眥之士亦不少，而其最卓者楠判官、新田左中將是已。判官之忠不讓武侯，左中將之才不下衛、霍，宜其可以必勝矣。而竟不能成混一之功者，讒邪在上爲之壅蔽也。嗚乎！以二公之忠與才而不能成其功，而况於不爲二公者乎？由此觀之，忠臣義士含恨地下〔一〕，奸雄滑賊流毒四海，唯是時爲甚，則俊卿之所以有感也。讀者試觀之詩評間矣。其責備誅心之旨，皆燦然無餘藴焉。則所謂「助史不及」者有焉。及其告成事，乃書之以題於簡端。

寛政壬子秋日，杉本良子敬序。

大塔宫

生憎婦舌阻恩情，獄士徒埋孝子誠。皇上不知姦賊計，自家壞了一長城。

王艱楚勤勞，再興王室，天下之赴義者，莫不由此感起焉。故王存則士心附，王死則士心離。士心之離合，存亡之所繫也。王宜謹慎淵默，藏鋭昧跡，奉詔而復天臺座主，多請莊園而蓄泉穀，以致僧兵之精强，則尊氏雖狡甚，豈不爲之膽落乎？不能若此，而欲速誅尊氏，機事不密，爲其所乘，終逢其毒手，身死獄中，而王室亦不振矣。嗚呼！豈非千古之遺憾哉。

楠正成

絶機制勝立元勳，奇與孫吴較寸分。嘆息英雄吞志没，空將忠義許楠君。

〔一〕恨：底本訛作「根」，形似而訛，據改。

楠公笠置之對，猶韓信漢中之言也。大計先定，注措從設，非人傑其誰能之！况公忠大節，炳乎如日星之麗天，亘萬古而不可磨，是韓信之所不能及，而將與諸葛孔明竝軀争先焉。或謂昭烈三顧，孔明始出草廬，笠置遣一介使，楠公即至，其出處微有羞焉。是不然也。我日本開闢以來，聖子神孫繼體建極，百王一姓，萬事不易，六十六州皆悉莫非王臣也。况世食采畿内，列職人臣，赴君父之急，有甚乎飢渴焉，豈同於織屨之子爲天子者乎？如孔明出亦可，不出亦可，唯其知遇之隆如彼，則不能不出而已。爲楠公者，余猶恐其出之不蚤也。

楠正行

大厦垂傾獨木支，此公真個好男兒。捐生報國全忠孝，楠氏家風也數奇。

公受父遺託，堂構之義增勤，以敵王愾報父讎爲心。又能奇正互用，以寡勝衆，義旗之所向，敵人風披，可謂此父而有此子矣。嗚乎！當南朝衰頹之秋，天下之忘義而殉私者何限！而公能終始如一，以死報國，清忠苦節烈於風霜矣。乃父而有知，欣然含笑于地下矣。夫孝者，善繼人之志者也。故事父之道，莫美成父之志焉。然則如公，豈非忠孝兩全者哉！

新田義貞

人心向背反掌間，真武如君敗衄還。可識興亡天意也，姣姬充賞不相關。

左中將首唱大義，所向無敵，滅巨魁，定關東，何其易也。及與尊氏構難，敗亡相繼，蓋世拔山之力安在哉？昊天不弔，王綱日弛，人心已去，姦雄乘其機，雖以公之忠武，亦有不可挽回者歟？比叡之役，尊氏西走，帝賜内侍以賞其功，而公漁其色，不敢追討，賊焰熄復熾，天下竟不可爲也。然則公之罪，死有餘責矣。然公勤王之志，百折不撓，收餘燼而圖恢復，又且繼之以死，則豈漁女色而忘王室者乎？且際會之來，非啻一時也。天意倘祐王室焉，則恢復之業又有可爲之日焉。然則雖有百内侍，徒足充下陳而娱宴遊而已。

新田義興

膽勇元來有父風，豈圖舟覆溺英雄。莫言詭計輸姦賊，兵道欺人臣道忠。

公之襲鎌倉也，躬侵矢石，所當無前。轡索斷而垂地，伏鞍結之。敵刃交兜鍪，泰然無驚色。其勇猛之氣，北宫黝不如也。運屬陽九之會，忠義之志不得一伸矣。矢口渡之變，天邪人邪？死爲靈鬼，尚且殺所怨。嗚呼！其神靈如此，而不能殺魁賊，何也？曰：天定而勝人，其未定也，不能勝焉。天且然，況鬼神乎？此非其神之不靈也。

名和長年

真龍失水急如焚，壯士乘機著烈勳。船上山頭移蹕處，片時不可少斯君。

當隱岐蒙塵之際，逆臣縱其螫毒，而復挾將心。帝能超波險而避難，長年奮然棄身而赴急，護行在，卻賊軍，中興之基本立矣。微長年，帝其危哉！及尊氏犯京師，審察時世之不可爲，閉街門而戰死。嗚呼！其功業忠義與楠氏比美，而遺風餘烈，起貪懦乎千載之下，豈不偉乎？

源親房

賀蘭觀望急睢陽，移檄勤王勢不張。運否全才無所用，徒修國史正綱常。

公以文武全才，盡心王室，千艱萬苦無不備嘗。關城之圍甚急，而結城親光觀望不進，公乃移書，諷以大義，忠烈慷慨，志貫金石，千載之下讀其書，不覺潸然淚下也。嗚乎！至誠之感人心者遠矣，而不能回親光之志，何哉？豈有時勢利害之膠人心甚於頑石者歟？公晚修國史，正統斥僭，議論正大，比范純夫《唐鑑》。北朝又有續正統之作，其意專欲争正閏也。然北帝，足利氏之所立，童謡所謂「將軍賜以天子位」者，足以觀時世矣。南朝雖偏安，三種神器現然在焉，賞罰號令一出天子，忠臣義士爲之爪牙，然則正統之辨有所歸矣。

源顯家

千戰徒勞答國恩，君能不忘喪其元。人當死作忠臣鬼，寧仿奸雄負至尊。

大舉可一而不可再也。蓋亂世人心隨形勢而變化，朝爲父子，夕爲胡越，反覆離合，不可端倪也。善將兵者，當一舉得志之際，激勵奮發，告陳衆旅，執訊獲醜，掃除巢穴，是以禍根絶而災孽息，可以致治平矣。二位一卒奧羽之精悍，敗東軍，走巨魁，其功亦偉矣。而一勝之後，驕惰竝生，未及追討，陛辭而歸鎮，遂使賊養勢再起焉，其罪與義貞一律而已。及再舉入援，諸部觀望，兵馬不集，雖能拔鎌倉，而師潰安部野，身膏白刃，骨朽黄壤，豈非可惜之甚哉。然如其忠烈，媲美二楠而千載有餘芳矣。

藤原藤房

多君忠諫觸皇威，去就誰知有是非。若使當年能死事，良勝丘壑著僧衣。

藤房直言極諫，歷陳時弊，可謂不負納言之寄矣。而帝之不從其言也，則一旦憤世悼時，棄君父而歸緇徒，謂之能自晦則可，謂之忠臣，則余不知也。藤氏之於朝，世臣也。父子一族皆列顯達，富貴榮耀赫赫乎一時。爲藤房者，諫而不聽，則宜繼之以死也。若使未能死之，而護君於艱難之際，竭力盡心，與王室共存亡，則足以塞責也。今夫脱然棄君父而不顧，高蹈遠引，與鳥獸爲群，豈非一己之私哉？比之惜生苟免者，其何遠之有？

足利尊氏

天皇誤認假爲真，本是豺狼不可馴。從昔奸雄能定世，勝君勞力只殘民。

尊氏狼戾狙詐，爲一時之奸雄。幽天皇，殺皇太子，大逆無道，人神共憤。五十餘年之間，生民之肝腦塗地矣，雖萬死不足以償其罪也。夫新田氏父子宗族，皆爲所禽滅，殆無噍類，豈非萬世之大讎乎？故號爲之遠孫苗裔者，不能既及其世而報之讎也，則宜撥其塚而鞭其骨，以泄祖先忠義之憤，而表子孫孝誠之心也。夫復讎雖百世可也，是《春秋》之通義也。

足利直義

奸謀百出傾人國，又以奇禍及自家。兄弟鬩墻身且死，好還天道豈舛差。

直義權謀機智皆過其兄，而陰狡殘賊亦特甚焉。幽天皇，殺皇太子，皆其所教也。即使足利氏幸無有此人，則尊氏亂賊不至此極矣。其亦元惡大憝，不可以從賊而減一等也。及兄弟構難，佯歸順以援王師，朝廷亦以姑息爲便，不加天誅，終令亂賊縱其詐，豈非可恨乎？然其終也敗亡相繼，卒于鴆殺，則出乎爾還乎爾，天道亦昭昭矣。

赤松則村

有功無賞爲奸諛，奈恨君王與異圖。舉事未離功利念，圓心畢竟是非夫。

魯仲連曰：「所貴於天下之士者，爲人排患釋難解紛亂而無取也。」則村首建義旗，恢復中原，其功亦大矣。然及其奪守護職，憤恚怨望，助賊爲虐，其所營爲，壹是出乎功利之心，而不知忠義之可貴也，豈所謂天下之士哉？且其功之不見録也，誰令之然，豈非准后之讒乎？尊氏諂事准后，離間將士，則亦其所使也。爲則村者，宜飲其頭食其肉而報之怨，而有立之下風，爲之謀主，勸之擁立閏位，而爲王室腹心之患，何其怨王室之深也？又何臣事所怨之謹也？吾未知其爲何心也。尊氏雖賊乎？不吝土地，割封從賊，則貪利之奴，亦感寶玉之賞而已。

高師直

掠人婦女奪人田，震主淫威高執權。將士爲君吞怨死，於君死日亦誰憐。

師直一旦極富貴，驕汰隨生，荒淫無度，溪壑無滿，遂迫尊氏而逐直義。夫尊氏忘恩負義，以犯主上，則師直亦能學主人翁耳，亦誰尤乎？師直之見殺，髡首乞哀，僥倖苟免，其平生之勇氣安在哉？夫仁者必有勇，勇者不必有仁，則真勇者出乎平素存養之積，而非一時血氣之爲也。師直藉主威據權勢，則其以爲勇者亦特血氣耳，宜矣其臨死生之際，觳觫然如犧牛之就屠也，抑亦小人之常態也。

足利義滿

南北和同致小康，東山霸業此時昌。王家不比將家好，勸汝休爲太上皇。

義滿勘定禍亂，一匡天下，寬猛相濟，威惠敷乎遐邇，可謂才略遠超其父祖矣。然功伐自矜，驕侈僭上，叡山之遊，擬上皇之鹵簿矣。又嘗有言，已爲天子，以山名細川比攝家清華，其凶悖一何似爾父祖也，亦萬世之罪人也。義滿又嘗受朱明封爵，稱臣於異國，而不悟損我日本之威風也。即令其事我主以事異國之禮，則又無害爲純臣也。唯其桀驁能凌弱，而不能不懼强歟？夫柔亦不茹，剛亦不吐，然後可謂真英雄矣。如義滿亦可鄙夫。

細川賴之

輔幼匡時大業傳，文才武略一時賢。君須疾去懸禪榻，滿室蒼蠅誰昔然。

父不父，子不子，君不君，臣不臣，足利氏之家法也。而又有如賴之之賢，豈非鐵中錚錚者乎？輔導藐焉之孤兒，而恢弘霸府之基業，可謂良臣矣。然功高權重，讒慝之所生。嗚乎！賢如賴之，亦未免海南之謫矣。其詩曰「滿室蒼蠅掃難盡，去尋禪榻挂清風」，夫使義滿震雷之怒不竟解，則大患將立至矣，欲尋禪榻而挂清風，其可得乎？功成身退，天之道也。若能及早而引去，雖有蒼蠅，其如我何？夫豈富貴利達之釘其心，而不能決然勇退歟？幸而義滿覺悟，再得執政柄，抑亦天之擁護善人也。

跋

杜少陵，詩聖也，而有詩史之稱。温陵黄遠公著《讀史吟評》，其亦詩史之遺意也。僕嘗讀南朝之紀傳，而感其忠邪仁暴之不一，理亂興亡之無常，而自忘其分，越尊俎而述是編，敢僭名詩史而傚顰于遠公也。膚淺之學，鄙陋之識，規規然唯蹤跡之追隨，而於國事之大體，人心之隱微，無一闡明乎其間者，則亦里之捧心者也。讀者幸舍醜之可惡，而取于美美惡惡之心矣。

寛政壬子秋夕，神田市人市野光彦識。

市野光彦，俗稱市野屋三右衛門；狩谷望之，俗稱津輕屋三右衛門。二人交友，實如兄弟，當時都下有「市商好學問，唯是六衛門」之諺，指此兩人而言也。其他如近藤守重、佐藤坦、松崎復、伊澤信恬、木村定良、前田夏蔭等，皆友人也。一日諸友相會讀書，當其文義不通衆議未决之際，窗外偶有倉庚數聲弄好音，光彦開户叱之曰：「喧噪不堪，宜速飛去。」一坐皆絶倒矣。此是文化年間事，其人物非凡可想見。因録此一事，以換跋文。

枳園森立之録。

跋

元建諸臣忠邪之論，其詩其評一一公平，吾復何言。竊謂方今國家百廢俱舉，治具悉張，正是賢才諸公輔佐明主之所致，雖元建諸臣猶有遜色也。然人之忠邪賢佞，非一事一業之所能盡，故古人云「蓋棺事定」。諸公百年後，安知不復有傚市埜氏顰而論述者？則讀此卷者，不可不思也已。

片桐讓之。

社友詩律論

小野泉藏

《社友詩律論》一卷，小野泉藏（一七六七——一八三二）撰。據文會堂《日本詩話叢書》本校。

按：小野招月（おの しょうげつ ONO SHOGETSU），江户時代歌人。備中（今屬岡山縣）長尾人，名達，字泉藏，號槮山、招月（一説招月亭）。受業於西山拙齋，又從菅茶山、賴山陽習詩。《日本近代文學大事典》稱其「生卒年月不詳。大致是天保年間（一八三〇——一八四四）前後之人。」然日本《美術人名辭典》「小野節之祖父，櫟翁之弟，務之叔父。受業於賴山陽，詩學於菅茶山、賴山陽，並學於僧慈延。天保三年（一八三二）殁，六十六歲。」據此推算，其生年應爲明和三年（一七六六）。

其著作有：《社友詩論》一卷、《詩律論》一卷、《招月亭詩集》二卷、《竹雨齋詩鈔》三卷等。

序

先人先友小野泉藏嘗問詩律于諸家，諸家各有所答書，輯爲一卷。頃，書賈某將上梓，請余一言。開卷，則春樵、橘洲、小竹、梅屋及家杏坪與先人也，各陳其所見，鑿鑿有肯綮。世欲學詩律者就是編，或有所啓發焉。余也淺學，何敢容喙？然有所少見焉，書以問讀此書者。夫《三百篇》邈矣，秦漢而降，吐露性情而音調節奏自然動人者爲詩，詩而不能動人則不如不作之爲勝也。《三百篇》，後人細釋之，以爲某章某句啓後世之聲律。嗟乎！作者豈豫慮數千年後有釋之者而作哉？詩出性情者，《三百篇》其鼻祖也。性情者，自然也。聲律者，人作也。夫聲律創于唐，後人不得不由焉，而唐宋人往往或被束縛聲律，不能馳騁才思。韓蘇豪才，別創歌行體，言己所欲言，稍似舒性情，發揮英氣，要近古體，皆叙性情之具而已，何在近與古哉？但由聲律而不拘，是其所爲貴也。

明治壬午八月識于平安水西堂，支峰賴復。

繄古無聲律音律之分。《記》云：「五聲六律十二管，旋相爲宮。」五聲者，即宮商角徵羽五音，是聲與音本二而一也。自後世詩教盛行，始以句調之不乖平仄者謂之聲律、篇章之不被管絃者謂之音律。在唐之世，除樂府、詩餘外，若王昌齡輩七字句，伶工猶争相傳唱。自宋迄今，惟填詞與譜曲尚審五音而爲之，於詩則無聞焉。卷中山陽諸君所論各有當處，然以東人之口語通中華之歌詠，欲求聲律之不誤已戛戛乎難其人，況音律乎？所惜當前東道未通，不得與吾邦人時相討論，以致疑無不質、難無不問，以誤傳誤，不可救藥。今則兩國同盟，彼此文人學士往來交際，此倡彼和，將見不數年後，後起之士必有大勝於前者，從此優而柔之，神而明之，如春樵居士云「譬射者，手法既熟，自然百發百中」也。夫至聲律能中肯綮，漸至音律亦爰調和，未不知也。是所望於善言詩者。

光緒七年辛巳孟冬三月，秀州陳曼壽識。

目次

社友詩律論

呈山陽先生

達白：文候無恙否？嚮録鄙作乞高斧，達性疎漏，平側失粘，動違法律，頻頻見督責焉。慚愧，慚愧，深服高明導人之謹嚴。然達有宿疑，敢質左右：夫沈宋創近體也，法律嚴整，一字不苟者，蓋當時諸作，上絲竹而歌謡之，法律不嚴整則音調不諧和，故夫人守之如畫一焉。今歌謡之道，唐山亦已廢之，如先生所嘗論矣，而猶拘拘焉守之，達不知其謂也。夫五味之論調否，以有鼎實也。今歌謡廢而猶守聲律，得無類無鼎實而徒論五味乎？愚竊謂，世或生大才力之士，別出一機軸，變換面目，不復規規沈宋三尺，則不亦愉快乎？而寥寥無聞，何哉？且如言律不嚴則調不和，則《三百篇》以下，漢魏六朝諸篇於近體讓一著歟？達嘗聞，或説「詩言志，歌永言」，言志，詩之本色也。有詩而後有歌。蓋當初作者感物言志，咨嗟詠嘆，自成音響，降至漢魏諸作亦然。梁唐以下乃稱聲律，而詩之道自此拘矣。又聞，或説漢魏四唐之詩與其所謂歌謡者自別，然則詩之嚴聲律益覺無謂。是等之疑，達積胸中不能釋然者也。高明不捐達不肖，明諭開示，則爲賜弘多。時維春寒，爲斯文自愛。參商路隔，不得面委爲恨。頓首。

再白：達頃讀竹山翁《詩律兆》，翁舉諸家説，論之詳矣。其中有言云：「沈韻非古，多可議者。國詩者流論語勢，有比爲和波之辨〔一〕，其説殊無意義，沈韻亦然。故墨工鏨人，先審其非，特守諸近體可也。」翁所論，所謂今假名也，妄濫無謂之甚者。使沈韻果類此乎，其不足守也的矣。然唐宋諸大家奉之無異論，何哉？達甚疑之，幸賜明教。

答小野泉藏論詩律書

襄頓首，謹復泉藏足下：嚮歸自西遊，與足下論近體聲律，因語在長崎所見聞，以謂華音不足學、八病不足拘，以其在彼已廢歌唱也。而强説之者，舌官驕人之具耳。今來書下問，以爲雖舍華音八病，而至排比平側，猶不得不依舊律。夫已廢歌唱而猶株守其律，無爲也。才力之士別出手眼，必有一種無罣礙之詩。使僕備論之。此疑非足下不能發，僕不敢不爲足下竭也。蓋言語與世運相推移，而聲調亦隨而變。或其間又有不復變者，皆出於自然之勢也。《三百》之變爲《騷》與《楚歌》，《騷》與《楚歌》之變爲五七言，五七言之變爲律詩，勢也。而五七言馴致於唐，其字句豐約之度不復變移。律詩至今其平側排比之法不復變移，亦勢也。二者發於自然而成於漸，非由人爲

〔一〕和波：《詩律兆》卷十作「波和」。

也。何者？五言昉於《十九首》，蓋係建元以後。雖然，「仳仳彼有屋，蔌蔌方有穀」已似漢人語。如「游子悲故鄉」五字出於高祖一時矢口，亦《十九首》中名句也。七言雖創於柏梁，然「登山臨水兮送將歸」「壯士一去兮不復還」，多一「兮」字耳，其實七言也。至《飯牛歌》，全然七言矣。是其關紐漸開，非强之變可知也。律詩之非强變，亦猶五七言也。沈宋創新體，遂爲一代定制，如其因四聲立八病，徒設此險艱以課進士，非後世所可必由。而其平仄相雜以便喉舌者，出於自然之節奏，非沈宋所能創也。如「楊柳依依」「雨雪霏霏」，四言而協聲矣；「鶴鳴于九皋」「老馬反爲駒」，五言而協聲矣；「朝飲木蘭之墜露，夕餐秋菊之落英」，則七言而協聲著對矣。漢詩有自協平側者，建安乃似故意協之者，至齊梁五言則全與唐律無辨焉。而梁陳間七言亦多類唐人律絶者，如「楊柳青青著地垂」四句爲陳人作，使不知而讀之，莫不以爲王建、杜牧也，豈非亦所謂關紐漸開者哉？故彼約長篇爲八句、截八句爲四語，韻必用平聲，而句中亦連綿平聲以穩順聲勢，皆節奏之自然者也。李嶠「汾水秋雁」一絶，梨園奏之，至使明皇流涕。其舊爲古風，全篇流麗，不甚聱牙，必斷取二十八字，因其平韻協聲者，然後可被絃歌，可以見耳。然唐以後，詩廢而詩餘興、詩餘廢而歌曲出，近體不復上絲竹矣，而不諧其平側，莫以便吟誦。譬之和歌，《萬葉》以前，田畯紅女人人能之，以其可歌也。後世箏絃之詞歲新月更，而所謂和歌，獨爲士大夫言志之具。然三十一字之節成於自然，不由於此不可以諷。風土雖異，其勢一也。故詩之有古風，猶歌之有長短不齊者也，其節奏未定也。節奏已定矣，而猶爲之者，以馳騁才情耳。苟資諷詠，非三十一字不可，非近體不可。夫宋以後，不唱近體而歌詩餘矣，然詩餘之按譜填字比近體更嚴，是知律之嚴所以諧音調，故愈諧則愈嚴。及其廢也，人不見其諧而苦其嚴，是所以生足下之疑也。大抵言語聲調，古簡而今繁，古疎而今密，隨世運之自然。其變，勢也；其不變，亦勢也。知其所以可變，則知其所以不可變。使天地間本無此律而人忽造之，則其傳必不能如是之久也。譬如科舉創于隋，而實出於漢魏考課；刑律成於唐，而實原於悝何之法。其後，君相雖有絶異之才而莫之能易，非勢而何？勢也者，一成而不復可移者也。夫以李杜、韓蘇之才，自我作古，何所不可？乃不能不俯首就休文沈宋之束縛，唯有古風一體可以拓裂尺幅，縱横自快，而其用韻排句亦有古來傳承之法存焉，雖數公必奉以周旋，可見此事非才力所能致變也。在漢土人且然，况在此方用彼之言語以叙我之性情，摸其聲調於髣髴影響之間，不得不依準其一定之矩矱，但就其矩矱中，必避其病之最可忌者，其故設險艱者不必學可也。今之詩人，或泥其不必可學者而犯其必可避者，是爲可笑耳。僕所識舌官稱解聲律者亦不免於此，僕是以益知其説之不足信也。今且舍其耳而用其目，就唐宋明清諸集逐句推驗，可以知彼所謂不可變之律别自有在，非是之謂也。僕所見如此，唯足下擇焉。

别紙

後書見諭，讀竹山翁《詩律兆》，見其以律喻和歌之比爲波和，苟然近體不足依準者。足下老於和歌者，宜有此疑也。然揣翁意，蓋以此論用韻有今古之别耳，非總言詩律也，足下不以辭害意而可。此書與近時武景文《古詩韻範》皆考據精確，有大功於藝園者，不可不讀。足下讀二書而知詩之不可無法，讀僕之論而知法之出於自然，則思過半矣。襄復白。

與人論聲律書

聲律之律，非音律之律，爲法律之律。法律者何？申韓之刑名是也。自申韓以前無此法律，特是申韓傷戰國法度之廢，別出新意，以建一家法律也。唐之天子，一洗六朝綺靡之餘息，興振一代正大之氣象，勒定五韻八句，名曰律詩，於是分局聲韻，使不可出圈繢，是自古以來之所未有，尚出于唐一代之新意，不亦詩政之法律乎？夫《三百篇》之後、唐未定詩律之前，其誰不歌詠？亦誰無音律？特有音律之律而無法律之律。古之音律出於自然，今之聲律成於自裁，故曰今之聲律猶申韓之法律也。夫申韓之法律，其興衰黜邪之妙，非啻一時之佳舉，是固千古之卓刑也。雖然，法律苛刻，所謂急絃促柱，不知變之以和聲，專讀其書信其人，則其害固多，李斯之亡其身可以見矣。君子不以人廢言，量時而利用，則此法律亦不可以無也，是諸葛孔明之所以勸後主，而朱敬則之所以説武后也。若夫詩之聲律雖出于唐之新意，然其爲規矩準繩，是固不易之法律也，而亦有不知變之禍，明人是也。明人嚴守法律數倍于唐人，其作詩，摹擬剽竊、千篇一律；其選詩，亦不協調弗取、不入律弗編，竟至不免有買櫝之弊，是歷下詩風之所以須臾而焰息響絶也。有唐之人雖創定聲律，而往往不拘聲律，有變體，有拗體，有當平而仄，有當仄而平，是變之也。其變之，非誤而犯之也，不得已而變之也。蓋由聲律之外別有所苦思，而被之歌詠、係之鼓吹者，特其末事故歟？夫歌詠之事，當時已末之，後世遂廢之，而其於聲律尚有所忌憚者，唐以來之法律也。我邦之人，口不諧、耳不律，惟目以守圈續分局，亦傚彼土之世守而不失也。因以謂我輩之擇聲律，只要就局面而正之，有不得已者，鑒之古人而變之矣。且夫脱出碗盃、筌得魚兒，則此圈續分局之不可以無也，亦猶申韓法律之不可世以無也。頃作此論，頗覺新奇，因書而贈之。

二

前論聲律，説申韓之法律，恐其言之未足，今又近論射法以喻之。夫以邦人之聲口，求通華人之歌詠，譬如射乎百步之外，射者必畜良弓、聚美箭。既有良弓，又有美箭，而又有彎之放之手法。其既彎之時、其臨放之處，明其眼睛，慎其腕臂，認鵠之所在，直箭之所向，其如斯而放，放而能中，誠爲快事。然而所放之箭在于我，而所受之鵠在于彼，一羽箭離絃而獨往，其所到，能中其所受乎否，我始不能决之。有百發百中者，有十放十失者。中者，手法之熟也；不中者，手法之未熟也。雖曰，手法稍熟之人而尚有百失一或二三者，是非箭之誤往也，射者之誤手也；非箭之罪也，射者之罪也；非射者之罪也，射者之既彎臨放，而偶目眩腕顫之所致也。苟憂箭之不中，則莫若慎乎既彎臨放之初而已。吾今涉獵書帙，掇拔文字，是畜良弓、聚美箭也。磨硯提筆，是張弓挾箭也。恐誤聲律，求合歌詠，是認鵠之所在、直箭之所向也。如斯而後，其所作之詩，四聲四等、開合清濁，將皆訂正乎？將皆訛誤乎？將爲《陽春》《白雪》乎？將爲《下里》《巴人》乎？我不能歌而分之。歌而分之之人常在千萬里之外，而今作之之我不能到千萬里之外徵之其人，則其聲律之諧與不諧，我亦不能知而正之。不能知之而欲正之，是我自正之而我自安之而已。一平一仄、一出息一入息，同是天地間之呼吸、陰陽之蠢動也。邦人與華人雖隔千萬里，同是天地間之民生造化之一元氣也。我有四體、有聰明，彼固非有異樣之耳目鼻口，亦皆造化之同鑄陶也。文章之道可通於造化，豈不可傳於異域耶？苟自正于我，何得不正于彼？苟自安于我，亦何得不安于彼？我手作我詩，我詩謀我目，我目問我心，我心得我意，是我自正之而我自安之也。夫如斯，則雖不能歌而分之，而我之所作與彼之所歌，隔千萬里而當得其所合矣。是前所謂射者慎乎既彎臨放之初之奇驗也。請思此喩。

文政庚辰季冬十二日，春樵居士琴希聲稿。

對人論詩聲律

或問：唐人創爲近體，蓋便於唱歌故歟？抑後世被絃歌者殊少，詞曲題詠悉爲文士之玩具，然尚拘拘乎聲律而固守唐家之三尺，有説乎否？答云：五聲十二律八音之韻，物之至音，天籟自鳴，不知其然而然耳。心悟者隨聲而協之，詩賦亦爾。秦漢以前字多假借，而音反切平側皆通用，而自協乎聲律。自齊梁後，既拘以四聲，又限以音韻，當是詞章改革之機也。迨唐初，王楊沈宋研練儷句，穩順聲勢，號爲律詩，是名近體，然繁縟拗澀，未脱陳隋之舊習。神龍以還，卓乎成調，一時文人靡然嚮風。明王世貞云：「律爲音律法律，天下無嚴於是者。知虛實平仄，不得任情而度，明矣。」此言寔然。加之自舉業之學行，聲律益嚴，是以失律拗體不入舉場，迺至今日奉以爲金科玉律者，職是之由焉。然而考之唐人集中，雖盛唐名家間有失律拗體，又有仄韻詩不拘平仄，句中第二六字皆不粘，可以覩焉。若杜少陵苞含汪洋、變化無窮，可謂詩中之天籟矣。孰知聲律之外，别有一唱三嘆之音也？學者宜論聲律而不拘泥聲律，亦可也乎！

橘洲畑惟貞未定稿

論詩聲律

或問於予曰：唐時詩播之聲樂，故拘拘聲律。今不播之聲樂，則宜不如是拘拘，而猶拘拘如是者何爲耶？因論詩聲律以與之。

凡聲音之起，由人心之感於物生，則詩與樂皆一本於天，而律者雖出乎人制，亦受天籟者也。故曰：「詩言志，歌永言，聲依永，律和聲。」是有詩歌必有聲律也。而詩歌出于性情，性情出乎天，發而成聲，聲不可無節，節之必以律也。陳之則詞章，歌之則聲律，非有二也。夫人在兩間，取天之日月星辰、風雷雨雹，地之江河林壑、草木蟲魚，以性情熔鑄文詞，乃有文有聲。故曰：人代之也，今猶古也，我猶彼也，始無異也。若使我不解音律，則必不能爲音樂。我之於音樂，其至者，神人感格、鳥獸率舞，既解音律矣，豈有不解詩律之理哉？而其至之難，則職由講學之不深焉爾。

今之所謂「聲律」，而不與古之所謂「聲律」者同矣。今之所謂聲律者，多謂唐之詩律也。謂之詩律則可，謂之聲律、格律、格調者，皆泛也。豈有無聲律格調之詩歌也？而唐而下所謂聲律者，音律法律迭而言之，而有物有則。天工人作，始非有二也，人豈以天地間所無者別制出一機軸者哉？故以聲律爲唐之制作則不可也，天之制也。豈有唐一代之制，而後世晝一奉之，莫敢變革者哉？物有漸而至定而不可易者，禮樂之至周而後備，豈一聖而不足哉？蓋有漸也。履霜堅冰至，天之漸也；春而花、夏而榮、秋而實，至實而定也。文字之有真草而不可易也。非不可易也，可不易也。然篆籀不驟而至真行也漸也，詩之至唐而定，可不易也，然《三百篇》不驟而至唐也，漸也。余故謂唐之詩律非昉于唐也，六朝也。非六朝也，漢魏也。非漢魏也，秦周也。非秦周漢魏六朝，亦非唐之力也，天也。然則不必謂之詩律而謂之聲律，亦不爲誣也。非有二也，一也。

古之所謂聲律，不與今之所謂聲律同矣。如「高臺多悲風」「朝日照北林」「明月照積雪」「池塘生春草」，竝古之所謂巧妙者也。不但古有之，以唐律之嚴，而有如「草木歲月暮，關河霜雪清」「海上碧雲斷，單于秋色來」及「黄鶴一去不復返，白雲千歲空悠悠」之類變調變格，不違枚舉。或一代宗匠，或當場傑作，共不可以今之聲律律也。而苛刻選家猶采之，故知古之所謂聲律者，而後始可與言聲律也。

今或去近體之作，拘拘聲律若此者，以播之聲樂也。若不可播之聲樂者，非詩也。或云：「我曾遊長崎，以所作詩質諸清人，問可歌乎，乃曰可歌矣。吾詩是經清人咀嚼者，如吾詩者，真詩也。」此竝可笑。既擬諸聲律，以爲詞，以爲詩，而可觀、可聽、可誦者，則孰不可播之聲樂乎？但其音響節族流離通暢者便於歌，而排奡詰屈者不便於歌耳。如《三百篇》而下樂府諸篇，今日誦之，而覺其通快；彼謂杜韓排奡，不便播筦絃，我誦之，亦覺其排奡。則我之便者即彼之爲便者，彼之爲澀者即我亦澀者，固非待彼而後知之者也。今學詩者，要使吟哦之際不底滯、不粘著者爲近之。然不便於歌，亦既無害於家數，則不便於歌，固非所爲病也。

夫律者有一定之法，而未始有一定之法也。律者有一定之法，而聆之者未得一定之法也。聆之難也，昔晋鑄鐘，衆師皆以爲協，獨曠也以爲不協，而待知音於後世，詞人亦然。故學者未知音律也，求善聆也。夫瓦釜金玉，誰不辨之？至其鐘鼓鏗鋐、宫商相證，則調不調，必有善辨者矣。學者亦棄其叩缶搏髀，而戛擊鳴球者也。又有如篁中風、如松上雨、如洞中滴，有策策如霜林、有磕磕如江濤，有若霹靂、有若颸飆，有若鬼之嘯、有若蟲之鳴，雖有洪纖徐疾之不同，亦皆天然之音也，固與瓦缶髀甕不同，故詩貴從天籟來者也。

油然而生，勃然而起，如蘋之風、如雲之舒、如花之綻、如鱗之躍，俱詩之自然也。既謂之自然矣，則不可學以致之歟？夫臨淵羨魚，或心在蜚鴻，豈無芳餌微繳之可致此耶？鐘鏞不調，改而鑄之；詩思不靈，苦而獲之。初必規摹矱矩，久而造之，故曰入虎穴、曰苦、曰瘦。譬猶制樂器，制之者人也，所受者天籟也。其初制之也，嬌櫟片椷、剸剡度擬，比律協吕，吹之鼓之，十二畢具，黄鐘爲主，然後天籟初來。及其來也，自然也。然豈苟且鹵莽而獲之者也哉？夫書家不得廢六書，詩人不可無格調，但好談書法、好講格調，論者以爲遠乎韻矣。今人不察好談好講之言，徒以不談不講爲高者，誤矣。學者必知格調之不可不拘，而後可知格調之不必拘矣。夫忘韻，詩之適也。則又宜知忘格調，詩之適也。庖人以五味爲勺藥，不患五味之難和，唯以不得人口之適爲患。欲五味相得而不相乖也。舍五味而別有味哉？聲律者，詩之五味也。

海屋生貫名苞識

對人問詩律

或問曰：律詩胎於陳梁而成於沈宋，所謂調音律、嚴對偶，蓋以宜唱歌也。爾後詩餘、歌曲盛行於世，無復唱歌律詩者，則律詩廢而可也。然唐宋以來至於今世，詩人遵守沈宋之體奉如律令，其故以何也？對曰：詩餘、歌曲行而律詩可廢，異乎余所聞也。夫律詩，與詩餘、歌曲同祖而異宗者也，所謂竝行而不相悖者也。律詩，徒詩之近體也；詩餘、歌曲，近體之樂府也。若溯其源，則樂府亦徒詩耳，詩之外豈別有樂府？《書》曰：「詩言志，歌永言，聲依永，律和聲。」則有詩而後有樂也，非離詩有樂也，此所謂同祖者也。故詩皆可唱歌也，不可唱歌者非詩也。獨有被之管絃而可者，有不可者。可者爲樂府，不可者爲徒詩，此徒詩、樂府之所以分也，所謂異宗者也。以《三百篇》言之，《風》《雅》之正者皆可被之管絃，而其變者皆徒詩也。但雖其被於管絃者，亦可以徒唱歌，此所謂竝行而不相悖者也。至於漢，則詩皆徒詩，而樂府則特製焉，其別判然，不待明辨。其後二者遞世變遷，詩爲律，樂府爲詩餘、爲歌曲。律詩之盛行，猶詩餘、歌曲之盛行，不足怪也。雖然，徒詩之變也，其變有漸，次第可考，樂府則散亡殊甚。詩餘之作自李白始，其體若與樂府不相關，而其字數句調可與律之絶句相通者亦偶有之，若《清平調》之類是也。此猶古詩之被於管絃者，亦可以徒唱歌也，所謂竝行而不相悖者也。吾子所謂詩餘、歌曲行而律詩可廢者，以詩餘爲律詩之變也，未考源流之别也。明徐師曾曰：「歌行有有聲有詞者，樂府是也；有詞無聲者，後人所作諸歌是也。」所謂有聲者，可被之管絃也。由此視之，不獨律詩爲徒詩，雖歌行亦有不可被於管絃，此古今之變也。故律詩謂之詩，詩餘、歌曲概謂之詞，所謂同祖而異宗、竝行而不相悖者，不其然乎？然則律詩爲何而作也？曰：調音律、嚴對偶以宜唱歌，而吾子所謂是也，非爲被之管絃而然也。故賦亦至唐變爲律賦，律賦豈爲被於管絃而作也？若夫近世律詩之盛，詞曲不能與之頡頏者，其由有二。曰，雅俗也，難易也。詩餘固非不雅，流而爲歌曲也，鄙俚輕佻，猶我邦俗間箏、三絃諸曲，律詩則猶定家以後和歌，其雅俗如何也？陸游云：「詩至晚唐五季氣格卑陋，而長短句獨精巧高麗，後世莫及，此事之不可曉者。」蓋傷雅衰而俗盛也，故宋後儒家詞曲鮮矣。律詩句有五七言之限，其聲調所謂二四不同、二六對，雖兒童可得而諳矣。詞曲則長短錯雜、四聲嚴密，所謂調有定格、字有定數、韻有定聲，非婉約流麗則失其本色，其難易何如也哉！大家諸集或附以詞曲，而小家則僅僅可數矣。故謂詞曲盛而律詩可廢者，由不辨徒詩、樂府也；怪詞曲少而律詩多者，由不辨雅俗難易也。

浪華筱弼承弼撰。

社友詩律論畢

僕得明問，已竭盡其愚，而恐有罅漏，又周諏兩都諸友，獲此數篇，皆係稿本，塗抹狼籍，故浄録爲一册，併往參而觀之，足以相發也。如其判徒詩、樂府爲二，與愚見微異。如「家父作誦」「吉甫作誦」，是主誦不主歌，僕所謂專叙述者，似可謂之徒詩矣。然《左氏》衛侯使師曹爲孫蒯歌《巧言》之卒章，遂誦之，則詩可誦可歌，不必區别也。漢鐃歌鼓吹，似取民間詩之者，非别製之，故其中多與《十九首》相出入者。魏人歌行，亦與他離别應酬之作體裁不異。唐製五七言律，新翻度曲，皆取於此。既而截律之半以便歌唱，如《涼州》《伊州》《陽關》《柳枝》皆是。於是專以短律爲樂章，如王昌齡、李益每作一詩，伶工争購。「一樹春風萬萬絲」，爲樂天遣妾時所口占，而樂工奏之天子前。此近體徒詩也，特以其篇章婉約、音節清脆，故被之絃歌，非别有一種樂府也。至如李杜歌行長篇學魏武《薤露》《蒿里》之意，因古名而出新裁，盤硬排奡，肆己所欲言，非上之絲竹者，徐師曾蓋視此等以爲「有詞無聲」之歌，不知作者始無意於聲也。至李之短律，無不可歌者，不獨《清平調》，而後人詩餘取此入譜焉耳。及宋後，長短句盛行，雖絶句亦不復唱歌矣。故樂府、律詩、詩餘皆一物之盛衰變化者，不可岐爲兩派也。至於今日，一齊皆爲可誦不可歌者矣。要之，詩本永言，押韻協聲，婉言而不直叙。故誦而不歌，亦可以陶寫性情，自娱娱人。歌行近體無施不可，而近體竟是詩本色，就近體中七言斷句，又其節奏大定、長短合度者。王漁洋以五七言截句爲唐樂府，以僕觀之，似七言居多。今人寫情叙景亦用廿八字而有餘，不必抽黄對白、拈斷髭鬚，然後謂之詩也。至於填詞，雖華人苦其拘，不作可也。

音節諧否不待華音者，本書已言之矣，更有一證。試取明清人評古詩者覽之，曰某篇有調者，我亦覺其有調；曰某字不響者，我亦覺其不響。如袁倉山論「群山萬壑赴荆門」不可改「群」爲「千」，誦而味之，信然。非意有異同，所争音節而已。是故詩之驚心動魄總在吟誦之際，不必待細繹其義，而涕已墜之。是知聲音之道，和漢無大異也。假令浮切不差如譯家所言，而歌以華音、聞以邦耳，是亦爰居鐘鼓，何感情之有？或者射的之喻似未察于此者，况唐宋矩矱歷歷可按，我之詩學未至茫昧如此乎？

賴襄識。

泉藏老兄采覽：

海屋一對最後成，僕已整頓此卷，後乃獲此，於是更命净録追增。故字多謬誤，足下以意推之可也。且其所論往往與僕符合，渠非勦説，僕非雷同。故贅此數字，使勿尤焉。

襄又識。

詩之於聲律不可不嚴也，不嚴則非律也，而有恒變之别。如恒調須固守常法，至變調則縱横交錯，絶無定則。然此似易而甚難，不可喜作也。我東方詩人或但知有二四不同、二六對之法，而不知其間有許多聲病。故其所作之詩紀律乖，其於變調亦僅有下三連之類，而不知其有大變拗格也。吾友備中小野達泉藏，醉後吐句，豪宕有韻。初以爲詩句好則不拘聲律，已而自論，凡其作恒調者，不可不固守常法。間著《聲詩論》一篇將以行于世，余亦有意久矣，因喜而題其卷尾云。

東皰賴惟柔識

明治癸未初春，菱洲加島信成敬書。

詩聖堂詩話

大窪詩佛

《詩聖堂詩話》一卷，大窪詩佛（一七六七—一八三七）撰。據文會堂《日本詩話叢書》本校。

按：大窪詩佛（おおくぼしぶつ OKUBO SHIBUTSU），江户時代儒者。常陸（今屬茨城縣）人，名行，字天民，世稱「柳太郎」，號詩佛、瘦梅、詩聖堂、江山翁、玉池精舍。其父大窪宗春乃醫者。移居江户後從山本北山修習折衷學，並長期從市河寬齋學習詩文，受到賴山陽親炙感化。且善書法，因與畫家谷文晁交往密切，其繪畫亦甚優秀。寬政四年（一七九二）前後同柏木如亭興辦「二瘦詩社」，鼓吹「性靈清新」之詩風。文化三年（一八〇六）自其於神田（今屬東京都千代田區）御玉池經營詩聖堂，始詩名高漲，與菊池五山並爲詩壇中心，與市河寬齋、柏木如亭、菊池五山同被稱爲「江户四詩家」。其鼎盛時期曾嘗試遊歷，晚年出仕秋田藩（今屬秋田縣）爲儒臣，於江户邸日知館授業。明和四年生，天保八年四月十一日歿，享年七十一歲。

其著作有：《宋詩礎》二卷、《佩文韻府兩韻便覽》一卷、《宋三大家絶句箋解》二卷、《諸韻箋》一卷、《清新詩題》四卷、《卜居集》二卷、《北遊詩草》二卷、《再北遊詩草》二卷、《西遊詩草》二卷、《二島遊草》一卷、《詩聖堂百絶》一卷、《詩聖堂詩話》一卷、《詩聖堂詩集》三十三卷等。

詩聖堂詩話序

詩佛之詩話者，業鏡也。一高挂，善惡皆見焉，遂教人知驚人詩今現在，而發真詩心，然這裏不免有三途業報。何也？欲以降伏惡詩，大廣宣清新，此是貪；使俗詩家殆氣死，此是瞋；吟易官，詠易禄，翰墨以易財利，苦心以易樂意，豈不亦癡乎？佛而墮泥犁，大方便，大神通，凡夫固不得知也。嗟呼！罪詩佛者，其唯詩話乎？知詩佛者，其唯詩話乎？余搔首問青天耳。詩佛者，天民又字也。

己未歲涅槃後一日，奚疑主人題。

詩聖堂詩話

詠櫻者，以平城御製爲始云：「昔在幽巖下，光華照四方。忽逢攀折客，含笑宜三陽。送氣時多少，垂陰後短長。如何此一物，擅美九春場。」次之者爲僧圓旨。圓旨，曆應年間人，曾入元學道，有七排一首云：「名壓群花顔色稀，梅慚太瘦海棠肥。淡紅微上玉人頰，潔白妝成羽客衣。遥認雪殘猶未盡，近看雲簇不曾飛。預愁夜雨洗將去，又怕春風吹得歸。遊賞紛紛傾合國，訪尋剥扣幽扉。當時若使吴王見，西施應須出禁闈。」及寬永中，石川丈山有《垂櫻》詩云：「一樹千絲二丈長，繁英裊娜發幽香。此花若在唐園裏，何使楊妃比海棠。」後閲明《宋景濂集》有絶句云：「賞櫻日本盛於唐，如彼牡丹兼海棠。恐是趙昌所難畫，春風纔起雪吹香。」近世閩僧道本來住我長崎，亦有作云：「東來初見此花奇，無限春叢讓白眉。的皪蠙珠三百斛，玲瓏玉樹萬千枝。何妨穠李先春艷，不與寒梅遜雪姿。若使姮娥宫裏種，清光多似桂開時。」此外無聞。故中野素堂有句云：「吟人何事尤疎漏，如許名花久欠詩。」如源栲亭、太田玩鷗諸人，各有其詩，亦未足稱，惟柏舒亭絶句獨佳。云：「芳根不許傳西土，留作東方第一花。」大抵詠櫻併言梅花之清、海棠之艷、牡丹之富貴三者，而後可以盡其神也。余亦有七律五首，如其聯云「千重積雪無知暖，一樣青雲易得風」「地雖西土應無異，天在東方似有私」「天質還宜當曉看，風姿不必隔流評」「九錫不加因至貴，五宜何敵此真香」「水第川莊微雨後，山龕野廟淡煙中」，自以爲不愧古人矣。

又有彼岸櫻者，花不甚大，開以彼岸節，因以得名。本邦謂春秋分前後各七日爲彼岸節。丈山詩云：「櫻稱彼岸遍山村，恨不入名園所尊。子細看來有三絶，早開無葉著花繁。」辻山松亦有五律一首，聯云「細看如異品，更覺勝真櫻。顔色殘霞晚，精神新月晴」。山松名崧，自幼遊奚疑塾，與余同門，詩則從余而學。

舒亭，名昶，字永日，有《木工集》行于世，最長絶句。嘗作《吉原詞》三十首，今節數首云：「舞閣歌樓連翠甍，夜闌無處不春情。誰知户外秋風滿，明月橋頭搗紙聲。」「相思欲寄恨重重，永夜裁書和淚封。影暗銀釭玉蟲冷，風傳淺草寺中鐘。」「綢繆幾日雨留郎，占盡鴛鴦被裏香。小妹不知離别苦，簾前故挂掃晴娘。」又《洗竹》云：「階前減翠延風月，且喜漁竿剩幾枝。記得去年端午後，扶君醉向晚涼移。」《訪人》云：「桃花三月趁櫻啼，不訪桃花訪柳棲。風送潮頭波漾漾，夕陽樓在櫓聲西。」七言佳句云：「往年句少今年句，近日愁多昔日愁。」「還因索句難抛枕，且爲留香不捲簾。」五言云：「雨自江爲脚，雲還石作根。」「孤舟一蓑雨，匹馬四蹄花。」近日人傳《山村》一絶句云：「霜落山村樹欲空，朝寒煮菜坐爐紅。紺珠已摘殘茄盡，一尺琅玕剪早葱。」奇峭殊太甚。

素堂，名正興，字子興，伊勢人，詩喜放翁。《秋日山行》云：「緩步惟隨幽意加，山中不管日西斜。林邊葉墜看無路，谷口鷄鳴知有家。水入澄潭涸初静，雲歸遠岫嶺猶賒。煙嵐在在濃兼淡，蒸出長天一抹霞。」《富上川》云：「天下急流横嶽陽，時時怒漲絶舟航。纔消八頂寸餘雪，水長洪川一丈强。」他如「人海風波何日定？世途陵谷暫時移」「園中鋤草香襲袖，林畔伐薪花滿頭」「煙昇樹杪家何在？鳥下蓬窗人定無」，皆佳。余乙卯之歲到伊勢，素堂携余遊一乘山寺。寺在神山之巔，屈曲盤折而上者數百步，中間有巖石刻東厓先生之詩以擬磨崖碑。又上數十步而望之，複道重閣參差乎松樹之間，信一場净域，無半點俗塵之氣。既而入門，則帚痕滿庭，不見一屐之跡，院院闃寂若無人然。素堂行且誦曰「院静似無僧」，余偶然和之曰：「門開如有客。」素堂甚善余句曰：「勝『夜深有雨』之對也遠矣。」余亦竊以爲得僧院莊嚴之象矣。歸後，足之爲一律以紀其事，載在集中，今不贅焉。又導余詣太神宫，余有詩云：「欲知神統長無極，開闢以來唯一王。」素堂亦有七律一首，聯云「堯宫自古茅茨窄，禹食於今粗糲傳」。「茅茨」「粗糲」紀其實事，能用古典者也。余每與素堂談詩，必及亡友天水。天水，姓山中，名恕之，亦伊勢人，來江户，從北山先生而學，年三十三而卒，有《晴霞亭遺稿》。五言云「月落花無影，夜深水有聲」「疎簾垂夜月，頽户鎖春霞」，七言云「柴門暮早重重樹，漁舸歸遲曲曲溪」「一蹊花落鳥啼少，三面山高月上遲」，皆佳句。又有「角巾著得林中去，人道七賢欠六圖」之句，以故世多毁其險奇過當。余嘗有言曰：「亡友天水之詩，有佳句而無佳詩；柏舒亭之詩，有佳詩而無佳句。然佳句易得而佳詩難得，豈不以舒亭爲勝乎？」

山本北山先生，文章博學爲海内一人。嘗題《關雲長千里獨行圖》云：「捲雲千里青龍動，嘯月重關赤兔馳。」又《題舒亭所居》云：「因洗遮風竹，得添煎茗薪。」《次韻大場玉泉登富士山》云：「開闢之前造化工，貯雲留雪四時同。要知富士山奇絶，都在玉泉詩句中。」元享年間，僞詩之徒流毒一世。及先生出，首唱中郎之清新，排擊李王之腐調，蓋所謂用大承氣湯也。近日詩風大改，先生之功居多。然詩非其所自任，故出其門者，如雨森牙卿、太田錦城、鷹野魯屋、坂井子衷輩，非謂不能詩也，難以詩人目也。以詩人自許者，獨素堂與余耳。

余初作詩，獨立無倚。後因高蒙士，得入寬齋先生江湖社，與舒亭、梅外、蠖齋、娱菴、伯美諸人交。又及中野素堂之將刻《晴霞亭遺稿》也，引余謁北山先生。余之受知於先生，職詩之由，距今十餘年。有《卜居集》二卷，皆前是所作。癸丑之歲，因人勸上梓，至今噬臍不及也。

鷹野魯屋，名貫，字忠人，嘗序余刻詩募疏云「柳坨詩中之如來也，將濟度一切衆生盡至佛向上地也。其所著《卜居集》二卷，欲上梓久矣，諸檀越若出若干金以助剞劂之費，公之于天下，則其爲功德也必大矣云云」。余笑曰：「如來不得濟度衆生，卻濟度於衆生。」

三絃之盛于今日，教坊分派，月出新譜，愈出愈淫，其陷溺人心，不啻桑間濮上之音也。余嘗有《詠三絃》七律云：「風翻意海春波亂，雨捲心雲秋月陰。」言其惑人心也。甚矣世人之好淫樂也！都下工商固無論，至于士人大夫，凡生女者則必教之以三絃，習以爲常，不知鑽穴踰墻之患皆自此中生。寬齋先生亦有《三絃彈》一首，摘句云：「君不見，魯國君相受女樂，宣尼拂衣去不還。何使陰陽燮理權，移在女兒手口間？」蓋傷其壞風俗也。篇章甚長，此不具録。

河寬齋先生爲一代詩匠，與其盟者，如舒亭、梅外、伯美、娱菴輩，皆各成一家，海蠖齋序先生《百絶》云「江湖詩社得人於斯爲盛」。如先生《題東坡遊赤壁圖》云「孤舟月上水雲長，崖樹秋寒古戰場。一自風流屬坡老，功名不復畫周郎」，可謂絶調。又余瘦梅菴小集，《賦新燕》云：「銜泥燕子非生面，底事窺人未到巢。果爾去年秋社後，南頭架屋插新茅。」《秋日》云：「風冷多癯身早感，水寒將落齒先知。」《秋夜》云：「月沈高樹鴉初睡，菓落閒庭蟲息聲。」

寬齋先生嘗論詩云：「詩本風情，不求之風趣而求之格調，抑遠矣哉！且格猶人品，品分上下，士農工商各有身分，有品格。臣而爲君，農而爲士，謂之不知分，故應制、試帖，吾所不爲。何則？身在江湖也。從軍、塞下，吾所不作。何則？時際昇平也。夫教自修身始而充之天下，學詩亦爾。言其身分之中，無所不能，然後應制、從軍，從所遇而皆不出於吾身分之外。故學詩，一求之目前，不必求之遠。」先生此言痛中今人之病，故録于此。

明和之末，蘐園餘焰未盡，詩人動率以格調。寬齋先生作《北里歌》三十首以見性靈之詩莫不可言者，舒亭《吉原詞》、娱菴《深川竹枝》，皆是其所權輿也。而先生隱其名不著。余謂孔子删《詩》而存鄭衛，雖是艷詞，亦足以記風俗耳。其詞云：「畫壁當中燃燭龍，紅彩羅列玉芙蓉。銀壺纔點二更漏，早報東山半夜鍾。」「桃花不敢隔天台，前度劉郎今復來。阿監錦兒齊勸酒，金鼇捧出小蓬萊。」「日出三竿捲翠帷，宿妝殘粉亦多姿。嬌鬟未斂朝雲影，一響金鈴報午時。」「曉雲窗外雪漫漫，留得郎君歸思寛。撥卻紅泥爐底火，更温卯酒護朝寒。」

池娱菴，名桐孫，字無絃，有《深川竹枝詞》三十首。余閲《帶經堂詩話》，王漁洋曰：「《柳枝》專詠柳，《竹枝》泛詠風土。」《竹枝詞》，古人有專詠竹枝，乃引柳枝之例，然偶一見耳，非原旨也。又讀袁蒼山《隨園詩話》有《虎邱竹枝》《西湖竹枝》《秦淮竹枝》《珠江竹枝》《虹橋竹枝》《潮州竹枝》《江上竹枝》《元夜竹枝》等，皆紀其風俗也。娛菴嘗住深川，故有此撰。其詞云：「一隊新妝上畫樓，大娘押尾小前頭。只因座客多生面，相竝無言自似羞。」「繁絃嬌曲送仙舟，不信人間自有愁。卻到回時轉惆悵，子規啼過海雲稠。」「一帶暮江煙色濃，來舟時與去舟逢。隔簾髣髴難看面，才認語聲輕喚儂。」「轉午粉樓妝未匂[一]，前宵殢酒翠娥顰。外頭忽喚儂家出，試問生人是熟人。」「銀盤解下緑鬟頭，一朵嬌雲碎不收。爲是兒郎催得緊，淡妝漫綰急登樓。」「風緊蘆邊涼似秋，小姑學釣在船頭。玉纖未慣擡竿速，只道癡魚不上鈎。」「良辰神會正中秋，户户珠簾盡上鈎。閑卻清光今夜月，星球萬點照街頭。」「重屏隔斷幾鴛鴦，樓鎖春雲夢一場。别有秋情卿不解，漁篝月冷滿天霜。」「額畫濃娥髻綰烏，紅妝紈綺逐歡娛。相逢總道青春好，孰識羅敷自有夫。」「命薄新從北里移，紅衰只自向鸞知。眉心鬟樣妝成是，猶恐人看認舊時。」「江上人家重女兒，苧羅自解出西施。垂髫先已教歌曲，等候登場初試時。」

我邦有稱卯花者，開以四月初。灌佛前日，都下之俗，賣此花及新茗，爲其供佛也。娛菴《首夏》云：「春事闌珊不住些，雨餘濃葉護窗紗。兩竿紅日眠初醒，聽取門前賣卯花。」卯花入詩，娛菴爲始。

[一] 匂：似當作「勻」。

島梅外，名筠，字稚節。《所見》云：「低細箏聲彈颳風，小庭煙淡月朦朧。青簾半捲燈不點，人在海棠花影中。」《夜景》云：「無數鳧鷗泊月明，柔櫓咿呀夜漁行。驚飛不遠一齊去，過箇蘆叢落水聲。」可謂流麗矣。梅外作詩每出新裁，然性疎放，動有平仄失粘者。余每讀梅外詩，必先正其失聲，故梅外苦余嚴酷。余豈嚴酷乎哉？梅外之疎漏也。

陳簡齋《柳絮》詩云：「顛狂還做高千尺，風力微時穩下來。」梅外傚其意詠蒲公英云「欲落還颺二三尺，風微緩渡野流來」，能得點化之妙。余亦嘗反唐人《鷺》詩「一樹梨花落晚風」之意以詠棣棠花云：「幾雙黄蝶落風前。」

詠物之體最難，切則泥，離則粗，不泥不粗，方初稱妙。辻山松《詠芭蕉》云：「半天殘雨雷初罷，滿扇驟涼風乍來。」若林伯節《詠海棠》云「月下多情春有睡，風前遺恨舊無香」，皆得其妙。

《二老堂雜誌》云：「閣皂山館有天復四年孫偓〔一〕、李洞、宋齊邱、沈彬、孟賓于、徐鉉、陶淵詩碑。」是詩碑之始也。又有詩塚之目，見《宋景濂集》云：「番有奇男子曰魯脩，學詩李存先生。先生以文雄江東，獨才脩。脩有詩朋十人，皆緣情善賦。番數罹兵燹，脩懼其詩失傳，埏埴爲甓，刻瘞之芝山中。」我邦未聞有此等事。菅伯美嘗立詩碑于墅止平林寺中，又刻《般若心經》瘞之，名曰《瘞心經》。其好尚可想。伯美，名清成，高崎世臣，有《松夢軒集》八卷，詩專學香山，故其所言多

〔一〕復：底本訛作「福」，據《二老堂雜誌》卷五改。

涉平淡。《謫居》云：「一水淙淙繞屋流，通宵徹枕惹閑愁。思如忙蝶狂來倦，身似飢蠶食罷休。林外聽鍾知寺近，窗前聞鹿覺鄉幽。關情此際都抛卻，欲學無生息所求。」《秋懷》云：「月依堪賞深侵夜，日爲易消偏愛秋。」五言云：「不覺來遊寺，無端又出林」「山僧總無事，遷客屢來遊。」

詩貴平淡。平淡，詩之上乘也。然平淡不經奇險中來，則徒是村嫗絮談耳，全無氣力焉。故學詩先覓奇險，而後温雅，而後平淡。詩到平淡，而詩之能事畢矣。東坡云：「凡爲文，當使氣象峥嶸、五色絢爛。漸老漸熟，乃造平淡。」周少隱云：「不但爲文，作詩者亦當取法於此。」

海蠖齋名瑗，字君玉。《睡起》云：「暗窗醒訝日將暮，不識春雲釀雨催。煙斷竹爐灰未冷，睡間猶是半時來。」《夏日田園》云：「郊村十里與山連，野雉聲聲碎暮煙。低處秧田高處麥，緑黄劃破小潺湲。」又有「愛轉牀頭養苔石，寵衰窗外過花盆」之聯，尤佳。蠖齋有兄曰森岡世璋，字伯圭。伯圭有子，長曰展，字緑天；次曰珊，字貢父，皆善詩。蠖齋養貢父以爲己子。丁巳之冬，余歸自伊勢，蠖齋亦携貢父自備中還，不圖相遇薩埵嶺上，余乃有詩云：「奇景何圖得奇伴，與山併作一雙奇。」蠖齋風流好事，家多藏奇書。

世有《增注聯珠詩格》，不載作者姓名，或疑五山僧徒之所作也。頃日得朝鮮本《聯珠詩格》，末有弘治二年竹溪安琛字子珍者跋，云：「成化乙巳年間，達城徐公居正增爲注解。後七年，我成宗大王命臣琛及成俔、蔡壽、權健、申從濩將徐注重加補削。既獻，用鑄字印頒云云。」今本無此跋文，故致人疑，爲録告世。徐居正、申從濩、成俔三人，見朱竹垞《明詩綜》。

余自伊勢歸寓山本汎居緑陰茶寮，庭前有紅梅一樹，比已結實，葉間更發兩三點白花。余有詩云：「虢國夫人玉作肌，誤隨時世競妍媸。又猜新樣不相稱，偷卸紅妝試舊姿。」詩成以似北山先生，先生曰：「虢國，淫行女子，不可以比梅花清白。」余退而告汎居曰：「先生起一大議論以論詩，此則先生之所以爲先生也。」汎居名謹，字公行，北山先生適嗣也。少余十歲，交最相親。其《聞蛙》有「斷續聲中種種聲」之句，奇警可喜。又《晚秋》云：「天氣慘淒霜下緊，衆林染盡到秋過。小齋簾捲輕風入，午睡枕邊紅葉多。」汎居每月集北皐、櫻宇、延年、天來、董堂、山松、顯臣、共懿諸人，分韻賦詩，必推余執牛耳。汎居固多詩材，我望其愈老愈熟，愈到其妙。

櫻宇《春日晏起》有「暖被醒來初轉枕，滿窗花影午鷄聲」之句，七言《移居》云「從移閑地詩多瘦，自買好山家倍貧」，五言云「斜日孤村雨，殘虹半野晴」，《看梅》云「雪暗初晴后，月奇將曙前」，皆佳句也。櫻宇姓山田，名直大，字伯方。

延年，姓松井，名壽。《梨花》云：「夢中相遇林之下，玉骨美人雲作裳。洗盡嬌顔雨晴夕，更臨月鏡試新妝。」

天來，姓與住，名時雨。《秋晚》云：「半庭斜日雨初晴，雨後秋風驟冷生。白帝明朝欲回駕，赤衣使者啓前行。」《秋日》云：「昨來知道微霜下，染得楓梢第一枝。只恐金魚不堪冷，取來破笠覆盆池。」天來學詩未一年，已有此手段，所謂近於詩者也。

董堂，名敬義，字伯直，以書名世。書學董玄宰，因以爲號。其《送中野素堂》有「今日送君猶未別，已從今日待君還」之語，最爲婉麗。又《病中花遲》云：「二月中旬猶有雪，石爐添火下重帷。春寒不恨約花住，一日開遲落亦遲。」《酒店》云：「和風暖日雪消時，遥過溪橋訪酒旗。壁上新題殷點檢，春來某某看梅詩。」《夏日田園》云：「杜宇聲中欲雨天，村村麥熟小豐年。腰鐮農叟歸來處，一朵黄雲擔在肩。」余最愛其「山近知秋早，池深得月多」之一聯。

島梅外《紅葉》句云：「三日不來秋色老，前回好處已空枝。」董堂乃云：「前回來此未旬日，岸畔青楓太半丹。」語意相同而不妨各佳。

河孔陽，名三亥，寛齋先生之長子也。自七八歲學米海岳書，及長，益極其妙。余常言，方今都下能書者二人，老人則柴栗山，少年則河孔陽。孔陽詩有家風。《夏日》云：「五更過雨曉來晴，夏木如衾村景清。一寸青秧三寸水，田田浸得鬧蛙聲。」

作詩之人固少也，觀詩之人亦不多也。余每得一詩，則必示之增田菫齋，菫齋必解頤首肯焉。如菫齋，謂能觀詩之友而可也。菫齋名濤，字萬頃，善篆刻。後學詩，詩甚新奇，故寛齋先生贈云：「風情更轉雕蟲手，裁出江湖新様詩。」其《看梅》云：「晴溪流淺可三尺，小艇探春次第移。一樹梅花乍横水，短篙無處避瓊枝。」又《四月》云：「山雨晴時繁嫩緑，海雲破處過新鷗。漁郎恰報松魚信，便是鐮倉四月天。」松魚以出鐮倉者爲第一。都下賞之，猶如華人之賞蟹螯也。其初出也，至或賣劍典衣以爭之。柏舒亭所謂「欲解新衣當新味，朝暾窗外賣松魚」，亦謂此也。

十日之苦心，要在得一字半句矣。當其已得之，知古作某字某語之初，若爲其句其詩而作者。

譬如「疎影」「暗香」字，一落林君復之手，而千載詠梅者不可復侵也。是謂辭有主，我黨作詩宜相爲避之。

詩莫不可解也，而其有不可解，則非天下至公之不可解，唯我一己之不可解也。世人動以「妙處在可解不可解之間」之一語率之，誤矣。余《詠櫻草》七律有「惜將五色染雲手，卻換千枝戴雪姿」之語，麓谷老人觀曰「此句不可解」，余默然。爾後遇人必舉此問之，衆皆曰「可解」，而後心初安。

麓谷姓谷，名本脩，畫家文晁之父也。性好詩，年七十餘，聞有詩會，則必造之。分韻賦詩，下筆立成，不必待八叉。作詩之速，余未見如斯者也。麓谷常自云：「我有速作之病，是以詩多屬粗硬。」然如其云「半夏夏初草，長春春後花」，不可謂不巧。

滕粲堂名博。《春雨》云：「吟社探梅期在近，旗亭問柳約何違。」又云：「潤花霑柳功非一，渾在霏霏漠漠中。」又有「花溪鳥浴紅邊水，草徑人銜緑處煙」「夕摘畦蔬和雪煮，晨收林葉帶霜燒」之句，皆佳也。粲堂之婦曰舜英，麓谷老人之女、文晁之妹也，與其嫂幹幹同工於畫云。

閨秀善詩者，近世唯木端人之妻順姑一人耳。島梅外將刻其遺稿，而收之於《雨餘軒叢書》，余就梅外得數首。《午睡》云：「春到梨花日漸長，簾前睡静不添香。輕風吹夢時醒起，雲白窗紗未夕陽。」《雪後》云：「碧紗風透攪幽夢，貪暖枕衾將起遲。怪底雨聲連打砌，繞檐疎滴雪消時。」《三月盡》云：「殘夜惜春眠不成，柔腸斷盡遠鐘聲。暗燈閑把金釵剪，一陣輕寒入五更。」《夜景》云：

「緑動庭間夜景清，小欄倚遍解殘酲。一痕纖月亂雲外，聽得子規三四聲。」《春曉》云：「昨夜庭前風雨過，朝暾紅映碧窗紗。黄鸝百囀眠初醒，獨對海棠看落花。」

自古才子少福分，天之賦命，其曷如斯乎？若欲早奪其生，則不如莫始與之才也。若小川笙船之孫藤吉、井金峩之孫富藏，皆稱奚疑塾之才子，而早世莫傳，悲哉！木偵，字貞人，亦江湖社中一才子也，歲二十二而卒。其《江上即事》云：「岸葦秋深雨後叢，寒煙散處泊孤篷。清風乍起波摇月，百尺銀龍浴水中。」又《春曉》云：「雙屐餘痕半庭蘚，夜來知有竊花人。」

鈴木阯，字廉夫，川越人，亦早卒。嘗有「有酒逢花君且醉，世間開落暫時中」之句，似是其詩讖。

中野愓翁名正明，字誠甫，素堂之父也。《病後試步》云：「試出衡門外，曳筇煙水鄉。衰殘劍初重，疲瘦帶殊長。徐步遭人訝，閑身憐世忙。唯乘輕暖好，隨意追梅香。」能摸寫衰老之狀。其書齋曰乾乾齋。寬政戊午之春，年六十四，讀《易》有感，有「八卦重成齊我年」之句。後亡何，卧病而不起。六十四卦其數有限，可謂詩讖矣。

六月二十四日爲觀蓮節，我邦未聞有賞此節者。北山先生以此日爲上毛永澤容字幼公，會同社詩人於東叡山下不忍池，以《觀蓮節讀幼公遺稿》爲題。一時會者四十餘人，秋田小野華陽有七律一首，後二聯云「能留身後無窮業，宛遇生前未見人。襲袂幽香拂不去，詩魂莫是作花神」。嗚呼！幼公地下而有知，其必稟之矣。比彼禮佛施僧以此爲功德菩提者，則其供養幾何？

稻垣君義，名正方，小諸老侯之庶子，爲其大夫稻垣伯弓之養子，嘗校訂《幼公遺稿》。君義固非有與幼公知，唯懼其詩散佚，爲之校訂。亡幾，君義亦即世，而其才無顯，余儘記「夕日春餘千萬紅」之一句。

飯田共懿、太田文思爲其亡友高麗松溪、伊藤明行會都下名士於十條村西園精舍，余時西遊不與焉。北山先生作之序，谷文晁因其境與宋賢集會之地名相暗合，以紺紙金泥寫《李伯時西園雅集圖》贈之，亦一時之盛會云。

或毁緇流之詩云「不免蔬筍之氣」，余以爲不然。緇流之詩之所以可愛者，以其有蔬筍之氣也。余譬之於花，海棠，花也；牡丹，花也；李梅桃杏，齊皆花也。雖有黄紅紫白之異，要之不過妝點一種之春色耳。緇流之詩，求之於花則梅也。余愛其字瘦句寒、味淡格清也。如釋冷然《閑居雜詠》云「靈心愛汝移新竹，清格慕君栽早梅」「保社劉雷之輩士，談玄魏晋以間人」「半生卜隱能知足，一事於詩猶未廉」，可謂脱俗韻矣。又有「澆花晨汲帶春星」「漫興詩篇多斷句」之句，亦佳也。冷然詩，余得之淺井觀齋。

余西遊之日，途出信濃，宿小諸稻垣伯弓之家三四日，城下人士來求詩者數十人。有僧觀禪者亦來見余，稱嘆余詩不凡，因問曰：「公在都下，知瘦梅先生乎？」余曰：「知之矣。和尚何以獨記瘦梅之名？」僧曰：「瘦竹先生曾遊此地，我得見之矣。我聞都下有瘦竹、瘦梅二先生以詩鳴一時，余觀公詩非尋常之人，必二先生之徒，我是以問之。」余笑曰：「和尚具一隻眼觀我，瘦梅是我也。」

僧愕然曰：「聞先生之名之久矣，何圖得今日相見？豈不一大因緣乎！」乃作詩贈余，有「若無瘦竹吟詩瘦，誰與瘦梅同比肩」之語。余席間次韻答之云：「如今許作詩人否，一箇詩囊擔在肩。」瘦竹，柏舒亭之別號也。

余嘗與舒亭開詩社於東江精舍，號曰二瘦詩社，來與盟者百餘人。北山先生作之引，固不受一星之銀、半尺之布，痛斥世之爲李王者。於是格調之徒，猪怒虎視，議論洶洶不止焉，然由此得人亦不少。世之刺我非我，於吾乎何有？

余以五月半過木曾山中，梅花已落，桃李盛開。余欲作詩，忽憶中野素堂「四月猶餘二月花」之句，遂止。因謂，若改「四月」爲「五月」，雖是實事，不成詩也。袁子才云：「張若駒《五月九日舟中偶成》詩：『水窗晴掩日光高，河上風寒正長潮。忽忽夢回憶家事，女兒生日是今朝。』此詩真是天籟。然把『女』字換一『男』字，便不成詩。此中消息，口不能言。」余深有悟焉。

陸放翁詩云：「糴米歸來午未炊，家人竊憫老翁飢。不知弄筆東窗下，正和淵明乞食詩。」清人魏懋堂《山中積雪》云：「寂寞山涯又水濱，漫天匝地白如銀。前村報道溪橋斷，可喜難來索債人。」皆極盡貧中之趣者也。夫貧之與病，人之所惡，而入詩則佳。如絲井翼字君鳳《春日》詩，亦能言病中之況云：「花開時節身多病，常負尋紅拾翠行。知得春光遍原野，近來連聽賣花聲。」予亦有絕句云：「病軀曾被寒欺得，不出茅檐半月來。知道江村已春好，門前來賣滿開梅。」可以與君鳳詩竝誦。

有秋岡游字賽魚者，性耽詞曲，又頗解詩。嘗寓予瘦梅菴，有故亡命，今不知其所在。予記《杉田村觀梅》一詞云：「梅花白點，山屏看不夢；生客眼青，溪送溪迎。千曲折，路似曾經。此時，呵樹垂楊被風吹。一樣香，玉兔昇，金烏未墜。」真箇奇創。

或爲余誦《題畫虎》之句云：「想像深山草木風。」沉雄痛快，七字盡之矣，余不復願觀其他，只恨失作者之姓名。

余常摘近人之句録之，時一出觀之，足以慰一日三秋之思矣。聯句佳者，今川剛侯云「酒美因城近，魚肥爲浦豐」，鷹野魯屋云「品茗風過面，嘗醪春到唇」，北條士伸云「晚程鴉背日，霜信馬頭風」，橋本子行云「拂柳風飛粘屐絮，捲花波送載薪舟」，所柳灣云「花梢餘落日，灘底起輕雷」「院暗僧歸早，山紅日暮遲」，余門人菅中菴云「柳邊風有力，苔上雨無痕」，垣内淡齋云「熟路皆生景，新知如舊交」。又有結句佳者，島梅外「三月易過七八日，明朝雨歇出看花」，吉川子愿云「病身還怕新涼到，脱卻生衣著熟衣」。又有五七字單句佳者，魯屋之「竹瘦轉添神」，星孟喬之「風添潮勢海生煙」，岡村養拙之「日永林中野鳥飢」，柏舒亭之「漁網孤村月」「句至窮愁清且新」，皆是也。

五山堂詩話

菊池五山

《五山堂詩話》十卷，《補遺》十卷、補遺五卷。菊池五山（一七七二—一八五五）撰。據内閣文庫藏江户書肆玉山堂文政七年刊寫本校。

按：菊池五山（きくち ござん KIKUCHI GOZAN），江户時代儒者。讚岐高松（今屬香川縣高松市）人，名桐孫，字無絃，世稱「左太夫」（一説佐太夫），號五山、娱庵、小釣雪。高松藩儒菊池室山之子。初從學於藩儒後藤芝山，遂至京都師事柴野栗山，又赴江户學於市河寬齋，與柏木如亭、大窪詩佛等入江湖詩社。寬政末年（一八〇〇前後）獲罪流落伊勢（今屬和歌山縣），文化初年（一八〇四）重返江户。文化四年（一八〇七），三十九歲受清袁枚《隨園詩話》影響，發刊堪稱「漢詩時評誌」之《五山堂詩話》。至文政壬午共刊行正編十卷、補遺五卷，介紹及批評同時代大量詩人與作品。其開設學塾授業，詩名極高，尊崇「性靈派」。晚年返高松藩任秘書官。菊池半隱（其曾祖父）逝世後家道中落，後經其繼承而振興。安永元年生，安政二年六月十七日歿，享年八十四歲。

其著作有：《五山堂詩話》十卷、同補遺五卷、《五山堂詩存》七卷、《清人詠物詩抄》一卷、《明人絶句》二卷、《續西厢才人詩》一卷、《人唐詩》二卷、《水東竹枝》一卷、《西湖竹枝》二卷、《娱庵詠物》一卷等。

關於「五山堂號」之由來，據《五山堂詩話》載：貧窮之時，竹箱内惟留有白香山、李義山、王半山、曾茶山、元遺山五人之書籍，故名。

五山堂詩話序

話桑麻者，農夫樂事也；話利市者，商賈樂事也；話詩賦者，詩人樂事也。話也者，非論非議，非辯非彈也，平常説話也。有是話而人聞之喜之，快之笑之，記之忘之，一任旁人所取，是話者之心也；有是話而人聞之惡之，忌之厭之，嗛之咈之，只觸旁人所懷，非話者之心也。農商之話，皆此心也，況於温厚詩人之心乎？當開口説話之時，暫有是話，及閉口説完之後，曾無是話。話之爲話，如是而已。今話而筆之，此果何心哉？農商不識文字，故其話止於口頭，終於一場，僅及對面數人。詩人則識文字，故把口頭之話化作筆端之話，把一場之話化作千萬場之話，把對面數人化作不對面千萬人，唯恐聞之喜之快之笑之記之忘之者之不多，是詩人之心而詩人之神通力也。詩人之心既如是，詩話之作豈苟且也哉！吾友池無絃作《五山堂詩話》，質受而讀之，既無可惡可忌可厭可嗛可咈之話，又有可喜可快可笑可記之筆，雖無論議辯彈之圭角，自具春夏秋冬之氣象，不欲以自己才識壓倒人才藝，又不以他人才藝漫滅自己才識。温温乎聞其説話，凜凜乎見其才識，自云「此客歲之業也，今刻梓以傳之世。今茲之業，且待來年傳之。來年之業，且待其又來年傳之。年年如是，且待積年之久，而成一部若干卷詩話，唯子爲我序之。」質因謂：此一卷是開宗之首撰，竊以讀《易》之法讀之。此一卷，其《乾》《坤》二卦歟？自今以往，年年續成，變者年年變，而不變者竟存焉。將見其一索而得震巽，再索而得坎離，三索而得艮兑。三男三女交互相配，六十四卦無之不變，而吾知乾坤二體確然隤然，未嘗失其本領。吾又以觀水之法讀之。此一卷，其黄河發足之崑崙歟？混混不已，千里一曲，或右或左。其高在龍門，懸瀉千仞。其播爲九河，其同爲逆河，皆可料想，而吾知平準格物之性，未嘗失其本領。吾又以候花信之法讀之。此一卷，其梅花初綻之時歟？嗣後陸續，風信不差。其高，杏桃梨李，海棠木蘭；其低，水仙蘭菜，棠棣牡丹。白如縞素，紅如胭脂，小如棋子，大如盂盆，百般精神，百般姿態，皆可料想，而吾知向陽背陰之性，未嘗失其本領。吾讀《五山堂詩話》至此境，不亦一樂事乎？作者得讀者至如此，不亦一樂事乎？話之筆之者，在吾友池無絃；讀之序之者，在其友葛休文，不亦一樂事乎？今刻而傳之，千千萬萬之人，其爲樂事竟無窮盡矣。文化四年二月十五日。

五山堂詩話卷一

古今題鍾馗詩率皆長句，近體絶少。惟明蔣主孝云：「虎口虯鬚真可怪，如何不解縛人妖。偷花竊笛渾閒事，忍看三郎萬里橋。」嘗見備後詩人菅禮卿題圖云：「于腮睅目突其冠，相見腥風送筆端。相，想訛。送，迸訛。竝見第五卷。別有夔魖君識否，沈香亭北倚闌干。」意趣極與蔣相似，結全用李句，殊覺警拔。只第二落筆頗粗，疑其不類。後逢禮卿，話偶及之，乃云：「此原七古，一時截書以應人需耳。」余自喜見之不誤。

人動輕近體截句，而重長句累韻。不知雄作大篇，只須學力，滿腔書卷，矢口發露，譬如富貴家供張有餘，然後數十百客不難措辦。求詩妙處，全不在此。絃外有音，味外有味，會到此境，二十八字即摩尼寶珠，何必造八萬四千塔方始爲至哉？故作詩者不可賣博以唬嚇，看詩者不可眩多以誇獎也。唐人句云：「藥靈丸不大，棋妙子無多。」真上乘之言。

詩弟子高暹，持《後赤壁圖》索題。余仿坡公歸去來集字體，題二律云：「良夜如何得，復登赤壁舟。細鱗魚已有，斗酒婦相謀。月影巉巖起，水聲斷岸幽。江山無幾日，識我昔遊不？」「四顧舟中寂，横江一鶴孤。放流將半夜，就睡亦須臾。夢有來過者，笑言遊樂乎。玄裳我知子，開户起相呼。」

山本北山先生昌言，排擊世之僞唐詩，雲霧一掃，蕩滌殆盡。都鄙才子，翕然知嚮宋詩。其功偉矣。余謂先生曰：「僞唐詩已鏖矣，更有僞宋詩，可謂又生一秦也。何如？」先生莞然。蓋今日之詩，虞山所謂邪氣結轖，大承氣下之，輸寫大利，元氣受傷，則别症生之時也。誰居瘳之者，必當有任。

乙丑，余再歸江户。河寬齋先生見贈云：「寥落江湖舊社盟，相逢重作不平鳴。世人久被法華轉，後輩誰教俗骨清。薄倖杜郎年未老，衰殘白傅目幾盲。張軍今已屬君手，肯許成他豎子名。」余雖不敢當，私心竊向之。

余名節不檢，嘗在伊勢題一酒樓云：「百壺醽醁碧於油，月逗樓心興尚遒。粉黛有緣通一笑，襟懷無地貯些愁。紅絃珠唱偏宜夜，風檻露簾平浸秋。薄倖自知如小杜，直將此際做楊州。」滕粲堂遂鐫「楊州小杜」印見貽，先生詩中仍用此語也。後海螻齋爲余盡言，自此斷然不復以小杜自期，印亦捐而不用。

螻齋瑗，字君玉。余受知最深，二十年殆如一日。雖不任爲之裘牧，而竊推爲吾黨獻子。螻齋當路無閒，猶且以詩畫自娱。數年諸作殆滿紙囊，囊腹彭亨然。就中拔數十首，使余加墨，因得窺其腴。《立秋》云：「大火西流雲改容，向來炎氣欲無蹤。西風能有拔山力，忽地吹崩千萬峰。」《夜泛》云：「舟過柳港入蘆坪，兩岸鳴蟲和月明。北岸如悲南岸樂，細聽南北一家聲。」《村夜》云：「榾柮爐頭暖夜煙，團欒酌酒話豐年。今秋有閏輸租早，不似去秋猶在田。」

粲堂名博，與余交好。其詩務要出色，或嫌其過尖巧。然亦有極佳者。《蓼花》云：「沙村水驛自成叢，滿目秋容處處同。半老垂來猶未老，小紅簇得乍多紅。香牽宿鷺眠鷗外，影動冷煙斜日中。蘆絮應嫌顔色少，嬌妝輸汝一家風。」又《秋夜》云：「蕉敗月窗秋有影，蟲寒草砌夜無音。」《村莊》云：「旨蓄一株留橘子，遠謀滿塢種松苗。」皆可傳也。

清程羽文作《詩本事》，因詩摘出事典。人窪詩佛作《續詩本事》，輯至二百餘條，可謂博矣。偶閲《島田達音集》云：「昔在昌齡成帝號，不言詩上玉屏風。」自注：「玄宗立王昌齡爲詩帝。」此典二家所未載，書以補逸。按《唐才子傳》王昌齡稱「詩家天子」，與此小異。

詩佛長於七律，短於七絶。余長於七絶，短於七律。雖是世人所口，其實詩佛七絶未必短，而余何肯有其長？今摘《詩聖堂集》中尤者，騈出二體，以示不容軒輊。律則《病起》云：「病起茅齋坐晚晴，竹梢微動見風行。試操筆處不如意，新換衣時聊愜情。酒作沈痾餘後患，詩思往事隔前生。猶知神氣未全復，欲整架書無力擎。」《詠愁》云：「鬢邊抽出數莖苗，牢似長城來似潮。三日苦吟無句穩，半宵殘夢覺魂消。簾垂深院伴幽獨，雨滴空階送寂寥。争得望仙臺上酒，心中萬斛一時澆。」《漁蓑》云：「誰采嫩莎衣樣製，短篷相伴釣滄浪。蘆邊露重蒙茸濕，蘋末風生獨速涼。當酒又愁明日雨，眠花猶帶昨宵香。可憐渭上封侯日，初把渠儂博冕裳。」絶則《春夜》云：「殘雪不消如待伴，紬衾冷透睡醒初。夜深知是寒威重，滴月簷聲聽漸疎。」《春寒》云：「寒食自今無幾日，梅花零落杏花開。春寒釀雪力不足，卻向黄昏作雨來。」《晚步》云：「園底扶笻步晚霞，春風輕軟弄巾紗。蜘蛛何事太早計，密網先緘欲發花。」《偶作》云：「世間無限事紛紛，耳冷如今百厭聞。自笑懶慵蘇學士，總將家政付朝雲。」嘗與寬齋先生言，詩佛能於淡處著力，是其所以樹一幟也。

今年丙寅，余三十八歲，頭雖未見一毛，鬚已生白。爲詩佛所揶揄，故贈余有「七載江湖漫遊客，相逢今日白鬚生」之句。偶閲《劍南集》云「紹與壬午，予年三十八，與查元章、王嘉叟同出端拱殿門，二君指予問曰：『子亦有白髮耶？』相與太息」，事極相類，因戲示云：「休嗤今日白鬚生，老陸當初蚤已驚。八十五齡君試算，乘來猶得九年贏。」以放翁八十五而卒也。詩佛看詩大笑。

谷麓谷，名本脩，年垂八十，作詩靡靡不絶，可謂當今小放翁也。唯放翁初年詩太精細，晚年稍流頽唐。麓谷初年首首疎率，至晚年後間有簡揀者，此與放翁異。今録其似者。《雜詠》云：「百事相忘意久休，雖無可樂又無憂。小園梨栗今皆熟，孫稚能爲採拾謀。」《初夏》云：「我已雖衰猶及麥，年還有閏未迎梅。」《晚秋》云：「水冷已難隨釣伴，夜長不厭對棋讎。」

劍南詩動説窮薄，多傷心語，然其中有可笑者。「處處乞漿俱得酒，杖頭何恨一錢無」，大似乞兒詩。

余貧不能貯書，偶有購得，早已羽化去。篋中留集五部：一白香山，一李義山，一王半山，一曾茶山，一元遺山。外此無有，因以「五山」名堂，有句云：「家徒四壁立，書僅五山存。」

客途淒酸，一經説破，異時讀之，不堪情景。余《早發遠州》云：「行李蕭然早上程，客途惡極若爲情。數村行盡天猶夜，梟語松梢三五聲。」《岐嶒道中》云：「老樹雲埋天未晨，竹輿摇夢認嶙峋。

耳邊乍聽扛夫語，昨夜前村狼食人。」此中消息，非嘗旅況者恐不及知。

寬齋先生《浴塔澤温泉》絶句云：「迅湍危石響如雷，徹夜孤燈夢未催。可怪東窗紅已抹，不聽鴉子報辰來。」自注：「山中鴉皆無聲。」余嘗以九月宿山中，曉窗夢回，忽聽啞啞，因有作云：「夢清山驛起來遲，屢被寒鴉報曉知。怪得渠儂舌尚在，一生只信半江詩。」半江，先生别號也。

先生《上尾道中》云：「泥塗夜暝雨悠悠，斗折林間聽水流。怪底月光偏布地，蕎花爛熳野田秋。」近讀李松圃《曉行》云：「朦朧曙色噪啼鴉，風撼疎林一徑斜。滿地白雲吹不起，野田蕎麥亂開花。」兩詩不謀相同，工力亦敵，皆以誠齋「雪白一川蕎麥花」爲藍本。

蜀成王《宫詞》云：「君王翌日宴長春，霖雨迷漫濘土塵。特令滿宫來壓止，一時懸挂掃晴人。」王次回《上元竹枝》云：「風雨元宵意倍傷，晝簷低拜掃晴娘。若教掃得天邊雨，爲掃離人淚兩行。」二詩見《列朝詩》。按《帝京景物略》云：「凡雨久，以白紙作婦人首，剪紅緑紙衣之，以苕帚苗縛小帚令攜之，竿懸簷際，曰掃晴娘。」此方女兒亦自有此事，故柏如亭《吉原詞》用掃晴娘，亦紀其實也。

余嘗作《續吉原詞》，稿已散失，偶有人録，乃追抄之。詩云：「孔尾交金緗帙堆，銅瓶滿插牡丹開。多情倚柱尋思久，忽報仙郎入院來。」「憶昔垂髫始見收，月明花落不知愁。如今專得蘭房寵，羞被人推居上頭。」「歡喜心中訴暗盟，今生何必要來生。彩燈新獻慈雲座，照出青樓第一名。」「錦字裁成漏已闌，起看爐火小星殘。無端阿妹和衣睡，爲覆輕衾護夜寒。」「十年不識巫山村，卻算歸期欲斷魂。今曉孃來苦相囑，細心莫負主家恩。」「雨憖風僝易損春，兩行玉筯獨愴神。重樓一夜仙梯絶，可忍蕭郎是路人。」

人生聚散亦復難常，二十年間江湖社，一離一合，吟席殆無暖日。乙巳，余歸江户，如亭見贈云：「葉水心初出宦途，四靈復聚舊江湖。」蓋以余當水心也。後寛齋先生祗役越中，如亭去赴信中，余亦出關，獨詩佛留在江户。如亭寄詩云：「結社都門相唱者，半江翁北五山西。竹埋深雪無生意，只有梅花照舊溪。」如亭一號痩竹，詩佛一號痩梅故也。余再歸，則如亭猶在信中，每一聚首，未嘗無車公之嘆也。

信中詩學，如亭實開壇坫，所得人才不下數人，而以木百年、高聖誕二子爲翹楚。高則余未及識。木名壽，近日出都，始相遇于詩佛席間。風貌偉然，詩筆最高，佳句云「心冷句中因説水，腳勞夢裏爲登山」「一生好事皆兒戲，數卷吟詩半酒媒」「尋常鶯囀朝暾外，一半花開夜雨中」「別後故人頻入夢，春來燕子已歸家」，五言如《秋日》云「雲氣生危石，風聲聚急瀧」，《山中》云「樹冷新秋雨，峰高太古雲」，皆趣。其社號「晚晴吟社」，晚晴者，如亭信中讀書堂名也。

如亭《晚晴堂集》詩極精細，美不勝收。僅録其吉光片羽者，七古如《蕎麥歌》云：「荏城人世極樂國，口腹何求不可得。時新魚菜尚奢靡，燕席争供如奉敕。昇平士女不知愁，食前方丈擬公侯。信山蕎麥無物敵，相魚駿茄遜百籌。」七律如《新瀉》云：「八千八水歸新瀉，七十四橋成六街。海口波平容湊舶，沙頭路軟受遊鞋。花顔柳態令人艷，魚膾蟹螯開酒懷。莫道三年留一笑，此間何恨骨長埋。」七絶如《春晝》云：「風微日暖嬾遊絲，初覺午園晴景奇。花影重重無寸地，多於昨夜月明時。」《夏日雜題》云：「雲峰半日不曾移，簷外無風柳線垂。閣住晚涼天更熱，一邊斜照在疎籬。」「斜陽光裏響輕雷，潑墨油雲竟不開。地上松筠陰忽失，急風和雨一時來。」《廢園》云：「草合幽蹊絶往還，空看花石作孱顔。千金費盡人何在，亦是人間萬歲山。」《訪金生》云：「遠訪山家偶獨來，枯藤穿破曉雲堆。怪來童子相迎早，定是燈花昨夜開。」皆絶塵之作也。其他警句云「蝸涎現篆朝暾壁，蛛網留珠夜雨墻」「燕子花生猶斂袂，蒲公英老始擎毬」「嬾是猫哉長愛睡，拙於僧矣慣居貧」「有風有雪夜還夜，無柳無梅春豈春」「雲於老樹多邊宿，人向清溪淺處行」。又「得意詩從失意來」七字亦妙。

余東歸後，伊勢人有訛傳余死者，至差書相問。因口號二絶云：「抛卻浮名好是閒，只消盃酒洗愁顔。人間今尚爾遊戲，未許端明歸道山。」「歷盡畏途心鑠磨，對人不説奈窮何。往逢陰吏猶知早，三百甕齏禄料多。」

人或謂余曰：「陸秀夫當祥興亂離之日，負幼主播越海濱，猶日書《大學章句》以勸講，近迂而愚矣。方今明七子之徒，棄甲崩角，餘喘無幾，而老生宿儒猶有抱濟南《詩選》《絶句解》以教子弟者，得無非詩中陸秀夫乎？」余曰：「然。唯秀夫雖迂，猶知奉正統。七子非僞僭乎？吾恐諸老先生不能爲陸秀夫，而爲莽大夫也。」其人大稱善。

世之稱唐明者，取材有限，規模已定，譬如棟梁楄榍畢備，然後營宮室，雖拙工結構原自不難。

至宋元則不然，譬如造淩雲之臺，架空構虚，出人意表，精巧自非輸般，安能得措手？宜矣僞唐詩之多而真宋詩之少也。

均之僞也，唯作僞唐詩者刻鵠類鶩，其言雖笨，猶且不失君子體統。宋詩失真，則畫虎類狗，其言庸俗淺陋，與誹歌諺謡又何擇焉？竟使耳食者謂宋元諸詩率皆如此，而併薄之也。乃嘐然自稱宋詩，妄不亦甚乎？其病坐不才無識而已。故學宋詩必須權衡，唯有才識可以揣度，不然則鄙俚公行，幾亡大雅，不如作僞唐詩之爲猶愈也。

六如禪師詩名籠罩一世，人以「鉢盂中陸務觀」稱之。余誦其詩，景仰非一日。或傳「師爲人矜情作態，見便可憎」。余不欲覿面，恐回慕悦之心也。庚申入京，皆川淇園先生勸余往見，時師避疾在一條里宅，因一造之。門下以病見辭，至今以不見爲幸矣。

余十年以前作詩，開口便落婉麗，絶不能作硬語。嘗有「畫簾半捲讀西廂」之句爲人所誦，岡伯和譏爲「女郎詩」。爾後欲嬌其弊，枕藉韓蘇，方且有年，始得脱窠臼。余之有今日，實因伯和之激也。伯和喜余《竹枝》，自爲謄寫，且摘疵累一二以見寄，亦可謂知音矣。今歸九原，每一懷之，悽然淚下。

余《深川竹枝》，實出一時遊戲。初無意傳之，奈流播已遠，駟不可追。近日輕薄子弟傚顰余作，動曰「某竹枝，某竹枝」，猥褻鄙陋，無所不至，何其醜也。亦自悔爲之商鞅矣。

獨愛島梅外《兩國竹枝》云：「酒樓高下艇西東，無數涼棚架水中。清景最宜無月夜，無樓無艇不燈籠。」「千丈照波煙火紅，宛如佛力現神通。寶鈴八萬放光彩，塔影一時湧水中。」「茶店燈光五六點，酒樓簾影二三人。納涼舟盡漁舟在，潮落月昏看跳鱗。」

余在伊勢時，忽有投刺者曰：「江户詩人某。」余竊意海内雖廣，作者屈指不過數人，是何等人，而爲此衝撞？既而相見，乃舊識辻崧字山松者也。彼此囅然。山松近就《宋詩鈔》中特拔誠齋，校付之梓，其所作亦稍似誠齋。《夜歸》云：「村前夜雨染烏煤，踸踔纔能取路回。怪底傘簷聲乍斷，不知身入樹間來。」風趣如此，真不愧詩人之目矣。

伊勢中野素堂，近始邂逅於江户，戴石屏所謂「一片雲間不相識，三千里外卻逢君」者。見示其近作，《聞蟲》云：「幾種草蟲鳴素秋，滿庭明月夜方脩。露華一滴應須足，底事啾啾訴不休。」《秋風》云：「一夕秋風涼頓生，掃空殘暑稱人情。如何吹到清霜夜，作許無邊蕭瑟聲。」皆合作也。素堂，名正興。

江湖晚進才子極多，其尤者吾録二人焉。一松則武，字乃侯。《秋海棠》云：「翠羅衣袖淡紅唇，自試嬌妝八月春。石竹後芳何得比，木蓮雖艷恐非倫。煙中腸斷秋寒夕，露下頭垂雨冷晨。幽姿生怕西風暴，墻陰相倚護貞身。」一宫澤邦達，字上侯。《銚子》二絶云：「滿江明月滿江風，漁唱商歌西復東。別有遊人趁涼去，絃聲近在畫船中。」「危樓當面曉暾紅，宿酒醒時坐受風。知否海天奇絶處，征帆影落蘸金中。」

上侯，余未識面，其《在總中書懷》云：「只追風月欲狂顛，自笑詩仙又酒仙。不用相逢問名姓，江湖社裏小無絃。」河米庵偶出此詩見示，讀之笑倒。乃寄與云：「錦城歌吹在何邊，夜雨聞知已七年。今日風情休見擬，江湖非復舊無絃。」

米庵書名傾動一時，索字者雜然麕至，殆無虛日。猶能撥忙作詩，詩日清警，駸駸欲度驊騮前矣。誦其《病中》二律云：「病窗亂閃一孤燈，振樹狂風勢似崩。電矢射簷光礮磹，雷車輾屋響輷輘。痛侵頭腦神將死，羸到形骸氣不騰。過後只聞疎滴落，清涼夜色五更澄。」「病臥柴荆半月過，逢晴自覺體微和。鶯盟久廢緣花盡，蛙市比開知水多。强欲書詩腕生鬼，悶來繙帙睡成魔。蒲觴艾糉未須進，明日端陽當奈何。」其遊崎嶴所得詩曰《西征小稾》，未脱草。

寬齋先生壬戌歲重赴越中時，患臂痛，乞暇浴南山，有《南山紀遊》一卷。其中《窮婦嘆》七古，悲詞痛語，令讀者動色。叙云：「路過小羽村，九月十二日，神通岸崩數百步，壞農民家。有婦人泣訴者，其言淒惋不忍聽，因紀其實。」詩云：「神通川頭岸崩邊，響及平地陷良田。坼勢橫入民人宅，屋傾壁壞殆欲顛。門有農婦抱子哭，自陳夫婿本薄福。山田羸餘菜與蔬，不滿父子六箇腹。前年水旱田荒蕪，歲終猶有未輸租。計盡假貸買牛犢，鬻鹽遠度飛山途。飛山石路二百里，大如踏刃小如齒。不但人疲牛亦勞，官租未輸牛先死。官租假貸負一身，怨訴號天無處陳。其與投淵寧自賣，爲奴離家已幾春。妾爲孤獨守空室，兒子在背女繞膝。晝爲人傭夜辟纑，光陰空度一日日。何計天變又歸我，一夜覩此顛覆禍。兒號女泣纏妾身，嗟是何因又何果。吾婿平生不作惡，妾亦艱苦助耕穫。身死何厭奈女兒，語畢雙淚如絲絡。一行聽者皆傷愁，爲作喻辭慰沈憂。悠悠蒼天不爲爾，明明皇天爾勿儿。天高人語不易響，中有冥吏不忠黨。所恃皇天好生生，豈無雨露濕枯壤。」未幾詩達其君，詰問官吏，遽周恤之。爾後封内無告之民及孝子力田，皆得聞以賜錢物，實由先生之力也。詩裨風教，蓋乃如此。世之以詩爲弄具者，讀之能無警乎？

周伯弼《三體詩》，擷唐詩之英，極爲粹然，比之濟南《詩選》更覺萬萬。唯坊本訛雜，坐之被廢。江湖社校本現在，他日將梓行世。伯弼，宋嘉定進士，有《端平集》十二卷。李龏又選而序之，曰《端平詩雋》，《宋詩存》亦已收，儼然爲一名家。而徠翁《與子和書》云「周伯弼一無名男子」，何其寃也。人言徠翁假鬼而以嚇人，信哉。余近梓《端平詩雋》以行世，將洗其寃，且醒世之嚇死者。

孟遲《閨情》詩：「蘼蕪亦是王孫草，莫送春香入客衣。」六如云：「蘼蕪本有當歸之名，今爲王孫眼中草，亦爲有不歸之義，所以不願其香入衣。」是解「莫」爲「禁止」也。余則以爲「莫」猶「豈無」，「莫將孤月對猿愁」同法。謂「蘼蕪亦是王孫草中一種，豈無香入郎衣乎？宜或替我説知當歸之意耳」。是憑仗之詞，然後癡情益見。果依師説，則當歸義輕，極爲無味。唯《續詩話》作在師寂後，則説出他臆，亦未可知。

錢珝《江行》、花蕊《宮詞》，幸而傳者也。羅虬《比紅兒》、胡曾《詠史》，不幸而傳者也。近人詩集，不幸而傳者亦多矣。

島歸德作《秋興八首》，服子遷與書規之，載在集中。其所論與宋林貞議鄭少谷曰「時非天寶，官非拾遺，徒托於悲哀激越之音，可謂無病而呻」者暗相吻合，可知此老亦有見解。

老杜謚文貞，見張伯雨跋語，人多不知，故表出之。

《詩燼》曰：「古人詩用地名，皆其大且顯者。今考之地志，歷歷可知。此方地名多不雅馴，近世作家漫以意變易其字，如使君灘、承華渡，當時猶難的知其所，何況百年之後，令人疑且惑，不啻《禹貢》九河哉。」余按，誠齋有句云「里名只道新名好，不道新名誤後人」。

余詩見屢變。少時例趨時好，奉崇李王，小變爲謝茂秦，亦皆棄去。既學温李冬郎，年垂三十，始窺韓蘇門户，頗有所悟，一切謝纖弱者。後又獲《誠齋集》，深喜其超脱，然方皋相馬，不必相似。今日所主，在吸諸家之精英而出之，未知後來意見果能幾變也。董玄宰跋自書云：「以不自立家，故數數遷業如此。得在此，失亦在此。」與余詩正相同。

袁子才不喜黄山谷，而喜楊誠齋，與余天性若有暗合。然不特余也，喜黄者絶少，喜楊者常多。蓋黄詩奥峭，耳苦艱澀；楊詩尖新，易入心脾故也。人但知學黄者墮魔障，而不知學楊者亦墮魔障矣。不善學之禍，楊恐過於黄。余常戒子弟「莫輕讀《誠齋集》」者，爲此故也。孟子曰「有伊尹之志則可」，人多不會此意。

「竹風秋九夏，溪月晝三更」，自是倒語，雖類奇巧，字法乃爾。六如仿之云：「歌吹暖熱冬三伏，雪月清妍晝二更」，一倒一順，余所未解。

《隨園詩話》曰：「毛西河詆東坡『春江水暖鴨先知』云：『春江水暖，定該鴨知，鵝不知耶？』此言則太鶻突矣。」然《詩話》又曰：「東坡『凍合玉樓寒起粟，光摇銀海眩生花』，銀海、玉樓，不過言雪色之白，注蘇者必以爲道家肩目之稱，則當下雪時，專飛道士家，不到別人家耶？」鶻突更出西河之上矣。按《侯鯖録》載坡詩云云，王荆公曰：「道家以兩肩爲玉樓，眼爲銀海。」坡曰：「惟荆公知之。」則坡公實用此典，子才亦何不深考？

郭暉遠寄家信，誤封白紙。妻答曰：「碧紗窗下啓緘封，尺紙從頭徹尾空。應是仙郎懷別恨，憶人全在不言中。」此吴仁叔妻詩。江西太守將伐古樹，有客題云：「遥知此去棟梁才，無復清陰護緑苔。只恐月明秋夜冷，誤他千歲鶴歸來。」此維琳禪師詩。而子才皆以爲今話，可謂食三日祭肉矣。

董九如君名迹，風流一時，爲畫名所掩。余始相見，特蒙推揖。無幾，余西遊，君亦捐館舍，至今感其言。寬齋先生嘗贈君以四絶句云：「胸中山嶽寫天真，舐筆春園坐晚煙。一種清香茶鼎熟，梅花落處汲幽泉。」「高懷不逐世間塵，閑炷爐沈自寫真。一葉扁舟一甕酒，蘆花洲裏一漁人。」「老來興味總空濛，寄在水煙山靄中。翠鳥紅花如錦筆，附他年少弄春風。」「一卷輞川圖始成，三春謝客亦幽情。傳家好做兒孫寶，不比他人遺滿贏。」皆紀其實也，可作君小傳讀。

牧澹齋君，諱成傑。余辱知遇有年矣。君自辛酉出尹駿府，有「有脚陽春」之譽。今歲丙寅，超遷京職。余獻詩云：「白社君收丁卯集，青雲我笑甲辰雌。」以余與君同庚也。君于書尤遒，所建三保碑出其手跡。詩則嘗以余備顧問。

竹所君諱成文，澹齋君同族。詩情藴藉，在公之暇，屢開文讌，與其社者如谷麓谷、滕粲堂、源波響、野醉石、山蕉窗諸人，俱爲一時之選。近因粲堂致意，引余相見，殆如平生驩。讀其《夏日雜詠》三十首，清脆可喜，今録一首云：「家在小橋深巷東，柴門常閉鎖幽叢。池頭曉過新荷雨，簷角晝生疎竹風。蝶認瓶花來簟上，蜂窺研水入窗中。無端睡起逢茶熟，書課重收半日功。」

波響名廣年，松前公族，尤工畫，詩則學於六如，殊有淵源。《題畫》云：「山抱清溪溪抱村，桑麻鷄犬小桃源。滃雲界斷人間路，不許徵租來叩門。」《聞鵑》云：「纖月磨鐮夜四更，亂雲堆裏影微明。杜鵑彷彿驚眠過，認得新聲第二聲。」醉石名寧恒，才最高。《春盡》云：「雨送殘紅委砌苔，樹頭樹底緑成堆。園丁已獻拳來蕨，稚子能收豆樣梅。」《園中》云：「籬角薔薇香一叢，枝頭花褪雨前紅。夏初題目如斯耳，翠樹成瀾日午風。」蕉窗名寬，《舟行》云：「蘆荻抽鍼蒲立錐，一齊寸緑退潮時。水鄉聞説鯉魚美，要訪漁郎訂釣期。」《詠燕》云：「社雨初晴春已中，烏衣輕颺一簾風。海棠庭院花狼藉，滿口新泥半是紅。」

博求壽詩，此弊今猶不已。庸人俗子以是爲孝，不知累糞堆瓦，原自不堪侑爵。縱令有佳作，不過祝嘏浮辭耳。余一切卻之，然亦有爲不恭者，因生一策，預作題畫祝詞，貴賤耆艾皆可應用，不得止，則倩人作畫，自題以貽，庶可免責矣。近有一老衲來需己壽，余不覺絶倒。夫四大色身視爲寄寓，固無相壽之理，何況自圖其壽乎？昧者爲事，愚乃至是。

壽詩猶可恕也，又有募哭詩者。夫七情中，哀重於喜。東坡云「不言歌則不哭」，兩者有間，可以見已。今取其重者，求之行路人，不通之甚。豈欲使人人爲劉豫州乎？某家少年死，其友相會作哭詩，其父泣曰：「賤息短命，不料今日爲諸君嘲具。」此言沈痛，可以醒世。

毛聖民直道，夙以鐵筆著。近選今人詩爲集，人詆其越俎。余閱所選，正變具録，雖小乏鑒裁，一讀亦足以觀各州之風尚矣。有古人採歌謡於民間之遺意，因名曰《採風集》，蓋選詩者門户須寬，捃摭須博，若使宫角不相容，則公道廢矣。余作《詩話》，猶自愧局狹，自非汎交如聖民，安能得司此選？聖民作詩，世多不知。其《寄内》一絶云：「幽竹留叢在故山，三秋無主護柴關。愁風苦雨知多少，慚愧清陰待我還。」殊爲清婉。

菅伯美清成，詩慕白太傅，作宰㚒止十五年，頗著風績。《禱雨》《孝婦》諸作，古藻淋漓。其事其詩，俱足千古。惜篇太長，不能備録。又極有風情者，如「林下春芳不暫駐，一叢紅藥獨情多」「紅芳未褪無香洩，早已今朝摧一枝」諸句，一往情深語，令人想出白家故事。《擬古》云：「桃花衫子杏花裙，送歡歸來襖猶温，曉風鬟髪亂如雲。亂如雲，猶可束，枕上淚，不可掬。」

松濤女史，名瑢瑢，字玉聲，爲吾友土井德人之妻。性嫺雅，好吟詠。德人爲寫數首見寄，僅録二首。《折菊》云：「小園折取最繁枝，插得瓶中看也宜。癡蝶定知無著處，飛來依舊繞東籬。」《冬景》云：「一徑蕭條霜後天，老筠護緑小橋邊。寒流水淺二三尺，雙鴨尚依枯荻眠。」

余嘗題《紅葉仕女圖》云：「掌書玉殿是前身，香骨雲衣不惹塵。流水依然紅葉在，外家知己恐無人。」夢有人謂曰：「『知己』二字不膩，若作『鸞匹』則佳。」余大悦，遂改用之，然亦未見其確。後閲《流紅記》，韓嫁佑後，有詩云：「今日卻成鸞鳳匹，方知紅葉是良媒。」的有此來處，豈冥冥中有來通者乎？余奇，以屢語人。

燕用雲兜，六如云：「蓋雲棟雲梁之類。」蕉中以爲當是燕巢，如肩輿稱兜子。按王榭抵烏衣國歸，王命取雙飛雲軒，至乃烏氈兜子。事見《摭遺》，原非僻典，二師失之目睫。

五言對仗極有佳者，天機一到，固不待椎鑿而定。僅僅十字，精神百出。若通全首，卻欠渾成。如寬齋先生「雲低山失半，林盡水看全」，粲堂「夜市橋頭月，歸漁柳底燈」，詩佛「松聲一枕雨，竹影滿窗雲」「晚色先侵柳，夕陽猶在花」諸句是也。頃讀中島潛夫《湖中》詩云：「浦雲遥斂雨，岸葦忽生波」「佛刹分林出，市樓臨水多」「島嶼千帆雨，漁人一笛風」，皆可稱警句。又《田家》云：「烏銜遺穗去，人跡逸牛來」，用《詩》《書》語成對，殊覺老練，惜亦復全首不相稱。

五山堂詩話卷二

白香山以詩爲説話，楊誠齋以詩爲諧謔。二公才力故當不減少陵，只欲新變代雄，故別出此機杼以取勝耳。後人輕詆二公者，固不知二公之心，其摸仿二公者亦未免懵懵也。鄙語曰「咬人屎橛不是好狗」，今之爲白爲楊者率皆此類。

「日長睡起無情思，閑看兒童捉柳花」。《浩然齋雅談》載誠齋自語人曰：「工夫只在一『捉』字上。」按白詩云「誰能更學孩童戲，尋逐春風捉柳花」，誠齋所本蓋此。《雅談》所説，卻似可疑。

竹所牧君，屢分詩題以課同社，一時詠十梅，蠖齋《未開梅》云：「香玉枝頭未坼時，蓬蒿叢裏自仙姿。多情杜牧吾相似，等候湖州十歲期。」詩佛《梅實》云：「葉間的皪滿枝垂，無復當時冰雪姿。一段酸心誰會得，多情小杜重來時。」同用一典，而調度各有宜，此詩境之所以爲妙也。

丙寅災後詩佛重構一樓，題一聯云：「翠柳青天，發揮西嶺千秋雪；清風明月，占斷南樓一夜涼。」上用杜句，下用黄句，真妙對也。

詩雖嫌陳腐，亦無妄自揑造字面之理。韓文杜詩，無一字没來歷，古人鄭重乃如此。後生妄以己意種種製作，所謂愚而好自用者。偶有人問來處，亦自知其非，乃詭曰「出某集」。吾誰欺？欺天乎？且所謂新變者，一换意思，極令嶄新之謂，其勝人處不必在用生字也。猶之善治庖人，其料不過尋常魚肉，一經調劑，便作珍羞殊品。今之詩流，烹蛇享客者多矣。

詩用生字者，六如之癖也。其人淹博該通，雖不無鑿據，然亦古人所無。古人以意勝不以字勝，六如則挾字鬪勝，僅可以悦中人，而不可以牢籠上智也。蓋渠一生讀詩，如閱燈市覓奇物，故其所著詩話只算一部骨董簿，殊失詩話之體也。

東坡與魯直書云：「凡人文字，當務使平和。至足之餘，溢爲怪奇，蓋出於不得已也。」余謂詩亦然。作者能知怪奇出於不得已，則始可與言已。

元范德機詩「蠻語酬人翻自苦，好山不敢問何州」。今歲丁卯，余游奥中，方悟此語之妙。奥雖僻壤，山水秀麗，花木極多。余不欲錯過，擬把筆紀遊。一路上問山詰水，奈舁夫渡丁所答言語訛雜，多致不通。懊惱三四日，投筆不復留意。但衆花之發無復節信，葛因是有句云：「梅桃杏梨無次第，二十四番一時風。」信然。余行適值三月末，人家籬落桃李繽紛，令人應接不暇，口號云：「高低路向亂山東，身落荒陬蠻語中。只有不言桃李妙，吹薰盡日馬頭風。」松島平泉諸作，另載在集中。

余於仙臺得三詩人焉。一松井輔，字長民，號梅屋。一奥田美，字厚卿，號橘園。一入江清，字廉卿，號櫟庵。屢會飲其家，皆以詩屬余評定。梅屋《春寒》云：「寶鴨無煙香篆冷，閉門坐睡不看春。軟寒釀雨從渠惡，留住梅花也可人。」《首夏》云：「緑陰匝地影團欒，裡絮裌衣還未安。嗤殺山妻太早計，麥時不道有兹寒。」《紙鳶》云：「日暮江頭簾幕寂，霄間乍作步虚聲。」橘園《曬書》云：

「飽受驕陽亂曝時，就中隻卷最相知。無端憶得垂髫日，風雪懷經叩塾師。」《雪意》云：「寒逼肌膚覺粟生，滿園雪意不如清。凍云黯澹低三尺，墜葉無風戛有聲。」櫟庵《秋日雜題》云：「風摇簷馬伴蟲鳴，攪得愁人夢數驚。不辨無情還有意，都來耳底作秋聲。」《春曉》云：「枕上新晴也，鶯聲殘夢耶？」《夏日》云：「登麥香摇忽過雨，早秧緑軟不禁風。」又有遠藤庸，字伯謹者，《春深》云：「春深疎雨淡煙中，新賣桃花小市東。最是清明好時節，青錢换得數枝紅。」

詩窮而後工，亦即孟子所謂「先苦其心志」者。我輩平生得力於「窮」一字不少。世間紈絝子作詩，廣購諸集，無有不備，曾不半年，束之高閣。通習皆然。近日脱此窠者，特島梅外一人。始終不變，詩亦益工。然島初作都不甚佳，一旦落魄，客遊奥中，歸都之後，方始不凡。益信古人之言果不我欺也。

梅外著作甚富，其《歲暮縱筆》七古，灑灑千言，語涉譏刺，故不抄録。最工七絶，《春日》云：「雨餘輕暖憑欄坐，處處柳梢新緑回。只恨梅花風數尺，樓高不送落葩來。」《夜景》云：「星照中流燦有光，暗潮未退蘸前塘。漁舟去遠櫓痕定，又現垂楊影一行。」《村居秋霖》云：「濁流汩汩漲溪隈，雲密黄昏猶未開。人聲時自蘆花裏，知是罾船趁雨來。」《夢後》云：「輕寒脈脈襲春衣，紙帳雪清梅一圍。夢中得句忘還好，免被人間説是非。」《詠燈》云：「簾間分影過三更，相伴書窗夜雨情。半生文字無人見，只有孤燈照得明。」

如亭以去冬歸自信中，留都數月，將復西赴京畿。時余亦有遊奥之行，《見别》云：「東西兩路欲分時，共訂後來相會期。若較風霜多少苦，輸贏自在一囊詩。」余歸都後，聞如亭在伊勢寄示云：「風雪空添幾白鬚，奚囊争得鬪贏輸。歸來詩本全然盡，君肯分多貸我無？」

如亭《題木母寺》云：「隔水香羅雜沓過，醒人來哭醉人歌。黄昏一片蘼蕪雨，偏傍王孫墓上多。」絶類晚唐名家。

國府碧，字秋水，詩才高邁，絶近誠齋，不幸早亡。如俾永年，則我輩當避路放他出一頭地也。其遺稿詩佛、梅外已爲刊刻矣，兹再録其逸者，令無遺珠之憾。《歳暮》云：「光陰何倏忽，恰似箭離弦。臘剩兩三日，齡過十八年。親衰堪灑淚，弟長欲駢肩。可嘆居新换，又遭窮鬼還。」《冬曉》云：「重衾猶怯冷，寒意曉逾加。窗破半無紙，燈殘纔有花。門前人賣炭，厨下婢煎茶。日出方初起，宛如脱㲉蝸。」《午熱》云：「一掬微風無處尋，不堪暑困卧槐陰。蟬聲卻是殊人意，赤日炎天得意吟。」《驟雨》云：「掩盡殘陽不漏紅，濃雲如墨刷青空。蟬聲不與雨爲地，默在庭槐一霎中。」《殘暑》云：「殘熱甚於三伏時，更無涼意與人宜。火雲卻似嫌秋色，遮斷西風不許吹。」《秋夜》云：「竹簟紗厨涼有餘，芭蕉先報雨來初。一燈分付兩般事，妻製袷衣兒讀書。」佳句云：「露冷蛩聲咽，月清梧影癯」「煙横迷渡口，燈細認漁家」「卯時先命酒，亥日早開爐」。人或斥秋水詩爲怪爲妄，余謂此其人胸中書太少，於宋元諸集不夢見之，故逢此種詩，遽相駭耳。認駱駝謂馬腫背，寡見之人往往如此。

津輕書生工藤元龍，名猶八，遠來入昌平學。性孤介，自比禰衡。詩有明七子氣魄。寛齋先生時爲員長，憐其戇而有才，獨善遇之。後激變生事，其侯怒，拘下之獄。時先生辭職在矢倉，聞事出不意，爲致書有司訴其寃狀，遂得免。生有《出獄口占贈先生》一律云：「縲絏銜寃亦一奇，有人濟我義何涯。海闊呑舟初漏網，林深枯木再生枝。仍舊乾坤須獨往，依然山嶽爲誰欹？無那男兒睽夙志，瓦全今日愧君知。」後居駒籠，落拓以死。嗚呼！此寛政己酉事也，至今二十年，人亦罕知者，追録以存奇士。

人有都鄙之分，詩亦有都鄙之分。聞見已廣，琢磨已精，然後下筆綽有餘裕，自然不與時背者，謂之都詩。管天蠡海，矜矜自大，剿竊敷衍，死守舊套者，謂之鄙詩。人鄙而詩都，可以登於都也。人都而詩鄙，不可以齒於都也，然尚爲當局自効者。一種有傍觀袖手妄詆訶人者，亦太可憎。袁子才《答王夢樓書》引《山海經》曰「山膏如豚，厥性好罵」，直是人禽之辨。然則如此等輩，宜屏諸四裔，不與同中國者。

「沈香亭畔千株石，散與人家作假山」，張芸叟句也。「誰憐磊磊河中石，曾上君王萬歲山」，范石湖句也。二作極相類，皆有《黍離》之遺意。

木芸亭，名雄飛，作《黠鼠》詩尤爲尖新，詞曰：「群鼠何太惡，來穿北墉中。稊米將耗盡，猖獗本無窮。衆猫怒鬚起，逐捕互競雄。鼠輩忽竄跡，未聞策奇功。寄言老猫子，重責在汝躬。平生氈與肉，恩養非不豐。此時不竭力，爭報主人翁。」余時在南部，封寄此詩，寔某年某月某日也。

明妃詩多出於假託。「當時衛霍兵猶在，未必君王棄妾身」，嘆邊備之衰也。「人生不用如花貌，只把黄金買畫師」，刺苞苴之盛也。「早知身被丹青誤，但嫁尋常百姓家」，喻躁進之悔也。余十五六時《題范蠡圖》云：「歸去五湖煙水春，扁舟獨伴像花人。破吴第一功掩世，不省巫臣是後身。」自覺唐突，不出示人。後讀東坡詩云：「誰將射御教吴兒，長笑申公爲夏姬。卻遣姑蘇有麋鹿，更憐夫子得西施。」議論更進一層，爲之爽然自失。

又嘗題《訪戴圖》云：「水浸玻璃峰削銀，扁舟凍殺苦吟身。原來緣愛剡中好，興在溪山不在人。」偶讀元人詩云：「月照梅花雪點春，小舟危坐醉中身。一時爲愛溪山去，本是無心見故人。」立意用韻皆相吻合，所謂「閉門造車出門同轍」者。

譏刺之詩，以諷托不露爲妙。余最愛明虞克用《題趙松雪畫》云：「王孫今代玉堂仙，自畫苕溪似輞川。如此青山紅樹底，可無十畝種瓜田？」何言之優遊而有味也。

眼前所經之景，一時不及拾收，偶然被人説出，不堪歡喜。余在南部山中，望見炭煙，誤認雲生。後讀原清字公淵者《山村》一絶云：「燒炭深林三兩處，淡煙和月繞溪隈。半生不解山中事，只道輕雲出岫來。」真實況也。

又山中嘗逢霧，偶讀米庵絶句，情景最真，實獲我心。詩云：「行行山色漸迷離，白霧如衝又似馳。收取曉星殘月去，忽成混沌未分時。」「細細霑衣濕如雨，濛濛遮面重於煙。同行咫尺看還失，只認人聲知後先。」「鬣盡溪山撲地冥，只聞流水響泠泠。無端乍被輕風撥，現出前峰半角青。」「旋旋將收有也無，山還滃淡樹糢糊。真成罨畫將誰比，好箇虎兒清曉圖。」「心知濃霧作牢晴，恰是行人似解醒。比到津頭天更碧，前山早已挂銅鉦。」

寬齋先生主持風雅，愛才如命。其在門墻者，如原長卿、田德郎、勝善長，皆少年能詩。德郎詩情最佳，余亦深喜後起有人。長卿《曉意》云：「無復人來消受涼，獨乘清曉步池塘。星河半落風纔定，占斷荷花自在香。」善長《苦熱》云：「午熱如焚汗似漿，北窗困睡到斜陽。雷聲雨澀兩三點，不送人間一掬涼。」德郎《春曉》云：「曉光漠漠暗窗紗，料峭輕寒一段加。殘夢無端被鶯唤，半庭殘月在梅花。」《晚春》云：「無數清愁付枕邊，春痕况又到啼鵑。下簾不忍看花落，睡過風風雨雨天。」先生嘗有詩云：「白首耽吟詠，纔知脱舊習。後輩多作者，皆言未三十。」

上侯《田園雜興》云：「門徑跡稀苔色加，午槐陰密野人家。懶鷄寂寞犬貪睡，無復行商來賣茶。」原生《夏日雜題》云：「午熱熇熇坐甑如，纔休揮扇汗流珠。微風莫把鳴蟬罪，縱不渠餐本自無。」兩詩翻案極佳。原，名静勝，號迪齋，學詩於余者。

僧藕益之注佛典，正文之間嵌填襯字，令意義焕發。徂徠解明絶句，蕉中注唐詩選，皆襲此法。余謂此法孟子已有之，其釋《蒸民》之詩曰「故有物必有則。民之秉彝也，故好是懿德」，即是先聲。

詩文二途，固相背馳。偏勝獨得，罕有兼者。柳子厚論之詳矣。韓詩排奡，柳詩雋逸，亦俱在古詩上論之已。歐公孱弱，荆公險幽，迥不及其文。唯能兩得而足相衡者，在宋獨蘇東坡，在明獨王弇州耳。其他則兩者不無軒輊，此方諸賢亦復如此。著述、比興，兼併之難，自古而然。

自來詩文有大家、名家之别。余謂如今日大家多是粗才，名家間有精才。蓋大家專事展張，不屑縝密，務在網羅一時，故成名太速。名家則不然，嘔心鏤骨，揉磨太細，只要自慊，而不喜强聒人，故名不浪傳。昔人云「顯處視月，牖中窺日」，此雖論學之語，可以喻大家名家之别也。

余論作文，獨心折於因是，至詩則趨向小異。因是專宗唐詩，大要本金聖嘆法而間有出入者。一日酒間論詩，亹亹生風。余始尚不應，既而相迫曰：「果首肯否？」余徐答曰：「第俟五里霧霽矣。」大笑而止。因是《題牧牛圖》云：「哥哥南畝戴星歸，姐姐燃燈不下機。爺娘漫道兒無賴，養得孤牛如許肥。」頗有古樂府遺音。

唐人如杜韓諸公皆精熟《文選》，東坡不喜昭明，然其文字亦有從此出者。此方昔賢亦極崇重此書，《著聞集》載勸學院學生會飲，相議曰：「今日須不論齒爵，以才品爲序。」有藤原隆賴者直進居上首，諸人紛争，隆賴曰：「《文選》三十卷四聲切韻，坐中更有暗誦者否？」雖類迂闊，其精難得。近日諸人多不熟《文選》，亦何謬也。

祇南海一夜百首，爲人作俑。今時白面書生，纔知綴詩，乃曰：「我能一夜作幾首。」此最可醜。夫南海才敏，不過一時借此以逞神通耳。猶之武人試射也，伎倆已熟，然後一日千箭，一夜萬箭，皆無不可。伎倆未熟而妄貪多，弓反肘戰，醜態百出，一無上垛。要之費精損神，不徒無益。若在聰明才子，則敲銅刻燭，何爲不可？然才子嫌隨人後，必不屑爲此等事也。

南海戲作一文，略云：「有客遊冥府，見有大獄。數鬼拿一人至，青衿烏帽，似一秀才。王問：

『何囚？』丞對曰：『某縣學生某。平生好剽竊他人詩句，修文郎發其事，送臺法究。』王怒曰：『窮措大真鈍賊，何處鼎鑊能堪烹汝？』乃操觚作判。」其詞太長，如詞中所云「全章負去，夜半有力；斷句剽竊，月攘一鷄。潛踰曹劉之垣，擅鑿李杜之壘。驢上吟客，即是梁上君子；社中騷人，不異月中仙娥。緑楊遂成緑林，紅桃變作紅巾」諸句，其言雖涉諧謔，其誚世亦深矣。

竹枝之盛，昉自余三十首。南海先已有《江南雜詠》，序云「仿竹枝體」，但覺未超脱，今傳其三，云：「十三女兒不解愁，夜隨女伴拜女牛。針線乞得如許巧，裁人嫁衣秋又秋。」「孟婆貫月萬丈長，蜑户占風何渺茫。賈舶漁艇争入浦，市南商旅夜舂糧。」「自是江南橘柚鄉，耕漁同利滿山霜。千筐萬筐年年緑，笑殺蟠桃千歲香。」末一首卻似是《橘枝詞》。

滕芝山先生《宫詞》一百首，雖已經刊，世不甚傳，識者惜焉。今檢其詩，吐屬典雅，幾不在《元宫詞》下。特録數首，再以問世。詞云：「夜來積雪深盈尺，重疊殿前玉作峰。海日初紅瑞煙麗，外頭時望小芙蓉。」「諸方花樹貢來新，内苑韶光分外春。等候皇家遊一賞，朝朝灑掃著緋人。」「羽林騎士競飛蹄，紅緑兩行裝得齊。赭白連錢疾如電，絶塵一去不聞嘶。」「輕羅一樣舞衣裳，少府均頒内教坊。准備傳宣不時唤，薰籠常爇水沉香。」「錦衣親衛奏嚴更，獨倚闌干按玉笙。深夜霜風飄律吕，人間聽得鳳皇鳴。」「殘臘宫中排法筵，佛名唱遍萬三千。内人簾下催宣賜，如雪新綿被衲肩。」先生名世鈞，字守中。余幼時學字師也。

狹貫人物，以滕漆谷荀簡、張竹石徽爲最。二人種種相反，而交道殊厚。滕性温藉，張性磊落；滕以書勝，張以畫勝；滕有茶癖，張有酒癖。至詩，則滕迥出張之上。滕詩極富，姑録數首。《冬初偶作》云：「風霜猶未緊，日色麗清晨。睡與蒲團穩，暖於火閤親。衰蠅點窗紙，殘菓落苔茵。短晷雖如走，晴暄自小春。」《秋熟》云：「秋熟村場新築泥，家家打稻日將西。老饞别有流涎處，蕎麥花開雪一畦。」《溪行》云：「行弄潺湲不道賒，蒼苔白石一溪斜。松篁缺處柴門出，杵臼聲幽製紙家。」六言云：「幽砌千竿緑竹，明窗一卷黄庭。客來談與茶熟，雨過眠同酒醒。」「盆池水淺魚冷，香碗灰深火温。終日不聞車馬，半生似住山村。」俱不減作者。張詩不抄存，僅記《新秋》一首云：「秋淺桂花猶未香，碧梧葉落夜初長。滿庭風露吟懷爽，占得閒窗一味涼。」張亡，滕以詩哭云：「同社結交三十年，溘然何計向黄泉。知音隔世人琴失，遺墨留神姓字傳。酒癖知君多作祟，詩癡愧我尚成顛。恍然一夢身如覺，又被昨遊來現前。」

竹石以癸亥出都，畫名大起。明年歸鄉，未幾没矣。其在都日，最受知於詩佛。詩佛贈七古云：「竹石道人酒中仙，醉後揮毫妙到神。人人相見唯驚愕，知者纔是兩三人。世人所見以形似，道人所貴在神理。世間無復九方皋，誰識青驄與緑耳。千里來遊關東州，憐君與世風馬牛。磊磊落落性所賦，風流之師俗人讐。莫愁海内無知者，我唯知君君知我。二人相知已有餘，相得人間醉因果。醉鄉有地萬頃寬，亦無禮法亦無官。盡日陶陶有何礙，不比世間行路難。世間豈無能畫士，誰居相忘醉鄉裏。醉鄉之裏可相忘，瀟灑誰如竹石子。」嗚呼！詩中所言二人相知者，亦已陰陽界判。余甲子歲尚寓伊勢，竹石歸途見訪客居，自此一别，遂成永訣。今日每與詩佛酒間語及，彼此愴然，銜盃無歡。

庭瀨森岡松蔭，名璋，字伯珪，即蠖齋之昆也。風調和雅，真不愧爲士衡矣。余不相見殆十年餘，頃讀詩册，如重接眉宇。《早發松井田》云：「出驛滂沱歇，亂雲多在山。溪喧松檜外，路滑薜蘿間。囊濕奚肩重，輿寒客夢慳。曉鷄時一叫，早已近前關。」《梅雨偶作》云：「梅實離離黄熟時，無朝無夕雨如絲。蒲團坐底醒還睡，書帙牀頭掩又披。鋤圃空過栽竹日，鑿池恰及種魚期。酒朋棋敵絶來往，銷遣閒愁惟是詩。」二子，長爲足庵，次爲柯亭，兄弟俱耽吟詠，又善書畫。一門清雅如此，真美事也。蠖齋無子，以柯亭繼後。

足庵名玠，字介玉。《夜坐》云：「惱人春色好，夜坐興逾添。罩柳煙侵院，描花月上簾。書聊臨褉帖，詩偶傚香匳。不睡耽清課，輕寒又底嫌。」《春晚道中》云：「籃輿兀兀不成眠，最是黯然欲暮天。野寺鐘聲遥出樹，溪橋人影薄籠煙。客程已落飛花後，離恨偏添芳草前。春晚如秋淒更甚，又投荒驛聽啼鵑。」《春夜》云：「淡月輕煙夜色奇，梅邊覓句立多時。隔籬小犬休驚吠，不是吾儂偷一枝。」

柯亭名珊，字貢父。《暮春》云：「遊絲白日静簾櫳，暖氣醺人嫋嫋風。燕影飛回新樹外，鶯聲啼老落花中。詩情似水吟還淡，睡思如雲夢乍空。節物何時不堪惜，獨於春晚恨忽忽。」《睡起》云：「喚夢春鳩谷谷啼，幾重花影掩幽棲。起來還訝黄昏早，猶是門前日未西。」《漁家竹枝》云：「家家隔柳住回塘，輕縠波紋映夕陽。女自垂綸郎蕩槳，相見笑指兩鴛鴦。」

戊午四月，蠖齋借某家小梅別墅，招邀同社。一時遊者，爲寛齋先生父子、梅外及余等數人，各有題詩。先生云：「林池碧浸暮天澄，影暗欄干有客憑。攏岸小舟知底事，黄昏欲點水心燈。」蠖齋云：「林莊相伴惜春暉，雨後無花緑四圍。蛺蝶有情勾引我，香風籬外遇薔薇。」余云：「緑壓林園斷送紅，階頭一種蔟芳叢。紫雲朵朵香鋪地，粉蝶低飛三寸風。」皆實況也。梅外詩偶不省記。追憶爾時光景，宛然在目。園今歸他姓，同社者雖曰無恙，未必無俯仰之嘆也。

井敬義伯直，書宗董文敏，自號董堂。人但知書法妍妙，而不知詩才故自清警。《中秋無月》云：「幾日祈晴賞月期，無如風雨許來癡。腹藁今宵不中用，又是詩人失意時。」《苦吟》云：「佳句耽來抵死尋，涼窗不睡意沉沉。庭蟲聲調苦於我，風露多邊徹夜吟。」《暮秋》云：「炊煙縷縷兩三家，晚樹風寒噪宿鴉。寂寞園墻枯蔓底，栝樓自把老紅誇。」

糸井翼，字君鳳，號榕齋。詩有元人風味。《惜春》云：「昨日雨天今日風，無情春色去忽忽。閉門元是非因病，只怕人來蹈落紅。」《卯花》云：「緑陰深處白成叢，占得春梢夏首風。一夜前村月如水，野人家在渺茫中。」《病中書懷》云：「不識此生何惡緣？十年半被病魔纏。秋風一夜睡難穩，夢斷雲山煙水邊。」

朝川鼎，字五鼎，號善菴。其人窮經而詩非本色，然亦有佳者。《村居書喜》云：「數間茅屋占林丘，地僻山村心自幽。三口嘗同猿鶴住，一經誰爲子孫謀。麥秋已有終身飽，蠶熟都無卒歲憂。消受清平閒富貴，生涯此外復何求？」尤爲淡雅。

竹庵，姓福田，名務廉。余昔日僦居極近，屢蒙庇蔭。其人平生做作不喜追隊，每曰：「那箇使不得，這箇亦不是。」始作詩，今遁而歸國歌，特折服于平春海翁。近又受《易》於善庵，余翻閱舊簏，得《夢後》一首云：「篬竹蕭蕭風也生，殘燈欲滅乍微明。五更夢覺瞢騰坐，時聞杜鵑和雨聲。」冷峭卻可喜。

桐生佐羽芳，字蘭卿，號淡齋。家道甚豐，而性好吟詠。余再四相逢，未知其詩。頃詩佛見投其一册，因擷讀之，亦能得宋元風趣者。《春日》云：「閒中情味淡生涯，午睡醒來到日斜。春社清明落梅後，東風一半屬梨花。」《夜泛》云：「潮於淡月上時生，舟向碧蘆深處行。嘎嘎睡禽驚起去，是鷗是鷺不分明。」《村夜》云：「連枷聲裏夜方長，秋老村村打稻忙。月滿平田冷如水，寒光結作五更霜。」《晚秋足尾山中》云：「羊腸細路幾横斜，松上女蘿紅似花。一線炊煙隔溪起，知於山背有人家。」《熊谷道中》云：「急喚村蒭澆客愁，酒家樓上雨初收。青山無數長不老，怪底芙蓉獨白頭。」

秋艇字荷隱，有香匳體詩一卷，《夜泛》云：「探借清秋月滿空，扁舟占盡芰荷風。芳心一點君知否，欲伴鴛鴦一夢中。」《别後》云：「别後鸞衾睡未成，子規忽得妾心驚。歸舟下水今何處，啼到郎邊第幾聲。」

《宋詩紀事》載楊后宫詞云：「涼秋結束鬭清新，宣入毬場尚未明。一朵紅云黄蓋底，千官下馬起居身。」庚、真相通，古詩儘有。唐宋諸家近體，出韻者多置之首句，此詩獨在第二句，係所罕見。

余謂「明」字作「晨」，本自妥貼，不知何苦乃如此。

少陵云「李杜齊名真忝竊」，李杜之竝稱，至今炳如日月。誠齋云「誰把尤楊語同日，不教李杜獨齊名」，楊詩今孤行，而尤則殘缺無傳。詩人有幸不幸如此，豈非天乎？

偶閲書肆，見《古今一鳴編》一本，係安永丙申年刻，合集惟忠、萬庵二僧詩者。忠與義堂、絶海同時《詠鷗》云「世上風波險於海，莫隨鵷鷺到朝班」，與宋人絶句「寄語沙邊鷗鷺群，也須從此斷知聞。諸公有意除鈎黨，甲乙推排恐到君」用意相近。萬詩，世有《江陵集》，全蹈襲明七子，此編所載絶不相類，如五言云「細雨抽蘭葉，微風綻杏花」「茶鼎鳴還息，竹窗晴忽陰」「古廟馴狐出，寒枝怪梟啼」，七言云「村煙籠樹市聲遠，野水拍堤山影寒」「巖罅月明松鼠出，墻陰風度木犀香」「松影布雲知月上，簟紋凝水覺涼生」「雁雲蛩雨秋將老，白髮青燈意未平」「枕上有時排句律，燈前無事檢醫方」「功名强醉猩猩酒，禄位争營燕燕窠」，皆有放翁風味。蓋萬晚年歸依宋詩，自云深慚往見之謬，此與王弇州臨終猶手握蘇子瞻集一般見解，亦幾乎「朝聞夕死」之意矣。世尚有宿儒皓首迷而不復者，不已騃乎？

近今關東詩，僧天華名最著。余想見其詩鴻富，頃托因是索讀其集，華辭以「不存稿」。因思比來緇流，自刊其詩以求售者亦多，而華獨悠然付之鏡花水月，其高致可尚。因是爲余僅誦其《詠棋》一聯云：「西楚重瞳猶有敗，湘東一目竟無成」，且云是其得意句。余曰：「已探此驪珠矣。縱有他作，亦不必須。」按錢虞山《棋》詩有「重瞳尚有烏江敗，莫笑湘東一目人」之句，方知聰明才思自然有此暗合，世或目以惠崇，謬矣。

又有玄暉者，暉住持山王成就院，初受業於源琴臺，而詩特爲出藍。《雨晴至園中》云：「村園十日雨和風，春盡陰陰漠漠中。筍挺短長綳脱錦，梅肥濃淡臉潮紅。鶯聲燕語新晴景，蝶意蜂情嫩緑叢。詩思今朝尤快活，小吟閒立竹籬東。」《晚晴即事》云：「雨過水聲喧小塘，虹銷雲罅洩斜陽。苦心尋句真多事，兀坐看蓮占晚涼。」暉每月爲詩會，余一趨之，名流滿坐，都不及省記。只記田秀實字世華者，年甫十五六，自云爲日比東湖門人，誦其《江村秋晚》一絶云：「蕭疎殘柳襯餘霞，七八漁家雜酒家。淺水繫船人去盡，一雙白鷺立蘆花。」

余每逢閨秀詩，必抄存以廣流傳。東湖有女弟子林氏文鳳者，年未及笄，頗善吟詠。平生讀書有儒素風，又學書法於東洲老人，殊爲秀媚。《春晚》云：「野杏山桃亂晚風，一年春事太怱怱。癡心卻愛蜘蛛巧，更吐纖絲綴墜紅。」其最可喜者。有人持扇，索題清楊次也《西湖竹枝》者，文鳳以詩拒之曰：「扇頭求字愧君知，欲寫還嫌多艷詞。瓜李由來人所慎，嬾書次也竹枝詩。」真清操女子也。

《列朝詩》載海陵生集滄溟語戲作《漫興》一律。有一先生詩尚株守滄溟，余亦仿海陵生所爲，賦示云：「摇落高秋色，交遊好更論。江湖仍睥睨，風雨自乾坤。白雪文章在，青雲意氣存。君才元矍鑠，萬里動中原。」其人拜謝，只道「高調高調」，不復辨其爲戲也。

元寶以後，作者極多。余流覽諸集，特拾收世所吐棄絶句若干首，以示羊棗之嗜。其作者姓名概不録出，令讀者猜是何人之作。其詩云：「昨日公門償債歸，菜花滿眼杏花稀。陽坡曝背軟莎穩，不信人間有錦衣。」「古墓無人識姓名，玉魚何處鎖佳城。只餘一片看碑路，春草年年避不生。」「不向江邊泛羽觴，雨中閉户日偏長。松煤磨出桃花露，臨得蘭亭字幾行？」「亭在荷花深處頭，滿襟詩思爽於秋。沙禽畢竟苦何熱，浴向波心不暫休。」「深宫輕襲紫羅裙，睡後浴前春未分。自是君王貪晝寢，緑鬟終日不爲雲。」「緑壓紗窗冷透衣，黄鸝無語雨霏微。濕紅也解留春住，粘著枝頭未肯飛。」「荳花籬落早涼生，柹葉園林積雨晴。衮衮人從塵裏老，沈沈詩向静中成。」「金粟花開月滿枝，風來特地弄香吹。夜深人静欄干上，獨有涪翁鼻孔知。」「竹浦暮寒鵁鶄飛，炊煙一線隔林微。龍王祠上大星見，浣婦獨穿蘆荻歸。」「高樹亂蟬過雨餘，歸雲獨鳥夕陽初。山齋六月不知暑，翛竹陰濃學草書。」「涼意宜人秋乍回，晚雲分雨帶輕雷。珊珊灑向池庭上，傾出明珠數斛來。」「歲月何殊下阪丸，一年只有一宵殘。癡獃於我全無用，賣與他人亦不安。」「應是子規啼不眠，聲聲聽到五更天。如今縱斷妾腸盡，莫破良人歸夢圓。」「景入朱明積雨餘，熟梅三五落階除。緑陰更喜薰風轉，開遍南窗曬架書。」「河影微微殘月斜，林梢隨處起棲鴉。夢回馬背天初白，村店鷄鳴隔杏花。」「東菑遺餉坐桑陰，梅子如彈秧似針。雙鷺聯拳窺水淺，孤牛浮鼻怯溪深。」「豆隴承風稠葉亂，茄畦經雨晚花開。講帷人散南堂静，坐見秋蜂度竹來。」「雁聲喚夢曉過樓，屏背殘缸照未收。露滿中庭人獨立，墻陰綻出白牽牛。」「烏合原頭黄鳥飛，荒山春老草初肥。穆公一去秦良盡，無限丘墳知者稀。」「御香欲襲翠雲裘，長捲衣裳侍殿頭。隨例朝朝傅粉黛，十年諳盡漢宫秋。」「徹夜船窗足雨聲，一燈遥認是州城。依稀半記還家夢，夢覺時聞栅鎖鳴。」「鐵檠紙帳坐更闌，雪意將成特地寒。聞得窗前聲簌簌，唤童急問竹平安。」「秋水菱花前殿開，昭陽歌舞夜闌回。深宫浴罷纔看月，阿監已過重閣來。」

五山堂詩話卷三

柴栗山先生經術文章爲一代泰斗，海内學者趨之如鶩。余於先生爲三世通家，在京之日追隨絳帳，日得仰瞻風采。先生雖不專詩，音節天然自不可掩。長篇大作多在初年，排奡則《贈韓客》百八十韻，沈欝則《天台山》百韻，皆可謂巨刃摩天之手矣。迨幕府登庸之後，詩風亦變，多莊重雄大之作。今特抄余所記其中年詩。《嵯峨夜歸》云：「酒氣花香滿面蒸，暮鐘催客別山僧。妙心寺畔煙初暗，如意峰頭月未升。野竹韻遥風勢細，村橋影暗水聲崩。郭門夜市應非遠，點點隔林見數燈。」《畫景》云：「清江一曲抱林流，林外小村禾未收。細徑人歸夕陽赤，群鴉亂噪野風秋。」《梅花雌鷄圖》云：「穀穀相呼鑽破籬，羈棲戀侶落梅時。秦關一别無消息，不記當年炊扊扅。」清麗却可喜。晚年不爲此種詩，亦不屑爲也。

先生嘗作《壇浦懷古》云：「黑鼠餐牛丹水乾，六龍西幸海漫漫。簪纓滿地當時恨，獨有陶真曲裏彈。」以示淇園。淇園憶黑鼠丹水出處不得，沉吟數會。先生哂曰：「淇園大才，目窮萬卷。一樁小故事，如何不曉得？」淇園曰：「老夫實不知。」先生曰：「不是祕書。出於《野馬臺詩》。」二人拍掌大笑。余方弱齡，竊自屏後窺之，當時以爲天仙之會。

余曩過遠州，旅壁有先生題云：「鳳曆天明第八年，維正月吉涉龍川。東風挾雨川雲黑，知是天龍飛上天。」蓋奉檄赴召之日所口號也。後十年余再經此，見題一詩於後云：「天龍川上天龍躍，龍已升天雲不從。至竟天龍成底事，江湖只合作潛龍。」不知何人所作，尾署「君梅」二字，似是作者之字。

先生東下後，寄淇園一絶云：「成齋仙去赤松歸，洛汭風流今伴誰。誰識簿書期會外，此心別與白雲期。」淇園答云：「成齋仙去赤松歸，不識風流今伴誰。唯有北山猿鶴侶，十年空望白雲期。」西依成齋、赤松滄洲，共二先生舊友也。

壬子冬，先生奉使入大和，行經神武陵一律云：「遺陵才向里民求，半死孤松數畝丘。非有聖神開帝統，誰教品庶脱夷流。廏王像設專金閣，藤相墳塋層玉樓。百代本支麗不億，幾人來此一回頭。」其懷古傷廢，深情如揭矣。

浪華有祖仙者，善畫獼猴。先生有《贈畫生祖仙歌》云：「祖仙所祖抑何仙，猿狙描法誰處傳？揚州中管嫌尚麤，手縛秋毫更尖圓。日日掃來百數幅，突目嗛口愁胡顴。長絹矮紙無不可，大類蹲兔小類拳。千態生動欲脱紙，如聞清嘯落耳邊。君不見衆狙昔被狙公憐，朝三暮四呆眴然。獨有老黠不受欺，别服靈砂飛上天。長風吹落瀛海東，浪華城外受一廛。記得昔日游侶態，寫向市人戲换錢。自愧蟲質非人類，托言祖系出偓佺。有識致疑時相詰，逃形遁辭玄又玄。栗翁雙眼爛如電，一睨睨破繆系纏。祖仙抵賴諱不得，承認狙仙非祖仙。」諧語爛熳，可以當一部《西遊記》。

先生《題盧生圖》云：「一熟黄粱五十年，幾場榮耀枕中天。滿城富貴功名客，不識真身何處眠。」未三月，先生竟歸道山。方知一時偶作，未嘗非讖。

南涯户川君，諱安悌。好文愛客，余屢蒙款接，辱吐茵之愛。君有《中川舟行》十絶，兹録其五云：「藍水浸秋潮欲回，汀洲一望盡詩材。颯然蘆荻無風動，忽有輕舟移棹來。」「竹塢柳橋通野堤，漁家三兩架清溪。昏鐘斷後何聽取，處處秋蟬盡意啼。」「黯淡癡雲乍又晴，垂綸不覺夕陽傾。渡頭老樹臨江暗，時聽鶺鴒呼侣聲。」「風急平沙噪雁群，釣絲捲得欲無動。秋晴忽變秋陰合，南浦雲交北渚雲。」「月黑江邊白鷺飛，天凉風露濕蓑衣。還從賈舶乞燈火，笭箵有魚分與歸。」風流瀟灑，可以概其爲人矣。

余《竹枝》之作在十年前，好事胠草，一時抄傳，遂至有災梨以行者。刊本有二，其一爲京槧，附以淇園、栲亭二跋；其一爲伊勢紀某所資刊。去冬病瘧有間，偶取追讀，瑕疵百出，隨筆加竄，自覺比初差勝。今録改本，以洗前陋。詞云：「江口連檣矗似麻，夕陽紅歇送歸鴉。佳期别在水雲裏，一葉扁舟蕩猪牙。」「結隊紅妝入畫樓，大娘押尾小當頭。對筵竝坐嬌無語，偏爲生人要學羞。」「淩晨姊妹兩相携，社下燒香鬟髻低。小步階陰閑處立，手抛玉粒餧神鷄。」「紅橋翠陌蔟香塵，簾幕家家管領春。舊日門前調馬地，珊鞭遺却屬今人。」「輕寒輕暖暮春風，開遍山園儘踏紅。多半遊人歸較晚，畫船未攏彩輿空。」「芳蹊宛轉傍池通，士女遊嬉約略同。芍藥叢邊相見笑，海棠花下笑相逢。」「水光瀲灩景初頽，酒散旗亭人未回。還是黄昏門早掩，鐘聲催得出山來。」「細草新裙相映宜，妙音宫畔踏青時。蘆芽一寸巧堪管，玉指摘來從口吹。」「駢闐撾鼓賽江神，船上氍毹展取春。衆裏抬頭成一笑，儂家認是比鄰人。」「穿過灣橋曲曲通，來舟斗與去舟逢。隔簾香霧難明瞭，纔認語聲輕喚儂。」「淺水蘆邊涼似秋，小姑學釣在船頭。玉纖未慣抬竿速，只道癡魚不上鈎。」「新秋露氣濕涼階，雲淡玻瓈净似揩。拜月人歸四更後，莎庭拾得小金釵。」「社頭賽會值中秋，户户珠簾夜不收。閑却清光一天月，滿街紅映萬星毬。」「月華燈彩鬭玲瓏，樓閣重重紅霧中。著得霓裳人似玉，居然身入廣寒宫。」「青尊燭下晚嬉俱，羅縠衣裳薄欲無。兩把心情相説與，傍人難道不模糊。」「要聽當筵歌一塲，就中品第略相量。笑他兒女看年少，不付何戡付順郎。」「月落江頭半夜潮，船家艤艇候歸橈。女奴扶得醉人上，先點毬燈照棧橋。」「繁絃急曲送仙舟，不信人間自有愁。却到回時轉惆悵，子規啼過夜雲稠。」「歡去春寒惻五更，鸞衾獨自睡難成。招同姊姊閑相語，早到山鐘第一聲。」「香鬟新洗翠如流，雨後巫山雲未收。底事兒郎傳喚急，累人謾綰去登樓。」「各對菱花卸晚妝，盈盈衣帶趨春香。阿儂病酒無憑在，蹙損眉山獨閉房。」「陌頭楊柳嫋輕絲，東惹西牽風競吹。有約不來春日晚，從他偷得折閑枝。」「趁著東風看牡丹，絳羅人已護春寒。縱饒乞得能來伴，香雨一過無奈殘。」「夜深兩兩宿鴛鴦，屏掩春雲夢正香。知否眼前秋冷淡，漁篝月白滿天霜。」「江上人家重女兒，苧蘿自解出西施。垂髫學曲饒嬌貴，留待明珠酬價時。」「本是西來賣錦人，一年城裏度紅塵。自從誤識蕭娘面，只愛春風不愛身。」「淺畫蛾眉綰髻烏，紅妝紈綺趁歡娛。相逢總説青春好，不道羅敷自有夫。」或云：「《竹枝》雖曰紀風俗，恐不免淫靡之誚。」余曰：「贈芍採蘭，聖人何以不删？」其人無以答。

今歲戊辰，寬齋先生六旬生辰。舉觴之日，會者如雲。宴罷各頒詩扇一柄，詩寫《福》《禄》《壽》三絶。《福》云：「三男五女二孫兒，婿婦相將勸壽巵。一飲須傾十數酒，健腸恐不易支持。」《禄》云：「不養蠶絲不荷鉏，一家衣食有贏餘。君恩許大無由報，又爲兒孫添買書。」《壽》云：「六十人生足自多，龜齡鶴算奈頑何。心情未老身猶健，花則狂顛月則哦。」一時賀章亦裒然成集，今不及備載。獨愛島梅外一聯云「才容小杜今僧孺，詩補全唐後女媧」。僧孺、女媧，真活對也。先生嘗捃唐詩逸存于我者，編成三卷，淇園目爲「《全唐詩》女媧氏」，島語本此。小杜蓋指余而言。

先生初不甚嗜酒，余相隨二十年餘，未嘗見其倒一蕉葉。近日便能轟飲，引滿數次，玉山不頹。此亦奇矣。先生有詩云：「人間富貴似雲浮，唯我榮華别有謀。開國醉鄉三萬户，年過六十始封侯。」一日先生醉倒，諸人尚且相强不置，余曰：「今日先生封除矣。明日須更待自效而復之。」一座大笑。

先生學精金石，加以耽古癖，家藏古鏡數十枚，庋閣陳几，摩玩度日，令人吃吃欲笑。余草堂例以月望爲詩會，今兹九月，當夜月蝕，即以《月蝕》爲題，詩佛詩先成，云：「月如古鏡看朦朧，銅色纔存隱隱中。青緑朱砂誰辨得，座無好事半江翁。」諸人絶倒，爲之擱筆。

宇龐卿，名嘉充，舊稱江湖社作者。寬齋先生嘗與如亭書云「秋水似足下，龐卿似無絃」，意深希二子之成立也。今秋水逝矣，龐卿又困於風塵，天之厄詩人如此，可勝嘆哉。偶得龐卿舊稿，摘出一二。《梅雨》云：「十日梅天只睡過，懶窮更懶可如何。芭蕉新展窗前葉，近枕雨聲聽漸多。」

《郊行》云：「青簾小颺午風輕，緑擁人家霽色明。步屧沿流城外路，樹初高處著蟬聲。」警句云「潮來橋脚短，木落塔頭長」「秋老風還力，雨休雲尚忙」。又「月新題丿字」，五字亦佳。

余於西駿得知己一、人焉。一藤枝冢荷溪碧，字風曉，才調獨絶，工畫能詩。戊午秋，余流落將西，始過其居。欣然款接，延留半月。臨去亦蒙周濟。七八年後重訪，則余當時詩文裝潢成卷，著在座右。見愛如此，不覺感嘆。荷溪於詩，意期上乘。是以生平所作多不慊己意，撕毁摧燒，留者無幾。余無從覓得。寬齋先生亦嘗宿其家，余從先生得其《郊行》一絶云：「煙淡風恬放午晴，春衫適得一身輕。半堤野燒痕如墨，早有筆頭追步生。」清新可喜。

其二島田桑苾堂瑞，字公圭。書法嫺雅，兼通音律。其人温厚謙恪，一望而知爲君子。余屢主其家，極盡東道之誼。又以詩見問，余賞其《晝睡》云：「樹暗村園梅子黄，午時成例睡山房。採桑兒女歸來聒，夢破西窗無夕陽。」《風雪夜歸》云：「蹣跚醉屐碎銀沙，風雪前頭勢更加。夜半歸家人已寢，户前自掃一身花。」一日拉余遊白岩寺，家人携酒踵至山上，藉草同飲，醉後吹笛，聲振林木。是日朗晴，頭上富士宛然，似向我一笑。今日追憶，形神欲往。遊山有詩，今全忘之。

如亭遊富士山，半腹值雨，遂宿山中石室。雨連三日，糧盡饑憊。比霽，不能復攀絶巔，悵然而返。余調以三絶句云：「昌黎詩句昔開雲，雨閟名山今有君。不解老天何意思，却教通塞判然分。」「昨向銷金窩裏宿，不知衣上汙胭肢。無端忽被瑶妃妒，肯許攀來近雪肌。」「短視先生憑几時，熒熒三寸紙相離。而今誤用看書法，不道看山遠自宜。」

余久客伊勢，前後入社者殆數十人，歸都之後杳無消息，獨迪齋原生吟筒往來，至今不絶。近日如亭遊其地，重結詩社，所交者皆青年輩，余未曾及見其能詩者。如亭就中舉尤者三人：吉雉，字鳳奴；杜鞠，字佳友；宇芊，字草池。爲抄數章寄余，求入詩話中。因摘其佳者各一。吉《掃庭》云：「一番掃去一番翻，手把青鸞不憚煩。也是顛風來作惡，墜紅如雨撲黄昏。」杜《冬夜》云：「深夜殘燈綴玉蟲，凍雲釀雪月朦朧。布衾如鐵肌如水，卧聽籬頭觱篥風。」宇《新秋》云：「清晨風露飽牽牛，嬌花柔蔓一籬秋。應怕紅暾來迫殺，自將碧傘覆梢頭。」余答如亭劄尾署七字云：「盡是劉郎去後栽。」

迪齋詩筆最雋，余嘗爲其序絶句集，津津道之。今録近藝中可觀者。如《秋夜》云：「疎雨過時欲二更，松窗月白驟涼生。紗燈一點人無寐，滿院清風蚯蚓聲。」《新寒》云：「惻惻霜威入薄叢，柳枯蕉敗不禁風。小楓解作防寒計，滿臉今朝潮醉紅。」《冬日雜題》云：「八尺身材曲似弓，怯寒側卧小齋中。怪生簌簌隔窗響，一樹棕櫚簸雪風。」皆不愧才人吐屬。

如亭近日學畫極爲超脱，有詩云：「行路讀書吾輩事，風裁何必減前賢。老來學畫君休笑，若較金翁少十年。」蓋以清金壽門年五十餘始從事於畫也。其題畫詩極多，今録三絶云：「巖頭草閣幽人宅，一局殘棋坐晚晴。窗外斜陽無限好，復招鄰叟決輸贏。」「山上陰雲向晚開，寒霖漸作暖風回。皂羅忽破青盤現，托出黄綿襖子來。」「無限征途信一鞭，馬蹄塵裏過年年。誰家醉後身無事，山雨溪風閉户眠。」清麗綿芊，雜之唐解元諸作中，恐未易辨也。

如亭入京，《歲晚題僑居壁》二律云：「僑居遠向帝城留，邈矣山河隔十州。一縷炊煙新買婢，三間敗屋舊隨裘。暫同燈影相言笑，更與瓶梅作獻酬。不嘆蕭然歲云暮，待春醉遍有花樓。」「人人見説春遊好，濟勝無憂我必先。掃地焚香權且坐，撩扉就枕復何眠。思馳梅谷吳綾裏，神往桃山蜀錦邊。曆尾看看餘半紙，一雙蹠屐送殘年。」其尤可憐者，《旅寓》絶句云「自笑身似箏上雁，往來只是信人移」，恰似勾欄典身人之語。

帶魚，一名刀魚，形如刀，見《八閩通志》。此際俗亦稱大刀魚。如亭有詩云：「吶喊聲銷天日麗，波濤海静太平初。折刀百萬沉沙去，一夜東風盡作魚。」尖新殊極。

海青陵皋鶴，詩文宗韓，嘗爲余誦其《秋夕》一聯云「細視星成字，静聽蟲誦書」，只此十字，的是昌黎。

京人島棕軒者，《詠秋後竹夫人》云：「北窗曾是侍羲皇，風月空餘舊嫁裝。清節息交應倍冷，虚心受妒也何妨。經年别若雙星約，末路嘆因一味涼。不獨這般悲薄命，前身泣露立瀟湘。」可謂空前絶後矣。有才如此，而不知流落何所，亦可惜也。

寛齋先生《題赤壁圖》云：「孤舟月上水雲長，崖樹秋寒古戰場。一自風流屬坡老，功名不復畫周郎。」此作尤膾炙人口。偶讀文待詔詩云：「秋清山水夜蒼蒼，月出波平斷岸長。千古高情蘇子賦，東風誰更説周郎？」抑何相似之甚。余道文詩雖佳，烹煉之功却不如先生之至也。孰謂今人不如古人耶？

待詔有《乞猫》詩云:「珍重從君乞小狸,女郎先巳辨氍毹。自緣夜榻思高枕,端要山房護舊書。遣聘自將鹽裹箬,策勳莫道食無魚。花陰滿地春堪戲,正是蠶眠二月初。」余嘗作《嫁猫》詩云:「女奴稍長太嬌柔,早被東家懇聘求。紅索當襦親自結,金鈴爲佩任他摟。入厨莫慕魚腥美,守室須防鼠竊憂。想料明年將子日,薄荷香釃緑陰稠。」雖風趣太遜,以類騈書,亦自覺倚玉之醜。

古稱「隨陸無武,絳灌無文」,如此間戰國時信謙二公,皆能臨陣賦詩,殆有曹孟德之風。國初則仙臺黄門貞山公,英武之資兼及詞藻,《馬上少年》一絶,胸襟氣象今尚可想。片倉氏應運佐公,勳業巍巍,子孫世爲柱石。治白石城,官比之國高之守。今白石嗣君景貞,字子元,號醉月。韜鈐之餘,諷詠自娱。余從松井長民得誦其詩,《郊行》云:「清和時節雨晴天,新緑家家濃似煙。聽得村民多吉語,蠶簇今歲小豐年。」《晚興》云:「讐書課輟到斜陽,閑趁微凉步小廊。滿腹經綸吾愛汝,獨看蛛子補絲忙。」其家人能詩者亦多,爲抄以傳世。柏貞宜,字叔通,號夢江。《早秋》云:「秋淺莎蛩未解鳴,孤牀只覺睡思輕。窗風何敢驚幽夢,微觸簷鈴細細聲。」《夜意》云:「一味新涼雨後天,二更人定月方妍。不知孤影成山聳,早有詩思上半肩。」高成然,字俊民,號月庭。《春雨》云:「廉纖細雨濕簾櫳,妝點春光這箇中。看到墻桃偏著力,今朝打出上番紅。」《村居雜詠》云:「埸圃泥乾下種遲,甜瓜蘿蔔恐違時。明朝有雨須看事,蛺蠓一團春水湄。」野乙朝,字裒甫。《春草》云:「又值春風魂見招,漫山連蕩緑迢迢。只將消長换人眼,不似從前野火燒。」佐義近,字恭夫。《晚秋舟行》云:「灣頭一帶暮煙交,水落短篙分葦梢。無數蟹兒沙上聚,波摇驚走入寒巢。」非唯家人能之也，治下詩流亦復不尠。道士則有清商，號箏湖，才尤超著。《首夏》云：「茅齋無事晝如年，正是清和御袷天。芍藥花殘初褪粉，芭蕉葉長漸舒箋。詩篇和睡曾無味，棋手關心猶未圓。早見蓴絲來上擔，饞腸對此口流涎。」釋子則有大疑，住蓮藏寺。《晚步》云：「疎鐘聲裏夕陽收，步出山門暮色幽。松影模糊看在地，一痕眉月逗峰頭。」閨媛則有橋氏春琴，爲高俊民妻。《晝倦》云：「春陰黯淡鎖窗櫳，煙嫋沉爐細細風。倦倚繡牀無藉在，桃梢數盡落殘紅。」又有布衣乾子節者，年已耆矣。《春日雜詠》云：「蛛絲欲掃還停手，看渠得失忽關情。妨礙小蟲元不分，網羅落蕊可憐生。」皆不凡也。

金鷄道人，賣藥爲業。忽而大厦重茵，忽而窮巷飱糲。亦奇士也。生平好作詼諧俚文，人多藐之。然其《秋初》詩云：「枕上風涼團扇休，蟲音微奏竹窗幽。短檠影透紗厨裏，檢曆今宵是立秋。」殊爲清雅。後竟落魄，已而病亡。其婦霧鬟風鬢，春秋未老，乃能自負骨函，間關數程，歸葬上毛。余感其烈操，作詩云：「杞婦哭夫城便崩，聞風千載幾人興。素顔猶是存桃李，清操還能淩雪冰。踏地山河身跼蹐，號天風雨意鬅鬙。骨函在背何辭重，扶起綱常力自勝。」

木芙蓉、谷文晁，俱以畫名今代。谷從無題詠。木名雍，字文熙。《題赤壁圖》云：「山風江月壬戌秋，壺觴與客醉扁舟。黄州赤壁高千仞，不及坡公賦此遊。」頗似鍾譚。其子恭，字遠耻，以父別號老蓮，故自號小蓮。俊邁不群，自幼耽文墨。癸亥夏甫二十五，病麻疹而亡。惜哉！小蓮《殘香集》二卷，稍足不朽。偶得集外詩，書以補逸。《夜泝澱水》云：「寓攝已三月，欲去嗟我窮。

盈盈澱川水，一身寄短篷。舟人争挽䉶，魚貫夜煙中。孤村燈隱隱，遠郭鼓逢逢。岸暗枯蒲裏，燐火滅還紅。布衾寒似鐵，沽酒薄無功。鰥鰥不能寐，萬感集心胸。明朝皇京近，坐待初日曈。」《梅溪探春》云：「一溪梅樹未全春，點點疎花自可人。綿帽衝寒吾得計，才過幾日不堪塵。」

淡齋絶句，近已經刊。人盡服其清妍，不知律詩亦自深造。今特録數首，以示該通。《詠蝶》云：「一生心事著何忙，粉翅翩翩自在狂。對舞有時追柳絮，雙棲那處宿花房。池塘低度東風急，簾幕輕颺白日長。似共黄蜂作雙使，争傳天詔督群芳。」《燕》云：「故國飄零不作家，羈棲半歲在天涯。難逢十二度圓月，偏管三千里外花。畫閣語稀春欲盡，雕梁睡足日初斜。輕盈如汝應無比，舞雪佳人莫謾誇。」《初夏村居》云：「映門山色屬啼鵑，輕暖今朝已卸綿。春盡詩猶負清債，日長眠儘得閒權。貯風舍北千竿竹，斂雨溪南十畝田。别有吾家新富貴，滿池荷葉萬青錢。」《新造遊舫》云：「新造扁舟輕似梭，茶厨漁具不須多。蘆花水淺穿將去，楊柳橋低撑得過。迎月杯尊三李白，照波衣帽百東坡。清閒且與沙鷗伍，一丈紅塵奈我何。」

奥山脊，號寄亭，與淡齋同里。頃托榕齋見投其詩，余尤愛其《冬景》云：「黯淡寒雲粘地低，凍禽求食眼將迷。籬邊忽認南天竺，含得紅珠磔磔啼。」《山村》云：「山村吹葉五更風，埋盡寒溪亂石中。一道潺湲流不轉，水車亦自有窮通。」

有一士子，禄仕不遂，將還鄉，以餬口於醫。因是贈以一絶云：「米囊花落客東歸，身向人間事盡非。採藥故山今得計，一村鷄犬自依依。」頗寓醒世之意。

阮光禄云：「正索解人亦不得。」所謂解人者，另具一種天分聰穎，一指便悟。今日余所得者，其獨平春海翁乎？ 翁病中，余屢至牀前論詩，翁亦以余言作陳琳之檄。翁已以國歌爲一代宗工，而兼深文墨，此所以其徒一不能雲梯仰攻也。頃見示《偶題》一絶云：「篇似髯蘇元博大，詞如老陸自豪雄。近人學宋成何語，病婦嚅言氣力空。」語雖率易，亦可以當今詩頂上一針矣。

相傳平城朝，有一采女，容色都麗，人莫不屬意。帝一召幸，尋不復問。采女夜潛出宫，赴水而死。帝聞感愴，明日抵池上弔之。事載《大和物語》。余嘗作《采女怨》云：「蓬山路遠更難通，月墜珠沈夜色空。回輦明朝如有問，君恩妾命葉相同。」夜夢嚴裝女子來見曰：「妾以賤軀謬奉枕席，聖恩已過重。但惓惓之情須臾不忘，所以不自惜者，竊望有一動宸襟，追悼遺蹤，則猶如再睹天日也。豈敢以君恩爲薄哉？」余驚而寤，遂改二句云：「縱使明朝回輦問，太陽那得照幽宫？」

越後館機，字樞卿，號柳灣。卷大任，字致遠，號弘齋，一號菱湖。二人同宗中晚，而小異其趣。柳灣仕爲小吏，半世爲風塵所累，然吟詠不絶，和雅醞藉，詩似其人。《讀農書》云：「歸田賦未成，代耕愧微禄。年年爲農吏，時把農書讀。湖鄉論葑田，林野説樵牧。徒將種藝術，緣飾案頭牘。安得脱塵鞅，故丘營茅屋。腰間一雙刀，可換牛與犢。」《雨夜宿小坂驛》云：「衝雨過山橋，投宿小阪口。蕭蕭驛舍中，愁坐與誰偶？寒燈抱孤影，呻吟夜已久。明朝渚村津，舟楫得渡否？歸心炯不眠，溪聲漲如吼。」《詠手爐》云：「炭墼無煙紅未殘，温爐種火度更闌。應同耽古摩鐘鼎，不説學仙燒玉丹。吟坐三冬因汝熱，客居十歲笑吾寒。先春漏暖梅花孔，儲得陽和氣一團。」《山村》云：「松棚草舍兩三椽，斲木編欄護稗田。橡栗秋收無水旱，山村長占小豐年。」《高山竹枝》云：「牙梳月樣製來新，雲鬟當中出半輪。清光剛道東山好，何似月梳能照人？」

弘齋於書，六書八體無所不該，殊爲有識所推賞。詩自清雋，優入作者之域。《栗熟》云：「霜風入小園，卧聞木葉脱。蔌蔌細聽取，吹墜新罅栗。曉來籬落間，果然拾七八。輕輕摩眉上，炮之灰頻撥。黄玉色堪憐，鬆脆香欲咽。獨顆勝攣生，攣尚勝於楔。野味適野性，自甘謀生拙。一笑今年窮，窮猶未透骨。」《秋柳》云：「弱質争禁霜露清，一株憔悴已堪驚。幾曾眉憮遭人學，近日腰肢難自撑。芳草飛花猶入夢，疎煙殘照最關情。不須往事頻回首，腸斷風前暮笛聲。」《題畫》云：「新緑陰濃雲不開，紗窗乍冷夢魂回。殘陽才照前山頂，又被鳴鳩喚雨來。」其同鄉吴榕堂其遠，爲穆翁浚明之孫。余未識其詩，僅得《送弘齋》一絶云：「江碧又山青，儘且堪終老。如何清高客，不住家山好。」極爲雅健。

七月中元日爲盂蘭盆節，前後懸燈連夕，兒女袪服結隊，舞踏以達旦。京畿以下諸州皆然。弘齋夜自寶珠津歸柳原村，途中即目云：「幾隊花燈挂半空，歌聲笑語月明中。塍頭古墓無人祭，一點秋螢照露叢。」余讀之擊節不已。或云「未覺其佳」，余云：「且閉目一想。」

余與詩佛、緑陰諸人同結吟社，往來不絶。緑陰《春遊》六言云：「吟身去領年華，踏遍山阿水涯。紵影隔橋酒市，濤聲出竹茶家。多情遠趁狂蝶，出意還逢好花。歸路雲昏頭上，前村催雨啼蛙。」人争誦之。時有京客索余題扇者，余偶然書此詩以贈之。一日余家詩會，京客亦至，忽語余曰：「昨所見書扇上題詩，風趣絶佳，定是唐宋名家之作。」余座間指緑陰示曰：「此即『濤聲出竹茶家』先生矣。」其人愕然。緑陰名謹，字公行，北山先生之子也。

醉石袖近作一册來見示，余讀之不衣自暖。《春日遊日暮里》云：「春服已成後，出遊逢好晴。看花百憂散，趁蝶一身輕。酒氣旗亭近，茶香竹院清。離城才十里，村落午鷄聲。」《觀蓮》云：「荷氣薰蒸拂曉風，小橋恰自葉間通。欄干四面層層碧，人在瑠璃世界中。」「稍辨荷花映碧漪，曉雲銜月色初微。一聲清磬湖心寺，早有雙雙水燕飛。」「雲錦平鋪鏡裏天，紅濃素澹不堪妍。一年兩度到湖上，寒即梅花暑即蓮。」又「山收白雨頭還佛，人入清秋體欲仙」一聯極佳。

近日三州文事，吉田爲盛。輪直，字秋筠，才學自佳。紀臣，字國輔，頗善書法。俱秀出班行。二人皆以詩質余。輪《七夕》云：「妙思人間自有餘，時新刺繡費工夫。竿頭五彩雲箋字，更就天孫乞巧書。」《新涼》云：「雨洗清秋晚始收，新涼先自入書樓。恩深燈火能知謝，拜殺西風不肯休。」紀《曉坐池亭》云：「小亭曉景自清奇，涼動荷汀淡霧開。瀲瀲方池如鏡面，蜻蜓照影去還來。」此外有高暹、龜遜諸人，余未得其詩。

奥平升，字秀士，信州人。以詩來見。《秋日道上》云：「一溪如玉瀉寒流，紅樹雲遮野寺樓。馬上欲描無紙筆，滿胸貯得眼前秋。」《山村暮歸》云：「風吹短帽弄昏黄，幾箇寒鴉投暝忙。猶有夕陽收不了，丹楓一樹照前岡。」頗得晚唐風味。

《隨園詩話》云：「偶見晚唐人七律，前四句云『去違知己住違親，欲策羸驂屢逡巡。萬里家山歸養志，十年門館受恩身』，讀之一往情深，必士君子中有至性者也。惜不能記其全首與其姓名。」余檢《全唐詩》，此黄滔下第東歸，留辭刑部鄭郎中詩也。後四句云：「鶯聲歷歷秦城晚，柳色依依灞水春。明日藍田關外路，連天風雨一行人。」按滔初場不第，乾寧中始擢進士，後遂爲節度推官。史稱王審知據有全閩，而終身爲節將者，滔規正有功焉。隨園所謂有至性者，信矣。

曾占春語余云：「秋雨亦可稱梅雨。」按《全唐詩》温庭筠詩「三秋梅雨愁楓葉，一夜篷舟宿葦花」，羅隱詩「村店酒旗沽竹葉，野橋梅雨泊蘆花」，此皆其證。

近今之詩蓋有七病焉。道學自居，妄意尊大，以詩爲小道，然亦不能割情於釣名。顧其所作，只是修飾理語，以掩己拙。一病也。略古喜新，自炫其奇，輓近諸集紊然過眼，捃險摭僻，錯出殺陳，博則博矣，毫無意致。二病也。名利心躁，急張門户，皮裏無詩，自愧乖謬，故昌言詆訶以恐嚇人。一二有古人執拗之論，駕以立己説，不知其間意義矛盾，貽笑大方。三病也，詩名稍立，人亦扇焰，應酬無間，苟且爲計，瑕疵非不知，棄而不顧。以爲欺群聾是亦足矣，曾無列古作者之志。四病也。才學淺譾，强擬名手，才下一筆，蘊底畢露。無字不啞，無句不謎。破碎滅裂，不成文理。五病也。虚而爲盈，才實非才。帳中有祕，以供蠹食。識日卑而膽日張，嘐然曰「天下無詩」，誑人欺己，靦不知耻。六病也。鄙情俚語，率易成篇。滿口咳唾，紛然吐出。人稱之才敏，自亦謂手滑。褚生何罪，日受其汙。七病也。外此七者，欲求真詩，吁亦難矣。

余已收白石諸人之作，尚有所遺。筝湖重寄其詩，求余摘録，故追録于此。藤員慎，字子進。

《村景》云：「籬落黄葵經雨凋，村溝數尺僅通橋。漉魚童子無纏縷，不怯如飴泥到腰。」島敬勝，字子禮。《山居雪後》云：「雪後松梢日脚通，忽然顛落不因風。寒鴉三五争何事，堆白看看蹴欲空。」池乙鷺，字久好。《醉歸圖》云：「買醉歸來扶小童，芭蕉衫袖舞春風。村西野竹斜斜路，殘照先偷滿面紅。」嗚呼！有人彬彬如此，余東遊之日，往還經其處，而無一人會面，寶山空手，爲之悵然。

五山堂詩話卷四

杜韓，蘇詩之如來也；范楊，陸詩之菩薩也。李近天仙，白近地仙，黄則稍落魔道矣。

生平思詩，或隻句未妥，二三字未貼，困至此際，意趣消亡。百鍊無成，自謂三鼓才竭矣。迨明早偶然落想，殆如自天外來。蓋平旦清爽之氣，自然所發乃爾。釋貫休有句云「乾坤有清氣，散入詩人脾」，信矣。

大田覃，字子耜，稱南畝先生。爲人淳樸古淡，而傲岸處不可磨滅。醉後詼諧百出，一本於天真。對客揮毫，文不加點。但構思不能有加於速成，亦捷才也。余訪其杏花園，出詩稿見示。携歸爲加批圈，又抄其粹者。《三月小盡偶感》云：「半百過八年，艷陽少一日。今春猶是健，明春未可必。日昃府中歸，二孫來就膝。解衣且偃牀，開樽又繙帙。籬竹未抽筍，園杏已結實。良時多愆期，佳會無真率。但使酒錢足，此生志願畢。」《夏日閑詠》云：「鄰寺蟬聲送夕陽，風摇高樹未回涼。撫牀偃蹇南窗下，恰有奇峰起一方。」《苦熱》云：「蒸氣困人如執炊，徒看東北黑雲垂。西郊不度分龍雨，果否天公亦有私。」《郊行矚目》云：「水浸黄雲垂稻穗，園殘白雪老蕎花。村人跨馬過橋去，仄徑潛通三兩家。」《梅花胡孫圖》云：「脱却人間羈絏憂，野梅花下暖風柔。賜緋何羨孫供奉，作賦從他柳柳州。」《絶句》云：「茅舍千竿竹，茶梅一樹花。陰雲將雨過，山脚夕陽斜。」

鯉村，名俶，字子載，南畝之子。樸誠過父，亦有詩酒癖。《客去》云：「客去橋邊月，空堂夜二更。燈花初綴粟，爐火已殘螢。稚子啼纔止，吟身睡未成。林風吹墜栗，時聽打簷聲。」《村景》云：「竹塢松邸日欲斜，疎籬曲曲繞人家。小渠三尺水清淺，一片絲瓜流出花。」他如「蟬噪槐花落，蛙跳荷葉開」「村春穿竹響，野燒隔林明」「塔危雙鸛下，廊寂一僧歸」，皆佳句也。

南畝長崎于役之日，有人贈寄居蟲者，南畝謝以一絶云：「客携寄居蟲，寄我寄居中。擁劍時出入，似類主人翁。」雅謔殊可喜。或云：「擁劍是蟹屬，與寄居蟲別，不宜混用。」余云：「梁何遜詩『躍魚如擁劍』，是不分魚蟹。况寄居蟲自有小螯，不必相礙。」

此方之俗，歲除家家舂餅以迎新年。都下傭作者相結爲夥，釜甑杵臼悉皆搬載，了一家，到一家，謂之賃舂。南畝《歲暮書懷》云：「家家粢餅夜舂聲，傭作移來杵臼輕。相約比鄰因熱釜，童鴻滅竈是何情。」亦紀小俗也。

人問詩文稱「首」何義，余曰：「《史·田儋傳贊》『蒯通善爲長短説，論戰國之權變爲八十一首』，首名始於此。蓋標首之義，分段之辭，猶言件也。揚雄曰：『讀賦千首，乃能爲之。』後世詩文遂以首稱。」按《陳書·宣紀》「『錦被裘各二百首』，後世衣服亦有以件稱者，件首同義可見。

老杜《寄河南韋尹》詩「有客傳河尹，逢人問孔融」，注稱「河南尹爲河尹」，殊可笑。按後漢蔡邕《光武濟陽宫碑》云「小臣河尹璋來在濟陽」，河尹之語久矣。岑參詩又云「河尹天明坐莫辭」，不獨杜詩襲之也。

聯璧有二典，一則《晉書》岳湛故事，一則《北史》韋孝寬除淅陽太守，時獨孤信爲新野太守，政術俱美，吏人號爲聯璧。杜詩「能吏逢聯璧」，此全用《北史》。注引岳湛，誤矣。

王維詩注謬誤極多，今舉一二。《送封太守》詩「忽解羊頭削」，注「羊頭，車名。削，鞞也。騎，鼓也」。按，削、銷古字通用，生鐵也。《淮南子》「苗山之鋌，羊頭之銷。水斷龍髯，陸剸兕甲」，則羊頭亦非車名明矣。《不遇詠》「百人會中身不預」，此用伏滔事。《晉書》，孝武嘗會於西堂，滔預坐。還，下車呼其子謂曰：「百人高會，天子先問：『伏滔在坐不？』此故未易得。爲人作父如此定何如？」注乃引《傳燈録》盧行者事，與不遇無涉。《賀員外藥園》詩「香草爲君子，名花是長卿」，長卿是徐長卿，藥草名。蕭子雲賦有「長卿晚翠，蕳子秋紅」之句。注乃云「借司馬長卿以比花美」，何謬！　至注「金碗酒家胡」，謂「碗狀如胡人」者，殊可嗤也。

李賀《塞上》詩「天遠席箕愁」，劉會孟注「席箕如箕踞」。楊升庵駁之云：「秦韜玉詩『席萁風緊馬毿毫』，此豈箕踞之義乎？　恐塞上地名。」按段成式續集「席萁，一名塞蘆，生北胡地」，引古詩「千里席萁草」爲證。然則箕、萁字訛，劉以爲箕踞，升庵以爲地名，竝失之矣。唐人此外尚用「席萁」者，張籍詩「席萁侵路暗」，王建集有「席萁簾」，元稹集有「席萁篝」，席萁之狀亦可想見。升庵博大，不引此數者，何也？

嘗讀韓偓詩「高視黑稍翁〔一〕，遥吞白騎賊」，黑稍翁不知何所指。後讀《北史》，方知用于栗磾黑稍將軍之事。古人曰「讀詩者不可不讀史」，信矣。但换「將軍」爲「翁」字，竟不免人疑猜。

梁高祖不讀謝朓詩，三日便覺口臭。余讀近人詩，便覺三日口臭。

陸放翁詩云：「得米還憂無束薪，今年真欲甑生塵。椎奴跣婢皆辭去，始覺盧仝未苦貧。」近讀如亭《貧居》云：「貧居除却吟哦外，一瀹清泉學老盧。吹火添薪勞赤腳，無如遠汲欠長鬚。」余哂曰：「如亭之貧，可謂在季孟之間矣。」

信人高魯聖誕，與木百年齊名，二人詩皆有根柢，亦山林中之麟鳳也。余已深知百年，今與聖誕把晤，可謂一恨不餘矣。聖誕來投一詩册，且擷二首。《過岩暗澤》云：「古木蕭森天似低，行人到此意凄迷。山深一路煙嵐暗，猿狖聲中日已西。」《夏夜》云：「池畔軒窗待月開，十分涼氣沁靈臺。微風坐久方纔定，一點流螢度水來。」頗近放翁小品。

百年客都已四歲，今秋其妻深井氏訃至，遠托如亭爲其撰墓文。蓋以如亭嘗在信最久，相識之熟也。又自作詩十章悼之。兹抄其四云：「命薄於雲只自憐，别離已在四年前。如今君逝吾猶客，雙淚無由滴九泉。」「征衣不見寄清秋，無奈新寒透弊裘。聞盡四鄰砧杵急，坐來明月下西樓。」「孤眠不著意紛如，心計百般今負初。半夜樓前聞雁過，吹燈起讀去年書。」「雙燕呢喃近社期，羈

〔一〕稍：底本訛作「鞘」，據《北史》卷二十三于栗磾本傳改。下二「稍」同。

人猶自滯天涯。故山縱是今歸得，客裏窮愁話向誰？」清微委婉，極寫性靈。百年壯氣勃勃，勢欲搏虎，而深於性情乃能如此。詩人敦厚，亦可以見。

麓谷初集、二集，文晁先已入梓。翁以今秋没矣。近讀其二集，覺更勝初集，皆有駘宕之致。余尤愛其《自詠》云：「心遊浮世外，齡出衆人先。一榼如江海，三杯到聖賢。漫吟雖得句，拗體不成聯。究竟求何事，秖應稱醉仙。」《信步近村》云：「稻田戽水水盈溝，溝水流邊水馬浮。水馬浮遊能似我，幾回來去幾回留。」他如「鳩呼三四處，麥秀百千莖」「蝴蝶多尋露，薔薇半壓墻」「山似開顏笑，人宜鼓腹歌」「柯陰蟻王國，窗下羲皇人」「老自無三惑，餐聊有五辛」諸句，亦老成之典型。

粲堂見示其病間諸作云：「邪降今曉氣聊勻，閑極窗間似度春。學插細評花媵妾，問方漫記藥君臣。顔纔生喜同梅解，腰稍遭摩與柳伸。不似生平吾愛潔，案頭亂點鼠行塵。」「瘦骨最嫌霜信緊，蒙頭綿被只嚴防。自嗤愛物還成累，茉莉建蘭分半牀。」《除夜》云：「藥債全還盡，酒錢猶未償。二毛來得得，百稔去堂堂。祀竈窮須送，買梅貧詎妨。明朝初四十，投老是詩鄉。」《人日》云：「臘雪涉春猶七尺，寒威人日異常年。菜羹今曉隨時俗，一把青菘值百錢。」

《墨菊》詩最佳者，如詩佛云：「典午園陵無一抔，籬花不復舊時秋。堪嗤黄綺出山去，陶令歸來猶黑頭。」榕齋云：「冷淡一枝籬落頭，匹如陶令始歸休。人間金紫無心慕，占斷荒園風雨秋。」皆爲出色。余亦題云：「緇衣獨立瘦何勝，不願黄金塔結層。只向陶家來一笑，前身知是六朝僧。」

島梅外賦《雪味》云：「雪壓梅花無點塵，卸來煮茗最清真。一杯已沁詩脾著，風味方知是苦辛。」島弟子參櫻所賦《雪勢》云：「雪陣張惶勢欲摧，東馳西突合還開。酒城已被渠儂奪，風助寒鋒當面來。」櫻所，名龍，越水原人。

同鄉又有小翠塢者，名星，詩才尤健。《夏雲》云：「忽攢忽疊忽逶迤，翻手雲峰即便移。獨有眞山閑似我，依然峭碧不争奇。」《早起》云：「昨夜頻聞葉下來，也無一箇點莓苔。家童未起知誰管，風約墻陰紅作堆。」二人之詩，余得之梅外北遊行李中。

緑陰一日詩會，題是《春草》。弘齋賦云：「芊芊漠漠又離離，春遍池塘惹夢思。帳望王孫歸未得，更堪南浦送君時。」蓋此時毛聖民將赴北越，釧仲孚尚滯彼方，弘齋兼寓此意，就以送毛寄釧也。余曰：「諺云『一臠炙，享三客』，殆謂此詩也。」一座囅然。

弘齋《題吴必成墨竹》云：「可惜吴生磊落才，酒懷詩思向誰開。且將三斗胸中墨，捲起湘江暮雨來。」必成，名其正，俊明之孫，其遠之昆也。書畫俱逸，又善詩。《題畫》云：「朦朧山色欲無痕，一汩汩溪流半已渾。小艇人撑鷗鷺外，一蓑煙雨正黄昏。」「澗水迸流噴白沙，陰陰翠竹路欹斜。一竿釣得霜鱗美，可綴村西叩酒家。」二絶真是詩中之畫。如此清才，亦復難得。不料今已赴玉樓也。

柳灣、弘齋，秋夜同讀亡友中野子徵遺稿。《聯句》云：「客舍蕭蕭落木愁，滿城風雨暗深秋柳灣。對牀漫説故山夢，篝燈挑盡夜悠悠弘齋。憶得同遊長招集，風中吹笛月中樓柳灣。故人零落誰最是，可憐東野號詩囚弘齋。家無白水田二頃，詩成自比千户侯柳灣。興來狂歌驚滿座，醉墨縱横走逸虬弘齋。簞瓢屢空晏如也，曾無半語涉怨尤柳灣。一旦窮死人不識，茫茫江水空自流弘齋。歸來耦耕青山底，此約堪嗟今則休柳灣。爲把遺編仔細讀，半是昔遊半唱酬弘齋。眼明認取寄我句，滿江夜月打魚舟柳灣。數行哀雁時叫過，唤作謳鴉艣聲柔弘齋。」子徵，名穆。有《寄柳灣》一絶云：「强支病骨獨憑樓，蘆葦寒生水國秋。人遠天長月如晝，滿江柔艣夜漁舟。」即聯中所言及者。風格類晚唐，真不愧爲二子之友矣。

詩錯一字，意味索然，遂使作者地下銜寃。余自幼讀《三體詩》熊孺登《祇役遇風》云：「水生風熟布帆新，只見公程不見春。應被百花撩亂笑，比來天地一閒人。」漫然讀過，殊不覺佳。頃閲《讀書樂趣》作「比來天地少閒人」，方覺精神全出，風旨動人。凡古人詩此類極多，舉以洗寃，不亦一大功德乎？

因是自負讀唐詩當今一人，誦其近作云：「寒食清明風雨頻，多情空爲惜青春。長堤十里新晴好，葉底殘花羞見人。」題云《新晴墨田堤看花，花已摧殘》。且曰：「今人無此等題樣。」余謂此非詩語。舊稱張祜善題目佳境，此爲才子之最也。古人重題如此。近日粗才家輕易措題，亦異於因是。

鞠塢道人，於白鬚左側，買某氏廢園。浚池簣山，新開生面。又種梅花三百餘株，自稱「梅屋」。每到春初花放，遊人來往不絶。今春其母八十生日，廣聘名流，遍徵壽詞。余贈以一絶云：「不儌尋常天保祝，梅花偕隱舊知賢。只須三百梅花樹，一樹梅花籌一年。」偕隱，用《左氏》字面。

春海翁嘗有《贈鞠塢》長句，中六句云「兀然驢首新衲衣，稱隱忽逃編户籍。四民有業汝無營，東走西奔任自適。朝伴豪家金玉饌，暮趁倡門桃李陌」，可謂善概鞠塢生平。

上侯流落北總，讀書於淨國寺中。寺主即爲曇華上人。華初居靈巖，稱吾黨遠公。移住之後，不聞消息。頃上侯傳其近詩，方知缽帽無恙。《偶成》云：「寒村淡味有餘清，不似城中日困酲。麥飯療饑茶破睡，梅花樹下坐春晴。」上侯又督課後生，新結詩社，名曰「煙波吟社」，録二人詩見示。佐伯寧，字子咸。《夏夜》云：「一庭涼月白如鋪，且喜炎威入夜無。散步歸來燈下坐，初知衣上露痕濡。」宫内篤，字竹馬。《新秋》云：「獨下涼階覓句時，月明如水欲沾肌。新來秋氣無人覺，早已莎雞聖得知。」二詩風調頗相似，上侯將刻其絶句，求余删定。未及交付，先爲存幾章。《春雨》云：「三日東園雨和風，斜斜細細又濛濛。柳絲窣地苔錢疊，春在金黄銅緑中。」《山中初秋》云：「山館新秋似暮秋，蕉窗夜雨滴詩愁。只言孤寂無人伴，我正吟時蛩正酬。」《寄妓》云：「章臺當日緑楊枝，可是青青似舊垂。攀折也應屬他手，韓郎今已誤歸期。」《偶感》云：「青錢轉眼已成空，坐送春光古寺中。雙鬢未絲情已老，茶煙禪榻落花風。」

寛齋先生《傲具五十》詩，自叙略云：「余周旋高人韻士之際，幾三十年。知友所贈，俸餘所購，月獲歲斂，金玉瓦石，今已雜陳几案之間。而幽憂之解，病苦之消，莫非得助於此物也。乙丑冬杪，筆研無憀，因自焚香，每一物係以一絶，以報多年隨侍之勞。有賦有諷，有比興，有感慨，但取之一時興趣，不必拘拘詠物也。」詩亦不及備載，僅抄八首。一《寶泓硯》云：「書窗紫玉久相俱，温潤常教點畫腴。平素交遊君獨健，毛生禿盡陳生癯。」紫石作筒瓦樣，堅潤發墨，蓋用鐵梨，金漆題曰「寶泓」。一《漢青鸞六乳鑑》云：「百鍊精銅鑄月光，瑶臺曾伴美人妝。如今却喜深青緑，免照衰翁兩鬢霜。」背作青鸞六乳，製作精緻，花紋匀浄，銅色瑩潤，青緑徹骨，信千百年外之物。一《明神宗宸翰妙沙經》云：「一卷紺金寸大字，難醫明季亂如麻。可憐四海兆民主，不寫典謨寫妙沙。」紺紙金字，粲爛如新，凡二百三十八字，末題曰「大明萬曆辛丑年三月吉日，當今皇帝謹發誠心，書寫金字佛説《妙沙經》。以此功德，專祈天下安寧，雨暘時若，懺愆解厄，永壽消災」。一《文明古量》云：「稻税粱租隨小吏，生民辛苦玉堆堆。不知三百年之上，量得幾多膏血來。」南都般若寺舊物，用柏版造，口稜以紫竹，緣邊刻字曰「般若寺年預方文明八丙申十一月二十日」。一《饕餮壺》云：「饕餮躔腰呈鬼工，摩挲須與鼎彝同。觀來漆古教人遠，思在夏廷周廟中。」高七寸許，腰腹飾以饕餮及卦文，匀浄可玩。一《茶籠》云：「山遊到處自提携，篘籠煙濃繞杖藜。不買杏花村裏醉，松邊取石汲清溪。」一《菊枕》云：「東籬幽味不勝清，一枕秋香縫落英。自愧故山歸未得，寒宵雨細夢淵明。」一《鹿盧燈》云：「萬卷堆中寄此身，吾伊相伴夜垂晨。分明看破古今事，俯仰悠悠只任人。」

米庵以書法盛開壇坫，一時從遊者如雲，其中悟吟詩者僅得三人焉。源晴山《郊行》云：「麥翠菜黄春幾畦，人家柳暗小橋西。一聲野雉無尋處，遥向晚煙深處啼。」西櫟齋《夏日》云：「手臨晋帖半時來，雨窗獨坐興悠哉。小紅忽映端池上，始認榴花際緑開。」島成齋《雜興》云：「柳鎖柴門菊繞籬，小齋弄筆自題詩。忽聞鄰壁槽聲滴，喚作陶家酒熟時。」晴山，名諧；櫟齋，名鏡；成齋，名親長。

栗山先生《贈米庵序》云：「其於筆札出入百家，而歸宿大米。清雅妍麗，使人一見而慕不能已焉。其取重於薦紳如此。余見米庵教人書法，不限一家，唐宋諸家，下至趙董，各從學者所好，人亦因得自竭焉。故其門筆跡多可觀者。」竊謂此法雖曰始於米庵，其實胚胎寬齋先生教詩之法。但自家局定，遊刃有地，而後可爲耳。米庵嘗有《八法歌》津筏初學，如「勒法便是圓點横，覆舟首尾要相眄。虚畫藏鋒妙在兹，請看映日有黑線」諸句，皆爲要訣。篇長故不全録。

米庵《西征小稿》中載《藝海遇颶》七古云：「歸程已及赤馬關，駛風借便差慰顔。片帆吹送三百里，荻渚蘆洲夜色閑。曉雲黑處風倏變，須臾浪起白如卷。下碇且候天霽威，三日守盡孤島面。維時中秋晦半宵，猛颩生勢駕怒潮。雨脚飛彈天刷墨，一簸一颺舟如飄。檣仆柁折纜又斷，面面相向只長嘆。如聞暗中舟輾沙，拌命投浪僅身半。舟人肩我上岸行，且拜天地謝再生。淋淋滴滴衣盡濕，急入漁家苦訴情。地爐燒柴把衣燎，一身回陽坐待曉。豪聲猶聞大軍奔，轟地宛如萬馬嬌。天色微白雨小休，稍衰風伯與陽侯。岸崩舟碎茅屋倒，景象滲澹滿目愁。士人殷勤向我説，海立如此真奇怪。居者猶自魂欲消，而况吾子在行邁。噫嘻遠客一身單，何圖忽逢此艱難。魚腹之葬吾雖免，回首肌膚粟生寒。千金元自不垂堂，况乃滄海付葦航。遠遊有方予負聖，此事書紳不敢忘。」善寫風濤之險，使人竦然。

加賀大地文寶，字伯政，號蕙齋。人品高逸，尤耽風雅。名跡奇玩，家藏極多。余所見者，林埔墨竹，郝杰玉印，皆其選也。蕙齋於書太遒，又善畫蘭，詩亦有風趣者。《上毛道中》云：「布穀聲中細雨天，轎間兀坐只貪眠。夢醒最喜明人眼，井字青苗水滿田。」《冬日偶作》云：「芭蕉葉破已經霜，貯得硬黄猶滿箱。頗喜近來官事少，又臨閣帖兩三行。」《得古硯》云：「妙姿絶代米家珍，天付吾儂是舊因。月夕花晨情更密，真成將汝當佳人。」《題牧淡山書房》云：「先生無竹亦何俗，種竹先生奇更奇。醉後灑毫鸞鳳舞，滿窗月影碎金時。」淡山者，蕙齋之僚友也，名忠輔。書畫亦超，飄逸愛酒，常帶一大骨董袋，筆墨卷軸悉皆收入，腰間彭亨然，殆令人失笑。其歸國日，余贈一絶云：「腰間括得一囊肥，蕭散淵材今始歸。李老松煤文老竹，家人不敢認珠璣。」

月池桂君，諱國瑞，字公鑑。學兼蕃漢，爲一代名家。風流好事，自出天資。家所貯書畫鼎彝之屬，神品絶世者不一而足，使人流涎不已。余一見之後，蒙其推奬。未一歲竟卧病不起。悲夫！詩多散逸，因是爲余傳三首，謹載存以酬其知。《書適》云：「蕭然水竹居，鎮與世塵疎。鄰客分家釀，村翁送野蔬。晚餐聊當肉，緩步不須輿。無事誰能似，閑雲自卷舒。」《幽居雜詠》云：「半畝小園成趣宜，窗間睡足拽笻枝。新荷出水大如掌，瘦筍穿籬細似錐。半榻茶聲煙未散，一欄松影日初移。病來倍覺添疎懶，無意名山伴采芝。」「懶性從來不理家，紋楸緑綺是生涯。數竿修竹真堪畫，一脈清泉恰可茶。坐愛茅簷添燕壘，行看藥圃散蜂衙。學閑還是身多事，掃徑澆花業日加。」

藤堂良道，字子基，號龍山。攏詩袖中見訪，余讀之，欽爲名手。《詠燕》云：「年年春社約無違，舊壘偏能認得歸。池上芹泥朝雨濕，簾間柳絮午風微。昭陽殿裏人何在，王謝堂前事已非。

終日呢喃慰吾寂，不妨汙盡讀書幃。」《秋夜》云：「銀河斜轉欲三更，月洗庭園夜色清。怪底奇香來撲鼻，林間蕉樹有花生。」其尊人君山先生、其祖巴陵先生詩，毛聖民皆已收入《采風集》中。昇平日久，武弁之家亦得逞才詩壇，真可美也。

余在伊勢，大抵居北，故舉其人多略於南。北勢最著者，藏書則高果亭吉，好事則伊筐亭伴。二亭皆嘗爲余皋伯通。果亭有園池之勝，其間起書樓，緗帙萬卷，井然倫次，清致殊可喜。筐亭尤愛人物，客之東西上下者來投刺其門，必置紙筆以要其伎，無賢無愚，相對驩然。故其所蓄古今書畫，殆不勝鴻富。筐亭一兒名秀，距今六七年尚在髫齔。近日筐亭書來云「兒已十三矣，頗喜讀書吟詩」。見寄示其《山行》一絶云：「山深村遠見人稀，一徑穿雲度翠微。籜葉無風聲蔌蔌，搢鞭牧豎出林歸。」其名爲「秀」，詢不虛也。

迪齋《春晴出遊》云：「村近一牛鳴，春雲始放晴。溪鶯如案譜，野草不知名。酒旆分林出，茶煙隔竹生。有花何處好，只趁蝶蜂行。」《初冬夜坐》云：「獨坐小齋中，竹爐星火紅。燈昏窗有月，葉脱樹無風。人定寒先動，酒醒愁復攻。苦吟全讓我，階下斷鳴蟲。」真楊陸也。

紀國源衡，字寡平，號春川。著作太富。丙寅歲掌教松阪學院。余偶理舊簏，得其手書《朝熊嶽》五排云：「傴僂攀躋苦，羊腸記幾程。青岑收宿霧，玉洞積寒霙。磴道懸還曲，巖泉滴且鳴。豈無濟勝具，聊遂好奇情。老樹無知歲，奇花不辨名。風迴云脚斷，水洗石根清。家倚巑岏險，路因斧鑿平。嵐滋常欲滴，苔滑故難行。佛坐龍圍繞，僧扉犬送迎。金丹尋道士，碧顆拾星精。山亞峰暈企，海環帆鳥征。晴川繚練帶，緑野畫棋枰。豁達觀何極，蒼茫句未成。薜蘿如可結，吾欲换簪纓。」何等莊雅。頃又見示《春盡新作》云：「東園春事太忽忽，陰雨才晴還暴風。箕斂群芳一時盡，李花糁白杏花紅。」亦復可愛。

柴允升，字東霞，號碧海，栗山先生之長子。余始在京相共筆硯，後碧海徙居阿波，余遊歷日久，不相見者垂二十年。今年再得會晤，豈非天假之緣耶？一日泛舟牛島，一路道故，悲喜交至。碧海賦一律云：「去向橋頭買小船，輕風嫩日弄清妍。抽身脆管嬌絃底，洗眼紛紅駭緑邊。杯酒笑談今有日，江湖流落昨非天。窗間絶喜無塵到，晝永偏宜説廿年。」碧海今專攻經史，而罕作韻語。余獨愛其《題李白圖》云：「放歌宮錦謫仙才，磊落豪情三百杯。一事只留千載恨，匡山頭白不歸來。」極爲清拔。

丁巳歲，余病疥痁，踰月不起。中村進甫者居最相近，日來慰問，屢蒙饋贈。余感其意，至今不忘。進甫今爲昌平學小吏，頗好吟詩。《驟雨》云：「夕雨跳珠小池上，蘋花荇葉水横縱。兒童也是癡騃甚，只怕金魚化赤龍。」其他句云「楓葉孤村晚，菊花蕭寺秋」「榴花紅照水，蕉葉緑成林」「溪客煙昏初罷釣，鄰翁月上未收棋」，皆佳。

緑陰告余云：「吾黨攻訓詁之學旁能詩者，今得三人。澤景秀，字子有；藤孝誼，字子孝；關忠光，字量平。藥籠中亦似不應少此種物。」余爲點頭。已而三人見投詩章，澤《睡起》云：「睡起家童未送茶，庭陰小立日西斜。翩翩蛺蝶疎籬角，倦眼看來唤作花。」藤《春夜》云：「促漏丁丁夜正中，卧聞春雨滴簾櫳。細衾軟暖伸雙脚，不比寒宵曲似弓。」《暮春山園》云：「午睡初醒欲夕陽，山園曳杖弄風光。昨來積雨添新趣，糝得松花滿地黄。」關《夜雨》云：「占盡茅簷點滴聲，小窗啜茗不堪清。心頭一洗繁華事，始省同參夜雨情。」

詩令人笑者必佳。予有《詠茄》云：「紫茄味美勝粱肉，九夏三秋日佐餐。他到老成人益賞，兀頭恰作耆儒看。」真可捧腹。然宋人《詠茄》詩云：「青紫皮膚類宰官，光圓頭腦作僧看。如何緇俗偏同嗜，入口元來總一般。」古人諧謔如此，未可獨笑予有也。

黑崎貞孝，字子順。挾一詩卷，特來見訪。自云：「詩佛同里。」余意謂已生佛國，其詩必不凡，讀之果然。《松蕈》云：「積雨晴時蕈子新，酥莖入口勝吴蓴。莫將真率山家味，分與城中肉食人。」《蟋蟀》云：「憶昨城中爲客日，雕籠盛得聽蟲聲。歸來更覺田園樂，蟋蟀籬頭取次鳴。」

詩佛索畫於第五隆，寄七古云：「南宗畫家論妙手，海内唯推第五隆。不知爲我許寫否，千里寄書遠煩公。不願落墨畫花卉，不願設色畫禽蟲。只願淡筆以渲法，收拾江山極精工。魚莊蟹舍參差接，茅屋柴門屈曲通。夾門疎松五六本，擁屋脩竹兩三叢。雲壓山頭天欲雪，潮呑浦口波生風。漁艇歸炊洲渚外，燈隔蒹葭煙淡籠。此景詩中妄想耳，不知果能入畫中。我住城市塵滿臆，九轉金丹治無功。觀畫愈病古有例，倩君妙筆一洗空。君且莫惜爲我寫，寫成須速付郵筒。寫到斷橋流水處，梅邊宜著箇詩翁。」偶讀《蓮坡詩話》，有越僧索畫於沈石田一絶云：「寄將一幅剡溪藤，江面青山畫幾層。筆到斷崖泉落處，石邊添箇看雲僧。」意正相同。但詩佛則善舞巨矛，越僧則寸鐵打人。

桐生詩人，除淡齋外，有井文房，字穎父，號雨亭。余囊覓其詩，適去在京，不可得。今年歸故里，抄其京中諸作見寄。《東山晚興》云：「歌舞東山醉未歸，層樓危閣靄餘暉。元知勝地真難得，況是佳期動易違。座暝螺鈿山色斂，簾明翡翠蠟煙飛。不須詩賦淡生活，玉盞縱橫打妓圍。」《秋日遊高臺寺》云：「繩榻哦詩日易斜，秋光一味在僧家。暮風吹亂紅瓔珞，開遍滿庭天竺花。」清新超隽，自然成家。

島棕軒《鴨東雜詠》二十首，詩極清婉，雖有繼者，竟不能出其右。今録其五云：「陂陀山色翠如流，花氣晴薰晚更浮。最是家家繡簾影，引人春夢到樓頭。」「不著藕花不受舟，樓樓住在岸東頭。只應萬斛胭脂水，瀉作潺湲一道流。」「春風簾外賣花聲，睡起佳人妝未成。笑袖金錢街上去，踉蹡漆屐拖來輕。」「新瓜上市入清秋，剩暑殢人猶未收。盤中剖得蒼龍卵，幾片紅冰凝不流。」「樓燈無影水聲饒，一片殘蟾在柳梢。小女十三能慣客，不辭風露送過橋。」

老友蓁桃宜報知，棕軒今僑居根津，繼爲致《寄懷》二律詩云：「自憐落魄老生涯，占得頹茅類鷦鷯。觸物易揮懷舊涙，逢人先誦解嘲詞。雲埋古刹鐘來遠，雪滿疎松月上遲。不恨寒厨鮭菜少，幾回下酒讀君詩。」「鶴夢空林覺每遲，癡心久已許君知。苦吟徒費殘生力，補過深欽一字師。近水幽居須自愜，鄰山冷巷頗相宜。若能雪裏來乘興，門掃銀沙何敢辭。」前年《詩話》所收其《竹夫人》詩中「末路嘆」，「嘆」字原作「悔」字，余爲改之，所謂「一字師」者蓋指此也。

棕軒又嘗有見寄一絶云：「憶在江樓賦竹枝，滿筵紅粉受君知。風流元屬王之涣，傳得新聲更有誰。」亦是知己之言。

竹庵有婢，字桃面，有慧性，特善女工。余欲贖以爲小妻，未諧而亡。乃哭以詞云：「板橋霜，怎生見晛便消亡。人世無憑，情多最怕易成傷。往事在目前，旋移針線自商量。不知著甚嗔意，紅絨嚼盡唾紗窗。有情無情，把眉兒蹙，只麼惱殺人腸。司空曾見慣，渾説菅蒯，却勝姬姜。病來晻曖容光。霧鬟鬆緑，不復理殘妝。玉纖瘦，那勝金斗，懶熨衣裳。五更風，驀地恣得倡狂，無奈李仆桃僵。心難消遣，此恨誰知，驚雲歸去高唐。一面菱花鏡，青銅斑點，猶剩脂香。何不留嫦娥影，朦朧無色，向篋中藏。自家一點癡腔。西樓月落，酒醒燈花冷，情之所鍾亦何能已，惆悵那處去尋芳。心諾空負無由償。薄倖杜牧，夢也茫茫。雲愁海思，許多懊惱，淚落成雙。」

「湧金門外柳如金，三日不來成緑陰。折取一枝城裏去，教人知道是春深。」顧嗣立《元詩選》爲貢性之詩，錢謙益《列朝詩》以爲日本貢使作。未知孰是。味其詞意，當屬性之作。

謝在杭云：「嘗爲人作志傳矣，一字未褒，必祈改焉。嘗預修郡志矣，世官不入名賢不已也。娓娓相嬲不已。」余作《詩話》，亦不能無慨焉。有句云：「弄筆非爲佞，著書却近諛。」

五山堂詩話卷五

近時京中名碩，前有淇園，繼有栲亭。淇園雖以經術自任，其説係一家私言，其所長却在文章上。至氣局闊大，韻度卓越，則非復今日俗儒之流矣。栲亭淹通博雅，長於考據，亦曠世之才也。二家之詩皆出緒餘，然其集已刊，則不容不商榷焉。大抵淇園詩雄大華贍，其流失於笨。其高者如「過雨湖南草，斜陽越北山」「林禽聽屢换，澗蕚雨還芳」「魚躍池光動，鹿鳴山色幽」「落日天邊樹，炊煙山下村」「剪燈金錯落，頽酒玉傀俄」「薄酒嘗春榨，困棋覆昨圍」「詩書曾思奮，筋力老來微」諸句，皆逼真少陵。而其下者直率平淺，殊不慊人意。栲亭詩縝密委婉，其流失於滯，下者亦皆可誦。而求其超脱，什無一二。但《雷震近鄰》云：「銀竹千條打草扉，陰雲如夜電光飛。霹靂一聲天貼地，驚龍欻捧火珠歸。」一氣呵成，精神流動。《雪意》云：「筧溜乾不響，徑竹叩風扉。時聽行人語，月陰繡鏡飛。」亦爲渾成。譬之佳人，淇園詩如千金小姐，自然品高，恨有些呆氣；栲亭詩如曲中名姬，雖嬌利可愛，不免妝腔做態。偶有齎二家集索品騭者，故提出而竝論。

淇園《紫騮馬》云：「朝跨紫騮行踏春，郊花看遍小平津。歸來欲及朱城暮，繡鬛風生柳陌塵。」情態如畫，自非諳京中况味，難與論此詩之妙。

詩人不可無正大之氣，乃如老杜忠憤憂國，一字一淚，此則無論已。下至韓蘇范楊，義膽所出，詞氣峻嶒，讀之可以敦薄立懦矣。吾人時遭昇平，身在草莽，千句萬篇，不過嘲弄風月，然一點此氣亦不可欠也。豈可輕薄媚嫵，與誹歌者流比而不羞哉？

子厚之於伾文，意在攀附以行己也，所謂枉尺而直尋者也。放翁之於侂胄，身被牽挽以徇人也，所謂同流而合汙者也。二公詩文與日月争光，尚自貽兹累，名之不可全者如此。今日文士，有氣者趁熱求用，無氣者苟且雷同，無二公之業而有二公之累，瓦而不全，吾未見其可也。

《誠齋集》紀各年詩，以甲子係首篇題上，歷歷可徵。《宋史》本傳曰："開禧元年召復辭，明年卒，年八十三。"按《荆溪集》戊戌下《感秋》詩云"今歲五十二"。戊戌是淳熙五年，推至開禧二年，合年八十。侂胄以三年誅，公卒在誅侂胄之前，則其曰二年卒者不乖，而曰年八十三者誤。又書李顯忠事，與史不合。大抵《宋史》蕪穢，不可憑信，依家乘而得其實者多矣。

蘭庭飯田侯韓燮，字景和。木芙蓉極言公儒雅，延余入謁。公爲政之暇，詩出新裁。《春曉閒步》云："疎鐘響斷散林鴉，吟杖先移野水涯。殘影暫留山上月，暗香時動霧中花。松杉陰合疑無路，鷄犬聲幽知有家。衣袖不妨行露濕，一生痼疾在煙霞。"境致清遠，有風騷之旨。使讀者自忘其貴。

芙蓉《登富山矚目》云："祕景一傾争得慳，龍宫是處隔塵寰。居然下瞰群仙戲，無數浮來鼇背山。"后二句是一幅松島傳神。《社日》云："松醪新熟芋魁肥，笑語家家沸竹扉。村犬慣知秋社散，殷勤尾得醉人歸。"俊二句是一幅自家傳神。

「仕宦遊山，又極不便〔一〕。呵殿之聲既殺風景，冠裳之體復難袒跣。輿人從者憚於遠涉，羽士僧衆但欲速了。相率導引於常所經行而止。」在杭此言，及合今日宦況。竹所牧君一年作監使，巡行京畿，余賦三絶句奉別，其一首云：「使節西爲一歲留，名山石室日窮搜。櫝中若遇蘭亭祕，君亦傷廉欲賺不？」如亭亦在京師謁見，獻自畫山水圖奉送，其還係以一絶云：「忽退騶從曳杖行，學來吟客一身輕。僕夫亦慣相公事，收得松間喝道聲。」二詩透漏君心事，亦頗覺唐突。

梅所君，諱成章，竹所之子。詩筆亦清，有《夏日園中》十詠，今録其二。《萱草》云：「嫩緑亭亭夏未深，淡黄鵠觜破芳心。庭萱只道忘憂著，不爲吾儂療苦吟。」《新荷》云：「池頭雨過緑萍開，幾點荷錢水面堆。似爲醉人先作地，涼宵剪取碧筩杯。」君家每夏日池上會飲，必用碧筩杯。

醉石與三詩友約遊梅園，會疾不赴。是日三人彷徨花下，俄有宫娃擁隊而至。内一人微吟扇上詩云：「春風澹蕩暖煙凝，重到梅邊拄杖藤。憶得去年人日雪，寒侵吟帽鬢生冰。」三人傾聽，便是醉石舊日重到杉田之作，相共詩艷上美人檀口。余戲贈醉石以一絶云：「梅花絶唱扇頭詩，著意愛吟知是誰。却自人間到天上，宫溝亦有倒流時。」

石川漁，字釣甫，號滄浪，寓昌平黌舍，亦以詩來。余愛其《夏初》一絶云：「暗緑蔫紅蝶意撩，滿園柳絮雪離條。茶前飯後身無事，閑檢牽牛抽稚苗。」

〔一〕又極：底本錯作「極又」，據《五雜俎》卷四改。

丙寅舞馬之變，北山先生宅亦罹其厄。自春徂夏，僑居於今户橋北。不數月，買得金杉里某氏別墅，徙而居之。墅之所在地名竹堤，宗衹《紀行》中已見此名。蓋當衹時只一脈驛路而已，今則松門花徑，稻畦藕渠，儼然一名園也。先生通今户金杉，所得《雜詠》一百首，其門生刻以流傳。余獨愛其一云：「窗下近來何所讀，自非花譜是農書。經史塵封君莫怪，閒人急務在耕鉏。」真實際也。

比來閨秀鍾於北山先生一家，先生之室，緗桃女史善畫卉翎，女弟子文姬號小窗，聰慧能詩，摘句云：「梅子欲肥先釀雨，竹孫稍長不禁風」「瓶花改換經旬水，綿服成褫連夜寒」，皆嫻雅可愛，故詩佛贈詩云：「莫把清愁吟向天，人間謫墮有深緣。如今誰怪香薰骨，元是玉皇前殿仙。」又有雲草，年纔過笄，極愛誦書，不願適人，亦奇女子也。先生絳帷講書，此二人每捧册侍側，殆有南郡家風。

竹堤社十才子詩集，今又已入刊。先生序文大抵取「有婦人，九人而已」之語立意，蓋以文姬居其一也。所謂九人者，繩齋石井耕、篁村宮本鉉、涼舟山窪鷺、南海稻葉龍、嵓山中尾濤、鶴堂鹽谷松、寒谷松井樵、吉夢疋田梓、慥堂齋藤誠是也。篇什太多，拾收不盡，姑摘對句之尤者。鶴堂云：「啼鶯花外寺，乳燕柳邊家」，涼舟云「門徑無心掃，莓苔盡意封」，南海云：「簷鐸風初定，池蓮露尚香」，寒谷云「蟲聲秋四壁，松影月三更」，繩齋云「雨後青山近，霜前緑橙香」，篁村云「閑慣詩情淡，貧知道味安」，慥堂云「風摇嫩柳眠初起，雨洗夭桃醉未醒」，嵓山云「槐花歷亂風前雪，竹影紛披月下雲」，吉夢云「簾收竹影知雲過，池送荷聲判雨來」，聲調各佳，讀之有絲竹迭奏之想。

梁卯，字伯兔，美濃人，亦來參竹堤社。青年好詩，才冠等夷，嘗有煙花之失。幡然改節，自髡以誓，號曰「詩禪」。去入京師，詩禪之名稍著。未二年而復東來，出新詩見示。《春寒》云：「雀噪梅園雪欲飛，黄昏酒力醒來微。春寒欺我真無謂，已典還償一領衣。」《題畫》云：「白雨山前洗夕陽，晚風吹散藕花香。誰家樓閣無人倚，閑却闌頭一夜涼。」不料別來無幾，詩之進境如此。

詩禪談其鄉有閨秀細香，名多保，字禄之，書畫俱佳，最善墨竹，詩亦清婉，幸見收録。余使誦其詩，《曉起》云：「長庚如李一星明，獨先啼鴉繞砌行。知道夜來微雨過，芭蕉殘滴兩三聲。」《冬夜》云：「永夜如年對短檠，讐書課了未三更。紙窗移上梅花月，撩得詩愁睡不成。」真乃絶世聰慧。已而扣之，知是江馬蘭齋之女。余客伊勢日，蘭齋寄書道意，且貽養老瀑碑本，今尚護藏篋中。書以表兩重因緣。

今年庚午夏，同北山先生、緑陰、榕齋、可庵諸人過王子金輪寺。寺主欣上人，號混外，款接甚殷，請各留題詠。上人詩素湛深，稱今寥可，出近作見示云：「藤牀石枕冷難眠，蒼雪翠雲環檻前。山僧日午肌生粟，便是人間六月天。」余云：「今日亭上景況，已被道破盡。吾輩措語都屬添足，不如擱筆。」相歡而罷。他日重以詩草見寄。《晚興》云：「一聲野雉隔煙呼，晚倚軒窗吟興孤。景暝前林月未上，辛夷開處白模糊。」《夜意》云：「孤燈油盡向殘更，趺坐疲時眼尚明。忽聽竹叢風雨過，不勝冷氣野狐鳴。」清新拔俗，令人更爽然。

昔人云：「拾人遺編斷句而代爲存之者，比之葬暴露之白骨，功德極大。」欣上人寄一詩册，曰是亡友飯田生之作也。生名忠肅，字共懿，板橋人。受業北山先生，清才不壽，墓木已拱。願采一首登《詩話》中。乃録以發其幽光。《晚秋雜詠》云：「寒煙如海欲沉樓，坐對西風暗結愁。何處遠砧天向暮，聲聲敲老數村秋。」「滿眸秋色畫圖間，驛樹無邊紅已殷。只有清霜收不盡，依然黛碧筑波山。」

膳所榊方勝，字士善，號毅齋。余屢就其邸舍，爲詩酒之歡。今夏歸國，書至云：「別來無他求，只望見惠新《詩話》一部。」未二三日，尋得訃云：「馬上嘔血而亡。」余爲黯然者久之。記分手前日，拉占春、詩佛及余等數人赴某家別宴，轟飲酣嬉，傍如無人。席間賦云「明朝應作白雲飛」一句，便覺不祥，果成永訣。欲録其生平之作，搜索不可得。頃淺山生至自膳所，誦其《秋夜泛湖》一絶云：「悽然風露欲沾衣，一棹扁舟夜未歸。又向荷花深處去，水禽帶夢月前飛。」

篁村《兩國竹枝》云：「琉璃水碧暮風輕，轟鼓繁絃得氣行。中有樓船恣豪貴，紅燈無數照波明。」「雲斷晚天雷雨收，水光瀲灩冷於秋。挂燈連影橋邊宅，爭喚行人催上舟。」頗爲梅外補逸。

弘齋《送篁村歸潮來》云：「秋城社近燕飛飛，客夢連宵繞釣磯。書劍嗟余經歲滯，江湖羨汝及時歸。且看今後興懷足，休説從前心事違。正好映門霞浦水，一條浄碧濯征衣。」通首唐調。又《謝島梅外餉米》云：「寒釜近來稀作粥，再過幾日欲生魚。惠然一擔堪多愧，不竢真卿乞米書。」則隱然以一世魯公自命其書矣，語氣亦稍落宋音。

愛蓮道士，名晃若，字藕孫，上毛人。好詩，善鐵筆。來寓於島梅外家。《中秋無月》云：「疎雨梧桐滴有聲，今宵點點最關情。癡雲自妒娟娟影，每到中秋不放晴。」《夜聞治稻》云：「霜滿山村月欲沉，家家打稻隔疎林。牀敷和夢聽還好，不似寒砧搗客心。」有詩如此，觀遠人以其所主，信哉。

越後王詰，字不言。頗好吟詠，從余受業。《湖上》云：「荻蘆花發雪成圍，雁雜寒鴉帶雨飛。青笠緑蓑風又急，釣舟一棹不須歸。」余昔在浪華，學詩者有高達。亡友梅崖嘗有「歇後唐人在君門」之語，今又得王詰，可謂添一箇空心唐人矣。書以爲笑柄。

善庵告余曰：「生平作詩，筆剛而不能柔，易流晦滯。」余謂經生詩，另自存氣魄，猶是僧家有蔬筍氣，女子有脂粉氣，秖足見其風格。廣平梅花，人人豈可望哉？誦其《送人赴北邊》詩云：「北地承嚴命，堂堂一膽存。服人寧在力，治狄不須煩。四海原兄弟，群黎况子孫。祁寒良苦極，自愛答君恩。」雄健乃爾，恐非軟弱詩人所能矣。又《山櫻》一絶云：「落日風前輕似雪，清宵月下白於雲。偶然看做雲還雪，不道山櫻開十分。」清真委婉，極摹櫻花之神。我知善庵竟非純乎剛者。其門吟詩者，却得三人焉。

一，泉澤充，字始達，號履齋。《冬夜》云：「奇寒如鐵五更天，聞徹雪聲猶未眠。只把一經供咀嚼，更無詩句到梅邊。」履齋刻苦讀書，未嘗須臾釋卷，此或紀實也。

其二，今井觀，字伯孝，號芹亭。近日下帷教授。《春曉》云：「紬衾一幅曉寒輕，聽雨酣眠夢亦清。屏掩殘燈人未起，門前已賣杏花聲。」余未見他作，此首稍有香奩氣。

其三，關達，字成章，號謙齋。《白川道中》云：「稚松青十里，曉霧趁行消。堠立三叉路，沙埋獨木橋。微霜猶曬稻，晴日始收蕎。秋程風物好，自然不覺遥。」頗爲清雅。謙齋今遊駿中，讀書於巖淵大村氏家。其族有允字讓卿者，托謙齋見寄示詩草。《雜興》云：「滿畝春風麥浪齊，花陰斂雨鵓鳩啼。村翁睡起無情思，閑伴兒童摘緑荑。」亦可誦也。

常陸平山貞，字子亮，號亮齋。孤冷能詩。《縱步近村》云：「珍重脚力未窮窮，步屧尋芳西又東。汀鷺斂翎新水外，村鶯哢舌暖煙中。從他白酒勤留我，且喜青春不負公。滿朵梅花滿囊句，一雙擔得午時風。」

詩佛畫竹，北原秦里題七古一篇，來請跋語。余以畫詩兩佳，遂留不還，裝潢藏之。詩云：「畫家自古難墨竹，怪底此翁特擅名。筆法知從書法得，與詩併來天下鳴。醉後臨紙時一掃，傍若無人意氣傾。自言我竹非有意，一竿兩竿隨手成。个个點來疎又密，已覺清風戛有聲。寫罷詩句題其上，五字七字玉峥嶸。墨痕未乾捲且走，恐遭人奪手高擎。世間豈無畫竹者，何如一幅三絶并。只道此翁真墨妙，誰知坡老是再生。」秦里，名成，字世民，土佐人。又《春社》云：「春社田園是樂鄉，鷄豚分肉濁醪香。醉翁起舞郎當極，槌鼓聲中笑一場。」抑何風趣！

秦里鄉人箕浦橘，字香橘，號耕雨。忽貽書云：「傾想多年，未得一晤。拙詩一册爲贄，幸賜披覽。」余感其意，爲抄以傳。《秋夜宿僧院》云：「夜深山月隱浮圖，砌竹庭松影欲無。鬪鼠聲中僧入定，長明燈照小文殊。」《山房冬夜》云：「鐘濕山房未卜晴，無端四壁峭寒生。料知細雨還成雪，簷竹聲收近五更。」《冬曉》云：「北風鳴户曉淒其，被底夢回睡足時。昨夜山中盈尺雪，寒鴉一隊出巢遲。」皆集中精華也。其他隻句如「一院棋聲隔杏花」「背山一路羅稏村」皆佳。

狹貫久家朗，號暢齋。青年能詩，風流自賞。《途中苦雨》云：「無限征途何日窮，松林竹塢雨濛濛。一聲杜宇過頭上，已落山雲滃淡中。」

詩人無學，學人無詩，是今時通病。余讀柴碧海《枕上集》，特怪其不然。如五言云「江水多於地，青山欲到門」「野徑垂楊外，人家亂水間」「蹊回方學斗，潭轉欲成輪」，七言云「風前林影藻荇動，露下蟲聲絡緯愁」「真源在在無非水，覺路頭頭總是山」「七十平分仍故我，尋常負債又今春」，諸句極有風味，不似平時勃窣談理。

因是《詠史》詩云：「慈雲悲雨十方界，玉柄香飄麈尾風。妙法運花花落後，空留八髻在龍宫。」蓋詠稗史所載元楊璉真珈事也。真珈，西蕃僧，世祖時爲江南釋教總院。説法募緣，窮極土木之侈，密造洞房曲室，多招納宫嬪，日以肆淫毒，猥褻不可具狀。大德三年，事破遭刑。與正史差異。

池晋，字大進，濱田儒員。受業因是。《春日路上》云：「于役逢春心却輕，野桃村杏總多情。香風得得來無盡，馬尾相追馬首迎。」亦清才也。

唐人詩不勝學，宋人學不勝詩。唐詩温潤，有春水四澤之象。宋詩磊砢，有冬嶺孤松之象。唐則滿朝詩人，宋則不過數家。只斯數家，優足與全唐詩人抵敵，此宋詩所以稱雄也。

唐宋之辨，人動問及，余亦難言之。近讀清蔣心餘集，得其《辨詩》五古，論得痛快，極獲我心。

今抄傳以代鼓舌之勞。詩云：「唐宋皆偉人，各成一代詩。變出不得已，運會實迫之。格調苟沿襲，焉用雷同詞。宋人生唐後，開闢實難爲。一代只數人，餘子故多疵。敦厚旨則同，忠孝無改移。元明不能變，非僅氣力衰。能事有止境，極詣難角奇。奈何愚賤子，唐宋分藩籬。哆口崇唐音，羊質冒虎皮。習爲廓落語，死氣蓋伏屍。撑架陳氣象，桎梏立威儀。可憐餒敗物，欲代郊廟犧。使爲蘇黄僕，終日當鞭笞。七子推王李，不免貽笑嗤。況設土木形，浪擬神仙姿。李杜若生晚，亦自易矩規。寄言善學者，唐宋皆吾師。」

鴻巢横田裕，字好問。釀酒家富，好問嘗自著《醉鄉董史》若干卷，考證不遺，實杜康忠臣矣。性好吟詩，如有宿悟。《初夏曉行》云：「水田漠漠緑生波，濕透蓑衣奈冷何。出盡村莊天未曙，秧鷄啼處雨聲多。」《雪夜》云：「雪聲簌簌水聲乾，月黑窗間夜欲殘。唤起吾家麴道士，爐頭相對護清寒。」淡雅如此，不似豪富筆墨。

詩人有眼不識盃鐺，而往往説酒者。如乃侯原非麴蘗之才，而其《獨醉》七古云：「胸中磊塊苦不平，一甕芳醪獨自傾。案頭聖賢書幾卷，朗誦聊當龍鳳羹。三酌陶然便成醉，浩浩襟懷似太清。獨樂却勝與衆樂，不覺爛醉過三更。閃閃眼光透紙背，琅琅如發金石聲。意氣勃興拍案叫，那管鄰人睡夢驚。不知天地爲何物，四海之内無弟兄。伯倫王績今安在，我將唤起共商評。」則真似老於糟邱者語。

中村信綱，字壽王，號樫窗。詩有奇氣。《題赤壁圖》云：「一輪明月萬層濤，千古江山屬兩豪。

烈火張天還不及，洞簫孤鶴得名高。」甲子年，余在伊勢，一來僑居，索序其《尚書考》。余雖不果，心固記之。今年與乃侯來，名字非舊，又不道有故，余只謂別人。已而知即前人，可謂前以經而後以詩者。

偶在路上拾得一扇，扇上蠅頭寫《人影》五排一首，如「夕陽長且瘦，午景短而僂。暫向花邊別，又於月下扶。寒燈相作伴，旅館未曾孤。照鏡何須問，落盃遽欲呼。無臭無聲也，不言不笑乎」諸句，可謂巧而不纖矣。余愛而藏之，不復知何人筆也。後知是秋田詩人平澤通文所作。

余向在南部山中竟歲，意頗不愜。有客自宮古來者，勸余一遊。其地亦瀕海小都會，房屋鱗次，民俗太淳，抱册之士巖北溟、木玄沖、山禎伯以下，每晚必至。習文談詩，頓忘身在遐陬。臨去，諸人相送至十里外，馬前環立，依依不捨。余東別西離，每慣割情。獨當爾時，實覺難堪。至今東脩餽問，歲時不衰。偶得木山二子詩，特録以示不諼。木《繫村道中》云：「幾樹垂楊夾徑斜，隔林香送野薔花。居人棲在畫圖裏，亂石清流三兩家。」山《春草》云：「不受香輪不作茵，東風滿意翠茸勻。此中生怪筆頭菜，獨自書空似恨春。」木名宜盈，山名吉興。

仙臺滕瑨，字子璞，號崑山。年齒已高，詩興不衰。每至秋日，輒設詩席延余及詩佛於其邸舍，霜葉殘霞來射窗几，殊覺助詩酒之賞。其《新歲》云：「青帝行時豈有私，今朝星暖袖先知。水浮鴨緑風披凍，柳蘸鵝黄煙弄絲。未必頽齡嘆駒隙，却緣新曆檢花期。全家迎歲傳盃酒，一笑屠蘇到手遲。」《燈花》云：「苦吟微倦夜方中，燈火無端綴玉蟲。一月幾回能得笑，不知何喜報哀翁？」皆達者之言，亦自有味。

會津兒島翮，字沖大，號楊皋。余邂逅于谷盤梯許，已而以詩來見。自云：「苦吟半生，誤走旁蹊。今齡已過艾，願收之桑榆。」誦《詠蝶》一律云：「輕舉褊襹高又低，緑眠紅醉夢魂迷。暖煙蕙徑多舒翅，細雨花房暫借棲。戲舞自能存舊態，風流先已入新題。前身只合竊香掾，猶是尋芳近玉閨。」可謂合作矣。楊皋精醫理，嘗著《千年眼》，痛斥古醫方之非。卓立如此，亦可想見其不凡。

國華西川瑚，字子璉。淡海人。吐句如屑，累篇不倦。少受業野子賤，東下以後以詩干諸名碩，所歷者宮子亮、劉文翼、松君脩、谷文卿、安文仲數家，皆以敏捷見稱，真可謂詩中馮道矣。年垂七十，又來交余社。自云：「比年所作已過萬首，自今而後更千更萬不爲難也。」平素矍鑠，又有廉將軍之癖，故余贈詩有「喫來一斗飯，吟了萬篇詩」之句。其《蓬蒿詩稿》高過尺許，余破數日之程，爲之翻擷。僅録其《江村夏雨》一首云：「菰蒲深處雨聲喧，新漲看看嚙柳根。漁艇相維煙渚外，篝燈數點照黄昏。」此最爲清絶。又如「一徑通山郭，群峰擁水村」「蛙鳴殘雨外，鵑響亂雲前」「漣漪迎雨細，菡萏受風香」「暮雨窗前竹，歲寒屋後松」，皆佳句也。

僧鴻漸，自以雲室爲號，蓋取精廬不住之意，今却住持西窪光明寺。先輩松窗、兔道有《雲室記》，太室、寬齋有《雲室詩》，又徵余詩，余竟不欲爲狗尾之續。雲室生平喜談儒家濂洛之言，又性嗜畫，每一援毫，寢食總廢。詩則一出率意。絶句云：「對景詩漫酬，遇勝圖可作。一圖還一吟，悠然意獨樂。」僅僅廿字，胸襟畢露。雲室昔日唱《小不朽社》，當時訂盟者桐君蘭石、柏如亭、平梅溪、源臺山、邊赤水、高西巷、田好古等八九人，輪流爲主，盛作詩畫之會。後如亭去都，梅溪下世，此會中絶。二三年來，雲室繼而新之。新參者西圭齋、野西湖、藤琢齋、服古顛、藤三林，而臺山、西巷巋然尚在。數子皆累於畫，吟詩者唯臺山、西巷、琢齋三人耳。今録三人詩。

臺山，名清風，字穆甫。體中三絶，謂畫絶、書絶、酒絶也。而詩亦不在三者之下。《苦熱》云：「懶龍無頼奈驕陽，盤礴窗間汗似槳。垂柳不摇日當午，清風誰復傲羲皇。」《題畫》云：「風格荆關豈得倫，閑來信意寫嶙峋。不知身在書窗下，筆底青山我主人。」

西巷，名岱，字公嵩。枯瘦如臘，一望知是詩人。《偶成》云：「冷官無事不知忙，睡覺春園欲夕陽。身後名聲何足問，世間富貴總如忘。未裁酒頌從他笑，每讀花經得我狂。二十四番今已遍，拾收紅紫滿詩囊。」

琢齋，名文卿，亦以爲字。小不朽社唯此人爲最少年。《送春》云：「送春今曉出柴荆，底事怱怱不待行。里巷村園新緑遍，殘紅纔在紫雲英。」《品川竹枝》云：「好個樓臺枕岸開，暮山如畫紫成堆。近帆影印春波面，知是今宵釀雨來。」土人云：「帆影落波，明必滂沱。」

余酷喜誠齋詩而不敢勸人者，只恐其因以傷指耳。果能同臭味者，吾其可不與哉？今日吾所與者，一爲伊勢原迪齋，一爲越後西雪莊。二人詩各有偏得，不懈將及其成。雪莊，名皓，字白卿。《聽蟲》云：「兩處蟲聲和月明，閒人判得一聲聲。砌邊唧唧有時斷，輪與墻陰盡意鳴。」《秋雨》

云：「秋雨前宵較似晴，今朝又是打窗聲。菊花有宅知無那，只怕禾頭有耳生。」《晚眺》云：「菊黄雲白葉如丹，天與秋光偏要妍。却是冬來嫌設色，只將渲法淡描煙。」皆宛然誠齋口吻矣。

洞津田重麗，字正夫，號雪坡。能畫耽詩。《遊金福寺》云：「菜畦還麥隴，暖日景相牽。野雉驚人起，村童傍犢眠。踏苔登彼岸，出竹仰諸天。寶閣真如畫，花梢露半顛。」《初夏幽居》云：「檀欒竹影上窗紗，小院日長蜂報衙。怪底輕雷歇還響，山童和睡磑新茶。」《春日》云：「微風花影碎，斜日漏聲遲。」《晚秋郊行》云：「十分秋色霜餘樹，一半斜陽雁外山。」雪坡於詩最精，就余商榷，未嘗不降心相從，虛懷若谷，宜其造詣迥不猶人也。

蛙鼓蟬琴，從前有題，未聞詠蚓笛者。余家會，偶以此命題，梅屋一詩先獲驪珠，云：「如訴如悲總管情，壤蟲作底不平鳴？瘞來細管元無孔，吹起纖腔乍有聲。小雨纔收泥正濕，嫩陰微散月將晴。不似錦城歌吹熱，閑中聽得耳偏清。」梅屋近日得元謝宗可、明瞿宗吉、清張木威詠物詩，刻而行世，此首實足可駢跡三家矣。

梅外《題淵明圖歌》云：「無絃之琴世留聲，漉酒之巾今尚馨。門外五柳籬下菊，當時只道不害清。孰知却作畫圖地，多被凡工識姓名。自晋至今千餘歲，幾人迎來上丹青。恒沙縑素恒沙手，將此外物累先生。籬菊門柳琴與酒，先生今日若在應棄走。」真所謂笑嘲愜爬癢者。

唐時江陵裴氏有子爲狐所魅，延術士治之。有高生者爲之醫治，居數日，又有王生至，見高曰：「此亦狐也。」少選，又有道士來，見二人曰：「此皆狐也。」閉户相歐而死，則道士亦狐也。今日詩人率皆類此。有一人自負其詩爲真，有詆之者曰：「此豈真詩！」又有一人謂二人之詩皆非真，既而察之，則其人所作亦復非真。展轉相攻，終無窮極。若遇真道士一睨，則無所逃其妖形矣。

董堂藏玄宰字幅。行書寫辛稼軒詞云：「千丈擎天手，萬卷懸河口。更弓刀千騎，揮霍遮前後。百計千方久，似鬬草兒童，贏得個他家偏有。　歸來説向山中叟，邱壟牛羊，還辨賢愚否。且自栽花柳，怕有人來，但説與今朝中酒。」尾署「丁未初夏書於青溪」，尤爲遒美。董堂亦自製一詞附後云：「春芳已歇，焚香獨坐，修竹影稀稠。名詞妙墨，一隻白璧，展取也消愁。　鳳管鸞杯非我事，清味這中謀。未必閑身，便懶去，古人竟日相酬。」

谷文晁，嘗爲關其寧寫真。適有黑宮生者來，谷舉以示之，生於關素未識面，却後數日諸人會增上一子院，關先在座，生忽憶前者谷所圖，認關通姓名，且陳其由，彼此大笑。後谷聞之，貽生以詩云：「衣巾瀟灑愜清臞，頰上三毛得似無。敢比傳神戴文進，金陵當日索人圖。」此壬子夏中事也，追録以存嘉話。戴事見《五雜俎》。

藝州賴春水、杏坪昆季二人，以儒起家，才名赫奕，海以内雙丁二陸待之。余童髫時已聞春水之名，至今三十年未獲相見。杏坪則數數出都，忝竊交歡。其人静温，盃酒之間如坐春風，詩極清嬌，敲推最細。讀其《雨船載鶴》云：「白髪鬅鬙雨裏船，更安一鶴載雙仙。短篷聊免玄裳濕，小牖不妨長頸延。貪看跳珠翹足立，閑聽點滴俯頭眠。一聲汝亦思明月，啼破青溪十里煙。」「山雲襯水暮滂沱，一葉輕舟載鶴過。屋庫猶能庇丹頂，篷疎更欲借青蓑。解官白傅歸裝澹，泛棹逋仙隱趣多。爲怕湖心風有力，柳灣伴汝弄微波。」《江干初雪》云：「夜灘風死浪聲收，朝看瓊花集釣舟。勝六度江威力薄，半灣蘆荻未低頭。」皆可與宋元諸家頡頏。名下無虚，信哉。

春水之子襄，字子成。甲子歲，米庵西遊而歸，屢談其才穎，余横胸中者久之。忽托叔杏坪寄書，亦道相慕之意，且示近業一册。姑收短句，以誌一臠之嗜。《社日圖》云：「社鼓聲喧戰鼓收，枌楡不復佩耕牛。幾家子弟齊扶醉，若箇當年曲逆侯？」《詠林逋》云：「澶淵胡馬蔟塵埃，不到西湖讀易臺。湖畔落梅香滿地，也勝燭淚積成堆。」《畫景》云：「山前一條水，山後幾家村。雲樹疑無路，遥聞水碓喧。」頃又於米庵几上見其戲文《蹲鴟子傳》，諧謔可愛。如此才人，我將鑄黄金事之也。

俗以柚子殼爲釜，煮胡麻豉，香味竝佳，呼做「柚子味噌」。杏坪戲詠云：「素皇敕青女，黄釜賜黎民。鳳卵膚無釁，龍鱗面有皴〔一〕。混成雖出化，妙用實憑人。刎頸還仍舊，抽腸更換新。空心充紫豉，赤粿坐烏銀。吴橘香焉借，胡麻脂可因。玉臍方炙肚，金口漸開唇。霧起疑肌漏，雷鳴識内瞋。片時争水火，一顆和酸辛。不憾分量狹，已嘗氣味真。當餐厠觴豆，乍棄委埃塵。雲膜敗難補，蠟皮焦既陳。負茲糜爛鼎，誰作割烹臣。蒼髩首安在，黑臀軀此湮。芳魂猶旁薄，忠膽本輪囷。併食何曾惜，爲君固致身。」語語寫真，使人絶倒。

〔一〕皴：底本訛作「皺」。按此詩押「上平十一真韻」，據改。

菅茶山《題鍾馗》詩，第一卷開首載之。其詩舊得之浪華一書生，「想」作「相」，「迸」作「送」，皆草書訛傳。後余邂逅茶山於伊勢客次，僕馬俟門，殊爲怱怱，不復及問其詳，遂致此粗鹵，特書以補前過。